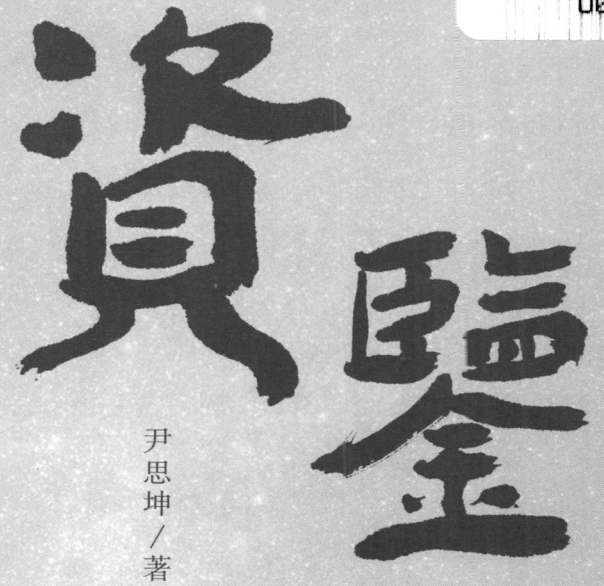

尹思坤 / 著

远古篇·上古篇

古吴轩出版社

中国·苏州

图书在版编目（CIP）数据

资鉴：远古篇·上古篇 / 尹思坤著. -- 苏州：古吴轩出版社，2019.7

ISBN 978-7-5546-1378-8

Ⅰ．①资… Ⅱ．①尹… Ⅲ．①格律诗—诗集—中国—当代 Ⅳ．①I227.7

中国版本图书馆CIP数据核字（2019）第104770号

责任编辑：	俞　都
见习编辑：	祝文秀
装帧设计：	杨　洁
责任校对：	徐小良　江莺华
责任照排：	刘　浩

书　　名：	资鉴：远古篇·上古篇
著　　者：	尹思坤
出版发行：	古吴轩出版社
	地址：苏州市十梓街458号　邮编：215006
	Http://www.guwuxuancbs.com　E-mail:gwxcbs@126.com
	电话：0512-65233679　传真：0512-65220750
出 版 人：	钱经纬
印　　刷：	苏州市大元印务有限公司
开　　本：	787×1092　1/16
印　　张：	18　插页：32
版　　次：	2019年7月第1版　第1次印刷
书　　号：	ISBN 978-7-5546-1378-8
定　　价：	48.00元

如有印装质量问题，请与印刷厂联系：0512－68668773

谨以此
向伟大的中华人民共和国
建国70周年献礼

赠思坤同志

以诗言史
颂扬中华

戊戌仲夏 陈超 书

翰墨惊天地

诗书通古今

书赠严思坤同志

戊戌年辰月 谭秀生书

工程浩大

很了不起

杨晓堂

赓黄血脉

怀弘画卷

戊戌夏日 孙何雨

劳苦功高

岁次戊戌小暑于
静慧斋 七九叟
宋伯元书

继承和发扬中华民族优秀文化遗产的楷模

书赠方旦坤同志

满必鸿 二〇一一年肖三日

勤奋执著结硕果

传承创新展风彩

戊戌年六月 陆炳林

津絕五萬首
全球第一人

恭賀尹思坤我友三十卷资鉴巨著付梓
陸年九十又五石老叟董士奎撰并书赠

雅诗咏名贤 青史载恩坤

推陈出新
扬我中华

张安秋

思坤同志：

　　衷心祝愿你有更多的创作！

陈德铭

2015.05.11

光大中华精粹

弘扬人类文明

周成科

2018年7月16日

雅诗咏名贤
宏篇歌中华

王岐山
2018年7月

以诗言史

薪火相传

刘金东

2018年7月

七绝贺《资鉴》付梓

军旅生涯文学路
橡耕杏坛梦神州
成就新著遍神州
千古丰碑乾坤福

戊戌年 刘海多
二〇一八年岁首

诗风文人
才情纵横

贺恩坤大作出版
张俊清
二〇一八年六月

勤奋笔耕结硕果 磨志克难欠精神

邢予贺

人才难得 尹思坤

丁剑良

2018.7.18

勤於读书结硕果

勇於攀登立高峰

张志群於戊戌年夏

执着勤奋出硕果

中华文化添新蕾

吴颐隆

解甲不忘报国志，以笔为戈续新篇。

热烈祝贺思坤同志新诗集出版！

叶水富

2018.6.

十六春秋铸一剑

精神可嘉

赵月清

2018年7月1日

矢志不渝
铸就辉煌

卓洪昶
二〇一八年六月

工匠精神,令人敬佩

刘奇

意志坚定，心想事成。

王纪庚

2018.6问

多才多艺
功在千秋

潘云飞
2018.6.16.

禁足闭户十六春
览阅古今名伟人
传奇功过任评说
千古毁鉴励后人

汤能宏

二〇一八年五月

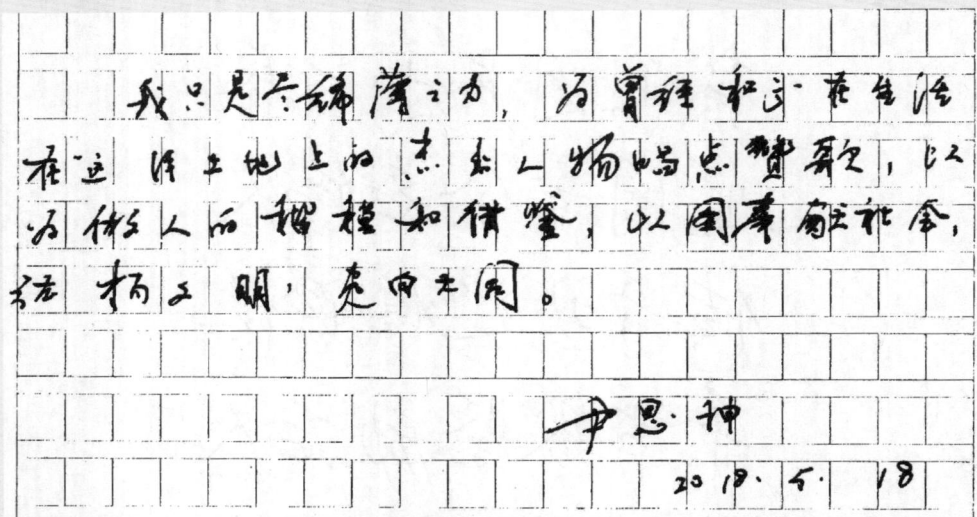

我只是一名采访者,为曾经和正在生活在这片土地上的杰出人物唱志赞歌,以为他人的楷模和借鉴,以困惑社会,弘扬文明,发自本心。

尹恩忠
2018.5.18

编写说明

1. 全集共收录诗51949首，均用中国传统格律体写成。诗文声韵主要依据《新华字典》《现代汉语词典》《汉语大词典》等工具书。

2. 全集编排体例为：标题（咏×××）、人物简介（姓名、生卒年、字、籍贯、主要经历、主要成就等）、诗歌正文。

3. 全集都为咏人物诗，由于所涉人物众多，且个别人物时间跨度较大，原则上以被咏者主要经历所在的朝代为序排列。

4. 全集所撰写资料依据非正史不用，民间传说、野史一概不用（远古篇所列对象和个别人物除外）。负面人物，除个别极具代表性的以外，一般不写。

5. 有关人物简介资料，参考了互联网及《辞海》等资源，恕不一一注明。

奇思绘就诗乾坤(代序)

朱永新

2018年年初,苏州市机关事务管理局原局长、原党组书记尹思坤给我来信,告诉我他用16年的时间完成了一部上起远古、下迄当代的人物诗集,共30卷51949首,约600万字,希望我能够为其撰写一个序言。

我一下子惊呆了。我在苏州市政府工作的时候,只知道他是部队转业的干部,是一个作风硬朗的机关工作人员,根本没有把他与吟诗作对联系起来。更何况是这样一个鉴古通今的大工程!

苏州真是一座藏龙卧虎的城市。前些年,吴中区的苏文独自编绘《百家集》《百贤集》《百女集》《皕兵集》《皕师集》《皕释集》《皕真集》《皕廉集》等人物图谱,并历时23年,编绘成《吴中先贤谱》,收录苏州历代贤哲2300人。

这次尹思坤的工程更为浩大,16年间他除每年花费两天时间扫墓祭祖外,从未间断写作。为此他婉拒了二十多次组织上安排的疗养、外出参观等活动,两件棉袄的胳膊肘处因长期伏案而磨出大洞。这种为了梦想殚精竭虑、坚持不懈的精神,深深感动和激励着我。

走近尹思坤,你会发现这"一介武夫"原来有着不同寻常的人生经历。他出身于古城扬州近郊一个家徒四壁、极其贫寒的农家。父亲是孤儿,母亲是外公、外婆从扬州"小人堂"（育婴堂）抱养的弃婴。穷人家孩子懂事早。他小学、中学担任班级学习委员、团支书，中学毕业以后投笔从戎，入伍后一年入党，两年提干，服役28年后以正团职转业到政府机关。"老三届"的他在工作之余，读了四所高校的函授、夜大，以及参加省自考。工作之余，读书、写作是他最大的兴趣爱好，他曾经在《中国机关后勤》等杂志发表《地方党政机关后勤改革刍议》等论文。退休以后，他先后撰写出版了《百年颂》《融》《盼：一对"老三届"的婚初两地书》《走：一个共和国同龄人的回眸》等4部作品，同时在报刊发表百篇文章，被吸收为苏州市作协、诗协、沧浪诗社会员。

以前，我读过他写小蜘蛛织网的文章，那篇文章观察细致入微，文字朴实老到。我还知道，多年来他一直悄悄做"微公益"，用自己的工资和退休金济困、赈灾、助学，总计有4万多元。

走进《资鉴》，发现这部"人物诗词"集原来也有着不同寻常的传奇色彩，分远古篇、上古篇、中古篇、近古篇、近代篇、现代篇等六篇，洋洋大观，手稿堆起来比篮球巨人穆铁柱还高。就诗的数量而言，比个人诗作最多的乾隆皇帝多8000首，比全唐诗多3000首。全部采用《新华字典》《现代汉语词典》等标注的新声韵（格律体）写成。全书以时间为经，以人物事迹为纬，以诗言史，将旧石器时代早期（约300万年前）有巢氏至今各领域的精英，以历史唯物主义基本原理，以一颗景仰之心，一一歌咏。创作力求客观公允，准确无误，非正史不用。构思运笔力求生动传神，言简意赅，如行云流水。全集诗句二十多万行无一重复。打开这部诗集，如同展开一幅恢弘瑰丽的历史画卷。

我不懂诗词，对历史也没有专门研究，翻阅了其中一些诗，觉得虽然不是首首精彩，但也是字斟句酌，颇为用心。如写人类原始巢居的发明者《咏有巢氏》："天然洞穴闷潮湿，难免蛇虫百兽袭。构木巢居除险困，昼拾橡栗夜安栖。"

每首诗只有短短四句，却概括了人物的主要经历与贡献，颇为精到。尹思坤告诉我，之所以采用新声韵，是因为随着文字的发展变化，如今绝大多数人已不熟知许多字的古声韵,这在一定程度上成为制约古诗词进一步发展的"瓶颈"。为此他专门拜师学艺,勤学苦练,在这本书中做了大胆尝试。

　　奇思绘就诗乾坤,巨著敬献共和国。尹思坤告诉我,16年来昼夜不息、焚膏继晷地劳作,就是想在2019年10月1日前出版,作为献给共和国母亲70华诞的一份薄礼。现在,他的梦想如期实现了。

　　我想,我们在见证和祝贺这部诗集的出版,分享作者的喜悦与荣耀的同时,也应该思考:一个人的兴趣究竟能够铸就多少传奇?一个人的梦想究竟有多大的力量?一个人的坚守究竟能够创造怎样的奇迹?一个人的人生究竟有多少可能?

　　是为序。

2018年端午日写于北京滴石斋

目 录

编写说明
奇思绘就诗乾坤（代序） ················· 朱永新

远古篇

咏有巢氏·········· 2	咏嫘祖·········· 3	咏颛顼·········· 5
咏燧人氏·········· 2	咏嫫母·········· 4	咏少昊·········· 5
咏伏羲·········· 2	咏彤鱼氏·········· 4	咏共工·········· 5
咏女娲·········· 2	咏方雷氏·········· 4	咏后土·········· 6
咏盘古·········· 2	咏昌意·········· 4	咏蟜极·········· 6
咏神农氏·········· 2	咏风后·········· 4	咏帝喾·········· 6
咏无怀氏·········· 2	咏力牧·········· 4	咏帝挚·········· 6
咏葛天氏·········· 3	咏大鸿·········· 4	咏姜石年·········· 6
咏阴康氏·········· 3	咏常仪·········· 4	咏中央氏·········· 6
咏少典·········· 3	咏岐伯·········· 5	咏尧·········· 6
咏炎帝·········· 3	咏后羿·········· 5	咏虞舜·········· 6
咏临魁·········· 3	咏嫦娥·········· 5	咏娥皇·········· 7
咏昊英·········· 3	咏常先·········· 5	咏大禹·········· 7
咏黄帝·········· 3	咏祝融·········· 5	

上古篇

夏

咏启 …………… 10	咏季杼 ………… 10	咏孔甲 ………… 11
咏太康 ………… 10	咏槐 …………… 11	咏皋 …………… 11
咏仲康 ………… 10	咏芒 …………… 11	咏发 …………… 11
咏相 …………… 10	咏泄 …………… 11	咏桀 …………… 12
咏少康 ………… 10	咏不降 ………… 11	咏关龙逄 ……… 12
咏女艾 ………… 10	咏扃 …………… 11	咏妹喜 ………… 12

商

咏商汤 ………… 13	咏祖乙 ………… 15	咏祖甲 ………… 17
咏伊尹 ………… 13	咏巫贤 ………… 15	咏廪辛 ………… 18
咏仲虺 ………… 13	咏祖辛 ………… 15	咏康丁 ………… 18
咏外丙 ………… 13	咏沃甲 ………… 16	咏武乙 ………… 18
咏太甲 ………… 13	咏祖丁 ………… 16	咏文丁 ………… 18
咏沃丁 ………… 13	咏南庚 ………… 16	咏帝乙 ………… 18
咏太庚 ………… 14	咏阳甲 ………… 16	咏甘盘 ………… 18
咏小甲 ………… 14	咏盘庚 ………… 16	咏纣 …………… 19
咏雍己 ………… 14	咏小辛 ………… 16	咏妲己 ………… 19
咏太戊 ………… 14	咏小乙 ………… 16	咏商容 ………… 19
咏伊陟 ………… 14	咏武丁 ………… 16	咏比干 ………… 19
咏巫咸 ………… 14	咏傅说 ………… 17	咏箕子 ………… 19
咏仲丁 ………… 14	咏妇好 ………… 17	咏武庚 ………… 20
咏外壬 ………… 15	咏孝己 ………… 17	
咏河亶甲 ……… 15	咏祖庚 ………… 17	

周

咏公刘 ………… 21	咏太姜 ………… 21	咏太壬 ………… 21
咏古公亶父 …… 21	咏季历 ………… 21	咏姬昌 ………… 21

咏太姒……………22	咏姬满……………25	咏姬壬臣…………29
咏姜尚……………22	咏繄扈……………26	咏姬瑜……………29
咏鬻熊……………22	咏姬囏……………26	咏单襄公…………30
咏太颠……………22	咏姬辟方…………26	咏王孙满…………30
咏闳夭……………22	咏姬燮……………26	咏姬夷……………30
咏辛甲……………22	咏姬胡……………26	咏姬泄心…………30
咏散宜生…………23	咏荣夷公…………26	咏姬贵……………30
咏伯邑考…………23	咏虢公长父………26	咏单旗……………30
咏管叔……………23	咏卫巫……………27	咏姬猛……………30
咏周公……………23	咏姬静……………27	咏姬匄……………31
咏蔡叔……………23	咏虢季子…………27	咏郧蟜……………31
咏曹叔振铎………23	咏仲山甫…………27	咏姬仁……………31
咏郕叔武…………23	咏申伯……………27	咏姬介……………31
咏霍叔……………24	咏尹吉甫…………27	咏姬去疾…………31
咏康叔……………24	咏召伯虎…………28	咏姬叔……………31
咏季载……………24	咏方叔……………28	咏姬嵬……………31
咏毕公……………24	咏杜伯……………28	咏姬午……………32
咏召公……………24	咏姬宫湦…………28	咏姬骄……………32
咏燕侯克…………24	咏姬宜臼…………28	咏姬喜……………32
咏兹舆期…………25	咏姬林……………28	咏姬扁……………32
咏丹季……………25	咏姬佗……………29	咏姬定……………32
咏姬诵……………25	咏姬胡齐…………29	咏姬延……………32
咏姬钊……………25	咏姬阆……………29	
咏姬瑕……………25	咏姬郑……………29	

齐

咏吕伋……………33	咏吕山……………33	咏吕购……………34
咏吕得……………33	咏吕寿……………33	咏齐僖公…………34
咏吕不辰…………33	咏齐厉公…………33	咏齐襄公…………34
咏吕静……………33	咏齐文公…………34	咏吕无诡…………34

咏齐桓公	34	咏吕阳生	38	咏季真	41
咏鲍叔牙	35	咏吕壬	38	咏齐宣王	42
咏管仲	35	咏吕骜	38	咏田婴	42
咏竖刁	35	咏吕积	38	咏田地	42
咏吕昭	35	咏齐康公	38	咏田文	42
咏吕潘	35	咏田敬仲	39	咏冯谖	42
咏吕舍	35	咏田孟夷	39	咏淖齿	42
咏吕商人	36	咏田常	39	咏王孙贾	43
咏吕元	36	咏田襄子	39	咏田单	43
咏吕无野	36	咏田白	39	咏匡章	43
咏吕环	36	咏田和	39	咏田章法	43
咏颜懿姬	36	咏齐威王	39	咏太史敫	43
咏崔杼	36	咏邹忌	40	咏君王后	43
咏国佐	36	咏田忌	40	咏田建	43
咏鲍牵	37	咏孙膑	40	咏田儋	43
咏鲍国	37	咏田盼	40	咏田假	44
咏晏婴	37	咏淳于髡	40	咏田市	44
咏郭荣	37	咏慎到	41	咏田荣	44
咏吕光	37	咏接子	41	咏田安	44
咏齐景公	37	咏环渊	41	咏田广	44
咏司马穰苴	37	咏宋钘	41		
咏齐晏孺子	38	咏尹文	41		

宋

咏宋微子	45	咏正考父	46	咏宋后湣公	46
咏宋共	45	咏宋武公	46	咏宋桓公	47
咏鲋祀	45	咏宋宣公	46	咏宋襄公	47
咏宋子䴉	45	咏宋穆公	46	咏目夷	47
咏宋哀公	45	咏宋殇公	46	咏宋成公	47
咏宋戴公	45	咏宋庄公	46	咏宋昭公	47

咏宋文公…………	47	咏宋景公…………	48	咏宋康王…………	49
咏宋共公　………	48	咏宋后昭公………	48	咏墨子……………	49
咏伯姬……………	48	咏宋悼公…………	49	咏惠子……………	49
咏宋平公…………	48	咏宋桓侯…………	49	咏庄子……………	50
咏宋元公…………	48	咏宋剔成君………	49		

晋

咏唐叔虞…………	51	咏晋惠公…………	55	咏狼瞫……………	59
咏晋侯燮…………	51	咏晋怀公…………	55	咏梁益耳…………	59
咏晋武侯…………	51	咏重耳……………	55	咏士縠……………	59
咏晋献侯…………	51	咏嬴文……………	55	咏先都……………	59
咏晋穆侯…………	51	咏郭偃……………	55	咏先克……………	59
咏晋殇叔…………	51	咏狐突……………	55	咏栾盾……………	59
咏晋文侯…………	52	咏狐毛……………	55	咏赵盾……………	59
咏晋昭侯…………	52	咏狐偃……………	56	咏赵穿……………	60
咏晋孝侯…………	52	咏赵衰……………	56	咏胥甲……………	60
咏晋哀侯…………	52	咏先轸……………	56	咏胥克……………	60
咏晋侯缗…………	52	咏贾佗……………	56	咏臾骈……………	60
咏曲沃桓叔………	53	咏魏犨……………	56	咏韩厥……………	60
咏曲沃庄伯………	53	咏魏颗……………	57	咏魏寿余…………	61
咏晋武公…………	53	咏介子推…………	57	咏士会……………	61
咏姬韩万…………	53	咏郤縠……………	57	咏士燮……………	61
咏晋献公…………	53	咏郤芮……………	57	咏晋灵公…………	61
咏骊姬……………	54	咏郤缺……………	57	咏钼麑……………	61
咏士茓……………	54	咏履鞮……………	58	咏贾季……………	62
咏赵夙……………	54	咏胥臣……………	58	咏屠岸贾…………	62
咏穆姬……………	54	咏先且居　………	58	咏董狐……………	62
咏申生……………	54	咏栾枝……………	58	咏晋成公…………	62
咏杜原款…………	54	咏阳处父…………	58	咏晋景公…………	62
咏荀息……………	54	咏晋襄公…………	58	咏解扬……………	62

咏申公巫臣………62	咏荀宾…………65	咏姬彪…………68
咏钟仪…………63	咏祁奚…………65	咏师旷…………68
咏伯宗…………63	咏解狐…………66	咏士匄…………68
咏赵朔…………63	咏祁午…………66	咏栾盈…………69
咏赵庄姬………63	咏羊舌职………66	咏魏舒…………69
咏赵婴齐………63	咏叔向…………66	咏荀吴…………69
咏赵同…………64	咏羊舌赤………66	咏晋夷…………69
咏赵括…………64	咏羊舌鲋………66	咏姬弃疾………69
咏赵武…………64	咏荀偃…………66	咏姬午…………69
咏赵旃…………64	咏智䓨…………67	咏荀寅…………70
咏荀林父………64	咏魏绛…………67	咏董安于………70
咏荀庚…………64	咏栾书…………67	咏荀申…………70
咏晋厉公………65	咏郤锜…………67	咏荀瑶…………70
咏胥童…………65	咏郤昭子………67	咏智果…………70
咏吕相…………65	咏郤犨…………68	
咏晋悼公………65	咏韩起…………68	

鲁

咏姬伯禽………71	咏叔牙 …………72	咏季平子………74
咏鲁武公………71	咏季友…………73	咏阳虎…………74
咏鲁废公………71	咏曹沫…………73	咏鲁定公………75
咏鲁孝公………71	咏鲁闵公………73	咏鲁哀公………75
咏鲁惠公………71	咏鲁僖公 ………73	咏猗顿…………75
咏鲁隐公………71	咏鲁文公………73	咏鲁悼公………75
咏鲁桓公………72	咏鲁宣公………73	咏鲁穆公………75
咏文姜…………72	咏鲁襄公………73	咏鲁共公 ………75
咏鲁庄公………72	咏季孙行父……74	咏鲁顷公………76
咏哀姜 …………72	咏季武子………74	咏孔子…………76
咏庆父…………72	咏孟献子………74	咏颜路…………76
咏公孙敖………72	咏鲁昭公………74	咏颜回…………76

咏冉伯牛………… 76　　咏宰我…………… 77　　咏左丘明………… 78
咏仲由…………… 76　　咏端木赐………… 77　　咏孟子…………… 78
咏闵子骞………… 77　　咏子夏…………… 77　　咏万章…………… 78
咏仲弓…………… 77　　咏言偃…………… 78
咏冉有…………… 77　　咏子舆…………… 78

楚

咏熊绎…………… 79　　咏斗克…………… 83　　咏熊建…………… 87
咏熊眴…………… 79　　咏斗般…………… 83　　咏费无忌………… 87
咏子辛…………… 79　　咏苏从…………… 83　　咏伍奢…………… 87
咏熊通…………… 79　　咏养由基………… 83　　咏伍尚…………… 87
咏邓曼…………… 79　　咏潘党…………… 83　　咏熊轸…………… 88
咏屈瑕…………… 79　　咏虞邱子………… 83　　咏熊章…………… 88
咏斗缗…………… 79　　咏伍举…………… 84　　咏熊中…………… 88
咏随侯…………… 80　　咏孙叔敖………… 84　　咏熊当…………… 88
咏季梁…………… 80　　咏子重…………… 84　　咏熊疑…………… 88
咏斗伯比………… 80　　咏子反…………… 84　　咏吴起…………… 88
咏斗祁…………… 80　　咏斗椒…………… 85　　咏熊臧…………… 89
咏熊赀…………… 80　　咏苗贲皇………… 85　　咏孟胜…………… 89
咏息妫…………… 81　　咏熊审…………… 85　　咏熊良夫………… 89
咏熊恽…………… 81　　咏老子…………… 85　　咏熊商…………… 89
咏成得臣………… 81　　咏子囊…………… 85　　咏熊槐…………… 89
咏屈完…………… 81　　咏伯州犁………… 86　　咏郑袖…………… 90
咏熊商臣………… 81　　咏子庚…………… 86　　咏子兰…………… 90
咏潘崇…………… 82　　咏子南…………… 86　　咏景翠…………… 90
咏成大心………… 82　　咏屈建…………… 86　　咏许行…………… 90
咏子孔…………… 82　　咏囊瓦…………… 86　　咏屈原…………… 90
咏熊侣…………… 82　　咏熊弃疾………… 86　　咏上官大夫……… 90
咏樊姬…………… 82　　咏子西…………… 87　　咏昭雎…………… 90
咏士亹…………… 83　　咏白公胜………… 87　　咏熊横…………… 91

咏熊完 … 91	咏项燕 … 92	咏宋义 … 93
咏春申君 … 91	咏项梁 … 92	咏熊心 … 93
咏朱英 … 91	咏项伯 … 92	咏共敖 … 93
咏熊犹 … 91	咏项羽 … 92	咏共尉 … 93
咏熊负刍 … 91	咏项庄 … 92	

吴

咏吴太伯 … 94	咏吴王僚 … 94	咏孙武 … 95
咏寿梦 … 94	咏庆忌 … 94	咏伍子胥 … 95
咏诸樊 … 94	咏专诸 … 95	咏夫差 … 95
咏季子 … 94	咏阖闾 … 95	咏伯嚭 … 96

越

咏无馀 … 97	咏范蠡 … 97	咏越王翳 … 98
咏允常 … 97	咏西施 … 98	咏错枝 … 98
咏勾践 … 97	咏鹿郢 … 98	咏无颛 … 98
咏文种 … 97	咏不寿 … 98	咏无强 … 98

韩

咏韩万 … 100	咏韩烈侯 … 101	咏韩宣惠王 … 102
咏韩简 … 100	咏韩文侯 … 101	咏韩襄王 … 102
咏韩虎 … 100	咏韩哀侯 … 101	咏韩釐王 … 102
咏韩景侯 … 100	咏韩懿侯 … 101	咏韩桓惠王 … 102
咏韩傀 … 100	咏韩昭侯 … 101	咏韩废王 … 102
咏聂政 … 100	咏申不害 … 102	

赵

咏赵鞅 … 103	咏赵烈侯 … 103	咏赵肃侯 … 104
咏赵无恤 … 103	咏赵敬侯 … 104	咏赵武灵王 … 104
咏张梦谈 … 103	咏赵成侯 … 104	咏郭纵 … 104

咏肥义 …… 104	咏缪贤 …… 106	咏庞煖 …… 107
咏赵章 …… 105	咏赵奢 …… 106	咏乐乘 …… 108
咏田不礼 …… 105	咏赵括 …… 106	咏扈辄 …… 108
咏李兑 …… 105	咏贾偃 …… 106	咏郭开 …… 108
咏赵惠文王 …… 105	咏许历 …… 107	咏李牧 …… 108
咏赵胜 …… 105	咏赵孝成王 …… 107	咏司马尚 …… 108
咏公孙龙 …… 105	咏冯亭 …… 107	咏颜聚 …… 108
咏廉颇 …… 106	咏虞卿 …… 107	咏赵葱 …… 109
咏蔺相如 …… 106	咏赵悼襄王 …… 107	咏李左车 …… 109

魏

咏魏文侯 …… 110	咏庞涓 …… 112	咏魏无忌 …… 113
咏李悝 …… 110	咏白圭 …… 112	咏魏景湣王 …… 114
咏翟璜 …… 110	咏庖丁 …… 112	咏魏王假 …… 114
咏乐羊 …… 110	咏魏襄王 …… 112	咏魏王咎 …… 114
咏西门豹 …… 111	咏张仪 …… 112	咏魏豹 …… 114
咏段干木 …… 111	咏苏秦 …… 113	咏陈馀 …… 114
咏田子方 …… 111	咏公孙衍 …… 113	咏张耳 …… 114
咏魏武侯 …… 111	咏魏昭王 …… 113	咏申阳 …… 115
咏公叔痤 …… 111	咏芒卯 …… 113	
咏魏惠王 …… 111	咏魏安釐王 …… 113	

燕

咏燕惠侯 …… 116	咏燕王哙 …… 117	咏骑劫 …… 118
咏燕桓侯 …… 116	咏苏代 …… 117	咏燕孝王 …… 118
咏燕庄公 …… 116	咏燕昭王 …… 117	咏燕王喜 …… 118
咏燕昭公 …… 116	咏邹衍 …… 117	咏燕太子丹 …… 118
咏燕惠公 …… 116	咏剧辛 …… 117	咏荆轲 …… 118
咏燕悼公 …… 116	咏郭隗 …… 117	咏樊於期 …… 119
咏燕后文公 …… 117	咏燕惠王 …… 118	咏秦舞阳 …… 119

咏高渐离 ………… 119　　咏臧荼 ………… 119

郑
咏郑庄公 ………… 120　　咏郑文公 ………… 120　　咏邓析 ………… 120
咏高渠弥 ………… 120　　咏公孙侨 ………… 120

卫
咏胡衍 ………… 121　　咏鬼谷子 ………… 121　　咏孟贲 ………… 121

百越
咏吴芮 ………… 122　　咏毛苹 ………… 122

南越
咏赵佗 ………… 123　　咏赵婴齐 ………… 123　　咏赵建德 ………… 124
咏赵光 ………… 123　　咏樛皇后 ………… 123　　咏吕嘉 ………… 124
咏赵眜 ………… 123　　咏赵兴 ………… 123

秦
咏秦非子 ………… 125　　咏蹇叔 ………… 127　　咏秦灵公 ………… 129
咏秦仲 ………… 125　　咏孟明视 ………… 127　　咏秦简公 ………… 129
咏秦庄公 ………… 125　　咏白乙丙 ………… 127　　咏秦出公 ………… 129
咏秦襄公 ………… 125　　咏西乞术 ………… 127　　咏秦献公 ………… 129
咏秦文公 ………… 125　　咏秦康公 ………… 128　　咏秦孝公 ………… 130
咏秦宪公 ………… 126　　咏秦共公 ………… 128　　咏景监 ………… 130
咏秦出子 ………… 126　　咏秦桓公 ………… 128　　咏商鞅 ………… 130
咏秦武公 ………… 126　　咏秦哀公 ………… 128　　咏甘龙 ………… 130
咏秦穆公 ………… 126　　咏秦悼公 ………… 128　　咏杜挚 ………… 130
咏百里奚 ………… 126　　咏秦厉共公 ………… 128　　咏公子虔 ………… 131
咏杜氏 ………… 127　　咏秦躁公 ………… 129　　咏公孙贾 ………… 131
咏伯乐 ………… 127　　咏秦怀公 ………… 129　　咏秦惠文王 ………… 131

咏司马错………… 131	咏夏无且 ……… 135	咏赵高………… 138
咏甘茂………… 131	咏盖聂………… 135	咏阎乐………… 138
咏陈庄………… 131	咏钜子………… 135	咏子婴………… 139
咏魏章………… 132	咏李斯………… 135	咏韩谈………… 139
咏樗里疾……… 132	咏韩非………… 135	咏杨熊………… 139
咏秦武王……… 132	咏王绾………… 136	咏李良………… 139
咏乌获………… 132	咏冯去疾……… 136	咏章邯………… 139
咏任鄙………… 132	咏冯劫………… 136	咏涉间………… 139
咏贲育………… 132	咏李信………… 136	咏董翳………… 139
咏孟说………… 132	咏白起………… 136	咏王贲………… 140
咏扁鹊………… 132	咏司马靳……… 136	咏王离………… 140
咏秦昭襄王…… 133	咏王龁………… 136	咏陈胜………… 140
咏范雎………… 133	咏姚贾………… 136	咏吴广………… 140
咏华阳君……… 133	咏尉缭………… 137	咏周文………… 140
咏楼缓………… 133	咏蒙骜………… 137	咏司马欣……… 140
咏秦孝文王…… 133	咏蒙恬………… 137	咏吕臣………… 141
咏华阳夫人…… 134	咏蒙武………… 137	咏庄贾………… 141
咏阳泉君……… 134	咏蒙毅………… 137	咏陈馀………… 141
咏秦庄襄王…… 134	咏徐福………… 138	咏蒲将军……… 141
咏嬴政………… 134	咏李玄………… 138	咏武臣………… 141
咏吕不韦……… 134	咏扶苏………… 138	
咏嫪毐 ………… 135	咏胡亥………… 138	

汉

咏刘太公……… 142	咏吕公………… 143	咏栾布………… 144
咏刘邦………… 142	咏吕雉………… 143	咏张耳………… 144
咏刘仲………… 142	咏戚夫人……… 143	咏张敖………… 144
咏刘交………… 142	咏张良………… 143	咏贯高………… 145
咏刘贾………… 142	咏韩信………… 144	咏泄公………… 145
咏刘泽………… 143	咏彭越………… 144	咏夏说………… 145

咏吕泽 …………… 145	咏郦疥 …………… 150	咏刘友 …………… 154
咏季布 …………… 145	咏陈豨 …………… 150	咏刘恢 …………… 155
咏季心 …………… 145	咏任敖 …………… 150	咏刘如意 ………… 155
咏曹丘 …………… 145	咏傅宽 …………… 150	咏刘长 …………… 155
咏丁复 …………… 146	咏夏侯婴 ………… 150	咏刘盈 …………… 155
咏钟离眛 ………… 146	咏萧延 …………… 150	咏张嫣 …………… 155
咏龙且 …………… 146	咏蒯通 …………… 151	咏闳孺 …………… 155
咏虞子期 ………… 146	咏武涉 …………… 151	咏刘恭 …………… 155
咏周殷 …………… 146	咏吕马童 ………… 151	咏刘弘 …………… 156
咏章平 …………… 146	咏杨喜 …………… 151	咏吕台 …………… 156
咏曹无伤 ………… 146	咏柴武 …………… 151	咏吕产 …………… 156
咏李由 …………… 147	咏召平 …………… 151	咏吕禄 …………… 156
咏灌婴 …………… 147	咏朱轸 …………… 151	咏驷钧 …………… 156
咏叔孙通 ………… 147	咏周苛 …………… 152	咏刘章 …………… 156
咏马维 …………… 147	咏纪信 …………… 152	咏刘兴居 ………… 156
咏卢绾 …………… 147	咏周昌 …………… 152	咏魏伯 …………… 157
咏雍齿 …………… 147	咏王陵 …………… 152	咏朱建 …………… 157
咏曹参 …………… 148	咏张苍 …………… 152	咏刘恒 …………… 157
咏曹窋 …………… 148	咏随何 …………… 153	咏薄姬 …………… 157
咏王武 …………… 148	咏贲赫 …………… 153	咏薄昭 …………… 157
咏樊哙 …………… 148	咏利苍 …………… 153	咏窦皇后 ………… 157
咏吕媭 …………… 148	咏辛追 …………… 153	咏窦广国 ………… 158
咏樊伉 …………… 148	咏陈婴 …………… 153	咏慎夫人 ………… 158
咏陈平 …………… 148	咏娄敬 …………… 153	咏邓通 …………… 158
咏魏无知 ………… 149	咏审食其 ………… 153	咏淳于意 ………… 158
咏陆贾 …………… 149	咏甪里先生 ……… 154	咏缇萦 ………… 158
咏石奋 …………… 149	咏黄石公 ………… 154	咏张武 …………… 158
咏景驹 …………… 149	咏东园公 ………… 154	咏赵谈 …………… 158
咏郦食其 ………… 149	咏刘肥 …………… 154	咏宋昌 …………… 159
咏郦商 …………… 150	咏刘襄 …………… 154	咏陈午 …………… 159

咏张释之……… 159	咏刘贤……… 163	咏刘彻……… 168
咏周仁……… 159	咏刘贤……… 164	咏刘庆……… 168
咏伏生……… 159	咏刘遂……… 164	咏刘襄……… 169
咏直不疑……… 159	咏刘戊……… 164	咏刘安……… 169
咏刘启……… 159	咏晁错……… 164	咏刘建……… 169
咏薄皇后……… 160	咏袁盎……… 164	咏刘细君……… 169
咏栗姬……… 160	咏邹阳……… 164	咏陈皇后……… 169
咏刘荣……… 160	咏陶青……… 165	咏李夫人……… 169
咏刘德……… 160	咏邓公……… 165	咏李延年……… 170
咏毛亨……… 160	咏邓章……… 165	咏阳石公主……… 170
咏毛苌……… 160	咏胡毋生……… 165	咏卫长公主……… 170
咏刘非……… 161	咏刘彭祖……… 165	咏曹襄……… 170
咏刘端……… 161	咏辕固生……… 166	咏栾大……… 170
咏唐姬……… 161	咏公孙昆邪……… 166	咏许昌……… 170
咏刘发……… 161	咏申屠嘉……… 166	咏窦婴……… 170
咏王娡……… 161	咏公孙诡……… 166	咏田蚡……… 171
咏平阳公主……… 161	咏刘舍……… 166	咏灌夫……… 171
咏曹寿……… 162	咏卫绾……… 166	咏王臧……… 171
咏南宫公主……… 162	咏郑当时……… 166	咏赵绾……… 171
咏隆虑公主……… 162	咏卓王孙……… 167	咏徐乐……… 171
咏金王孙……… 162	咏杨得意……… 167	咏严安……… 171
咏金俗……… 162	咏唐蒙……… 167	咏东方朔 ……… 171
咏王信……… 162	咏司马相如……… 167	咏主父偃……… 172
咏王儿姁……… 162	咏卓文君……… 167	咏司马谈……… 172
咏刘寄 ……… 162	咏庄忌……… 167	咏霍仲孺……… 172
咏刘舜……… 163	咏枚乘……… 168	咏卫少儿……… 172
咏刘武……… 163	咏枚皋……… 168	咏张骞……… 172
咏刘定……… 163	咏郦寄……… 168	咏程不识……… 173
咏刘揖……… 163	咏韩颓当……… 168	咏苏建……… 173
咏刘濞……… 163	咏张隆……… 168	咏李广……… 173

咏李蔡……………173	咏张汤……………178	咏石庆……………184
咏李当户…………173	咏张贺……………178	咏石德……………184
咏李陵……………173	咏庄青翟…………179	咏汲黯……………184
咏韩延年…………174	咏义纵……………179	咏刘胥……………184
咏李广利…………174	咏尹齐……………179	咏刘据……………185
咏李绪……………174	咏减宣……………179	咏刘进……………185
咏卫律……………174	咏杜周……………179	咏王翁须…………185
咏司马迁…………174	咏王温舒…………180	咏公孙贺…………185
咏任安……………174	咏宁成……………180	咏公孙敬声………185
咏李敢……………175	咏周阳由…………180	咏朱安世…………185
咏李禹……………175	咏王贺……………180	咏江充……………185
咏赵破奴…………175	咏董仲舒…………180	咏苏文……………186
咏郅都……………175	咏夏侯始昌………181	咏田仁……………186
咏杨仆……………175	咏申培……………181	咏刘屈氂…………186
咏郭吉……………176	咏江公……………181	咏韩说……………186
咏路充国…………176	咏韩婴……………181	咏卫伉……………186
咏路博德…………176	咏倪宽……………181	咏卫登……………186
咏安国少季………176	咏壶遂……………182	咏马何罗…………187
咏韩安国…………176	咏唐都……………182	咏田千秋…………187
咏田甲……………176	咏邓平……………182	咏桑弘羊…………187
咏王恢……………177	咏落下闳…………182	咏东郭咸阳………187
咏石建……………177	咏卜式……………182	咏孔仅……………187
咏赵食其…………177	咏张欧……………183	咏王䜣……………187
咏解忧公主………177	咏暴胜之…………183	咏刘弗陵…………188
咏李息……………177	咏韩嫣……………183	咏钩弋夫人………188
咏徐自为…………177	咏公孙卿…………183	咏上官皇后………188
咏张次公…………178	咏庄助……………183	咏金日磾…………188
咏郭昌……………178	咏公孙弘…………183	咏鄂邑长公主……188
咏荀彘……………178	咏朱买臣…………184	咏胡建……………188
咏公孙敖…………178	咏薛泽……………184	咏樊福……………189

咏丁外人 …………… 189	咏庆普 …………… 194	咏辛武贤 …………… 199
咏上官桀 …………… 189	咏戴德 …………… 194	咏辛庆忌 …………… 199
咏上官安 …………… 189	咏戴圣 …………… 194	咏甘延寿 …………… 200
咏杜延年 …………… 189	咏颜安乐 …………… 194	咏陈汤 …………… 200
咏刘髆 …………… 189	咏严彭祖 …………… 195	咏施雠 …………… 200
咏刘贺 …………… 190	咏欧阳生 …………… 195	咏孟喜 …………… 200
咏龚遂 …………… 190	咏欧阳高 …………… 195	咏梁丘贺 …………… 200
咏黄霸 …………… 190	咏夏侯胜 …………… 195	咏胡常 …………… 200
咏刘询 …………… 190	咏林尊 …………… 195	咏梁丘临 …………… 201
咏许平君 …………… 190	咏夏侯建 …………… 195	咏刘奭 …………… 201
咏许延寿 …………… 190	咏孔安国 …………… 196	咏刘宇 …………… 201
咏霍成君 …………… 191	咏田延年 …………… 196	咏刘钦 …………… 201
咏霍光 …………… 191	咏田广明 …………… 196	咏司马良娣 …………… 201
咏霍显 …………… 191	咏韦贤 …………… 196	咏王政君 …………… 201
咏淳于衍 …………… 191	咏弘恭 …………… 196	咏王禁 …………… 201
咏霍禹 …………… 191	咏尹翁归 …………… 196	咏王根 …………… 202
咏霍云 …………… 191	咏朱邑 …………… 197	咏王商 …………… 202
咏史恭 …………… 192	咏苏武 …………… 197	咏王凤 …………… 202
咏丙吉 …………… 192	咏常惠 …………… 197	咏冯野王 …………… 202
咏张安世 …………… 192	咏盖宽饶 …………… 197	咏王骏 …………… 202
咏张彭祖 …………… 192	咏魏相 …………… 198	咏王音 …………… 202
咏金赏 …………… 192	咏严延年 …………… 198	咏王谭 …………… 202
咏金建 …………… 192	咏韩延寿 …………… 198	咏王仁 …………… 203
咏司马英 …………… 193	咏韩增 …………… 198	咏萧望之 …………… 203
咏杨敞 …………… 193	咏耿寿昌 …………… 198	咏贾捐之 …………… 203
咏杨恽 …………… 193	咏王褒 …………… 198	咏史高 …………… 203
咏杨谭 …………… 193	咏王吉 …………… 199	咏于定国 …………… 203
咏孙会宗 …………… 193	咏张敞 …………… 199	咏焦延寿 …………… 203
咏高堂生 …………… 194	咏贡禹 …………… 199	咏杨何 …………… 203
咏后苍 …………… 194	咏陈万年 …………… 199	咏京房 …………… 203

咏姚平…………204	咏董贤…………209	咏王舜…………214
咏石显…………204	咏王嘉…………209	咏王邑…………214
咏冯奉世………204	咏龚胜…………209	咏王兴…………214
咏韦玄成………204	咏龚舍…………209	咏王宇…………214
咏王昭君………204	咏彭宣…………209	咏王临…………214
咏毛延寿………205	咏鲍宣…………209	咏扬雄…………214
咏陈咸…………205	咏少君…………210	咏刘歆…………214
咏朱博…………205	咏傅喜…………210	咏刘棻…………215
咏薛广德………205	咏师丹…………210	咏平晏…………215
咏匡衡…………205	咏翟方进………210	咏严尤…………215
咏史丹…………205	咏翟义…………210	咏甄寻…………215
咏郑子真………205	咏何武…………211	咏甄邯…………215
咏段会宗………206	咏刘茂…………211	咏孙建…………216
咏刘康…………206	咏平当…………211	咏孔永…………216
咏刘兴…………206	咏孔光…………211	咏徐宣…………216
咏朱云…………206	咏毋将隆………211	咏廉丹…………216
咏严君平………206	咏孙宝…………211	咏哀章…………216
咏薛宣…………207	咏孝平皇后……212	咏唐尊…………216
咏敬武公主……207	咏楼护…………212	咏孔仁…………216
咏谷永…………207	咏甄丰…………212	咏姚恂…………217
咏刘向…………207	咏邴汉…………212	咏吕母…………217
咏张禹…………207	咏孔休…………212	咏杜吴…………217
咏阳阿公主……207	咏王崇…………212	咏原涉…………217
咏赵飞燕………208	咏任文公………212	咏谢禄…………217
咏赵合德………208	咏刘婴…………213	咏邓晔…………217
咏班婕妤………208	咏王莽…………213	咏董宪…………218
咏许娥…………208	咏王皇后………213	咏张步…………218
咏张放…………208	咏史皇后………213	咏秦丰…………218
咏淳于长………208	咏原碧…………213	咏公孙述………218
咏刘欣…………208	咏王闳…………213	咏李熊…………218

咏刘玄…………218	咏范升…………222	咏马武…………227
咏刘稷…………218	咏刘恭…………222	咏刘隆…………227
咏刘信…………219	咏邓奉…………223	咏马成…………228
咏陈牧…………219	咏冯衍…………223	咏王梁…………228
咏成丹…………219	咏彭宠…………223	咏陈俊…………228
咏廖湛…………219	咏庞萌…………223	咏杜茂…………228
咏王郎…………219	咏韩歆…………223	咏傅俊…………228
咏谢躬…………219	咏孔奋…………223	咏坚镡…………228
咏唐林…………219	咏鲍永…………224	咏王霸…………229
咏李轶…………220	咏鲍恢…………224	咏任光…………229
咏苏茂…………220	咏耿况…………224	咏李忠…………229
咏张昂…………220	咏尹敏…………224	咏万修…………229
咏李松…………220	咏张步…………224	咏邳肜…………229
咏李铁…………220	咏王闳…………224	咏刘植…………229
咏刘秀…………220	咏冯勤…………224	咏王常…………229
咏刘良…………220	咏来歙…………224	咏李通…………230
咏刘赐…………221	咏田真…………225	咏窦融…………230
咏刘章…………221	咏邓禹…………225	咏卓茂…………230
咏刘信…………221	咏吴汉…………225	咏侯霸…………230
咏刘璜…………221	咏贾复…………225	咏侯进…………230
咏郭圣通………221	咏耿弇…………225	咏王磐…………230
咏刘彊…………221	咏寇恂…………226	咏杜林…………231
咏郭况…………221	咏冯异…………226	咏虞延…………231
咏阴丽华………221	咏朱祐…………226	咏马援…………231
咏阴识…………221	咏祭遵…………226	咏朱勃…………231
咏阴兴…………222	咏景丹…………226	咏杜季良………231
咏阴就…………222	咏盖延…………227	咏征贰…………231
咏阴丰…………222	咏铫期…………227	咏耿舒…………231
咏馆陶公主……222	咏耿纯…………227	咏卢芳…………232
咏朱鲔…………222	咏臧宫…………227	咏桓谭…………232

咏张纯……………… 232	咏谢夷吾……………… 236	咏邓康……………… 240
咏严光……………… 232	咏第五伦……………… 236	咏张酺……………… 240
咏卫宏……………… 232	咏贾逵……………… 236	咏贾鲂……………… 241
咏郑兴……………… 232	咏傅毅……………… 237	咏周纡……………… 241
咏申屠刚…………… 232	咏侯讽……………… 237	咏徐防……………… 241
咏丁恭……………… 233	咏丁鸿……………… 237	咏郑众……………… 241
咏张宗……………… 233	咏袁安……………… 237	咏郭璜……………… 241
咏梁统……………… 233	咏郑众……………… 237	咏梁憻……………… 241
咏包咸……………… 233	咏梁松……………… 237	咏邓绥……………… 241
咏范升……………… 233	咏刘炟……………… 237	咏刘隆……………… 242
咏朱浮……………… 233	咏章德窦皇后…… 238	咏刘懿……………… 242
咏刘般……………… 233	咏恭怀梁皇后 … 238	咏刘祜……………… 242
咏杨宝……………… 234	咏梁竦……………… 238	咏左小娥…………… 242
咏杨震……………… 234	咏张敏……………… 238	咏阎姬……………… 242
咏王密……………… 234	咏李育……………… 238	咏杜根……………… 242
咏刘庄……………… 234	咏王景……………… 238	咏何熙……………… 242
咏马皇后…………… 234	咏耿秉……………… 238	咏张伯路…………… 243
咏马廖……………… 234	咏任隗……………… 239	咏法雄……………… 243
咏刘羡……………… 234	咏邓彪……………… 239	咏邓骘……………… 243
咏刘恭……………… 235	咏张奋……………… 239	咏耿夔……………… 243
咏刘党……………… 235	咏韩棱……………… 239	咏刘恺……………… 243
咏刘衍……………… 235	咏郅寿……………… 239	咏李郃……………… 243
咏刘致……………… 235	咏马严……………… 239	咏陈禅……………… 244
咏刘小迎…………… 235	咏马敦……………… 239	咏马续……………… 244
咏刘小民…………… 235	咏邓训……………… 239	咏司马钧…………… 244
咏阎章……………… 235	咏马防……………… 240	咏冯焕……………… 244
咏班固……………… 235	咏陈宠……………… 240	咏成翊世…………… 244
咏班超……………… 236	咏鲁恭……………… 240	咏陈忠……………… 244
咏班昭……………… 236	咏刘肇……………… 240	咏刘珍……………… 245
咏王充……………… 236	咏汉和帝阴皇后… 240	咏刘安……………… 245

咏贺纯……………245	咏张陵……………249	咏杨秉……………254
咏刘保……………245	咏袁彭……………249	咏尹勋……………254
咏梁妠……………245	咏韩韶……………250	咏马融……………254
咏吴恭……………245	咏梁冀……………250	咏李云……………254
咏梁商……………245	咏梁不疑…………250	咏冯绲……………254
咏王堂……………246	咏孙寿……………250	咏张婴……………254
咏阎显……………246	咏刘炳……………250	咏赵娆……………255
咏李闰……………246	咏刘缵……………250	咏刘倏……………255
咏郭镇……………246	咏刘志……………250	咏刘郃……………255
咏孙程……………246	咏梁女莹…………251	咏程璜……………255
咏王康……………246	咏邓猛女…………251	咏管霸……………255
咏庞参……………246	咏边韶……………251	咏陈蕃……………255
咏桓焉……………247	咏黄浮……………251	咏黄龙……………255
咏马勉……………247	咏种暠……………251	咏周景……………255
咏滕抚……………247	咏单超……………251	咏魏朗……………256
咏虞诩……………247	咏王符……………251	咏刘宠……………256
咏张衡……………247	咏徐璜……………252	咏朱禹……………256
咏杜度……………247	咏左悺……………252	咏范滂……………256
咏崔瑗……………248	咏唐衡……………252	咏陈翔……………256
咏袁京……………248	咏具瑗……………252	咏岑晊……………256
咏许慎……………248	咏成瑨……………252	咏李膺……………256
咏杜乔……………248	咏侯览……………252	咏郭泰……………257
咏华孟……………248	咏周飙……………252	咏符融……………257
咏李固……………248	咏曹腾……………252	咏窦妙……………257
咏荀淑……………248	咏虞放……………253	咏堂溪典…………257
咏樊英……………249	咏袁逢……………253	咏王甫……………257
咏杨厚……………249	咏朱穆……………253	咏段颖……………257
咏赵戒……………249	咏朱晖……………253	咏阳球……………257
咏袁汤……………249	咏黄琼……………253	咏曹节……………258
咏钟皓……………249	咏吴雄……………253	咏刘陶……………258

咏孙羌……………258	咏法真……………259	咏许劭 …………260
咏刘瑜……………258	咏尹奉……………259	咏张俭…………260
咏李文侯…………258	咏刘熹……………259	咏淳于琼…………260
咏胡广……………258	咏张温……………259	咏袁绍……………260
咏张奂……………258	咏蔡邕……………259	
咏皇甫规…………258	咏张芝……………259	

远古篇

咏有巢氏

有巢氏，上古传说人物，氏族，亦称"大巢氏"，远古时期教民构木为巢，由原始山洞居住发展到建房居住。传说其出生地在苍梧（今湖南九嶷山），定都石楼山（今山西吕梁）。

天然洞穴闷潮湿，难免蛇虫百兽袭。
构木巢居除险困，昼拾橡栗夜安栖。

咏燧人氏

燧人氏，华夏族。相传，燧人氏首领与弇兹氏首领结合，始称燧人弇兹合雄氏。有钻木取火、搓绳等十项发明。

一

燧皇火祖多才干，一钻火生五万年。
驱暗熟食肢体壮，开天辟地盛空前。

二

昆仑寒顶看天象，扶木刻移辨四时。
织女搓绳三万岁，打结记事准凭实。

三

河洛星辰符号字，图腾立姓旺门族。
天纲天纪太极印，人类文明神圣书。

咏伏羲

伏羲，古籍记载最早的王之一。创八卦、历法、熟食，发明瑟，结束古人茹毛饮血、结绳记事的野蛮生活。

灵犀八卦创，汉字萌根芽。
结网便渔猎，瑟声怡海涯。

咏女娲

女娲，传说中华上古之神，伏羲之妹，以泥土造人，化生万物，建婚姻制度，熔彩石以补天。

黄土造人殖万代，婚姻制度史前无。
彩石熔炼补天罅，天籁笙簧万众娱。

咏盘古

盘古，神话中开天辟地的巨人。

酣眠一万八千岁，破壳化生天地人。
浑沌洪荒相伴久，生息繁衍茂莘莘。

咏神农氏

神农，姓伊耆，也姓姜，别名五谷帝仙。发明农具耒，教人们稼穑饲养、制陶纺织以及使用火；尝百草，是医药之祖；制定历法，创九井相连的水利灌溉术。

木耒开荒植五谷，制陶饲养享熟食。
治疴百草神农架，遮体避羞被纺衣。

咏无怀氏

无怀氏，前5278—前5209年。上古帝王，前5241—前5209年在位。出生地为怀城（今河南焦作），后定都象城（今河南漯河）。

勤恳无私身作范，衔觞咏赋悦民心。
道存德化抚天下，俗乐居安满寨亲。

咏葛天氏

葛天氏,约五千年前,发明乐舞、织布、穿衣,用葛这种纤维造福人民。部落在今河南宁陵县。

葛纤织布制华裳,妆丽黎民喜气扬。
乐舞翩翩身体健,不言潜化治趋强。

咏阴康氏

阴康氏,时在伏羲之后,治于华原,教民制舞治疾。

阴多沉滞人民苦,筋骨瑟缩动汗虚。
大舞翩翩宣导后,关节灵便乐征途。

咏少典

少典,相传其为华胥氏孙子,炎、黄帝父亲。少典帝长妃女登生炎帝,名榆罔,次妃附宝生黄帝,名云。

长出榆罔次生云,附宝女登少典姻。
华夏渊源根何处,相连一脉万年亲。

咏炎帝

炎帝,名石年,姓伊耆,后改姓姜,羊图腾。生于今湖北随州市,一说生于姜水之岸(今陕西宝鸡一带)。传说在位一百四十年(约前4766—前4733年),一说在位一百二十年。

耒耜深耕丰五谷,市廛首辟物流公。
中医中药佑康健,敢创革新世代崇。

咏临魁

临魁,约前4756—前4692年,又名雨、大隗,前4733—前4692年在位。葬于具茨(今河南开封)。

男耕女纺趋合理,家畜家禽驯寨门。
冶炼青铜矛剑利,刑攻不用普天恩。

咏昊英

昊英,早于黄帝,时人少而木兽多,教民伐木杀兽。

远古洪荒多虎狼,教民自卫免徒伤。
杀伐百兽图生计,年复一年度日光。

咏黄帝

黄帝,前2717—前2599年,中国远古时期部落联盟首领。本姓公孙,长居姬水,故改姓姬,居轩辕之丘(今河南新郑西北),故号轩辕氏,亦称有熊氏。有土德之瑞,故号黄帝。他统一华夏部落,播百谷草木,大力发展生产,始制衣冠,建造舟车,定算数,制音律,创医学,在此期间有了文字。

姬水伟男始统一,众星拱月满天怡。
民生百业大发展,五帝首推华夏奇。

咏嫘祖

嫘祖,一作累祖,黄帝妃,华夏文明奠基人。辅佐黄帝,协和百族,统一中原,确立以农桑为立国之本,首倡婚嫁,

母仪天下，福祉万民。和炎、黄二帝开辟鸿荒，告别蛮荒。发明养蚕、缫丝。
饲蚕福祉万民欢，国本农桑社稷坚。
首倡婚姻融百姓，功高日月广称贤。

咏嫫母

嫫母，又名丑女，黄帝妃。有非凡组织才能，黄帝授其"方相氏"官位。
丑女大德帝择幸，磨石制镜饰容颜。
护灵祀事授名氏，严肃后宫绝佞言。

咏彤鱼氏

彤鱼氏，鱼族，黄帝族的通婚族，黄帝次妃。发现雷火烧熟的野羊肉特别香，从此教人们熟食猎物。为免手伤，将木棍做成筷子，在石板上翻炒食物，后世尊她为烹饪业的始祖。
雷火炙羊飘异香，熟食木筷果饥肠。
青石常烫众欢笑，烹祖睿德襄健康。

咏方雷氏

方雷氏，黄帝妃，发明木梳。
方雷秀女特聪颖，蓬乱发须赖木梳。
条理缕析随想象，盘髻成辫任扶疏。

咏昌意

昌意，黄帝次子，封于西戎。
黄帝考题难两子，手足睿智力合一。
西戎封地遥遥远，领命建国难断思。

咏风后

风后，一说山西解州人，生于海隅之地，务农自耕，精于《易》数，明于天道，甘贫，隐逸为乐。黄帝第一任宰相，后人称"开辟宰相"。发明指南车，助黄帝统一中原，做出不可磨灭的贡献。其八阵兵图，对我国古代军事史、军事理论的形成和发展有重大价值和学术意义。
农耕宰相誉开辟，明道甘贫乐隐身。
经略中原襄大统，指南车向定乾坤。

咏力牧

力牧，黄帝手下的大将军，力大无比，在涿鹿之战中率军战胜蚩尤。发明双轮车。
性灵感悟创双轮，驰骋荒原敌丧魂。
岂止牧羊称好手，邦国兴治乃尊神。

咏大鸿

大鸿，黄帝的大臣，智勇双全，原名鬼容区，号大鸿，著《鬼容区兵法》三篇。
智勇双全忠戍疆，保民安境赛铜墙。
三篇兵法呕心血，黄帝喜欢敌寇亡。

咏常仪

常仪，黄帝历法大臣，位尊管月神。
不分男女量才用，妃子位尊管月神。
母系曾经扮主导，千秋万代颂慈恩。

咏岐伯

岐伯，多才多艺，才智过人，尝百草，典医疗疾。黄帝尊其为师，同研学问。

亲尝百草撰良方，睿却顽疾佑众康。
黄帝拜师人几许，内经由此美名扬。

注：《内经》即《黄帝内经》。

咏后羿

后羿，中国古代神话传说人物之一。相传，帝俊和羲和生了十个孩子都是太阳，有时他们一起出来，会给人类带来灾难。为了拯救人类，后羿射落九个太阳，只留一个在天上造福天下。

长空搏日发神矢，落九留一天下安。
亿万黎民额首颂，英雄不朽永铭传。

咏嫦娥

嫦娥，本作姮娥，西汉时避讳文帝刘恒改嫦娥，又作常娥。后羿之妻，与羿创一夫一妻制。传因偷食不死药而奔月。

夫妻成对开先例，琴瑟融融伴爱河。
谁道月宫清苦冷，桂馨兔绕乐听歌。

咏常先

常先，与嫦娥、常仪同为上古先民，传制鼓。

树桩空洞晾牛皮，无意触摸制鼓衣。
逐鹿中原齐擂响，威威黄帝胜挥旗。

咏祝融

祝融，上古神话人物，号赤帝，后人尊为火神。一说为颛顼帝之孙重黎，高辛氏火官之正。

忠耿火神播火种，黎民普惠映天红。
温情峻岭悠扬曲，永续光明达大同。

咏颛顼

颛顼，前2342—前2245年，传为黄帝子昌意的后裔，号高阳氏。禁绝巫教，逼令顺从黄帝族的教化。以水德为帝，又称玄帝，五帝之一。

弱冠登基谋睿智，禁绝巫术化民从。
九州创制设官理，节气历明不误农。

咏少昊

少昊，约前2422—前2322年，华夏部落的首领，同时也是东夷族的首领，五帝之一。在位期间修太昊之法。擅治水与农耕。

滨海立国颁制度，马名命宦履职清。
与时修订本朝法，治水农耕仓廪丰。

咏共工

共工，炎帝后代，姓姜。治水世家，我国最早的治水英雄，古代神话中的水神。后与颛顼争帝位，不胜，怒触不周山。

治水世家炎帝后，堰堤搏浪著春秋。

悟出水性积经验，水利苍生福九州。

咏后土

后土，传为共工女儿，盘古之后诞生的第三位大神，掌阴阳，育万物，被称为"大地之母"。

大地母亲生万物，山川厚载默无闻。
高香祠庙恒隆祭，休论男身孰女身。

咏蟜极

蟜极，黄帝孙，玄嚣子，帝喾父。驯野牛成功。

猎围声震谷回响，百兽惶惶夺命忙。
唯有野牛福气大，水甜草嫩圈家旁。

咏帝喾

帝喾，前2275—前2176年，名喾，一名俊（夋），号高辛氏，"五帝"之一。黄帝的曾孙，生而神灵，自言其名，前承炎、黄，后启尧、舜。

自幼好学盛名世，探天寻律定时节。
农耕革命新时代，笃信爱民图少阙。

咏帝挚

帝挚，帝喾次妃常仪之子，帝喾长子，号青阳氏，受喾禅让继皇位，九年后禅让给弟弟放勋（一说挚死后尧即位），即帝尧。

父皇禅让掌天下，恭谨九年国泰平。

每念父慈多善举，诚心仿禅献胞情。

咏姜石年

姜石年，古智者。

梦中三问道真谛，狡兔草食人类同。
天下遍植无害草，苍生大庇万年崇。

咏中央氏

中央氏，传说中为上古帝王十二氏之一。

结绳记事钻研苦，精算凭实人信服。
积数叠加十进制，数学鼻祖绘新符。

咏尧

尧，姓伊祁，号放勋，陶唐氏。因曾受封于唐，故史称唐尧。有圣德，文治武功俱备，品质才智绝伦。后禅位于舜。

择能治水九年期，诚访四贤求己失。
刑正万邦和睦处，雏形社稷不传私。

咏虞舜

虞舜，颛顼后裔，但五代为庶人。父瞽叟，母早逝，家境恶劣。舜表现出非凡的德，以孝行闻名。传说其目有双瞳而取名重华，字都君，生于姚墟。受尧禅让称帝，国号有虞，死后禅位于禹。

父盲母逝大才孝，耕稼制陶复打鱼。
德品博得尧禅让，承前启后展宏图。

咏娥皇

娥皇,尧的女儿,和妹妹女英同时嫁给舜,多次助舜脱险。前2205年舜死于苍梧,二人跳湘江自尽,人称湘夫人。

相夫自有高招处,一发千钧过险关。
万里九嶷双脚下,湘竹呜咽泪斑斑。

咏大禹

禹,姒姓,名文命,后世尊称大禹。夏后氏首领,传为颛顼六世孙。相传,禹治黄河有功,受舜禅让帝位。为夏朝的第一位天子,亦称夏禹,与尧、舜齐名。划定中国国土为九州。改革治水方法,改堵截为疏导。三过家门不入,劳心劳力治水,十三年于外。

子承父业变思路,因势导疏顺自然。
创立国家奴隶制,文明政治久长安。

夏

咏启
启，夏禹子，姒姓，夏朝君王。禹曾让位于益，但人民怀念禹的功绩，乃拥戴启继位。继位后，有扈部落首先不服，宣布独立。启就向其进攻，后胜，巩固了自己的地位。由此，确定君主世袭的局面。启是中国历史上由"禅让制"变为"世袭制"第一人。禹传子，家天下。
王位嫡传始世袭，家国一体不分离。
九韶九辩纵情舞，可记粗茶淡饭时。

咏太康
太康，启长子，夏朝君主，生卒不详。启病死后继位，生活腐败。去洛水北岸游猎时被有穷国国主后羿夺去国政。
洛水岸边百兽惶，猎围恣纵祖德亡。
失国罪孽千夫指，代夏岂缘后羿强。

咏仲康
仲康，生卒不详，姓姒。在位七年，夏第四代君主，太康弟。后羿废太康后立其为王。名义在位七年，实际上仍由后羿专政。
替兄继位受人制，傀儡岂甘力复兴。
误判时机幽禁惨，胤侯碌碌枉征兵。

咏相
相，仲康之子，少康之父。
太康一误两朝弱，傀儡子孙隅角凄。
刃起寒浞子遗腹，中兴留种夏存锡。

咏少康
少康，姒姓，相子，又名杜康，夏第六代君王。前1932—前1912年在位。主要成就：少康中兴，发明酿酒。
门遭大难尚遗腹，铭记母言志壮怀。
历尽万劫终遂愿，中兴再现扫尘埃。

咏女艾
女艾，夏朝女将领。潜入寒浞部，为少康杀寒浞、夺回王位立下汗马功劳。中国史上第一位女间谍，也是世界上最早有记载的女间谍。
戎装靓扮英姿展，孤胆寇巢刺秘闻。
掌握寒浞全举动，一谍足抵万千军。

咏季杼
季杼，少康子，夏第七代君王，在位十七年。协助父亲铲除寒浞父子势力，致力于中兴。在位期间，发明兽皮做的铠甲，增强战力，降伏东夷族，扩大夏朝疆域。
襄父征伐国鼎盛，扩疆揽海取东夷。
兽皮铠甲挡矛剑，战力空前狂扫敌。

咏槐

槐，名字也作芬、芬发或祖武，生卒不详。夏第八代君主，在位四十四年，子芒。在位期间征服泗水、淮水的九夷，扩展了夏朝的势力，使夏朝的社会经济都有所发展。

九夷淮泗森茫茫，带口携珠争请降。
沐浴祖恩八代际，全新华夏鼎辉煌。

咏芒

芒，又名帝芒，在位十八年。在位期间开始了延续数千年的沉祭（将祭物沉入黄河企求河神的庇护）习俗。

黄河沉祭始槐子，祷祝年丰社稷安。
无价玄圭随浪去，君民同盼又一年。

咏泄

泄，一作帝泄，芒子。在位时，正式赐封九夷各部诸侯爵位。

夷羌朝谒奔千里，恩赐诸侯爵位隆。
高贵名衔犹缚索，牵得岁岁来去匆。

咏不降

不降，泄子，夏第十一任国王，在位四十八年（一说十九年），孔甲父。因孔甲性情乖僻，担心他治理不好国家，决定改变启以来实行的王位传子制度，传位于扃。这种将王位让给兄弟的做法，史称"内禅"。

祖宗传子或神圣，时过境迁情况移。
天下为公岂蹈矩，儿乖禅弟不图私。

咏扃

扃，泄子，不降弟，受兄内禅而继位，夏第十二任国王，在位十八年。在位时，商的势力已经崛起，夏国势渐衰落，退居于西河地区（今河南洛阳市到陕西华阴市之间）。

渐颓国势隅西河，不见商人磨利戈。
酷暑难当藏厦墅，一夫独享纵笙歌。

咏孔甲

孔甲，夏王，不降子，扃侄。扃子廑继位后病死，由其继位，在位九年。在位期间肆意淫乱，是位残暴昏君，国势更衰，走向崩溃。传说为"东音"乐调创始人。

乖僻惹得父内禅，两朝之后幸登基。
好龙信鬼殊残暴，凄靡东音无惋惜。

咏皋

皋，孔甲子，在位十一年。在位时，迁都于渑池（今河南渑池）。

循法继承登大位，江河日下往东流。
辚辚车马迁都去，四面寒风起九州。

咏发

发，皋子，在位七年。其间，各方诸

侯已不朝贺，国势进一步衰落。
国势连衰累日寒，诸侯绝贡面无颜。
祖风梦里稀稀少，社稷守成如此难。

咏桀

桀，？—前1600年，又名履癸，发子，夏末代君主，在位五十二年。文武双全，但荒淫无度，暴虐无道。国亡，遭放逐，死于南巢。
文才脱颖武出众，独木难支大厦倾。
积弊如山深似海，亡国全罪可公平？

咏关龙逄

关龙逄，也称豢龙。因献黄图（地图）进谏被桀所杀。史上第一位因谏而亡的忠臣。
直谏献图秉耿忠，唯图有夏不衰穷。
亡身缘谏前无例，巡祭恭书唐太宗。

咏妹喜

妹喜，又作末喜、妹嬉，有施氏之女，夏桀妃子。
孤芳千里落敌手，万箭穿心泪早干。
王后加身侯女祟，岂生癖好望欢颜。

商

咏商汤

商汤，约前1670—前1587年，子姓，名履，河南商丘人，商朝创建者，庙号太祖，为商太祖。用贤臣伊尹和仲虺为左右相，经十一次战争灭夏，打破国王永定说法，史称"商汤灭夏"，商成为中国历史上继夏朝之后第二个王朝。

八迁始祖定商丘，伊仲贤良臂膀俦。
鏖战鸣条擒夏主，商汤革命灭诸侯。

咏伊尹

伊尹，前1649—前1550年，杰出的思想家、政治家、军事家，中国史上第一位贤能相国，帝王之师，中华厨祖。中国奴隶社会唯一奴隶出身的圣人宰相。

奴隶相国筹灭夏，久崇尧舜大先贤。
帝师肝胆报知遇，襄奠商汤六百年。

咏仲虺

仲虺，生于薛国（今山东滕州），姓任，又名中垒、莱朱。薛国国君，汤武革命的主要领导者之一，汤相，杰出的军事家、政治家。

商汤革命运帷幄，取乱侮亡贤辅德。

檄诰皇皇达四境，兴邦良相善长戈。

咏外丙

外丙，子姓，名胜，一作卜丙，生卒不详，汤第二子。汤太子太丁早死，汤死后外丙继位，伊尹摄政，在位三年亡。以宽治民，尊商汤为宗汤，给予隆重祭祀。

在位三年承祖传，宽容天下万民欢。
商汤恩重隆隆祭，列庙太丁兄弟贤。

咏太甲

太甲，汤嫡长孙，在位二十三年。继位头两年表现尚可，第三年一味享受，伊尹将其放逐到汤墓附近桐宫（今河南偃师）自省。三年间悔过自责，伊尹将其迎回亳都，后重政修德，使诸侯归顺，百姓安宁。

桐宫三载痛思过，重政修德百姓安。
伊尹苦心肝脏照，千秋伟业共书传。

咏沃丁

沃丁，亦称羌丁，姓子名绚，太甲子。在位二十九年（前1570—前1541年），续伊尹节用宽民政策，笃行汤法。作《沃丁》以警醒自己，发扬祖制，以德治商。

五朝良辅痛仙逝，国相慎择力鼎孤。
节用宽民行祖法，警文置案日恭读。

注：五朝良辅，指伊尹。国相，指老臣咎单。

咏太庚

太庚，又作大庚，姓子名辩。继沃丁而即位，在位二十五年。
坐享现成心窃喜，难思进取乐平安。
君王厮混庶民辈，惭愧列宗当汗颜。

咏小甲

小甲，姓子名高，商朝第七位君王，在位三十六年（一说十七年），今认为十七年（前1516—前1499年），以亳为都。
天命继承登九五，孰知先祖建国难。
无为碌碌素餐位，贻误江山十数年。

咏雍己

雍己，姓子名密，政治家、军事家，小甲之弟，小甲死后继位。在位时荒废政事，商朝开始衰落，诸侯不来朝。一百多年的和平安稳使其不思进取。
江山安稳犹双刃，或可更高或降沉。
尸位素餐荒政事，诸侯拒贡势衰深。

咏太戊

太戊，姓子名伷，商第九位国王。中兴商朝，庙号商中宗，后世尊为中宗。始不勤，"桑谷"后勤政厚德，治国忧民，励精图治，使殷得以复兴，天下大治，诸侯归顺。其在位时，农牧业相当发达，手工业、商业发展到一定水平。传说在位七十五年，是商王朝在位时间最长的君王。
初登懈怠醒桑谷，勤政厚德百业成。
归顺诸侯天下治，泱泱华夏喜中兴。

咏伊陟

伊陟，传为伊尹子，太戊朝相国。
子步父尘肩相任，祥桑巧喻说君王。
虚怀纳谏修德政，合力共赢社稷长。

咏巫咸

巫咸，江苏常熟人，擅长卜星术。用筮占卜的创始者，神权统治的代表人物。太戊朝贤臣。
潜心筮术作咸义，耿耿勤王凭据实。
上下沟通天地乐，同拥商祚吏民怡。

注：巫，是承担上帝与下帝之间媒介任务的人。

咏仲丁

仲丁，姓子名庄，生卒不详，商朝第十代国王，在位十三年。在位时迁都于隞（今河南郑州市附近，一说在今河南荥阳县东北）。当时东方夷族兴起，仲丁六年，其中的兰夷进攻商朝，仲丁出兵击退蓝夷。仲丁死后，商历"九世之乱"，商朝中衰，诸侯不朝。至盘庚继位后，

决定渡过黄河,把都城从奄(今山东曲阜)迁到殷,殷商时期终于来临,商朝都城至此稳定下来。

一

兰夷犯境国临险,倾力麈兵终凯旋。
从此飘摇凡九世,百年之后再峰巅。

二

国衰压顶挽狂澜,避祸迁都巧斡旋。
力战蓝夷逼拱手,众星绕月映雕鞍。

咏外壬

外壬,生卒不详,商王太戊子,仲丁弟。仲丁死后成功夺取王位,并向诸弟妥协,造成商王承继上的混乱,史称"九世之乱",商朝由此开始衰落。

强势夺王承继乱,江山罹祸苦国人。
惶惶九世谁之过,狗肺狼心埋孽根。

咏河亶甲

河亶甲,姓子名整(甲骨文作戋甲),别名子整,生卒不详。商王仲丁、外壬弟。外壬死后继位,在位九年。在位时,商朝再度衰落,无奈之下北上二百公里迁都于相(今河南内黄),以缓解内外交困的局面。迁都后伐南方的兰族和班方。在他国的帮助下,使叛乱的诸侯重新安定下来,对商朝的稳定有贡献,为其后祖乙复兴打下基础。

满目疮痍迁内黄,兰班挑衅御边疆。
方国厚道慨相助,初奠复兴国向强。

咏祖乙

祖乙,又称且乙("且"是"祖"的本字,实为同一个字),姓子名滕(一作胜),商朝第十三任国王。《史记·殷本纪》称他为河亶甲之子,但甲骨文记载他是仲丁之子。在位十九年(一说七十五年)。在位期间,将国都由相迁耿(今山西河津),再迁邢(今河北邢台),又迁庇(今山东鱼台)。几次出兵平服兰夷、班方等国,解除东南方的威胁,使商朝国运再度中兴。制万年历,定名春节。

三迁都邑谋国祚,卓越功勋缘复兴。
钦定樵夫万年历,新春节庆悦门庭。

咏巫贤

巫贤,巫咸之子。祖乙登基后,任宰相,贤臣。

子承父业担国相,恭勉扶商一重臣。
信使诚然彰善意,花红叶绿悦天人。

咏祖辛

祖辛,生卒不详,姓子名旦,祖乙死后继位,在位十六年,商第十四任国王。

父母情恩似海深,范垂风尚示国人。
庄严瑰丽祖辛卣,盛载儿孙一片心。

咏沃甲

沃甲，生卒不详，姓子名逾，商第十五任国王。《世本》作开甲，甲骨文作羌甲，商王祖辛弟。祖辛死后继位，在位二十五年（一说五年）。

加冕登基赖祖荫，商汤去远若浮云。
纵然皇苑高师教，未必身躬修圣心。

咏祖丁

祖丁，商王祖辛之子。祖丁在甲骨文中作"且丁"，在位九年（一说三十二年）。

国弱临危接大位，庞都貌暗众心灰。
诸侯跃跃频烽火，乏术回天难扭颓。

咏南庚

南庚，商王沃甲子，祖丁死后继位。商第十七任国王。今本《竹书纪年》称其在位六年。在位时，国运再度衰落，将国都由庞迁至奄（今山东曲阜）。

国势衰颓年复年，惶惶终日似汤煎。
迁都挽救效先法，奄地筑城匆垒砖。

咏阳甲

阳甲，甲骨文称象甲，姓子名和，商第十八任国王。在位时国运再度衰落，内乱不止，奴隶主、贵族间互相残杀，阳甲无法控制局面。

九世连颓逐浪来，汹汹内乱更羸衰。
西征戎叛寻出路，久病庸医灾上灾。

咏盘庚

盘庚，甲骨文称般庚，名旬，生卒不详。祖丁子，阳甲弟。阳甲死后继位，商第十九任国王，在位二十八年，很有作为。为改变当时社会不安定局面，决心再一次迁都到殷（今河南安阳）。整顿朝政，使衰落的商朝出现了复兴的局面。后病死，葬于殷。

萧萧车马渡河西，砥柱中流止乱时。
倡俭恤民复兴路，燎原星火遂达期。

咏小辛

小辛，商王祖丁子，盘庚弟。盘庚死后继位，第二十任国王，相传在位二十一年。继位后，放弃了盘庚的治国之策，商朝又一次衰落。

先君迁定苦中兴，治乱止衰国策明。
继任奇庸弃旋踵，祖宗泉下意难平。

咏小乙

小乙，姓子名敛，甲骨文又作小祖乙、后祖乙、亚祖乙，小乙是庙号。前任国王小辛弟，商朝第二十一任国王。今本《竹书纪年》称其在位十年。

无所作为登大位，再衰国势惧狼兵。
时时企盼救星降，天下苍生悲泪盈。

咏武丁

武丁，？—前1192年，姓子名昭，父商

王小乙。其在位一说前1250—前1192年，一说前1259—前1200年，商朝第二十二位国王。用傅说为相，妇好为将军，使商朝再度强盛，史称"武丁中兴"。

一

雄才大略振殷商，囚场识得国栋梁。
机构日臻军久驻，秦前疆域跨八荒。

二

青铜戊鼎杰书骨，织纺农医车马忙。
百业更新频进取，武丁大帝屹东方。

咏傅说

傅说，商王武丁的至高权臣——大宰相（上三公第一位），原在傅岩筑墙为奴。卓越的政治家、军事家、思想家。辅佐武丁安邦治国，形成"武丁中兴"辉煌盛世。留下千古不朽的《说命》三篇。其中"知之非难，行之维艰"名句，为我国最早的朴素唯物主义基石。他的经国方略，改变了商朝持久的没落，其创造的"版墙"营造技术，是人类建筑史上的巨大进步。

落难囚徒知遇梦，版墙睿创御寒凉。
振兴方略出低谷，说命三篇千古扬。

咏妇好

妇好，商国王武丁结发妻子。生活于前12世纪前半叶武丁重整王朝时期。中国史上有据可查（甲骨文）的第一位女性军事统帅，杰出的政治家，为武丁拓展疆土，征服二十多小国，主持武丁朝的祭祀活动。三十三岁去世，武丁十分喜欢她，追谥辛，后人尊称其为"母辛"，"后母辛"。

武丁元后世无双，重振朝纲作栋梁。
万众挥师拓疆土，穆恭主祭胜儿郎。

咏孝己

孝己，武丁、妇好之子。以孝行著称，孝子典范。遭后母谗言，被放逐而死。

降生皇苑品行高，慈母早亡无自嘲。
误放蛮荒一万里，一夕五起大德韶。

咏祖庚

祖庚，姒子名跃（一作曜），武丁次子，公元前1191年即位，在位约七年。是一位有所作为的君王，继承了"武丁中兴"事业，积极开拓，遵行礼制。其间，商朝的经济文化和国力都十分强盛。

袭祚中兴遵礼制，青铜戊鼎孝儿心。
承前启后勇开拓，极盛百年三代勤。

注：三代，指武丁、祖庚、祖甲父子三人统治朝。

咏祖甲

祖甲，又称且甲或帝甲，姓子名载，生卒不详，武丁第三子，祖庚死后即位，商第二十四任国王。今本《竹书纪年》

称其在位三十三年。在位早期尚能照顾一般民众,晚期加重繁苛的刑法,造成商朝的衰落。创造"周祭"。

尊兄循礼匿民间,日唉炎凉知苦咸。
寇境西戎剑逐遁,隆隆周祭奉先贤。

咏廪辛

廪辛,生卒不详。今本《竹书纪年》作冯辛,姓子名先,商第二十五任国王,祖甲之子。今本《竹书纪年》称其在位四年,一说在位六年。始使用农具,农牧生产规模扩大,贩运贸易,青铜冶炼和制造高度发展。

西戎屡扰似豺狼,征调发兵靖远疆。
内外官职初体系,政权架构渐趋强。

咏康丁

康丁,亦称康祖丁、康且丁,姓子名嚣,祖甲之子,廪辛弟,公元前1148年继位。今本《竹书纪年》称其在位八年(一说在位一年)。死后由子武乙继位。

联戎坚御羌羝犯,占地擒伯小胜欢。
田猎练兵农不误,冥冥巫教蚀王权。

咏武乙

武乙,姓子名瞿,商王康丁子,公元前1147年继位,在位三十五年,卒于公元前1113年,商后期的一位重要君王。从个人出发,努力实行挽救其王国统治的举措,但成效不大。在神权政治向王权政治转变过程中起到了表率作用。但生性残暴,贪于享受,后人评为昏庸君王。

搏斗天神射血囊,王权政治露初光。
旨羝犯界勇击反,难挡周边渐长强。

咏文丁

文丁,《史记》作太丁。姓子名托,公元前1112年继位,商第二十八任国王,在位十一年,武乙子。在位期间,周侯季历(姬昌父)伐戎有功,文丁忌惮,先嘉其功而囚杀之。

诸戎屡犯迫征战,不掉环周尾大逼。
季历囚杀埋祸孽,商汤气数日朝西。

咏帝乙

帝乙,?—前1076年,商朝第二十九任君主,在位二十六年,商王太丁子,姓子名羡。在位末年迁都于沫(即朝歌,今河南淇县)。开发东部地区,促进民族融合。

淮岛屡侵勇捍疆,挥戈苏皖胜旌扬。
民族融汇兵戎见,文化传播似沸汤。

咏甘盘

甘盘,商王小乙朝名臣,有名的道德者。小乙将崩,甘盘受遗辅政。传说之前为商宰相,武丁曾就学于他,是唯一见于卜辞又见于文献的武丁大臣。

两朝良相贤勤性，小乙托遗少主襄。
力挽狂澜献帷幄，复兴王业统八荒。

咏纣

纣，约前1105—前1046年，子姓，名受，一作受德，帝乙少子，商朝末代君主。都于沬，改沬邑为朝歌（今河南淇县）。重视农桑，在位期间社会生产力发展，国力强盛，打退东夷向中原扩张，把商朝势力扩展到江淮一带，讨伐徐夷胜利，把商朝国土扩大到山东、安徽、江苏、浙江、福建沿海，保卫了商朝安全。蔑视陈规陋俗，不祭祀鬼神；敢于革除先王旧弊，不再屠杀俘虏和奴隶；选贤任能，唯才是举；择后选妃，不分出身贵贱，立有苏氏之女妲己为后，宠。后期居功，耗巨资建鹿台，连年用兵，致国库空虚，国力衰竭。

雄兵东扩风雷动，华夏融合史盛前。
蔑视陋俗革旧弊，鹿台不忘泪涟涟。

咏妲己

妲己，有苏氏部落之女。后被周人斩，一说自缢而死。

玉叶金枝奴隶根，帝辛独宠破凡尘。
第一怨女向谁诉，直面屠刀杏目瞋。

咏商容

商容，殷商丞相。三朝股肱大臣，义胆忠肝，虽年迈，却恪尽职守，为纣王担忧，赤诚直谏，遭诬，死于酷刑，无限凄哀。

三朝竭力忠肝胆，恪尽职能直谏言。
辞相还乡忧更甚，怒颅撞裂庙堂间。

咏比干

比干，前1110—前1047年，子姓，比氏，沬邑（今河南淇县）人，商帝丁次子。官少师（宰相），辅佐帝乙、帝辛（商纣王）。从政四十多年，鼓励发展农牧，冶炼铸造，富国强兵。殷"三仁"之一，被誉为"亘古忠臣"。

一

太师弱冠辅双帝，力课农桑冶铸兴。
遐迩三仁朝野佩，摘星楼谏未达听。

二

聪慧好学怀大志，佐君倡本爱国民。
大忠大勇屡直谏，笑向屠刀更咏吟。

咏箕子

箕子，名胥余，生于朝歌，文丁子，辛叔父。官太师，因劝谏纣王不听，远走朝鲜，建立了"箕子侯国"。殷"三仁"之一。

一

商周板荡志难遂，华夏一哲朝鲜行。
擢用平民推五事，崇神洪范选辞精。

二

商周巨变罔得志，箕氏侯国且寄情。
洪范九畴国宪法，见微知著享太平。

注：五事，即貌、言、视、听、思。

咏武庚

武庚，纣子，《史记》称禄父。周武王即位后，封武庚管理商朝的旧都殷（今河南安阳），殷的遗民大悦。为防武庚叛乱，武王在朝歌周围设邶、鄘、卫三国监视，后武庚发动叛乱，兵败被杀。

国灭受封商旧地，江山遍竖大周旗。
盲从三监鱼投网，只落残阳凄向西。

周

咏公刘

公刘，北豳（今甘肃庆城）人，周文王的先祖。带领族人垦荒，兴修水利，制造农具，整修田园，种植五谷，传播农耕文化，开拓周的基业。古公亶父是他的第九世孙。

农耕文化春风舞，稼具日臻无背时。
整治荒原兴水利，迁囟建府拓周基。

咏古公亶父

古公亶父，姬姓，名亶父，被尊称为"周太王"，陕西旬邑县（古称豳）人。轩辕皇帝的第十六代孙，后稷的第十二代孙。在周部落的发展史上是一个上承后稷、公刘之伟业，下启文王、武王之盛世的关键人物。周文王祖父。伟大的改革家、军事家、政治家。

关键传承奠文武，周原处处印迹踪。
大德大义妇孺晓，识见超凡宇内崇。

咏太姜

太姜，古公亶父之妻，季历之母，姬昌祖母。大王谋事迁徙，必与。广于德教。

有台氏女大贤妇，贞顺率直靡过失。
教子相夫德圣母，大同初创奠鸿基。

咏季历

季历，姬姓，即位后称公季、王季、周王季，是周之祖古公亶父少子（三子），居文王之父，其兄太伯（泰伯）、虞仲。妻太壬。

牧师岂止饲牛羊，招纳诸侯土扩疆。
少子秉承先父志，文丁震慑找茬戕。

咏太壬

太壬，亦称大任，周室"三母"之一。季历之妻，姬昌（周文王）之母。

庄诚端丽德卓异，目不盯邪耳不淫。
季历贤妻胎早教，文王圣母远播馨。

咏姬昌

姬昌，前1152—前1056年，周文王，即殷商西伯（西方诸侯之长），又称周侯。季历之子，姓姬名昌。在位五十年，建国于岐山之下，积善行仁，政化大行。因崇虎侯向纣王进谗言，而被囚于羑里。后得释归，益行仁政，天下诸侯多归从。国力大盛，收虞、芮两国，攻灭黎（今山西长治）、邘（今河南沁阳）、崇（今河南嵩县）等国。建都丰邑（今陕西西安），为武王灭商奠基。其勤于政事，重视农业生产，礼贤下士，广罗人才，拜姜尚为军师。发明"文

王八卦""文王六十四卦"，《史记》记载"文王拘而演周易"，相传姬昌在狱中写成《周易》。
遭谗陷狱撰周易，姜尚拜师密创国。
竭虑殚精承祖训，外王内圣作楷模。

咏太姒

太姒，生卒不详，姒姓，周文王正妃。仰慕长辈之德，效法太姜（周太王正妃）、太壬（周王季正妃），旦夕勤劳，以进妇道，尊号"文母"。文王理外，文母治内。
仁爱贤明勤俭朴，相夫征战扩国疆。
所生十子日严教，华夏母仪名久扬。

咏姜尚

姜尚，约前1156—约前1017年，名望，吕氏，字子牙，或单呼牙，亦称吕尚。先后辅佐六位君王。西周初年，被文王封为"太师"（武官名），被武王尊为"师尚父"，辅佐文王与谋"剪商"，后辅佐武王灭商，因功封于齐。中国历史上享有盛名的政治家、军事家和谋略家之一。
兵家鼻祖广韬略，垂钓磻溪不露机。
知道文王伸抱负，灭商恭相六朝期。

咏鬻熊

鬻熊，姓芈，名熊，又称为熊蚤，

半蚤，祝融氏后代。周文王、周武王都把他当作老师。成王分封时，他已去世，封其后代于楚地，以熊为姓。有《鬻子》一卷。
祝融远祖根兴旺，文武二王礼敬师。
鬻子秘诀毋外泄，功高盖世子孙怡。

咏太颠

太颠，辅佐周文王、周武王的大臣。与散宜生、闳夭、辛甲、鬻熊一起辅文王，救文王，灭商有功。
股肱勤勉两朝王，拼力救囚助灭商。
恰似苍穹悬暗夜，明星拱月曜光芒。

咏闳夭

闳夭，事迹同太颠。
力救圣人出羑里，遍寻美女与珍奇。
偕朋密划万千趟，大狱高墙恰似泥。

咏辛甲

辛甲，西周初史官。原事商纣王，曾向纣王劝谏七十五次，纣王不听，方去而至周。复由召公奭推荐，任周太史，受封于长子（今山西长子）。曾倡议百官群臣献箴言，劝王行善补过。
为国力倡献箴言，行善补缺正百官。
屡屡书呈直面谏，商人不远首频还。

咏散宜生

散宜生，西周开国功臣，"文王四友"之一，与姜尚、太颠等同救西伯昌。求天下美女、奇玩珍宝，通过权臣费仲游说纣王，赎出文王；后又佐武王灭商。

倾国之有救文王，臂膀功臣佐灭商。
四友非常得道助，新朝开建献膏粱。

咏伯邑考

伯邑考，姬姓，名考。周文王与太姒嫡长子，周武王同母兄。在文王前去世，一说被纣王杀死。

王家嫡长未登场，痛楚双亲白送黑。
本望添丁增战力，奈何天命竟难违。

咏管叔

管叔，一作关叔，姬姓，名鲜，封于管（今河南郑州），周武王弟。不满周公旦摄政，"三监叛乱"后，周公平叛，关叔被杀，管国被灭。

昔日征伐同赴难，今朝享坐异心离。
同根反目室操剑，欲壑天生殊诡奇。

咏周公

周公，姓姬名旦，亦称叔旦，周文王姬昌第四子。因封地在周（今陕西西岐）故称周公或周公旦。是西周初期杰出的政治家、军事家和思想家，被尊为儒学奠基人，孔子一生最崇敬的古代圣人之一。

灭殷汗马股肱力，广建诸侯重镇屏。
握吐再三勤摄政，功成还政日天明。

咏蔡叔

蔡叔，姬姓，名度，周武王同母弟。周武王灭商后，封于蔡（今河南上蔡）。成王时，他与其兄管叔挟武庚叛乱，平定后被放逐。后其子胡又被封于蔡，胡一改其父旧行，尊德向善。

同胞王子手足情，商灭顿生抵牾鸣。
逐放蛮荒千里外，生息蔡地久长平。

咏曹叔振铎

曹叔振铎，即曹振铎，姬姓，曹氏。周文王之子，周武王之弟。封于曹邑，为曹伯，建曹国。体察民情，轻徭薄赋，重农桑，教礼仪，后人赞"开疆之圣"。公元前487年曹国为宋景公所灭，立国六百三十六年。

平洼削岗轻徭赋，俗尚廉淳广善良。
乐业足食行礼义，开疆之圣颂吉祥。

咏郕叔武

郕叔武，即成叔武，周文王第七子。封于郕国（今山东宁阳），周诸侯国郕国开国君主。

文王之子赏诸侯，开建郕国旦暮忧。

屡历狂飙筋骨壮，有为有位祖休愁。

咏霍叔

霍叔，姓姬，名处。分封在霍地，并建立霍国（今山西临汾），遂称霍叔、霍叔处。与关叔、蔡叔同为"三监"。因叛乱受牵连被废为庶人，由子继任霍国君主。公元前661年，霍国被晋献公灭掉，后人仍姓霍。

皇苑禁幽似海深，祸连三监降常人。
剥夺爵位从零起，霍姓一条久茂莘。

咏康叔

康叔，周武王少弟，初封康国，称康叔，后封朝歌，建立卫国，故又称卫康叔。他把卫国治理得很好，素得贤名。

疆场征伐助武王，受封卫地建国忙。
素得贤赞美名誉，亲政嫡侄司寇帮。

咏季载

季载，周文王第十子。成王将其封于沈国，又名聃国，遂称聃季载，或冉季载。

聃国封赐掌司空，开创守成一股肱。
十子绕膝尤老子，慈亲父母大恩同。

咏毕公

毕公，周文王第十五子，名高。佐周文王、周武王定天下。武王克殷，受封于毕（今陕西咸阳）。

一
商灭论功封毕地，成王噙泪恳托孤。
手足协力襄新主，恭勉三朝兴盛图。
二
鼎襄文武平天下，挥戟催师力克殷。
盖世功劳恩赏赐，开国毕地抚民勤。

咏召公

召公，又作邵公、召康公、太保召公，姓姬，名奭，周文王子，周武王弟。助武王灭商，支持周公旦摄政当国，平定叛乱。西周初期杰出的政治家、军事家、外交家。

一
召公贤慧治西陕，开建大周咸栋梁。
力挺周公襄摄政，甘棠断讼美名扬。
二
大燕始祖文王子，人睦政通平贵怡。
蔽芾甘棠休剪败，国民翘首献公息。

咏燕侯克

燕侯克，姬克，召公子。因召公在周辅政，被封于燕，都蓟（今北京），为燕国始祖。

召公辅政周兴起，千里封国信主持。
父子同心襄戮力，镐京都蓟两相宜。

咏兹舆期

兹舆期，小昊之后，武王克殷，受封于莒（今山东莒县）。公元前284年，乐毅伐齐，连克七十余城，唯莒与即墨不下。襄王守莒而复国。

重封都计旋迁莒，城邑三十国势隆。
盟友诸侯多战获，凭孤抗乐复兴功。

注：计，地名。乐，乐毅。

咏丹季

丹季，周武王贤臣。

杰贤奔走战商殷，岂避矢石甘苦辛。
济济英才星拱月，大周开埠道酬勤。

咏姬诵

姬诵，？—前1021年，西周第二代国王，谥号成，周武王之子，在位二十二年。在位时社会安定，人民和睦，歌颂太平盛世之声不绝于耳。成王与其子康王统治时期，合称"成康之治"，是周代的兴盛时期。

少年宏志欣登位，并用恩威统四方。
兑信叔虞诚本立，成康之治史书扬。

咏姬钊

姬钊，周成王之子，即周康王，西周第三位君主，在位二十六年，庙号康王。在位期间，国力强盛，天下统一，经济、文化繁荣，史称"成康之治"。

君主大能前未露，远征戎鬼鼎文明。
成康盛世苦辛筑，不忘初登叮嘱情。

咏姬瑕

姬瑕，？—前977年，姬姓，名瑕，周康王之子，周朝第四代王，镐京人。欲继承成康大业，继续扩大疆域，从昭王十六年（公元前961）开始，亲率大军南征荆楚，大获财宝，铸器铭功。昭王十九年又率六师攻楚，全军覆没，死于汉水之滨。此次失败是周由盛到衰的转折点，也是楚强大到足以与周抗衡的一个标志。后来楚成为"春秋五霸"之一，雄踞南方，问鼎周疆。

继位成康火三把，兵临荆楚志凌云。
攫夺无数鼎铭纪，汉水汹汹葬六军。

咏姬满

姬满，姓姬，名满，在位五十五年，昭王之子，周第五位王，世称"穆天子"。我国古代历史上最具传奇色彩的帝王之一，即位后东征西讨，东至九江，西抵昆仑，北达流沙，南伐荆楚，实现对天下诸侯蛮夷的大一统。颁行《甫刑》，作五刑而"依法治国"，实现制度上的大一统。由于长年征讨，天子不在朝，周朝开始由盛而衰。

朝射昆仑暮抵江，威加寰宇驭八方。
典章王土大一统，名遂功高著史墙。

咏繄扈

繄扈，前1019—前936年，穆王子，周第六位王，在位十二年，谥号共，西周青铜器铭文多称为龏王。其接班时，国家财政十分空虚，为维持天子架子，表示赏罚分明，不得不将都城附近的土地陆续分封诸侯和大夫，使自己直接支配的地域越来越小，收入越来越少，周朝开始衰落下去。

登基环目衰微势，见肘捉襟难照常。
伸手王侯接踵至，京畿难养叹悲伤。

咏姬囏

姬囏，姓姬，名囏，共王之子，《史记》称其在位二十五年，周第七位王，谥号懿。生性懦弱，即位后政治日趋腐败，国家更加衰落。

懦性天成政摇腐，西戎屡犯雪加霜。
凄凄惨惨迁槐里，希冀寒冬变暖阳。

咏姬辟方

姬辟方，？—前886年，姓姬，名辟方，周第八位王，谥号孝，前891—前886年在位。周共王弟，周懿王叔父，周懿王死后夺位。即位后，一心复举周朝。先振兴军力，在汧水、渭水之间的草原上开辟一个大牧场，重金招募行家非子，非子养的马膘肥体壮，一年马数增了一倍多。孝王很满意，将秦地几十里土地封给他。这就是日后统一中国的秦国的发源地。

胸怀壮志兴周祚，强旅置装恒奋勤。
汧渭之滨殖马场，延英盛牧不惜金。

咏姬燮

姬燮，姓姬，名燮，周懿王子，周第九位王，前885—前876年在位。

猃狁诸戎常犯边，命师力御至俞泉。
鼎烹敌手过残酷，不见诸侯再贡前。

咏姬胡

姬胡，姓姬，名胡，夷王子，周第十位王，在位三十四年。在位期间任用荣夷公，横征暴敛，致使百姓反叛，后逃至彘地，并最终死于彘地。谥号厉。

积重危局革典始，货财暴敛霸资源。
干戈不断诸侯怒，止谤岂消民怨言。

咏荣夷公

荣夷公，西周时诸侯国荣国的第六任国君。因得厉王宠信，为卿士，对山林川泽的物产实行"专利"，由天子直接控制，不准平民（国人）进入谋生。

荣夷诡计厉王赏，立缓治国星火心。
专利大行怡九五，国人不再进山林。

咏虢公长父

虢公长父，西周时虢国国君，谥号

厉。《吕氏春秋》视其为历史上四个不义之人之一。国人暴动，称为"虢国长父之难"。
不义虢君天子宠，讨伐淮水领先冲。
国人暴动阴发难，吕氏品评私抑公？
注：吕氏，指《吕氏春秋》。

咏卫巫

卫巫，厉王大臣，奉命监视国人，禁止国人谈论国家政事，违者杀戮。
民口似川汇海洋，禁言岂可赖刀枪。
寒蝉道路目相递，监谤逆施寻自亡。

咏姬静

姬静，姬姓，名静（一作靖），厉王子，周宣王，西周第十一位王，前827—前782年在位，庙号世宗。即位后，整顿朝政，使久已衰落的周朝一度复兴。逼鲁废长立幼，破坏了周朝嫡长子继承制度。
雄心整顿振朝纪，挫败诸夷勇固疆。
一度复兴新象露，鲁国废立坏纲常。

咏虢季子

虢季子，姓姬，名白，谥号宣。因伐戎立战功，铸虢季子白盘（青铜礼器），以纪其事。
受命伐戎立大功，周疆坚固屹苍穹。
白盘精铸铭佳话，守土戍边心更雄。

咏仲山甫

仲山甫，一作仲山父，周太王古公亶父后裔。早年务农经商，后入荐王室，任卿士（宰相），居百官之首。其推行经济体制改革，废"公田制""力役地租"，全面推行"私田制""什一而税"，鼓励农民开垦荒地，发展商业，为"宣王中兴"做出了贡献。
农商荷望擢卿士，力役地租公制停。
赋税什一民乐垦，君臣和洽政中兴。

咏申伯

申伯，西周厉王至宣王时人，西周著名政治家、军事家，申国（今河南南阳）开国君主。申伯就国时宣王为其举行了盛大的欢送仪式，大臣尹吉甫作《崧高》一诗歌咏其事，收入《诗经》。就国后，改进石、陶生活用具，发展金属生产工具，扩大黄牛饲养，鼓励人民垦荒，调整防御思想，加强战车和水军建设，有效阻止了楚国势力的北进，为"宣王中兴"做出了贡献。
开埠申国多创造，石陶改进便人民。
黄牛增倍农桑旺，周室中兴一柱臣。

咏尹吉甫

尹吉甫，前852—前775年，周房陵（今湖北十堰）人，尹国国君，兮氏，名甲，字吉父（一作甫）。周宣王的大臣，

官至内史。据说是《诗经》的主要采集者，军事家、诗人、哲学家。文武双全，文能治国，武能安邦，被封为太师，周以后王朝均将其尊为"忠义"至尊的化身，忠孝典范。

三代帝王竭力佐，文章服众武威敌。
乾隆巡祭圣人赞，瑰宝诗经睿采集。

咏召伯虎

召伯虎，又称召虎，史称召穆公。国人围攻王宫，他把太子藏匿在家，而以自己儿子替死。厉王死后，拥立太子继位，即周宣王。时淮夷不服，宣王命召虎领兵出征，平定淮夷。

太子临危儿代死，柱国大义重如山。
中兴伟业赖一脉，父子九泉相慰安。

咏方叔

方叔，西周宣王时卿士，曾率兵车三千辆南征荆楚，北伐猃狁，为周室中兴一大功臣。《诗经》中有《方叔》一诗。

北御南伐平寇害，辚辚车马卷征尘。
方叔盛赞大一统，周室中兴扛鼎人。

咏杜伯

杜伯，周大夫，事周宣王。因谗被杀。

忠勉勤廉砥柱臣，谗言毙命日沉沉。
伴君伴虎人人怕，佞小一言足丧身。

咏姬宫涅

姬宫涅，？—前771年，周幽王，姬姓，名宫涅（一作生），姬静子，西周末代君王。

政局板荡三川震，黔首饥寒四向流。
虢父大奸邀宠幸，镐京不复玺诸侯。

咏姬宜臼

姬宜臼，周平王，幽王太子，申后所生，前770—前720年在位。"平王东迁"，迁都洛邑，史称东周。平王东迁历史根源：褒氏、申氏之间的激烈斗争，为西周灭亡埋下祸根；外敌入侵频繁；自然灾害严重，干旱、地震、地崩，使生产生活受到严重威胁；周初周公营洛，为东迁创造了条件。

褒申斗斗久伤神，废立交锋摇本根。
泪洒镐京遁东洛，衰颓难止日沉沦。

咏姬林

姬林，周恒王，姬泄之子，周平王孙。周平王死时，太子姬狐正居于郑国为人质。郑伯和周公黑肩迎姬狐回朝继位。姬狐因一路上哀伤过度，回朝后就死了。姬林便被郑伯和周公黑肩扶立为天子。姬林在位期间，因郑伯扶立他有功，将位于黄河北岸泌水之南的温（今河南温县）赐给郑国，周王朝的疆域又缩小了。

赐地恩私疆日小，齐桓自立不须封。
败军长葛羞天子，滚滚诸侯似火星。

咏姬佗

姬佗，？—前682年，庄王，东周第三位王，桓王长子。桓王病死后继位，在位十五年，谥号庄。继位的第三年（公元前694年），周公黑肩遵照桓王临终嘱咐，策划要杀掉姬佗，改立姬克。姬佗知道后，立即捕杀了周公黑肩。姬克见事败，逃奔燕国，史称"子克之乱"。

王子是福诚抑祸，姬佗之鉴看分明。
江山兴替有规律，不为钱财不动情。

咏姬胡齐

姬胡齐，？—前677年，姓姬，名胡齐，周釐王，亦作周僖王，东周第四位王。胡齐是周庄王姬佗长子，佗并不喜欢他，而喜欢小儿子姬颓。胡齐能继位，纯因是长子。

虽为嫡长勉登位，天下汹汹懒费心。
又起宋君遭惨弑，侯盟问罪扭乾坤。

咏姬阆

姬阆，？—前653年或前652年，惠王，周庄王孙，周釐王子。性贪婪，即位后占领芮国的园圃饲养野兽，强取周大夫房舍、土地、田产，引起芮国等强烈不满。

大祸植根妄贪欲，子颓之乱瞬崩山。
郑虢逞勇出师助，援例赏恩缩地盘。
注：郑虢，指郑国、虢国。

咏姬郑

姬郑，？—前619年，襄王。惠王病死后，太子郑秘不发丧，求到齐国拥立后才发死讯。子带不甘失败，前几次引西戎攻周皆未成，最后一次成功，郑走。郑再求诸侯，晋文公相助，杀子带，回都城，史称"子带之乱"。为此庆功，晋文公"请隧"（要求死后也享受天子规格的葬礼），郑婉拒，改赐四邑，周地盘只剩百里弹丸之地。

秘藏薨讯待齐拥，子带乱平唯晋公。
请隧婉绝割四邑，咄咄霸主竞出笼。

咏姬壬臣

姬壬臣，？—前614年，顷王。继位时，王室财政拮据，竟无法办襄王后事。后鲁国送钱才安葬了襄王，这已是襄王死后第二年二月了。

国库据拮更甚前，王薨葬赖鲁资钱。
郊公不避卜凶卦，拼死迁都民颂贤。

咏姬瑜

姬瑜，？—前586年，定王。楚庄王伐戎在周国边境阅兵示威，天子派人慰劳，楚庄王"问鼎中原"，成为霸主。

中原大地竞群雄，蔽日金戈无岁终。
问鼎猖猖弦外意，强侯跃跃寡昔同。

咏单襄公

单襄公，单国国君。公元前601年受周定王委派，去宋、楚等国聘问。路过陈国时，他看到路上杂草丛生，边境处没有迎送客人的人。到了国都，陈灵公去著名寡妇家，丢下天子的代表不见。单襄公回京城后，跟定王说，陈侯本人如无大的灾难，陈国也定会灭亡。两年后预言实现了。

先知预感赛神仙，万事溯源悉洞连。
行乱陈侯难寿久，谶言兑现两期年。

咏王孙满

王孙满，春秋时周大夫。公元前606年，楚陈兵周郊，王孙满奉命劳军，楚王问鼎轻重，他妥答，退楚军。"周德虽衰，天命未改，鼎之轻重，未可问也"。

大德睿智当时颂，奉命劳师答妙言。
问鼎重轻侯未可，楚王悻悻把军还。

咏姬夷

姬夷，？—前572年，简王，周定王子，东周第十位王，在位十四年。其间，天子权威已荡然无存。

列强争霸无休日，吴戟直逼楚祖坟。
天子龙颜难再见，五雄虎视久担心。

咏姬泄心

姬泄心，？—前545年，灵王。公元前546年，各诸侯国在宋都商丘会盟，调停晋楚间的战争，史称"弭兵会盟"。会盟为各国赢得十年太平，成为春秋两个阶段的分水岭。

盟会弭兵十载宁，春秋两段树标明。
笙音胜凤长男弄，早逝哀极恸大庭。

咏姬贵

姬贵，？—前520年，景王，周灵王第二子，灵王死后继位，在位二十五年。在位时，财政窘迫，器皿用具都得向各国乞讨。一次，景王列数王室赐给晋的土地器物，讽刺世代掌管典籍的籍谈是"数典而忘其祖"。"数典忘祖"成语由此而来。

风雨飘摇秋叶落，平常器皿向侯求。
恼羞忘祖堪无奈，不睹铸刑子产忧。

咏单旗

单旗，？—前524年，史称单穆公。

入木三分批铸大，相权子母论宏精。
金融货币循规律，轻重寡多唯适情。

咏姬猛

姬猛，？—前520年，悼王。因内争被劫，晋护送回其都城，同年十月病死。

逃命离都丧六神,晋王举义又庭门。
心身憔悴早失志,寿短祚薄旋祖坟。

咏姬匄

姬匄,约前536—前475年,敬王,周景王次子。继兄周悼王之位为周王,称东周君,在位四十四年。
吴越互伐战鼓隆,衰微天子画图中。
孔儒思想渐成立,兄弟阋墙终定东。

咏郦蟠

郦蟠,?—前504年,七世陈留侯。二王并立时护周敬王入居王城,使其恢复王位。忠君尽节,惨遭叛贼杀害,家门尚义,几灭绝,幸有一子孙外出求援,方免绝嗣。
二王并立扈周敬,恢复尊严享世恩。
尚义忠君臣分尽,家门蒙难不绝根。

咏姬仁

姬仁,?—前469年,元王,周敬王子,敬王死后继位,在位八年。继位这一年(公元前475年),我国历史进入战国时期(亦有学者将三家分晋作为战国的开端)。其间,勾践灭吴后北上会盟,天子册其为伯,承认其诸侯领袖地位。
勾践灭吴北上盟,列强领袖迫旋封。
九州进入新时代,不散狼烟绕雪峰。

咏姬介

姬介,?—前441年,贞定王,周元王子,元王死后继位,在位二十八年。在位期间,晋三家大夫赵襄子、韩康子、魏桓子陆续吞并其他贵族后,形成三个国家:赵国、韩国、魏国。
江山承继千秋律,道破天惊幻变奇。
虎气眈眈发异想,三分大晋恰当时。

咏姬去疾

姬去疾,?—前441年,哀王,周贞定王长子,即位三个月为弟姬叔所袭杀。
登基仨月死胞剑,王室相残亲血流。
夏夜萤虫争绽亮,匆匆能写几春秋。

咏姬叔

姬叔,?—前441年,思王,周贞定王子,周哀王弟,在位五个月,被弟姬嵬杀。
夺位弑兄旋己蹈,龙袍血溅起萧墙。
飘摇周室江河下,难怪诸侯竞自强。

咏姬嵬

姬嵬,?—前426年,考王,在位十五年。在位时,封弟姬揭于王城,时人称此国为"西周"。后代又封于巩(今河南巩县),史称"东周"。这样,在周王室的领地里又建立了"西周""东周"两个小国。
弹丸再辟小国两,母乳几干仍吮吸。

先祖江山穷窘迫，周公再世也难移。

咏姬午

姬午，？—前402年，威烈王，周考王死后继位，在位二十四年。在位时封晋国大夫韩虔、赵籍、魏斯为韩侯、赵侯、魏侯，此即"三家分晋"。

册封迫认三分晋，熟视低能耳罔闻。
崛起改革韩赵魏，虎蹲卧榻不惊心。

咏姬骄

姬骄，？—前376年，元安王，周威烈王之子，威烈王死后继位，东周第二十一位王，在位二十六年。

悼王变法用吴起，目睹耳闻田代齐。
三虎彻分残晋肉，狂飙四起卷东西。

咏姬喜

姬喜，？—前369年，烈王，在位时，秦国大力向东发展。

献公扫荡剑东指，日后商鞅法奠基。
虎视眈眈七霸主，飘摇祖业倍霜袭。

注：献公，指秦献公。

咏姬扁

姬扁，？—前321年，显王，周安王子，周烈王弟，烈王死后继位，在位四十八年。在位期间，战国七雄先后变法，改革发展到高潮，更为激烈的兼并战争随之展开。

诸侯变法大潮涌，逐鹿七雄轮竞锋。
周室衰微无所振，飘零日下怨西风。

咏姬定

姬定，？—前315年，慎靓王，周显王子，显王死后继位，在位六年。在位期间，诸侯国或"合纵"，或"连横"，彼此争霸更为激烈。

强秦挫众斩八万，连灭蜀巴望楚天。
雷震千钧视听塞，祖传天子面常颜。

咏姬延

姬延，？—前256年，赧王，东周第二十五位王，也是最后一位国王。前315—前256年在位五十九年，是两周在位时间最长的君王之一。

在位最长无寸功，蜷缩洛邑甚囚笼。
威威九鼎易新主，文武开国至此终。

齐

咏吕伋

吕伋，姜姓，吕氏，名伋，吕尚长子。齐国第二代国君，前1014—前976年在位。周成王、周康王时周王室重臣，被尊为"丁公"。崔、丁二姓的共同始祖。

成康周室一梁栋，衔命麾师远灭唐。
两代齐君显德政，大邦崛起盛东方。

咏吕得

吕得，？—前932年，姜姓，名得。齐丁公之子。丁公嫡四子季本该受位，但让位于同母弟吕得，自己食采于崔邑，吕得即位，是为齐乙公。

兄终传弟登极位，躬勉报国竭赤诚。
季子采崔成始祖，太平共享乐歌声。

咏吕不辰

吕不辰，姜姓，名不辰，哀公，齐癸公之子。周夷王时，纪侯在周王前进谗言，周夷王烹杀哀公。哀公死后他的异母弟吕静被立为齐君，是为齐胡公。

高境诡谲难御身，周王误信鼎绝恩。
纪侯阴损奸谋遂，实为自家植祸根。

咏吕静

吕静，姜姓，胡公，齐哀公弟，齐哀公含冤而死，吕静被立为君。为防纪国暗算，公元前866年胡公从营丘迁都薄姑。此举对齐人震动很大，齐人有怨言。齐哀公同母弟吕山与私党率营丘人杀死胡公，将胡公之子驱逐出境，又把首都迁到临淄。

王兄冤死弟接班，防算迁都图杜嫌。
深怨齐人举刀向，身亡子放故都还。

咏吕山

吕山，姜姓。齐献公。扩建营丘城，因新城滨临淄水，故易名临淄。

弑兄回复故都邑，土木临淄国固根。
图倚首城来又去，禁宫銮驾换新人。

咏吕寿

吕寿，姜姓，齐武公。武公十年（公元前841），是为"庚申西周共和元年"。自本年起，中国历史始有准确纪年。这之前，诸侯年代错乱，《史记》亦不能免。

齐武十年分水岭，西周开纪共和元。
此前年代多差舛，圣笔史公偶不全。

注：圣笔史公，指司马迁。

咏齐厉公

齐厉公，姜姓，吕氏，名无忌。齐第九位国君，公元前824年即位。昏聩暴

虐，被弑。

一

王府高门纨绔子，昏庸残暴丧人伦。
花天酒地笙歌舞，亲子举刀葬孽魂。

二

佞昏暴虐齐人忿，众刃除凶挽太平。
自古弑君天大罪，尽诛预者不徇情。

咏齐文公

齐文公，姜姓，原名吕东，齐厉公之子。厉公昏聩暴虐，齐人痛恨之，联络胡公吕静之子杀死厉公，胡公之子皆战死。齐人拥立厉公之子赤即位，是为齐文公。齐文公把参与杀厉公的七十人全部处死，长达四十余年的宫廷内乱终于结束。

一

大义弑君除暴虐，国人称快颂升平。
与谋将士身皆死，久乱根掘靖宫廷。

二

父仇子报纯天性，国恨家仇一剑分。
细论贤明及佞暴，正人君子享乾坤。

咏吕购

吕购，？—前731年，齐庄公，姜姓，齐成公之子。其在位六十四年，是春秋战国时在位时间最长的国君。继位时，内廷动荡不安，两度迁都（薄姑、临淄），齐国元气大伤。到了齐庄公开始休养生息，不安的局面才得以改观。死后齐僖公继位。

内乱汹汹国力枯，猛纠颓势两迁都。
民心理顺全局变，休养生息兴盛图。

咏齐僖公

齐僖公，？—前698年，姜姓，原名吕禄甫，齐庄公子。公元前731年，齐庄公死，即位。

盟誓石门达两喜，抱团取暖少烦忧。
平伐乱逆纷争泯，小霸赫然天子裘。

咏齐襄公

齐襄公，？—前686年，姜姓，吕氏，名诸儿。在位期间，国力渐强，伐卫、鲁、郑国，设计帮助平定郑国内乱，灭纪国；帮助平定卫国内乱。与妹妹乱伦，政变遇害。

助平郑卫内局乱，伐灭纪国前账清。
伦乱恶名千古指，行宫成墓葬敌情。

咏吕无诡

吕无诡，姜姓，吕氏，名无诡，一作无亏，齐中废公。即位三月被杀，无谥。

三月黄袍未暖身，不着不险自精神。
森森皇苑晃刀斧，却望龙床绝世尘。

咏齐桓公

齐桓公，？—前643年，姜姓，吕

氏，名小白。春秋时齐国第十六任国君（一说第十五任），姜太公第十二代孙，齐僖公最小的三儿子，母为卫国人。前685—前643年在位，任用管仲为相，使国力渐强，成"春秋五霸"之首。时逢内乱，惊险即位。有容人之量，用人不疑，庭燎求贤，一生显赫，是一位有治国才干和雄才大略的统治者。晚年昏庸，宠信阉竖。
天赐良机争九五，管宁拜相用无嫌。
鼎新革弊强国力，北杏会盟五霸前。

咏鲍叔牙

鲍叔牙，生卒不详，姒姓，鲍氏，名叔牙，安徽颍上人。早年辅佐公子小白，协助夺取君位，荐管仲为相。公元前656年参与"召陵之盟"，使诸国尊齐国为霸主，齐桓公成为春秋第一个霸主。公元前645年拜相。
知贤荐慧无人媲，板荡不嫌落难龙。
力举襄国管为相，春秋霸衅扫残冬。

咏管仲

管仲，？—前644年，名夷吾，字仲，谥敬，又称管敬仲，颍上（今安徽颍上）人。
曾经商贾相国忙，鼎力变革称霸王。
九令尊王律天下，充盈仓廪礼仪邦。

咏竖刁

竖刁，别称竖貂、竖刀。为表忠心，自阉，争宠。桓公病重时作乱，为伏兵所杀。
自阉争宠戮群吏，继立妄为埋祸根。
一旦王薨天下乱，耽耽狼虎不容身。

咏吕昭

吕昭，？—前633年，姜姓，吕氏，名昭，齐孝公，齐桓公子。前642—前633年在位。齐桓公早年立其为太子，并托宋襄公予以照应。宋两次出兵送昭入境即位。
作质侯邦图靖安，宋师两护把家还。
兴兵鲁界欲征讨，闻语动心现愧颜。

咏吕潘

吕潘，姜姓，吕氏，名潘。齐孝公死，其子被卫开方杀死，公子潘夺位，是为齐昭公。与晋文公联师伐楚于城濮，晋文公会齐、宋、鲁、蔡、郑、卫、莒七国之君盟于践土，结为同盟。
夺位登基勤大业，联攻城濮凯旋回。
明察时势周边睦，践土结盟八喜归。

咏吕舍

吕舍，姜姓，吕氏，名舍，齐后废公，齐昭公之子。在位五个月，被昭公弟吕商人杀。
龙床五月尚难为，刀起嫡叔红溅帷。

血脉亲情本无价，黄袍极位草般微。

咏吕商人

吕商人，姜姓，吕氏，名商人，齐懿公，桓公之子。桓公死后，与公子无诡等争夺君位失败逃亡国外。历齐中废公、孝公、昭公三代国君，杀死齐后废公自立为君。即位后荒淫无度，被其车夫所杀，在位四年。

败亡逃匿三十载，葬礼戕侄眼不红。
纵欲荒淫人怒指，车夫挥剑命归终。

咏吕元

吕元，？—前599年，姜姓，吕氏，名元，齐惠公。公元前609年齐人迎立，次年即位。

桓公五子五君王，艳舞长歌伴剑光。
偏信大夫崔杼宠，大齐国柄落一旁。

咏吕无野

吕无野，姜姓，吕氏，名无野，齐顷公。

尊母笑残蹒罹难，不择鞍马御敌军。
衰颓顿悟秉低调，济弱扶贫博众心。

咏吕环

吕环，姜姓，吕氏，名环，齐灵公。在位期间，有晏弱、晏婴为相，国事清明。

晏门父子连国相，大战诸侯鲁五伐。

频换储君生内乱，信谗暴政祸国家。

咏颜懿姬

颜懿姬，齐灵公吕环的夫人，无子，将自己陪嫁的侄女声姬所生之子吕光立为太子。

侄女陪姻降子光，无出大度悦君王。
庶生同淌夫君血，立嗣承宗朝继纲。

咏崔杼

崔杼，？—前546年，又称崔子，崔武子。春秋时齐国大夫，后为齐国执政，齐惠公时为正卿，以弱冠之年有宠于惠公。惠公死，为高氏、国氏所逐，奔卫国。后返齐，曾率军伐郑、秦、鲁、莒，当国秉政二三十年。骄横异常，先后立庄公、景公，在朝大肆杀戮，使齐政局动荡。后家族内讧，自缢，曝尸。曾连杀齐国史官三兄弟。

四朝元老齐国栋，骄横杀伐立二王。
摇荡政局族内讧，史官无畏笔直详。

咏国佐

国佐，？—前573年，一作国差，齐国上卿，国归父之子。谥号武，称国武子，亦称宾媚人。公元前589年，鞍之战，齐大败。他奉命出使求和，经力争方得讲和。

齐师惨败鞌之战，出使求和谋靖安。

据理力争大无畏，犹博强晋把约签。

咏鲍牵

鲍牵，生卒不详，约齐灵公在位前后在世。发现庆克与声孟子私通，告诉国佐，后遭诬陷获刖刑。

窥他私密发羞耻，泄露传播获刖刑。
私隐天然人不免，设身处地鬼神明。

咏鲍国

鲍国，齐大臣，鲍叔牙曾孙，鲍牵弟，约前594—前501年，享年九十余岁。早年至鲁，为鲁国施孝叔的家臣，为人忠良。打败栾氏、高氏，阻止了其挟持齐景公的阴谋。谏齐景公扣押流放阳虎。

早为家役性忠良，坚佑景公免祸殃。
力谏扣押放阳虎，摄珍善养耄耋长。

咏晏婴

晏婴，？—前500年，名婴，字仲，谥号平，齐国夷维（今山东高密）人。春秋时著名政治家、思想家、外交家，大夫晏弱之子。历仕齐灵公、庄公、景公三朝五十余年。出使不受辱，捍卫齐国国格国威。

良辅三公五十载，民如江水主犹舟。
治国以礼尚节俭，源远流长延万秋。

咏郭荣

郭荣，生卒不详，约活动于齐灵王、庄王时。平阴之役，诸侯军队围攻临淄，灵公惧，将驾车逃往邮棠。时郭荣与太子光拦住马头，力阻，制止了灵公逃跑。

晋围都邑灵公惧，欲奔邮棠逃命慌。
死谏舍身拦马首，平阴勇抗卫国疆。

咏吕光

吕光，齐后庄公，姜姓，吕氏，名光。前572年以齐国太子身份到晋国作人质，与诸侯见面。公元前555年，晋伐齐，齐败，齐灵公欲逃，吕光抽剑断马缰，灵公方止。后因好色被杀。

孑然入晋作人质，金鼓数闻识胆伸。
齐败灵公登马窜，断缰力谏扭乾坤。

咏齐景公

齐景公，？—前490年，姜姓，吕氏，名杵臼，在位五十八年。大臣中有相国崔杼、庆封、晏婴、司马穰苴、梁邱据等。既有治国的雄心壮志，又贪图享乐。

名将穰苴贤相晏，结盟广纳霸垂涎。
投壶方显英雄色，屹立中原腰不弯。

咏司马穰苴

司马穰苴，生卒不详，原名田穰苴，姓田，名穰苴，田完后代，春秋末

年齐国人。是齐景公时掌管军事的大司马，著名的军事家、军事理论家。
阵斩监军严号令，三军服震祭征旗。
爱兵如子恤赢弱，退撰兵书千古稀。

咏齐晏孺子

齐晏孺子，姜姓，吕氏，名荼。公元前489年，齐景公病重，立少子吕荼为太子。田乞（陈乞）发动宫廷政变，弑幼君吕荼，逐其母芮子，立吕阳生为新君。齐晏孺子在位十月而亡。
父王废立过仓促，宫变权臣弑幼君。
大位觊觎密谋久，新登乳臭走残云。

咏吕阳生

吕阳生，齐悼公，姜姓，吕氏，名阳生，齐景公子，前488—前485年在位。田乞立齐悼公，开齐国田氏贵族专齐政的先河。齐悼公四年（公元前485年），吴、楚攻打齐国南方时，齐大夫与齐悼公有矛盾，乘机杀死齐悼公，立其子壬，即齐简公。从此，田氏成为齐国最大专政世家。
田专齐政开先例，干弱枝强梦魇多。
南寇报危霜盖雪，龙床四载骤挪窝。

咏吕壬

吕壬，齐简公，姜姓，吕氏，名壬，前484—前481年在位。即位后，任用田恒（陈恒）、阚止（监止）为左右相。阚止受宠，田恒嫉妒，田恒杀阚止。孔子极为愤怒，入宫见鲁哀公，请发兵齐，未得哀公支持。
大登数载不安宁，左右相国频互倾。
二者选一谋不用，不平孔子请发兵。

咏吕骜

吕骜，齐平公，姜姓，吕氏，名骜，齐简公弟，前480—前456年在位。公元前481年早春，鲁哀公田猎获麟。孔子恐慌，说："吾道穷矣！"于是《春秋》成绝笔。从此，田氏家族专权于齐平公、宣公、康公三代。
三朝田横始平王，九五虚登形草穰。
叶茂枝繁欺干弱，代齐只待好时光。

咏吕积

吕积，齐宣公，姜姓，吕氏，名积，齐平公之子，前455—前405年在位。此时已近春秋尾声。
春秋将尽战难罢，屡掠邻侯城数隳。
国柄照常田氏手，不修根本卵叠垂。

咏齐康公

齐康公，前455—前379年，姜姓，吕氏，名贷，齐宣公吕积之子。在位时沉湎于酒色。"迁康公于海上，食一城"。后唯一的食邑被收回，只好在斜坡上挖

洞为灶。
公废庶人意料中，醉食荒岛旧时同。
拧儿终听话一句，峻岭之巅父冢荣。

咏田敬仲

　　田敬仲，即陈完，春秋时陈国公子。公元前707年内乱中被贬为大夫。齐桓公要拜他为卿，推辞，被封为"工正"（管理百工的官），赐他很多田地。为答谢，陈完改姓田（古时田陈同音）。齐懿仲将女儿嫁给他。田姓始祖，传九世至田和而代齐。
陈国公子败奔匿，躬理百工仲女妻。
受赐广田皆沃土，田族九世代亡齐。

咏田孟夷

　　田孟夷，名稚，《史记索隐》系本作"夷孟思"，字孟夷，为田氏家族第二任首领，承袭父亲田完。
田族首领晚一辈，承父勤躬戮力耕。
千载根基连代筑，绵延祖荫业终成。

咏田常

　　田常，春秋时齐大臣，妫姓，田（陈）氏，名恒，后人避汉文帝刘恒讳，称他为田常，亦称田成子、田乞子。以"大斗出、小斗进"的方法笼络人心，齐人歌之。公元前481年，杀阚止和齐简公，立简公弟骜为平公，自任相国，扩大封地，尽诛公族中强者。自此田氏专国政，三传至太公和，正式代齐。
大贷小收阴大举，笼心扩地暴强锄。
相国专政无天子，不负三传便曰孤。

咏田襄子

　　田襄子，名盘，田常之子。齐相，兄弟宗人尽为齐都邑大夫，外与三晋通好。
一朝运转拜国相，都邑大夫亲庇亲。
察势审时拿大略，外和三晋内安民。

咏田白

　　田白，父为田襄子田盘。在他的努力下，田氏控制了齐国的实权，势力愈盛。
传承上下握关键，掌控实权步步逼。
族势登峰天下小，代连跬步辟田齐。

咏田和

　　田和，妫姓，田氏，名和，田白之子。公元前405年嗣相位，齐宣公犹傀儡。宣公死后，子康公立，荒淫嗜酒，不勤于政，田和将其迁于海上，食一城，以奉其先祀，自立为齐君。公元前379年康王死，史称"田氏代齐"。
九世连心夙愿偿，田齐新秀曜东方。
诸侯震慑封周室，宏量安王祭海疆。

咏齐威王

　　齐威王，妫姓，田氏，名因齐，田齐

桓公田午之子。公元前356年继位,在位三十六年。以善于纳谏用能、励志图强而闻名于史册。以平民邹忌为相国,田忌为司马,孙膑为军师,教兵习战,以谋征伐。后齐国因围魏救赵、围魏救韩,列"战国七雄"之首。齐威王即位期间做了三件大事,每件事都改变了天下格局。齐威王是一位比较贤明的国君。
变法强国居霸首,人才至宝夜光杯。
虚怀纳谏君明圣,一举功成响巨雷。

咏邹忌

邹忌,约前385—前319年,以鼓琴游说齐威王,被任为相,封于下邳(今江苏邳县),号成侯。劝说威王奖励群臣吏民进谏,主张革新政治、修订法律、选拔人才、奖励贤臣、处罚奸吏,选荐得力大臣坚守四境,从此齐国渐强。后孙膑、田忌威望逐渐提高,邹忌担心相位不稳而置田忌于死地。
鼓琴游说任国相,修法擢才新政张。
罚劣奖贤虚纳谏,为何私己陷杰亡?

咏田忌

田忌,生卒不详,妫姓,田氏(一作陈氏),名忌,字期,又曰子期、期思。受封于徐州(今山东滕州),战国初期齐国名将。桂陵、马陵之战,田忌为统帅,孙膑为参谋,大胜。公元前341年,被齐相邹忌用反间计陷害,无法澄清,逃往楚国。
运谋赛马荐奇士,围魏救邻活赵韩。
疆场能驱千万寇,庙堂难保自身全。

咏孙膑

孙膑,生卒不详,本名孙伯灵,山东鄄城人,战国初期军事家。孙武后人,著有《孙膑兵法》,指挥著名的马陵之战。

一

武圣后人师鬼谷,悟得精奥运娴熟。
遭诬膑刖蒙奇耻,计救赵韩仇断颅。

二

奇才兵圣假疯妄,赛马谈兵脱颖锥。
战罢两陵韩赵倚,军师卸任故乡回。

咏田盼

田盼,姓田名盼,又作田朌,亦称齐盼子。马陵之战时公认的"宿将",立下赫赫战功。在孙膑隐退、田忌逃亡后,其是齐国独当一面的大将。
耆宿马陵赫赫功,高唐镇守赵人穷。
只将余粟易于宋,二线锦囊犹献忠。

咏淳于髡

淳于髡,约前386—前310年,齐国人(今山东龙口),齐威王客卿。学无所主,博闻强记,能言善辩。多次用隐言微语讽谏威王,居安思危,革新朝政。

数以特使身份周旋于诸侯之间,不辱国格,不负君命。主张益国益民的功利主义,在同孟轲"礼"与"仁"的两次论战中,鲜明地表明这一立场。战国时齐国著名的政治家、思想家。

家世寒微貌不扬,居安思险论朝纲。
微言隐语讽君主,游说诸侯邦固强。

咏慎到

慎到,约前390—前315年,先秦法家代表人物之一,赵国人,是从道家分化出来的法家。他长期在齐国稷下学宫讲学,对法家思想在齐国的传播起过重大作用。著有《慎子》四十二篇,今存七篇。

稷下授学一巨擘,因循天道治无为。
自然崇尚和关系,鼻祖法家新立碑。

咏接子

接子,约与慎到同时代,齐人。为稷下学宫先生。后因齐湣王田地矜功不休而亡去。

识见非凡脱颖锥,庸君矜傲愤离归。
深究万物动因本,力量渊源大道垂。

咏环渊

环渊,楚人,一作娟环、便娟,又称娟子、涓子。曾讲学稷下,整理老聃语录,成《道德经》上下篇,对保存道家原始思想资料做出贡献。

精研黄老道德术,稷下讲学授众徒。
老聃语言精理撰,皇皇大著道家殊。

咏宋钘

宋钘,又弥宋荣子,约前370—前291年在世,孟子弥其为"先生"。游稷下,著书一部,佚。三张"崇俭""非斗"。尹文可能是其学生。将宋子列入小说家是班固的失误。

宏思近道俭非斗,学稷曾游论著书。
亚圣恭尊呼唤敬,文风大众语通俗。

咏尹文

尹文,约前360—前280年,齐国人,战国时代著名哲学家,与宋钘齐名。属稷下代表人物,主张道家学派。思想有调和色彩,对后期儒家有深刻影响。学于公孙龙,很受公孙龙称赞。

稷下蜚声媲宋钘,大德大道众娱情。
阐发老子绎精气,天下安澜长寿宁。

咏季真

季真,约与接子同时,齐之贤人。其学说主张道本自然,人力莫为干预之事。

稷人高论大齐贤,万物天生本自然。
人力区区休乱用,违规蛮干水登山。

咏齐宣王

齐宣王,田辟疆,？—前324年,齐威王子,妫姓。为田氏齐国第五代国君,在位十九年。

一

子承父业建国强,代代相因薪火香。
躬勉慎廉勤政事,江山牢固似金汤。

二

趁隙用兵燕几灭,学宫鼎盛俊杰稠。
百花齐放兴文化,闻过则怡从善流。

咏田婴

田婴,齐威王小儿子,齐宣王庶母所生的弟弟,田文(孟尝君)之父。参与马陵(今山东范县)之役,立有战功,旋擢升为相。主管一国上计,弄权营私,囤积财富。初封彭城(今江苏徐州),继改封于薛(今山东滕州)。在相位十一年,威逼主上,称薛公,号静郭君(一作靖郭君)。

马陵大胜擢升相,舞弊弄权财富藏。
自恃己能威震主,薛公骄逸亵纲常。

咏田地

田地,齐湣王,田齐政权第六任国君,齐宣王子,公元前301年即位,在位十七年。

破秦攻楚称东帝,三晋五国终不敌。
田甲劫王非偶衅,市中愤裂罪魁迟。

咏田文

田文,战国时齐国贵族,"战国四公子"之一。因封于薛,又称薛公,号孟尝君,门下有食客数千。曾入为秦相,不久逃归,后为齐湣王相。曾联合韩、魏击败楚、秦。

一

门客数千广揽贤,鸡鸣狗盗混其间。
三窟营苦未传嗣,市义相国凭远瞻。

二

仁心养士数千众,市义智营三邑深。
屡相侯国娴策划,难违天命嗣绝根。

咏冯谖

冯谖,战国时齐国人。"战国四公子"中司孟尝君的食客之一。为战国时一位高瞻远瞩、具有深远战略眼光的战略家。通过"薛国市义"、营造"三窟",为孟尝君的长久政治事业立下汗马功劳。

长剑三弹试新主,薛国市义猎人情。
智营三穴非常举,划亮夜空一彗星。

咏淖齿

淖齿,？—前283年,一作"卓齿",公元前284年受楚襄王命率军救齐,被湣王任为齐相。后杀湣王,欲与燕分齐,旋被齐人王孙贾所杀。

楚将救邻旋拜相,志得义忘弑齐王。
蛇心吞象谋君位,恶报天来身裂亡。

咏王孙贾

王孙贾，年十五事湣王，义诛淖齿。
年少大为忠奉上，拳拳慈母户间依。
他人弑乱齐国怒，袒臂义呼戕逆奇。

咏田单

田单，妫姓，田氏，名单，临淄人。齐都临淄的市掾（秘书），后到赵国出将入相。公元前284年燕国大将乐毅出兵攻占临淄，连拔七十余城。最后只剩莒县城（今山东莒县）和即墨（今山东平度）。田单率族人用铁皮护车轴逃至即墨抗御。挽救濒临灭亡的齐国，大破燕军，收复七十余城。
坚御残齐临莒墨，火牛天降扭乾坤。
解裘救老冰凌地，甘苦同当悦世人。

咏匡章

匡章，亦称章子、匡子，齐将。曾率军退秦。率军十万，直破燕都。一生伐燕、征楚、攻秦。
麾师十万驱狼虎，直破燕都弹指间。
联袂魏韩诛楚将，御秦濮水阵如磐。

咏田章法

田章法，？—前265年，齐襄王，本名田法章，齐湣王子，在位十八年，田齐政权第七任国君。
家难匿齐作雇工，恰缘奇女壮心同。
田单燕破复齐后，修好诸侯建稷宫。

咏太史敫

太史敫，齐人。得知女儿（君王后）居然在没有"父母之命，媒妁之言"的情况下嫁人，气得半死，言："非吾种也，污吾世矣！"当即宣布脱离父女关系，终生不见女儿。
掌上明珠非女辈，多情公子定终身。
救亡善举眼独慧，终遂世间人上人。

咏君王后

君王后，？—前249年，齐亡国君田建生母。齐襄王落难时，二人私订终身，生下田建，辅佐田建执政四十一年。奉行"事秦谨"国策，对其他五国不施以援手，忽略了唇亡齿寒的结果。
襄王落难愿连理，子坐龙床谨事秦。
跨鹤欲言旋闭口，玉环能解不帮邻。

咏田建

田建，前280—前221年，妫姓，田氏，田齐的亡国之君。前264—前221年在位，共四十三年。
太平咸仰君王后，牵掣强秦东设局。
挨至五侯灭接踵，国隳人放葬荒芜。

咏田儋

田儋，？—前208年，齐北狄县

人，陈胜起义，田儋等杀当地县令，自立为齐王，占齐地。后救魏时为章邯败，被杀。

陈胜起兵天下乱，怒诛县令据齐王。
攻城掠地抢机遇，救魏无名师败亡。

咏田假

田假，齐国王室，妫姓，田氏，名假。齐人立其为齐王，接着被田荣赶走，逃到楚国。

世居齐鲁食钟鼎，幸立国王践位昏。
强悍田荣扬剑吼，匿身南楚缓惊魂。

咏田市

田市，秦人，田儋之子。项羽封其为胶东王，都即墨（今山东平度）。田市胆小怕事，后因不听叔叔田荣良言，荣怒而杀之。

政局板荡封王位，即墨守成鼠胆颓。
塞耳贤叔言肺腑，残身不测顿扬灰。

咏田荣

田荣，？—前205年，秦末齐国狄县（今山东高青）人，故齐王田氏宗族，与其兄田儋响应陈涉起义，恢复齐国，田荣为相国。公元前206年自立为齐王，起兵反抗项羽，战败，为平原县民所杀。

风云骤乱人心诡，襄立两王恩假儋。
横剑裁侄国自享，引来项羽举戈戡。

注：假儋，指田假、田儋。

咏田安

田安，西楚王朝（前206—前202年）的济北王，项羽破釜沉舟渡河救赵时，安攻下济北数城，投羽，被封为济北王，都博阳（今山东泰安），田荣造反时被杀。

破釜沉舟雄气染，力攻济北数城拔。
归投项羽赏封厚，勤政博阳心乐花。

咏田广

田广，齐国狄县（今山东高青）人，田荣之子，田荣死后被立为齐王。烹杀郦食其。为韩信败，逃亡中被杀。

睿智齐王藏大略，悟察烹煮郦食其。
夺国享祚春秋久，韩信戟扬命断齐。

宋

咏宋微子

宋微子,子姓,名启。后为避汉景帝刘启讳改启为开。商王帝乙的长子,纣王的庶兄。纣王淫乱,微子屡谏不听,遂出走。武王克商,微子肉袒面缚乞降,受封于宋。传说为政贤能,受殷民爱戴。孔子认为其是"三仁"之一。宋国开国远祖,死后葬现山东微山岛西北部一山头。

同母异思反纣王,国亡面缚仰息降。
小丘洼水延殷祀,昔日高天今宋乡。

咏宋共

宋共,子姓,宋氏,名共,谥号湣,宋国第五代国君。宋湣公不传子而传弟炀公,引起次子鲋祀的不满,他杀死炀公自立,是为厉公。

嫡子不传传位弟,叔君旋弑禁宫寒。
滔滔洪水纵悲苦,有宋建国步履艰。

咏鲋祀

鲋祀,宋湣公次子,宋国第七任国君。宋湣公卒后,弟炀公熙继位。鲋祀不服,将叔父炀公杀害,把国位给长兄弗父何,弗父何不受,于是自立,为厉公。封弗父何于栗(今属河南商丘),任宋国国卿。弗父何是孔子的远祖。

挺剑戕叔愤不平,位归嫡长叙胞情。
谦谦自立顺登位,夏邑封兄屈任卿。

咏宋子睍

宋子睍,宋惠公,宋国第九任国君,厘公之子。葬于商丘。惠、哀、戴三公王陵三峰并峙,名"三陵台"。

三峰并峙屹陵台,长寝宋公惠戴哀。
峰以人名人倚岭,任凭风雨日摧裁。

咏宋哀公

宋哀公,子姓,宋氏,惠公之子。宋国第十任国君。在位一年。

君王怀旧甚平民,醋酱百坛聊寸心。
罗绮丽纱合昼短,佐餐怡口续生恩。

咏宋戴公

宋戴公,子姓,名白,宋国第十一任国君。前799—前766年在位,共三十四年。即位力推四项改革:废公田,轻赋;停止酿酒;除外宾,宴不用酒;王室餐减菜。自己每餐仅二菜。开仓济民,祭天由自己承担责任。爱民如子。一生勤俭,日夜为国操劳。国葬时,万民长途跋涉拥进都城,在墓边长跪不起。

首朝锐改四积弊,轻赋济贫施义仁。
广用新犁播稻麦,万民拥戴跪王坟。

咏正考父

正考父,宋大夫,辅佐戴、武、宣三公,地位愈高行为愈检点。孔子七世祖。
三公高位辅三公,权重位卓行愈恭。
社稷荷肩国栋柱,圣人七世世人崇。

咏宋武公

宋武公,?—前748年,子姓,宋氏,名司空,戴公之子,宋国第十二任国君。在位期间,北方游牧部落长狄入侵,派兄弟司徒皇父率军抵御,在长丘(今河南封丘)打败长狄人,俘其首领。
游牧长狄侵宋境,遣师强御保边关。
长丘鏖战敌酋掳,洒血唯图疆靖安。

咏宋宣公

宋宣公,?—前729年,原名子力,宋国第十三任国君,武公之子。宣公死,不传子与夷,而传位弟子和,说:"父死子继,兄死弟及,天下通义也。我其立和"。后和亦三让而受之,是为穆公。
跨鹤明宣身后事,兄亡弟继义咸通。
同胞贤慧三推却,唯遂兄言无憾终。

咏宋穆公

宋穆公,?—前720年,子姓,名和,宋国第十四任国君。其死后传位给宣公之子与夷,而没有传给自己的儿子冯,被认为是遵循道义的典范。
弟承兄范位传侄,族旺家和社稷怡。
亲子远迁居外邑,生存磨砥苦艰时。

咏宋殇公

宋殇公,?—前710年,子姓,名与夷,宣公之子,宋国第十五任国君。在任期间,任孔父嘉为司马,华督为太宰。宋殇公好战,十年十一战,百姓苦不堪言。华督贪孔父嘉妻美色,杀而夺妻,宋殇公大怒,反遭弑,华督后迎冯回国继位。
十年连衅十一战,百姓苦渊难口言。
黩武穷兵皆末路,奸风未禁惹麻烦。

咏宋庄公

宋庄公,?—前692年,子姓,宋氏,名冯。前710—前692年在位。曾在郑国当人质。
公子砥身遥郑质,蒙开益智晓荆途。
时来运到登极位,挟控郑国君立突。

咏宋后湣公

宋后湣公,又称宋闵公,子姓,名捷,庄公之子。在位时,多次与鲁国交战,均败。鲁擒宋大夫南宫长万,后释放回国。闵公语羞南宫长万,遭弑。
屡输屡战斗邻鲁,挂帅南宫阵陷俘。
获释回归辱羞语,引来弑戮断生途。

咏宋桓公

宋桓公，？—前651年，子姓，宋氏，名御说。前681—前651年在位。一生威名赫赫，随齐桓公东征西讨，南征北战，为齐国称霸之臂膀。从未无故攻打别人，只为天下安定。

威名赫赫三十载，伐异会盟龙虎活。
强楚中原时染指，抚安天下复亡国。

咏宋襄公

宋襄公，？—前637年，宋桓公次子，子姓，名兹甫，前650—前637年在位。谥号襄。滥用仁义于敌国、敌军，自取其辱，误国、害己。司马迁将其列为"春秋五霸"之一，是就其仁义而言，非实指。

用贤大治国隆起，仁义成名亦败斯。
泓水箭毒瘵霸梦，英雄含恨五强一。

咏目夷

目夷，子姓，宋氏，名目夷，字子鱼，宋国相。性仁爱，留贤德。泓水之战时，谏击楚师半渡，被宋襄公拒，宋军败。

贤德仁爱宋名相，躬勉慎勤襄主强。
泓水鏖兵呈切谏，君王蠢拒暗神伤。

咏宋成公

宋成公，？—前620年，子姓，宋氏，名王臣，商丘人，宋襄公之子。公元前633年，楚伐宋，宋成公向晋求援，晋攻曹、卫，与楚战于城濮，楚兵去，晋称霸。在位十七年，谥号成。

楚望中原心久野，雄锋指宋试干戈。
晋师援救旋弥霸，决胜城濮壮气呵。

咏宋昭公

宋昭公，？—前611年，子姓，宋氏，名杵臼，前619—前611年在位。公元前620年，成公卒。成公弟御杀太子及大司马公孙固，而自立为君。宋人共杀御而立少子杵臼，是为昭公。昭公九年，宋国大饥，庶弟子鲍尽出其仓廪之粟，以济贫者，广结人缘。后联合宋襄公夫人杀杵臼于孟渚（今河南商丘）打猎途中，子鲍自立，是为宋文公。

成公少子登基晚，诛御宋人共立之。
享位七年逢大馑，天灾人祸命归西。

咏宋文公

宋文公，？—前589年，子姓，宋氏，名鲍（一作鲍革），宋成公之子，宋昭公庶弟，春秋时宋第二十四任国君，前610—前589年在位。公元前611年宋襄公夫人杀死宋昭公，立子鲍，后晋出兵追究此事，因文公得民心，诸侯反认其合法。

祖弑前王得玉玺，晋人追究弄玄机。
幸得民戴诸侯饱，散却阴云险化夷。

咏宋共公

宋共公，？—前576年，子姓，宋氏，名瑕，宋文公之子，宋国第二十五任国君。在位时，由执政大夫华元专国。为避水患，国都由睢阳迁至相城，后又迁回。共公十三年卒，太子肥被荡泽杀，立少子成，为平公。

都易相城除水患，结盟楚晋便周旋。
姻牵千里鲁王妹，守义焚身愧九泉。

咏伯姬

伯姬，鲁宣公之女，鲁成公之妹，嫁宋共公为夫人。宋未按礼迎亲，伯姬拒与共公同寝。后由鲁大夫说情方完婚。共公亡，守寡，寿七十以上。守礼教而焚死。随夫谥，改称共姬。

伯姬持礼拒同寝，宋乞鲁旋婚典成。
王去贞节绵二代，欣然蹈火守夫情。

咏宋平公

宋平公，子姓，宋氏，名成，共公之子，前575—前532年在位，共四十四年。公元前546年，宋国大夫向戌再次发起弭兵大会，十四国聚宋都，确立以晋、楚为霸主。

战祸连年人共怨，弭兵会议欲除根。
宋都倡导诸侯喜，晋楚双雄强势存。

咏宋元公

宋元公，？—前517年，子姓，宋氏，名佐（金文铭文作宋公差），平公之子，前531—前517年在位。宋元公十年（公元前522），元公猜忌华族，华族谋反。后双方妥协盟誓，互派人质。之后元公借他族势力攻华族，华族再叛，元公欲弃师逃，被厨人濮劝止，齐、晋、曹出兵，内乱平息。

华族坐大尾难掉，羞与臣盟根动摇。
智阻弃逃濮献策，攘平内乱晋齐曹。

咏宋景公

宋景公，？—前469年，子姓，宋氏，其名《左传》作栾，《史记》作头曼，《汉书》作兜栾。景公三十年（公元前480），曹伯阳背晋，干预宋政，景公伐之，执曹伯阳及公孙强以归而杀之。景公三十七年（公元前487），出现"荧惑守心"现象，景公忧心大祸，司星三谏皆未纳，说出三句善言（三大善念），延寿二十一年。

背晋曹伯干宋政，挥师斩首护国尊。
善言三句心迹表，顶礼臣民普谢恩。

咏宋后昭公

宋后昭公，？—前404年，子姓，宋氏，名子德，一说子特，宋景公养子。昭公请墨子到宋国参政，拜为大夫，称

"上无君上之事，下无耕农之事"。楚在惠王、声王时曾两次包围宋都，均未能攻克。后司城子罕专政，将昭公驱于鄘，后改过，三年后复位。
拜延墨子参国政，国力蓄积重稼耕。
知过穷途闻过喜，幡然醒悟是非澄。

咏宋悼公

宋悼公，？—前396年，子姓，宋氏，名购由，后昭公之子，前403—前396年在位，共八年。有史家认为，悼公时，宋已衰落，可能迁都于彭城（今江苏徐州），悼公可能被俘，亦可能被杀，故谥悼。
都易彭城欲扭衰，运时不济命怜哀。
或疑陷房抑遭戮，谥号常为人后裁。

咏宋桓侯

宋桓侯，？—前356年，又称宋后桓公、宋辟公，子姓，名辟兵，或名辟，宋休公之子，前362—前356年在位。在位时非常昏庸。
原名略隐为人傲，奢侈荒唐筑丽宫。
戴氏攫权三载灭，黎民唯盼降明公。

咏宋剔成君

宋剔成君，子姓，戴氏，名剔成，曾任宋国司城。桓公荒淫，戴氏取代。剔成四十一年，弟偃兵攻，败，奔齐国。
司城识胆超常异，代宋驭民图止淫。

争霸风云天际涌，兴师败北遁国门。

咏宋康王

宋康王，？—前286年，子姓，戴氏，名偃，又称宋偃王、宋献王，宋剔成君弟，公元前329年以武力夺位。后自立为王，打败齐、魏、楚三国，灭滕国。公元前286年宋国内乱，齐灭宋，宋康王出亡，死在魏国的温邑（今河南温县），宋第三十三任国君，也是最后一任。
堂堂仪表面神奕，压整铁钩凭股肱。
武力夺亲三向略，五十三载屹青松。

咏墨子

墨子，前501—前416年，名翟。战国初期宋国人，一说鲁阳人、滕国人，宋国大夫。墨家学派的创始人，战国时著名思想家、教育家、科学家、军事家，中国历史上唯一农民出身的哲学家。其学说与儒学并称"显学"。提出系统观点，以"兼爱"为核心，以"节用""尚贤"为支点。其弟子完成《墨子》一书传世。
农门哲圣千秋誉，兼爱非攻同尚贤。
非命图强非乐葬，非儒即墨九州传。

咏惠子

惠子，约前370—前310年，姓惠，名施，宋国商工人（今河南商丘），战国时著名政治家、思想家、哲学家。是名

家思想的开山鼻祖和主要代表人物,"合纵"抗秦的主要组织者和支持者。"名辩"思潮中的思想巨子,与公孙龙共同将"名辩"学说推向顶峰,对事物本质的认识有重要贡献,许多学术观点可以其基本原理进行推理。因庄子而传其学问。

名家鼻祖善思辩,事物穷究本质明。
合纵抗秦固罗网,传学庄子授人清。

咏庄子

庄子,约前369—前286年或前275年,宋国蒙城(今河南商丘)人。姓庄,名周,字子休(一说子沐),东周战国时期著名的思想家、哲学家、文学家。创"庄学",道家主要代表之一,先秦七子之一,与老子并称为"老庄"。著有《庄子》(《南华真经》)一书。

终身寒窘漆园吏,无可奈何安若怡。
往世不追来不待,超脱自我解唯一。

晋

咏唐叔虞

唐叔虞，姬姓，名虞，字子于，岐周（今陕西岐山）人，周武王幼子，周代晋国始祖，周成王弟，韩姓血缘祖先。周公灭唐，把唐封给了叔虞。

无猜兄弟两嬉戏，桐叶指封信兑言。
始祖莅唐开晋祚，韩宗亲血涌甘泉。

咏晋侯燮

晋侯燮，在位期间改国号为晋。事周康王，康王分以珍宝之器。

晋水吉祥国定号，周康器重赐珍玩。
开国始祖雄心壮，伟业初成登峻山。

咏晋武侯

晋武侯，姬姓，名宁族，铭文作曼期、曼族。曾因随周王出巡受周王赏赐，而为其父晋公燮作《晋公𫊻铭文》。

屡幸扈巡天子悦，业绩彪炳受隆恩。
铭文铸鼎布天下，创业艰辛代代闻。

咏晋献侯

晋献侯，姬姓，名籍，又名苏。晋僖侯之子，前822—前812年在位。周王三十三年，周王东巡至晋国。晋献侯率晋国的军队跟随，受王命征战今山东夙夷，大获全胜。周王赐给晋献侯香酒、弓箭、驷马。晋献侯异常高兴，便铸造了两套共十六枚编钟，把战争的经过和天子的夸奖恩宠记载在钟上，称之为"王赐苏钟"。晋献侯因此名垂青史。

受命师伐夙二邑，周王犒赏骥弓浆。
编钟两套铜精铸，王赐赫然永颂扬。

咏晋穆侯

晋穆侯，？—前785年，姬姓，名弗生（或名费王、费壬），前811—前785年在位，共二十七年。晋献侯之子，晋文侯、曲沃桓叔之父。迁都于绛，将政治中心逐渐转移到开阔的浍水中下游，适应扩大的疆域。

鏖战得儿据取讳，成师纪胜败称仇。
永铭结果励恒志，迁绛图雄浍下游。

咏晋殇叔

晋殇叔，姬姓，前784—前781年在位，共四年。晋穆侯弟。协兄征战四方，掌握巨大权力。兄终弟及，晋国嫡长子继承制首次被打破。太子姬仇出国避难。后姬仇杀晋殇叔，自立为晋君，即晋文侯。此事为晋后来长达六十七年内战埋下隐患。

助长贯征重权握，弟承王统断嫡亲。
悠忽四载身遭弑，祸孽深埋内讧频。

咏晋文侯

晋文侯，前805—前746年，前780—746年在位，共三十五年，是晋国历史上一位杰出的君主。周幽王死后，平王宜臼和携王余臣各自称王，周二王并立（长达十年）。后文侯杀周携王，周室归一。周平王对文侯协助东迁的功德予以褒扬。文侯在汾水流域扩张晋国疆土，得到周平王的承认。夫人晋姜作姜鼎（韩城鼎），铭记了晋姜辅助文侯的事迹。晋文侯大展匡扶周室的雄风，成为再造周朝的功臣，是晋国历史上得到周室殊荣的三人之一（另为叔虞、重耳）。文侯在位期间，是晋国历史上第一个发展高峰。

忠勇勤王肝胆烈，匡扶再造缔新元。
域疆张扩幸天护，强晋首峰涌世前。

咏晋昭侯

晋昭侯，即姬伯，文侯之子，前745—前739年在位。公元前745年把曲沃一地封给他的叔叔姬成师，即曲沃成叔。曲沃大于翼城，埋下了日后曲沃与翼（晋君都邑）对立的伏线。

曲沃丰饶多盛翼，赐封欠慎壮成师。
干轻枝重古来祸，内斗纷争自树敌。

咏晋孝侯

晋孝侯，即姬平，在位十五年，公元前724年为曲沃庄伯所杀。后晋大臣潘父弑昭侯，迎立曲沃桓叔，桓叔欲入晋，被晋人发兵逐回曲沃，晋人共立公子平为君，为孝侯，诛杀潘父。后曲沃庄伯在晋国都城翼弑孝侯，晋人又立孝侯之子公子郄为君。

弑君潘父立新主，愤怒国人禁闭门。
为父报仇诛首恶，亲族红眼戮同根。

咏晋哀侯

晋哀侯，？—前708年，姬姓，名光，前717—前709年在位，晋国第十五任国君。公元前710年，晋入侵其都城以南的小邑陉廷。陉廷与曲沃武公在次年联兵伐晋，哀侯被俘。晋人立哀侯之子小子为君，为晋小子侯。公元前708年，曲沃武公派自己的叔父姬韩万杀了哀侯。

举兵小邑陉廷忿，曲沃连攻俘晋侯。
小子濒危接父位，未逾两载再结仇。

咏晋侯缗

晋侯缗，晋鄂侯之子，晋哀侯弟，晋国第十七任国君。公元前706年，周桓王出兵击败曲沃武公，立姬缗为晋侯。公元前679年曲沃武公灭晋，并向周釐王献礼物，周釐王命曲沃武公为晋君，列为诸侯，曲沃终于吞并了晋。

曲沃屡兵天子怒，周师大胜册侯缗。
武公蓄意取天下，吞晋奉周侯立新。

咏曲沃桓叔

曲沃桓叔，前802—前731年，姬姓，曲沃氏，名成师，谥号桓。排行第三，晋穆公之子，晋文侯弟，政治斗争经验丰富。封曲沃，大邑，典章文物荟萃于此，为曲沃代翼提供了客观条件。好德，晋国之众皆附。实行改革，收买人心。子曲沃武公，孙曲沃庄伯，杀五君逐一君，使分裂六十七年的晋国统一。

一

获封曲沃得天赐，文物典章荟萃时。
变法尚德民广惠，人心悉附晋归一。

二

降生千亩父完胜，国政夺回建巨功。
曲沃改革趋若鹜，雄韩啖晋饮一盅。

注：千亩，地名。

咏曲沃庄伯

曲沃庄伯，姬姓，曲沃氏，名鳝，谥号庄。排行第一，曲沃的封君，前731—前716年在位。曲沃桓叔之孙。公元前725年，攻翼杀死晋孝侯，败归；再攻翼，败归。

随父征伐多砥砺，壮心嗣位展宏图。
举兵数败气无馁，剑戮孝侯功业殊。

咏晋武公

晋武公，前754—前677年，前679—前677年在位。公元前710年与陉庭联兵攻晋。公元前709年春攻晋都翼，大败晋军，是夜俘晋哀侯，后又指使韩万杀死哀侯。后诱杀晋小子侯。公元前678年灭晋，献宝给周釐王，被封为晋国国君，列为诸侯，改称晋武公，二年后死。

联师败晋破都翼，夜虏哀侯夺命归。
诱戮子侯缘计胜，宝呈周室获封回。

咏姬韩万

姬韩万，生活在公元前679年前后，曲沃（今山西闻喜）人。姬姓，韩氏，名万，谥号武，改称韩武子。春秋初期晋国著名政治家。封于韩源而立韩氏，"战国七雄"韩国的先祖。韩万为晋武公驾驭战车，协助武公杀死晋哀侯，夺取晋国政权。

弓马娴熟察政要，御车扈驾武公贤。
王家内讧时弥久，剑举侯亡取晋天。

咏晋献公

晋献公，？—前651年，姬姓，晋氏，名诡诸，在位二十六年，晋武公之子。因其父活捉戎狄首领诡诸而得名。即位后，用士蒍之计，尽灭曲沃桓公、曲沃庄伯子孙，巩固君位。奉行尊王政策，提高声望。攻灭骊戎、耿、霍、魏等国，击败戎狄。复采纳荀息假道伐虢之计，消灭强敌虞、虢，史称"并国十七，

服国三十八"。
固位金汤施铁腕,尊王攘外望飙升。
征伐假道雕虫计,服并诸侯屏鹊声。

咏骊姬

骊姬,骊戎(今陕西临潼)首领的女儿,被晋献公掳,入作妃子。她使计离间献公与申生、重耳、夷吾父子间感情,设计杀死申生,制造了"骊姬倾晋""骊姬乱晋"。

骊戎公主献公纳,乱晋夜哭家散离。
幸遇高人明指路,文公脱险复国奇。

咏士蒍

士蒍,生卒不详,晋献公的主要谋士之一,晋六卿范氏先祖。助献公消灭反对自己的公族。善于制定法度,晋刑法制定者,晋刑法为后世刑法的模板。

要卿睿智主谋士,反对己族襄献公。
善法定刑匡社稷,江山恒治度恢弘。

咏赵夙

赵夙,嬴姓,赵氏,名夙,晋国赵氏领袖。公元前661年,佐晋献公伐灭霍。后因功受赐耿(今山西河津)。子赵共孟,孙赵衰,曾孙赵盾。

氏族领袖奠基远,襄佐献公灭霍军。
受赐褒扬得耿地,连雄后世屡承恩。

咏穆姬

穆姬,晋献公女儿,公子申生的姐姐。嫁给秦穆公,结"秦晋之好",后救晋惠公。

远嫁秦邦难忘祖,思亲终日梦常幽。
两军相峙惠公败,劝释结盟双去仇。

咏申生

申生,?—前656年,姬姓,名申生,晋献公与齐姜所生。后被人设计谋害,公元前656年自缢于新城曲沃。

未察世险少防御,亲惑骊姬大祸临。
愁闷新城犹地狱,唯寻自了却惊心。

咏杜原款

杜原款,晋国大夫,申生太傅。因申生祸,以头触柱死。

太子太师知险恶,谏言不醒枉悲咸。
昂颅触柱身陪去,遗警后昆祸早离。

咏荀息

荀息,?—前651年,名黯,本姓原氏,称原氏黯,晋大夫。为人忠诚,足智多谋,事奉献公近三十年,股肱之臣。策划实施了假道灭虢。以叠蛋谏晋王。

忠贞足智股肱臣,铭记诺言祭宿恩。
叠蛋谏王延社稷,灭虢假道运中军。

咏晋惠公

晋惠公，？—前637年，姬姓，晋氏，名夷吾，晋献公之子，晋文公弟。即位后背信弃义，诛杀大臣。

毁诺不割西晋地，枉诛里克忘前言。
昭昭失道恩难久，惨败韩原一命悬。

咏晋怀公

晋怀公，前655—前636年，姬姓，名圉。在位一年。公元前643年在秦国做人质，秦穆公把女儿嬴氏（怀嬴）嫁给他。公元前637年，得知父亲病重，担心会改立其他兄弟为太子，遂抛弃怀嬴，逃回晋国。逃走后，秦穆公大怒，将怀嬴嫁重耳，送其回国为君。怀公心腹吕省和郤芮倒戈，怀公逃亡，后被重耳派人杀死。

质秦受宠娶嬴氏，父病抛妻夜遁回。
秦怒别择重耳立，倒戈心腹送魂归。

咏重耳

重耳，前697—前628年，姬姓，名重耳，即晋文公。晋文公文治武功卓著，春秋五霸之一。骊姬之乱时被迫流亡在外十九年，后在秦国帮助下回到晋国继承王位，实行通商宽农、明贤良、赏功劳等政策，开创了晋国的霸业。

家难遁亡十九载，安邦取信璧投河。
教民修政治国本，遂霸尊王耀利戈。

咏嬴文

嬴文，秦穆公之女。嫁晋文公，为正夫人。劝释秦三帅。

秦穆爱媛择晋嫁，享居正位宠宫闱。
两军对垒俘三帅，喻主放归固信威。

咏郭偃

郭偃，公元前661年出仕晋，任大夫。其主张先从经济领域改革入手，进而扩展到用人制度，强调"尚贤"，改革分配制度，"君食贡"，要求国君不保留土地，从土地所有者那收取税赋。其改革措施史称"郭偃之法"。

改革经济并人事，分配公平才尚贤。
取赋奉君年进贡，齐名管仲法居先。

咏狐突

狐突，？—前637年，亦名伯氏、伯行、狐子，原姓姬，因其祖封于狐氏大戎，故改姓大狐。晋国大夫，三晋名臣，重耳外公。教子忠臣不事二主。"父教子贰，何以事君？"晋怀公逼其命二子（狐毛、狐偃）回国（时二子追随重耳在外蓄积力量），拒，后遇害。

三晋名臣雷贯耳，忠贞不贰义持家。
怀公举剑威逼狠，拒唤双儿对眦睚。

咏狐毛

狐毛，约前720—前629年，晋大

夫，狐突长子。随重耳流亡十九年，后协助重耳归晋继君位，佐文公成霸业。
兄弟同心追道义，闯关越隘奋身前。
迢迢归晋主得位，霸业襄成自不言。

咏狐偃

狐偃，约前715—前629年，晋国国卿，重臣，亦称子犯、舅犯、重耳舅舅。随重耳流亡十九年，出亡时年事已高。后执政晋国，使晋国国力迅猛发展。晋文公："偃言万世之功。"
花甲随亡十九载，待时蓄力胜濮城。
警侄枕乐离齐远，霸业终成万世名。

咏赵衰

赵衰，？—前622年，嬴姓，赵氏，名衰（作崔），字子余，谥号成季，史称赵成子，晋文公大夫。重耳逃到哪，衰跟到哪，逃亡十九年。重耳称霸，多为衰计。从不争权夺利，能让，"不失德义"。政敌狐射姑评："衰乃冬日之日。"

一

文公称霸屡奇策，醉载连襟足手情。
忍让海涵德义厚，射姑冬日喻高评。

二

走散忍饥食奉主，连襟重耳有贤妻。
文襄武佐夺天下，冬日之阳人暖怡。

咏先轸

先轸，即原轸，？—前627年，生于曲沃（今山西闻喜），晋大夫，姬姓，先氏。因采邑在原（今河南济源），又称原轸。古代著名军事将领，以谋略见称。在城濮之战和崤之战中屡屡立功，成为我国历史上第一位有元帅头衔并有元帅战绩的军事统帅。城濮之战，楚统帅子玉因此而死。崤之战，全歼秦军，俘秦将百里奚、孟明视等。沉重打击秦东进中原争霸的企图。但此战破坏了秦晋联盟，在战略上可谓得不偿失。襄公放秦三俘将，先轸失言失礼。箕之战，免胄冲阵，自责，以死明志，以身殉义。

帅衔帅果前无例，韬略武功秦楚闻。
免胄冲锋尸不倒，以身殉义谢隆恩。

咏贾佗

贾佗，姬姓，贾氏，名佗，跟随重耳流亡的五贤士之一。晋大夫，见多识广，谦恭有礼，重耳的股肱之臣。曾接受赵盾制定的刑法，行使于晋国。
奔亡岁月心忠耿，识睿见多谦礼恭。
重耳敬尊亲过长，治国借法善择从。

咏魏犨

魏犨，姬姓，魏氏，名犨，谥号武，又称魏武子。晋大夫，以勇力闻名。追随重耳流亡十九年。

漂泊追义名遐迩，重创楚师身壮强。
一介武夫君慎用，学乖后世自成疆。
  注：后世自成疆，指孙子魏绛得到
悼公重用。

咏魏颗

  魏颗，姬姓，令狐氏，名颗，史称
令狐文子，魏武子之子，为人明礼敦厚。
率军在辅氏打败秦军，俘秦名将杜回，
为国立功。成语"魏颗结草"出典。
晓明圣礼品敦厚，辅氏败秦擒杜回。
结草宿眷恩不忘，令狐封赏世葳蕤。

咏介子推

  介子推，？—前636年，晋贤臣，后
人尊为介子。因割股奉君、隐居不言禄
之壮举，深得世人怀念。死后葬介于休
绵山，文公改为介山，由此产生"寒食
节"（清明节前一天）。
追随大义耻言苦，割股奉君天下无。
却禄隐山人久念，寒食经世用心呼。

咏郤縠

  郤縠，前682—前632年，姬姓，
郤氏，名縠。晋卿大夫，追随重耳，后
任中军元帅。
文公求帅赵衰荐，敦乐诗书必擅兵。
旋掌中军恩报主，良驹过隙盛留名。

咏郤芮

  郤芮，？—前637年，姬姓，郤氏，
名芮，晋大夫。公元前655年，骊姬之
乱，随夷吾出逃。向夷吾献计，得秦帮
助回国即位（晋惠公）。惠公死，拥立从
秦逃回的子圉（晋怀公）。秦送重耳回
国时，其倒戈，使重耳成功就位。后又
惧文公算旧账，反叛，逃秦后被杀。
骊乱奔亡随主窜，锦囊妙计惠公怡。
倒戈襄助文公位，忌惮秋风扫弱枝。

咏郤缺

  郤缺，？—前597年，姬姓，郤氏，
名缺，即郤成子，晋上卿。因食邑在冀
（今山西河津），又称冀缺（冀姓的来
源）。主要活动在文、襄、灵、成公时
期（前636—前600年）。郤芮之子，因
是罪臣之子，不得入仕，躬耕于冀野。
后胥臣推荐，文公任用。晋与狄战于箕
（今山西蒲县），郤缺生擒狄首领。惠
公任其为卿，参与国政。灵公使其任上
军主将，兼帅上下两军伐冀，使其订城
下之盟。成公使其任中军元帅，掌晋国
大政。政治上主张"德治"，自身要"务
德"，对诸侯要"示德"。
躬耕冀野胥臣荐，稳健廉勤四代安。
率战逼盟城下喜，恩威并举务公贤。

咏履鞮

履鞮，一作勃鞮、寺人披。两次奉命追杀重耳，未得逞。重耳归国后未杀他。晋大臣吕甥、郤芮欲焚宫以杀文公，他揭露此举以赎前罪，使文公平定了内乱。

宦官受命两行刺，重耳安归未复仇。
知遇揭谋赎罪孽，君王平乱刃凭游。

咏胥臣

胥臣，前697—前622年，字季子，别称司空季子，封于臼（今山西运城），又称臼季。晋国政治家、教育家，早年是重耳的老师，追随重耳流亡。力劝重耳接纳秦穆公之女怀嬴。回国后任下军佐、司空。城濮之战中以虎皮蒙马，率战车击溃受到惊吓的联军，后推荐贤臣郤缺。

随亡坎坷智忠耿，劝娶怀嬴筹大局。
借用虎皮蒙战马，濮城联寇吓糊涂。

咏先且居

先且居，约前660—前622年，晋大夫，姬姓，先氏。封于蒲城，称浦城伯；后封于霍，又称霍伯。在城濮之战中崭露头角，赵衰荐其将上军。后率师伐秦，胜，取汪及彭衙还。有军功，善事国君，居其位而称其职，是公忠体国的贤能将才。

城濮鏖战露头角，受荐上军挥将旗。
挂帅伐秦攫二地，公忠善事称臣职。

咏栾枝

栾枝，亦称栾贞子，晋大夫。城濮之战前代文公答复楚将子玉的挑战书，甚为得体。战时曳柴诱敌，引楚军陷入绝境。崤之战前出于战略上的远见反对攻击秦军。后出任晋上军主将。

文武双全军主将，妙答子玉护尊严。
飞扬尘土诱敌入，谏阻攻秦崤战前。

咏阳处父

阳处父，？—前621年，晋大夫，文公傅。因封于阳地，遂以阳为氏。公元前628年，楚国派斗章出使晋国，晋派阳处父到楚回访。晋、楚两国恢复了正常外交关系。率军攻蔡，困难时计赚楚将子上。后推荐赵盾，私调其为中军主帅，这一举措使狐射姑怀恨在心，最终伺机杀了阳处父。

回访善交和晋楚，荐择主帅侍三朝。
出师蔡地赚骁将，博教文公谋智高。

咏晋襄公

晋襄公，？—前621年，姬姓，名欢，谥号襄，侯爵，称晋侯欢。文公之子，继父为君，前627—前621年在位，垂拱而治，继霸。为人温文尔雅，善纳箴言。尊王室，数败秦抑楚，使中

原诸侯混战减少,霸业稳固,将晋国霸权推向又一高峰。
尊周继霸治垂拱,抑楚败秦颐指扬。
礼尚鲁公亲访造,识人从谏柱国良。

咏狼瞫

狼瞫,?—前625年,晋车右(官职名),著名将领。无端被免车右,誓以死报国明志。与秦对阵,战死沙场。
战神叱咤风云震,戈斩狂囚敌断魂。
唯义报国方显志,御秦对阵慑乾坤。

咏梁益耳

梁益耳,?—前618年,嬴姓,梁氏,名益耳,晋大将。设计杀先克。因贪酒泄露大事,被赵盾杀。
文武俱能衔大将,氏族望重沭君恩。
解囊承命诛先克,贪酿露玄遭溺沉。

咏士縠

士縠,?—前618年,祁姓,士氏,名縠,晋卿大夫。士蒍次子,士缺弟。文公时任司空,出使各国,为晋国霸业奠定基础。襄公时立为元帅。公元前618年参与发动政变,后失败,为赵盾所杀。
出使诸邦三寸妙,力襄晋霸罄精神。
君王曾拟授元帅,功败垂成身首分。

咏先都

先都,晋臣。先蔑将下军,先都佐之。后与箕郑等作乱,被杀。
勇壮将军殊烈暴,义诛贪霸悦族情。
亲从先蔑下军佐,箕郑合谋卒乱兵。

咏先克

先克,?—前618年,先且居之子。襄公阅兵时,建言先人的功劳不要忘,被纳。后成为晋国的"二把手",但贪婪与霸道为其带来祸患。公元前618年,襄公阅兵,先克被族人先都刺杀身亡。
建言勿忘祭先祖,嘉纳襄公阅阵前。
霸道贪婪灾祸引,族人举刃赴黄泉。

咏栾盾

栾盾,姬姓,栾氏,名盾,晋卿大夫,栾枝之子。公元前618年为下军将。因不满赵盾独裁,既不拉帮结派,又不善言辞,遭排挤。虽屡立战功,却不见升迁,终为下军将。
晋卿本分下军将,不满独裁心境明。
口讷少言遭挤陷,功勋卓著未擢升。

咏赵盾

赵盾,前655—前601年,嬴姓,赵氏,名盾,谥号宣,尊称赵孟,史多称赵宣子、宣孟。晋卿大夫,赵衰之子,杰出

的政治家、战略指挥家。晋文公后出现的第一位权臣，集军政大权于一身，权倾朝野，使晋国君权首次受到冲击与削弱，赵氏一支独大。一生事奉三朝，令晋集举国之力与楚争衡而不落下风，可谓"治世之能臣，乱世之雄才"。

权倾朝野赵独大，事奉三朝治乱雄。
臣子立盟麾将佐，春秋争霸贯长虹。

咏赵穿

赵穿，？—前607年，嬴姓，邯郸氏，名穿。赵氏旁支，赵盾堂弟（一说堂侄），晋襄公女婿。河曲之战因擅自出兵，致晋军无功而返。攻崇逼秦联晋未成。后弑君助赵盾重返政坛。

河曲擅兵生巨祸，晋师枉备偃师还。
攻崇不遂用秦力，赵盾得襄返政坛。

咏胥甲

胥甲，生卒不详，风姓（一说姬姓），胥氏，名甲。晋卿大夫，胥臣之子。公元前618年入六卿，为下军佐。公元前615年河曲之战中，与赵穿起哄，使晋军无法有效调动，贻误大好时机，回国后未降罪，更狂，不知收敛。公元前608年被发配卫国，不知所终。

六卿高位下军佐，河曲助穿误战机。
君主宽仁无降罪，益狂拒敛品顽蚩。

注：穿，指赵穿。

咏胥克

胥克，生卒不详，风姓（一说姬姓），胥氏，名克，晋卿大夫，胥甲之子。公元前608年继父业为下军佐。默默无闻，功微德薄，屡遭权贵打压，后因精神病被罢官。

默默无闻袭父业，德薄功傲井中蛙。
吞声度日恶权贵，抑郁鬓衰官罢家。

咏臾骈

臾骈，晋大夫，上军佐，为人无一次失信，受世人尊敬。公元前615年秦攻晋，晋拒于河曲（今山西风陵渡黄河拐弯处）。后见秦使"目动而言肆"，辨真伪，识诈情，预见秦何时撤兵，献策，获胜。

拒秦河曲风雷动，察辨伪真知撤期。
献策挥师军获胜，世人尊敬信无移。

咏韩厥

韩厥，生卒不详，韩氏，名厥，谥号献，韩献子。韩舆之子，晋卿大夫。始为赵氏家臣，后位列八卿之一，悼公时升晋执政，兼中军元帅。战国时韩国先祖。一生事奉灵、成、景、厉、悼公五朝，是优秀而稳健的政治家，公忠体国的贤臣，英勇善战的骁将。鞍之战，几俘齐顷公。初入政坛就出手不凡，斩鞍事的御戎得赵盾赞赏。三军司马"下宫

之难"后,强谏景公力保赵孤,对赵孤关怀备至。
家臣执政王朝稳,司马三军泌鞍旋。
备至关怀赵孤幸,景公纳谏往新田。
注:泌、鞍,地名。新田,地名,一度为晋都。

咏魏寿余

魏寿余,姬姓,魏氏,名寿余,毕万之孙,晋人。假叛晋投秦,让晋捉妻儿老小,使苦肉计。入秦伺机劝说士会归晋。
伪叛投秦施苦肉,妻儿老小罔知情。
伺机劝会旋归返,唯顾江山社稷平。
注:会,指士会。

咏士会

士会,约前660—前583年,祁姓,士氏,名会,字季。因封于随,称随会;后封于范,又称范会;以大宗本家氏号,又称士会。晋大夫,士蒍孙。荀林父死,自任执教,专务教化,使晋国之盗皆逃于秦。后流亡于秦,复归晋,秦晋不交战二十余年。率师灭强邻赤狄之甲氏等,尽归于晋。
亡秦复晋两国睦,专喻盗贼羞尽逃。
修法治国天下理,率师略地卷狂潮。

咏士燮

士燮,?—前574年,士会之子。继承乃父公忠效国的人格,为人更显敦厚与耿直,更具长者风范。任晋中军佐。公元前589年,参与伐齐,在鞍之战中败齐。班师回国他最后进城,晋君表彰时,他推功于郤克、荀庚(上军主将,并未参加此役)。力主蒲之盟,晋楚弭兵。反战,是清醒的智者,因不愿看见晋国局势进一步恶化,在家中祈死。
公忠直耿长风范,鞌战胜齐功让人。
晋楚弭兵和大使,拒贪反战品心纯。

咏晋灵公

晋灵公,姬姓,名夷皋。公元前620年即位,其时年龄尚幼,即好声色。渐长,宠任屠岸贾,不行君道,荒淫无耻。通过收重税来满足自己奢侈生活,使民不聊生。给狗穿绣花衣,杀厨子游尸。
终日色声居大位,荒淫宠佞少君行。
绣衣爱犬民褴褛,残暴杀厨泄兽情。

咏钼麑

钼麑,晋著名大力士。灵公派其杀赵盾。他是个有正义感的人,在赵盾门外撞树而亡。
天生巨力闻遐迩,正义立身无妄行。
衔命刺贤羞下手,举颅触树写清名。

咏贾季

贾季,即狐射姑,姬姓,狐氏,字季。任晋中军佐。怨阳处父劝襄公以赵盾为中军将,支持公子乐,派人杀阳处父。后逃亡北狄和潞国,最终死在潞国。

泄怨暗戕阳处父,旋遭毒报北亡狄。
潞国千里孤尸葬,启衅他族晋乱时。

咏屠岸贾

屠岸贾,因灵公好狗,夸狗以悦公。蠹虫食木,木尽则虫死。灵公死后,其与狗被国人杀。

投好主公专取悦,佞言夸狗弄宫门。
蠹食木尽虫皆死,人犬共杀民遂心。

咏董狐

董狐,生卒不详,亦称史狐,传说为晋翼城人,周太史辛有后裔,因董督典籍改董氏。晋太史,不畏强权、风险,秉笔直书"赵盾弑其君",开我国史学直笔先河。成语"董狐直笔"出处。

董狐直笔颂千古,赵盾弑君绝改言。
不畏强权夫子赞,秘书典史野朝贤。

注:夫子,指孔子。

咏晋成公

晋成公,?—前600年,姬姓,名黑臀,文公之子。伐郑,救郑,攻秦。与楚争霸,交战,胜。在位时政治清明。郑叛讨伐威示警,战秦俘将凯旋回。
霸争强楚再得胜,政治清明民吏归。

咏晋景公

晋景公,?—前581年,姬姓,名獳,一名姬据。知人善任,重用申公巫臣,释放楚囚钟仪同楚议和。任用好谏的伯宗,听从韩厥的意见复立赵氏。忠于周王室,调解周室与茅戎的矛盾,拒绝齐顷公尊自己为王。同楚庄王抗衡中,荀林父失败,他听从随会的劝说赦免,派荀林父灭潞国,派随会灭赤狄,派解扬使宋疲楚。不同意郤克以私怨伐齐。亲隳楚霸齐盟复,重用贤能置六卿。
再立豪门兴赵氏,尊王律己慎察兵。

咏解扬

解扬,原籍晋霍邑(今山西繁峙),字子虎,人称霍虎。武艺高强,聪明过人,义无贰信,信无贰命。在几乎无法完成的使命中,大智大勇,完成了使命。

武艺绝伦辞善辩,义无贰信笃心诚。
过人勇智达君命,烈火金刚掷有声。

咏申公巫臣

申公巫臣,生卒不详,芈姓,屈氏,名巫,一名巫臣,字子灵。申县(今河南南阳)县尹。有很高的才干和卓识远

见，佐楚庄王和晋景公。劝王慰问寒兵，不纳夏姬，不赐子重申、吕二地，筑莒城。奔晋后，遭楚灭族。因好色和叛国，后代史家对其无大关注。

大义凛然沉美色，楚臣奔晋灭家族。
襄王见远慰寒士，超众才能坎坷途。

咏钟仪

钟仪，楚人，书载最早古琴演奏家。楚郑交战，成为俘虏，郑将其献给晋。晋景公厚礼接待他，让他回国代晋求和，成。被誉为"四德公"：只说父名，不忘本，仁；只弹楚乐，不忘旧，信；只说楚小时事，无私，忠；尊君是敬，达。

善弹古瑟陷俘虏，晋待嘉宾心地宏。
返楚媾和成大业，双馨品艺四德公。

咏伯宗

伯宗，？—前576年，子姓，郤氏旁支，晋大夫。贤而好直言，后于栾弗忌之难中，被人进谗言遭杀害。自咬断舌头吐出，头撞墙身亡。

德贤直耿国良栋，马腹远鞭哲理言。
谗陷难明真志士，触墙咬舌气吞山。

咏赵朔

赵朔，生卒不详，嬴姓，赵氏，名朔，谥号庄，史称赵庄子，晋大夫，赵衰孙，赵盾之子。赵盾卒后，全族的希望寄托在赵朔身上，很快成为卿、下军佐。

世将豪门名望重，兴族大任寄双肩。
旋卿荷旅挥宏志，血战泌城锋向前。

咏赵庄姬

赵庄姬，又称孟姬，赵盾之子赵朔夫人，晋成公长女，一说成公姊。《左传》记载，公元前587年，其与叔赵婴齐私通，败露，赵婴齐被赵同、赵括两兄驱逐到齐。赵庄姬怀恨在心，于公元前583年向景公告发同、括谋反，使赵氏原屏两族被灭门，史称"下宫之难"。这场惨祸中，仅庄姬之子赵武因庄姬关系幸免于难，被接入宫中抚养。元代被演绎成杂剧《赵氏孤儿》。

红颜泄愤辟蹊径，品劣纸穿败露羞。
捏谤双叔心狠辣，下宫血溅满族仇。

咏赵婴齐

赵婴齐，生卒不详，晋大夫。泌城之战时为中军大夫。晋军溃败时，因事前有备船只，先渡河撤退，未预先告知赵同、赵括，引起不满。因叔侄媳私情乱伦，被流放死。

泌战率师局面恶，溃归先渡领头慌。
赵同赵括军心怒，无耻乱伦远放亡。

注：泌，地名。

咏赵同

赵同，？—前583年，嬴姓，赵氏，赵衰之子，赵盾弟（异母），晋大臣。后被侄媳诬告，全家被杀。

家族利害危机起，侄辈行诬惨灭门。
宗主夺回忙固位，政敌衅祸共除根。

咏赵括

赵括，晋文公外孙。其父赵盾念及其母好处，使其进爵为大夫，食屏，又称屏括。参加了泌之战。后遭侄媳诬告，被景公灭门。

名门后裔品直耿，战泌陷锋一马先。
揭丑手足罚远放，遭诬门灭见罗阎。

注：泌，地名。

咏赵武

赵武，约前591或前589—前541年，赵文之子。幼年因其母赵姬（赵庄姬）与叔公不和，随母移居后宫。后"下宫之难"，赵氏灭族，武独存，为赵氏孤儿。晋卿大夫，政治家、外交家，为国鞠躬尽瘁的贤臣，后任正卿。后感政治腐败，国家日益衰弱，痛不欲生，于公元前541年郁郁而终。

劫后余生唯赵裔，修德征战似春阳。
霸分晋楚尊王室，尽瘁贤卿国祚长。

咏赵旃

赵旃，生卒不详，嬴姓，赵氏，名旃，赵穿之子，晋卿大夫。公元前597年，与魏锜捣乱，引起楚军攻打，晋大败，致荀林父丧师辱国。后多次参战，颇有战功，任新下军佐、新军将。

高门纨绔平添乱，引楚趁机卷土来。
林父丧师国大耻，幡然奋战释羞怀。

咏荀林父

荀林父，？—前593年，姬姓，荀氏，曾任中行之将，以官为氏，别为中行氏，名林父，谥号桓，史称中行伯，逝敖之子。晋正卿，中军元帅。主要活动在文、襄、灵、成、景公时期（前636—前581年），年迈时主动退出政坛。

阻迎公子却秦还，躬奉五朝社稷安。
困兽益发犹斗勇，暮年请退隐青山。

咏荀庚

荀庚，？—前577年，姬姓，中行氏，名庚，谥号宣，史称中行宣子。晋大夫，荀林父之子。继父为下军将，列六卿。与叔荀首二人谨慎行事，紧靠范氏，稳步高升，栾书内阁的积极拥护者。与"三郤"明争暗斗，弄得朝政乌烟瘴气。

一

袭父列卿多智慧，叔侄谨慎务恭勤。
栾阁同志诚拥护，紧傍范门承大恩。

二

继膺宗主下军将,审慎朝堂捍自身。
攘郤拥栾依范氏,乌烟瘴气蔽晨昏。

咏晋厉公

晋厉公,?—前573年,姬姓,晋氏,名寿曼,一名州蒲,晋景公之子,前580—前573年在位。即位后与秦桓公订盟,后秦背盟,晋伐,大胜。公元前575年晋楚争霸,胜(鄢陵大战)。着手解除"侈卿"对公室的威胁。释放栾书、中行偃,反遭其害(被政变下狱,杀害,后只用一车薄葬于旧都翼的东门外)。

确盟秦背勇伐胜,争霸鄢陵败楚雄。
释放偃栾反遭害,狱亡薄葬似孤穷。

咏胥童

胥童,?—前573年,姬姓(一说凤姓),胥氏,名童。晋大夫,厉公宠臣,出谋攻灭权倾朝野的郤氏。曾顺势逮捕栾书、荀偃,被厉公释,与栾、荀二人结仇,后被杀。

厉公宠信多谋划,郤氏计除朝野舒。
延捕栾荀君释放,积仇暗算反遭诛。

咏吕相

吕相,?—前573年,姬姓,吕氏(魏氏旁支),名相,谥号宣,史称吕宣子。自幼熟读经书,才华横溢,受命作《绝秦文》。

诗书娴诵妙龄时,横溢才华闾巷奇。
天赋儿郎拔俊秀,绝秦文笔世间稀。

咏晋悼公

晋悼公,前586—前558年,姬姓,名周,一名纠,称"晋周",前573—前558年在位,是政治天赋超群的英主。二十六岁称霸中原,匡复晋霸权,征乱任贤,整顿内政,和戎狄,联宋纳吴,纠合诸侯,将霸业再次推至巅峰。他的死,是晋楚争霸的终点。

超群天赋少英主,复霸中原九会侯。
肃内和戎明大势,知书从谏古杰俦。

咏荀宾

荀宾,悼公复霸,大正群臣,使荀宾为国君车右将军,兼训驾驭勇士。

精武勤忠襄复霸,助王励志正群臣。
荷肩重任右车将,训驭股肱国固根。

咏祁奚

祁奚,前620—前545年,姬姓,祁氏,名奚,字黄羊。悼公时任中军尉,在位六十年,历事景、厉、悼、平公。忠公体国,急公好义,誉满朝野,深受爱戴。"外举不避仇,内举不避亲",公而忘私。

四朝元老好公义,誉满臣民性品馨。

举荐仇亲咸不避,耄耋请老圣人心。

咏解狐

解狐,春秋战国时晋国人。有军事才能,杀害祁黄羊父亲,而后者举荐了他,他又荐仇为相,"私怨不入公门"。

军略干才当世闻,戕恩泄愤异常人。
荐仇任相延国祚,天海胸襟震鬼神。

咏祁午

祁午,春秋战国时晋人,中军尉祁奚子。在祁奚告老还乡后接替其父职位,成公正执法的官员。孔子赞其大公无私。

袭职替父中军尉,执法秉公腰不弯。
夫子听闻高语品,晋人上下俱欢颜。

咏羊舌职

羊舌职,?—前570年,晋大夫,悼公时任中军尉。

久摄庙堂谋智广,赞君赏赐士荀功。
悼公重信中军佐,四子要居恩享隆。

注:士荀,指士会、荀林父二人。

咏叔向

叔向,姬姓,羊舌氏,名肸,字叔向,又字叔誉,又称叔肸、杨肸。晋贤臣,政治家、外交家。事悼、平、昭公三世,为平公傅。与晏婴、子产同时人。公元前546年,代表晋与楚达成弭兵会盟。

世族公傅侍三代,和楚弭兵利两平。
才干世闻德品秀,有能无运委屈卿。

咏羊舌赤

羊舌赤,晋大夫。肯定魏绛执法,使悼公重赏魏绛。一度遭牵连下狱。袭父职中军尉佐。

心镜洞察朝政事,力推魏绛法执公。
治国强谏主恩赏,袭父中军两代雄。

咏羊舌鲋

羊舌鲋,前580—前531年,一名叔鲋,字叔鱼,晋贵族。因贪财好色,是有史以来第一个以"墨"罪论处、杀头示众的官员。其代替司马、司寇二职,因贪赃枉法,暴尸街头,遗臭万年。

豪门纵欲酿危机,枉代二司权为私。
贪色敛财犹茧缚,暴尸街间悔心迟。

咏荀偃

荀偃,?—前554年,姬姓,中行氏,名偃,字伯游,谥号献,又称中行偃,晋中军元帅,即正卿。是弑君从犯,受悼公打压,后升任执政,南征北战(迁延之役等),死不瞑目(征齐未果)。

从弑屡危遗把柄,迁延湛阪大攻齐。
正卿执政用刚猛,未遂征伐跨鹤西。

咏智䓨

智䓨，？—前560年，姬姓，智氏，名䓨，字子羽，谥号武，即智武子。晋卿大夫，六卿之一。智氏的先祖，荀林父侄。晋霸业复兴的最著功勋之臣，政治家、军事统帅。泌阳被俘，做了九年囚徒，不卑不亢，维护个人尊严，不损国，敌人亦佩服。

悼公霸业勋臣首，毅果全才善控局。
囹圄九冬殊砥砺，春秋大业睿椽书。

咏魏绛

魏绛，？—前552年，姬姓，魏氏，名绛，谥号庄，史称魏庄子，晋国卿。伐霍、耿、魏等国有功，居功不傲，甘为赵武佐。请悼公济贫民，安军心。有政治远见，提出和戎之策，陈出"五利"，开创汉族争取团结少数民族先例，实施后见大效。

冒死戮仆平弟乱，睦戎五利汉夷和。
屡功不傲甘军佐，恳谏济贫强戟戈。

咏栾书

栾书，？—前573年，姬姓，栾氏（一作架氏），名书，一名傀，谥号武，称栾伯，即栾武子。栾枝孙，栾盾之子。前587—前573年任正卿，仕景、厉、悼三朝，是才能卓越的军事家、政治家、战略指挥家。栾氏家族振兴的奠基人，世卿世录制的坚决拥护者。执政期间将晋楚争霸战争推向高潮。一生血债累累，共灭六卿弑一君。为自己的权威和利益不择手段，最终激化国内诸多矛盾，导致晋内乱暴发，被悼公废黜，生死不明。间接促成悼公时代的辉煌。

才略超群奸乱世，推波晋楚霸高潮。
三朝血债君卿惧，口蜜啜嚅毒计包。

咏郤锜

郤锜，？—前574年，姬姓，郤氏，名郤锜，号驹伯。晋大夫，"三郤"名义上的领军人物。郤克之子，随父参加晋楚泌之战，表现中规中矩。联手栾书，陷赵同于"下宫之难"。为人强横，为臣嚣张。鄢陵大战大败楚军。后被栾书设计陷害，陈尸朝堂，郤氏倒塌。

中规中矩泌之战，三郤成形举号旗。
强横嚣张宫酿难，栾书设计毙陈尸。

注：三郤，以郤锜、郤犨、郤至三人为首的权臣集团。

咏郤昭子

郤昭子，？—前574年，姬姓，步氏，名至，谥号昭。晋外交家、军事家。从泌之战至鄢陵之战间，晋楚基本保持和睦，郤昭子居功至伟。鄢陵之战时两国国君直接对阵，郤昭子提出不等诸侯军集齐便速战楚军，大败楚军。后遭栾书陷害。

跻身朝政妙龄早，晋楚弭兵推巨功。
对阵鄢陵双主怒，秘呈奇策又英雄。

咏郤犨

郤犨，？—前574年，姬姓，苦成氏，名犨，晋大夫。极有才辩，为使有礼，谋事有智，临戎有文。担任晋驻中原各国使臣，全权负责对中原诸侯的外交事宜。进入八卿，为新军佐，任公族大夫，负责晋国卿族官僚的选拔任免，颇有政绩。后被栾书陷害，灭门。

权门高望具才辩，任使临戎谋事勤。
旋斡中原结友善，卿僚选免用公心。

咏韩起

韩起，？—前514年，姬姓，韩氏，名起。晋卿大夫，六卿之一，韩厥之子，政治生命超长的政治家。兄韩无忌以微疾为由向悼公荐弟韩起为卿，不是嫡长的韩起幸运地成为家族的宗主。协助悼公复兴霸业，礼让赵武，辅佐赵武佐上军。赵武死，继之为中军元帅，执政长达二十七年。为臣低调，贪心有余，对晋国霸业漠不关心，平衡六卿关系，获益良多，壮大根基，为百年后三家分晋奠定基础。

悼公复霸殊勋立，礼让赵卿喜两安。
低调庙堂攫政久，百年飞逝晋分三。

咏姬彪

姬彪，？—前532年，即晋平公，姬姓，名彪，前557—前532年在位。即位之初，与楚湛阪之战，胜。后令祁黄羊举贤，留下祁黄羊"内举不避亲，外举不避仇"美誉。

湛阪凯旋初九五，炳烛夜诵自加鞭。
黄羊举荐公天下，师旷奇才謦遂贤。

咏师旷

师旷，前572—前532年，字子野，又称晋野。晋著名政治家、教育家、音乐家。生而无目，自称盲臣、瞑臣。晋大夫，博学多才，尤精音乐，善弹琴。"师旷之聪"闻名于后世。几乎参与了晋国内政、外交、军事等一系列事务。秉性刚烈，正道直行，娴于辞令，不趋炎附势，不畏权贵。劝晋平公学习，有"炳烛而学"的典故。

师旷之聪名后世，瞑臣擅政教弹琴。
阳春白雪幽玄默，丰著娴辞秉耿心。

注：《阳春白雪》《幽》《玄默》皆曲名。

咏士匄

士匄，？—前548年，祁姓，士氏，范氏，又称范宣子，名匄，谥号宣。晋国法家思想的先驱，军事人物、政治人物。

一

政治革新崛起迅，中军元帅柄国权。

栾盈攻灭贵族恨，刑律鼎明荐让贤。
二
挟齐盟会国良佐，师克逼阳复霸身。
栾党剪除消内患，虚心改过鼎刑文。
注：逼阳，古地名。

咏栾盈

栾盈，？—前550年，姬姓，栾氏，名盈（一作逞）。栾黡之子，栾书孙。
将门显赫下军佐，鄌战率师勇克邿。
淫母诬儿天下罕，慌投南楚再亡齐。
注：邿，古地名。

咏魏舒

魏舒，？—前509年，姬姓，魏氏，名舒，亦名荼。晋大夫，六卿之一，军事家、政治家、军事改革家。晋军步战的创始者，标志着我国作战方式由车战向步战转移。大原之战是其成名之作，此战后步战成为中国战争史上主导方式。荀吴的宠臣不肯舍车就步，魏舒当场将其斩首示众。
步阵显威车战退，坐标军改大成功。
大原漂杵奇迹现，兵法革新诞矫龙。

咏荀吴

荀吴，？—前519年，姬姓，中行氏，名吴，谥号穆，荀偃之子，史称中行穆子，晋名将。屡战戎狄部落，扫平周边游牧部落。"毁车为行"成为中国古代车战转步战重要标志。
戎狄部落多骚扰，策马挥师一剑平。
匽地因时车改步，莽原沟壑降神兵。

咏晋夷

晋夷，？—前526年，姬姓，名夷，平公之子，前531—前526年在位。为恢复霸业，与齐争主，纠集平丘之会，会见十几国代表。昭公死后，六卿强而公室弱，国家大权旁落。
壮志凌霄图霸业，平丘争主斗齐桓。
诸侯冷眼静窥变，身后卿强公室湮。
注：平丘，古地名。

咏姬弃疾

姬弃疾，？—前512年，晋顷公，姬姓，名弃疾，昭公之子，前525—前512年在位。在位时，六卿逐渐壮大，向公室夺权。收全国生铁四百八十斤，把范宣子制定的"刑书"铭铸于铁鼎上，成为晋国第一部成文法典，史称"铸刑鼎"。
公室衰微花落去，六卿虎豹猛夺食。
刑书鼎铸范宣拟，有晋首开成法依。

咏姬午

姬午，？—前475年，晋定公，顷公之子。前511—前475年在位，共三十七年。前500年，筑晋阳城，为太原第一座古

城。前493年，与范氏、中行氏战，大胜。前482年，与吴王夫差争长于黄池。
雄才久位志兴晋，择地聚民筑晋阳。
大胜诸侯俨霸主，黄池争长斗吴王。

咏荀寅

荀寅，晋卿，即中行文子，又称中行寅，荀吴之子，六卿之一。为赵午伐赵鞅，奔晋阳，后败奔朝歌。
替人作嫁横刀戟，败退朝歌惨免身。
数郡丰饶曾己有，四卿瓜解尽归人。

咏董安于

董安于，？—前496年，又称董阏于，晋赵鞅心腹之臣，古晋阳城的始创者。先祖董狐，孔子称为"古之良史"。出色的建筑家，超群的战略家、政治家。为了国家的安定，而自缢。
董狐良史嫡贤裔，泰斗凝思创晋阳。
战略文韬仁义爱，捐躯明志为国长。

咏荀申

荀申，姬姓，智氏，名申，史称智宣子，晋卿大夫，智氏宗主，荀瑶之父。在国并不得志，择立宗子时，青睐次子荀瑶。族人荀果认为瑶贪而不仁，立瑶必亡智氏。后瑶立，智氏崛起步伐加快，也离灭族更近一步。
在国惝恍少得志，择嗣继宗多异岐。
次子不仁族谏阻，独裁罔纳孽根遗。

咏荀瑶

荀瑶，？—前453年，即智襄子，又称知瑶（智瑶），姬姓，知（智）氏。晋卿大夫，知氏家族领主，公元前475年成为晋执政者。公元前455年对赵氏发动晋阳之战，惨败，被赵襄子擒杀，知氏就此衰落。其性格缺陷致身败名裂。南征北战、多立功勋后野心滋生。
才智过人图复霸，一支独大轧三卿。
晋阳殒命三家笑，黩武而亡又典型。

咏智果

智果，智文子之子，姬姓，智氏，名果，晋大夫，亦称荀果。为人多智，颇有政治远见，看人、看事入木三分。论荀瑶有五大优点，唯无仁德之心。为保全自己，带一小部分族人脱离智氏，另立宗庙。秦灭六国后，恢复智氏，延续血脉。
睿智超凡颇远见，相人剖骨入三分。
仁德之品最为要，避险脱宗远立门。

鲁

咏姬伯禽

伯禽，周公旦的长子，鲁国国君。前1043—前998年在位，共四十六年。在齐国军队支持下，平定淮夷和徐戎叛乱，奠定周在淮河北岸的统治。在进军过程中作《费誓》，激励士气。与齐、卫二代共事周康王，康王分珍宝之器。治内为"礼仪之邦"，成为与齐抗衡的大国。

剑指淮徐平叛乱，治民属郡固金汤。
催师费誓振戈戟，受赐珍玩礼大邦。

咏鲁武公

鲁武公，姬姓，名敖，鲁第九任国君。前817年，和长子括、少子戏去朝见周天子（周宣王），宣王喜爱少子戏提出立其为鲁太子。周大夫樊仲山父劝谏宣王不听，仍册立戏为太子。

百花争艳春光满，二子同行谒镐京。
王喜次儿嫡长冷，一言册立储君成。

咏鲁废公

鲁废公，生卒不详，姬姓，名伯御，与国人合力杀死懿公自立，鲁第十一任国君。后周宣王率诸侯军队伐鲁，杀死伯御，立公子称。

国民戮力夺高位，震怒周王亲率军。
狼虎诸侯共听命，举刀另立意中人。

咏鲁孝公

鲁孝公，？—前769年，姬姓，名称，鲁武公之子。前795—前769年在位，共二十七年，第十二任鲁国国君。公元前796年，周宣王率诸侯军队讨伐鲁国，杀死伯御（鲁废公），立称为鲁国君主。

天子兴师随所欲，鲁国大政乱乾坤。
废公黜罢孝公立，恶例顿开陷不伦。

咏鲁惠公

鲁惠公，？—前723年，姬姓，名弗湟。前768—前723年在位，共四十六年，鲁第十三任国君。在位励精图治，国势大振，百姓取悦。周平王年间，秦文公用天子礼祭祀天帝，惠公也向平王申请，平王不同意。惠公怒，故意用天子礼祭天，平王不敢过问。

励精图治雄心壮，国势大兴民吏褒。
欲仿秦公行祭礼，周王禁令耳风飘。

咏鲁隐公

鲁隐公，？—前712年，前722—前712年在位，共十一年，鲁第十四任国君。姬姓，名息姑，鲁惠公的庶长子。出名因孔子，《春秋》起于鲁隐公元年（公元前722）。周礼规定立嫡不立庶，立长

不立贤。后世评价:"不尸其位曰隐。"
鲁隐公执政平庸,没有野心,后被杀。
周礼未循君庶长,庸平持政野心无。
元年起始春秋立,圣笔扬名载史书。
注:春秋,指《春秋》一书。

咏鲁桓公

鲁桓公,约前731—前694年,姬姓,名允,一名轨。前711—前694年在位,共十八年,鲁第十五任国君,死于齐国。"三桓"(庆父、叔牙、季友)之祖。
三桓之祖固国势,子嗣攫权分政朝。
伦乱文姜植祸孽,宴席亮剑辱身抛。

咏文姜

文姜,?—前673年,齐僖公之女,鲁桓公夫人,以才华著于当世。后因乱伦,到老时,有家难归,有国难投。
才华横溢名当世,姐妹品同连乱伦。
终老珠黄人辱指,家国拒纳断羞魂。

咏鲁庄公

鲁庄公,前706—前662年,姬姓,名同,鲁桓公之子。前693—前662年在位,鲁第十六任国君。长勺之战,以弱胜强,乃"曹刿论战"典故出处。曹沫劫持齐桓公,逼其退还所占鲁地,桓公欲背盟,管仲谏之,终还鲁地。鲁庄公放过管仲,让其回齐。

天海胸怀超睿智,宽容管仲释归齐。
长勺弱胜成名典,重获旧州社稷怡。

咏哀姜

哀姜,?—前659年,姜姓,谥号哀。齐国国君之女,鲁庄公夫人,无子,乱伦。被齐国引渡回国后杀之,以其尸归鲁,鲁以夫人之礼葬之。
连弑二君堪暴妇,妄拥庆父幸龙床。
国人怒指邾国匿,引渡归齐残命亡。

咏庆父

庆父,?—前660年,姬姓,鲁氏,名庆父,"三桓"之一,鲁上卿,谥号共仲。鲁桓公之子,庄公庶兄。庄公去世,他派人先后杀死继位的子般和闵公,制造内乱。后逃奔莒国被送回,途中自缢死。中国历史上大奸臣之一。典故"庆父不死,鲁难未已"出此。
鲁难连连源庆父,二君惨弑恶豺狼。
朝堂震颤奸心逞,罔庇莒国途缢亡。

咏公孙敖

公孙敖,生卒不详,庆父之子。好淫。
佞承父品多淫秽,换娶弟妻娱洞房。
丧吊姘居天子怒,闭门卷产摺尸荒。

咏叔牙

叔牙,?—前662年,鲁庄公庶弟。

庄公病重时，受兄庆父收买极力推荐庆父作国君继承人。其弟季友大义灭亲派人毒杀叔牙。
三桓优劣非一品，受贿违心妄荐奸。
大义灭亲胞弟戮，宽宏九五继封前。

咏季友

季友，？—前644年，号成季，又称公孙友，鲁桓公之子，鲁大夫。奉命毒死叔牙，立子殷，立申（鲁僖公），因功为相。逼庆父自尽。
掌纹友字人间罕，奉命施毒敌手亡。
两助龙床攫相位，途逼庆父命抛荒。

咏曹沫

曹沫，鲁将。鲁与齐三战，皆败北。鲁公惧，献遂邑之地以和，犹复为将。后长勺之战胜，以力大勇敢著称。劫齐桓公逼其还地。忠勇，善辩。
力巨耿忠殊勇敢，御齐三败赧心颜。
奋身险地劫王狠，舌利雄兵失地还。

咏鲁闵公

鲁闵公，姬姓，名启，庄公之子。鲁第十七任国君。
乱局忠耿守周礼，葬父哀戚日日迟。
盟固落姑迎季友，臣田强占不责师。
注：落姑，古地名。

咏鲁僖公

鲁僖公，姬姓，名申，庄公之子。前659—前627年在位，共三十三年，第十八任国君。
高超智慧殊机敏，依楚制齐谋霸权。
转舵骑墙娴践土，裂国扩地喜连连。
注：践土，古地名。

咏鲁文公

鲁文公，姬姓，名兴，鲁僖公之子，鲁第十九任国君。自文公始鲁国走向衰落，以季孙氏为首的"三桓"逐渐凌驾于公室之上，鲁国内忧外患。
三桓凌驾欺公室，外患内忧国渐衰。
哭市长妃缘废立，谒朝虎晋耻君怀。

咏鲁宣公

鲁宣公，前608—前591年，姬姓，名倭，前608—前591年在位，鲁第二十任国君。
襄仲横骄凌废立，邻齐默许助奸臣。
酿积苦果延来世，归父债还添晋坟。
注：归父，襄仲之子。因父被逐出境。

咏鲁襄公

鲁襄公，前575—前542年，姬姓，名午。四岁即位，以三朝元老季孙行父为相，国家相对稳定。前568年，行父亡，求薄葬。襄公称其为廉吏。

总角龙床高性品，三朝行父柱国梁。
晏平海内福民吏，勤政举廉馨四疆。

咏季孙行父

季孙行父，？—前568年，姬姓，季氏，谥号文，史称"季文子"。为人谨小慎微，前601—前568年执政，共三十多年，佐宣、成、襄三代。开"初税亩"，解放井田制上的奴隶、农民，促进鲁国的改革发展。因其努力，"三桓"得以顺利成长，大权在握。忠贞守节，克勤于邦，克俭于家。"家无衣帛之妾，厩无食粟之马，府无金玉"，揽人心，纳人才，死后请求薄葬。"三思而后行"的主人公。

慎微克俭佐三代，解放农奴出井田。
亩税改革国力旺，揽才纳秀宿臣贤。

咏季武子

季武子，？—前535年，即季孙宿，姬姓，季氏，名宿（一作夙），谥号武。鲁正卿，前568—前535年执政。挟成季、文子之余烈，借废立之功而专国政，周旋晋、齐、楚三强间，多次为鲁化险为夷。以"三桓"分三军，团结"三桓"，为季氏的发展强大奠基石。

废立居功国擅政，三强娴斡险为夷。
桓门紧固本族旺，身后盛名民吏儓。

咏孟献子

孟献子，？—前554年，姬姓，孟氏（亦称仲氏），名蔑，谥号献。鲁国外交家、政治家。事三朝，政治清明，多次代表鲁国会盟诸侯。

娴书洞礼非常志，族氏振兴勉力为。
襄政三朝勤夜昼，赴盟善斡扈尊威。

咏鲁昭公

鲁昭公，前560—前510年，姬姓，名裯（一作稠），鲁第二十四任国君。公元前517年伐季孙氏，大败，逃齐，转晋。晋欲使其返鲁，鲁拒，死于晋。

诸侯林立干戈动，剑指季孙惨败回。
晋庇寻机思返鲁，国门紧闭梦中归。

咏季平子

季平子，？—前505年，即季孙意如，姬姓，季氏，谥号平。任鲁正卿，专政，跋扈，与其他卿家结怨。僭越，逼昭公外逃，摄行君位，俨然国主。后其家臣阳虎犯上作乱。

纵情跋扈权专政，结怨众卿侧目朝。
僭越君王遗祸孽，家臣衅乱罪难逃。

咏阳虎

阳虎，生卒不详，姬姓，阳氏，名虎，一名货。鲁国人，季孙氏家臣。毫无雄厚的家底与政治背景，却能跻身鲁

国卿大夫行列,从而指挥三桓,执政鲁国,开鲁国"陪臣执国政"先河。治国奇才,丧国诡才。

平头跻伍名卿列,勇猛超常谋百出。
调动三桓执鲁政,陪臣国相史前无。

咏鲁定公

鲁定公,前556—前495年,姬姓,名宋,鲁第二十五任国君。公元前500年,在孔子陪同下,参加齐鲁"夹谷之会"。信任孔子,让他担任大司寇(掌管刑狱)。在位期间鲁国稳定和谐,经济日上,国富民强。前498年,命子路毁"三桓"城,收其兵甲,未成。

夫子陪同夹谷会,汶阳失地义夺成。
和谐稳定殷民吏,欲毁桓城子路征。

咏鲁哀公

鲁哀公,前521—前468年,姬姓,名将,鲁第二十六任国君。求教孔子,子曰:"水则载舟,水则覆舟。君以此思危,则危焉而不至矣!"孔子故,亲诔。

扬戈沙场时名将,谦问求知优政方。
子喻水舟明道理,感恩亲诔孔家乡。

咏猗顿

猗顿,猗顿是其号,姓名与生卒年不详。战国初著名大手工业者、商人。

窘寒思变勇开拓,问术陶朱五柠经。

千里迢迢居晋牧,十年巨富并蚩名。

注:陶朱,指范蠡。

咏鲁悼公

鲁悼公,?—前437年,鲁第二十七任国君。"三桓"胜,鲁如小侯,卑于"三桓"之家。

宫廷羸弱江河下,政败三桓祖业缩。
昔岁皇皇今日惨,小侯堪比勉蹉跎。

咏鲁穆公

鲁穆公,?—前377年,姬姓,名显,前410—前377年在位,共三十三年,鲁第二十九任国君。注重礼贤下士,隆重礼拜孔伋(子思),咨以国事。容许墨翟在鲁授徒传道,组织学派。鲁一度出现安定局面。

下士礼贤隆拜孔,谦询国策政清明。
墨翟欣至布弘道,海内安澜不用兵。

咏鲁共公

鲁共公,?—前353年,姬姓,名奋,鲁第三十任国君。公元前373年,齐内乱,伐齐至阳关。公元前356年,因与楚宣王饮酒不欢导致楚联齐伐鲁。

国势趋强人振奋,师压齐乱慑阳关。
寡欢宴酒酿兵衅,齐楚联戎远境拦。

咏鲁顷公

鲁顷公，姬姓，名仇，原名姬雠。鲁末代国君，前279—前256年在位。公元前255年鲁为楚所灭。鲁顷公逃至下邑（一作卞邑），不久死于柯地（今山东东阿）。

国羸落日乏回力，强楚虎狼滚滚来。
师溃仓惶逃下邑，荒凉柯地土坟埋。

咏孔子

孔子，前551—前479年，子姓，孔氏，名丘，字仲尼。祖籍宋国栗邑（今河南夏邑），生于鲁国陬邑（今山东曲阜）。鲁国司寇，思想家、教育家，儒家学派创始人。

一

三千弟子教无类，论语倡仁崇爱人。
创撰春秋彰鲁史，儒宗大擘照凡尘。

二

春秋一部辟新径，弟子三千泽后昆。
布道邦国搏困厄，家国治理务推仁。

咏颜路

颜路，前545—？年，即颜无繇，字路，回（渊）父，"七十二贤"之一。父子同在孔子门下求学，少孔子六岁。回早逝，穷，请求孔子卖车葬，未允。

荣侪达俊七十二，父子同师拜孔门。
裂肺撕心回早逝，请求车卖葬儿身。

咏颜回

颜回，前521—前481年，鲁人，字子渊，亦称颜渊。谦逊好学，尊师，孔子最得意弟子。不幸早逝。

门生得意当侪最，谦逊笃学研旨深。
尊奉恩师如父母，天年不假悼心焚。

咏冉伯牛

冉伯牛，前544—？，姓冉，名耕，字伯牛，鲁人，出身"贱人"（败落贵族后裔家族）。以德行著称，曾任中都宰，注意平日待人接物礼节，端庄正派。行为与孔子相似。

受业孔门得要旨，贵族后裔笃修德。
礼贤厚物品端正，行类恩师高振翻。

咏仲由

仲由，前542—前480年，字子路，又字季路。孔子得意门生，以政事见称。性格爽直，有勇力才艺，敢于批评孔子。孔子对其评价较高。做事果断，信守诺言，敢于进取。曾任卫大夫孔悝家宰，是孔子"堕三都"之举的最主要合作者之一。后在卫国内乱中被杀。

一

满腹经纶张大义，季孙唆弑怒言推。
从容就义冠休免，留世清白品玉瑰。

二

得意高足勤政事，爽直多艺敢批师。

三都共堕诺言守，进取宰门孔俚怡。

咏闵子骞

闵子骞，前536—前487年，字子骞，鲁人。在孔门中德行与颜回并称。"二十四孝"排第三，"母在一子寒，母去三子单""单衣顺亲""鞭打芦花"等典故主人公。

懿德拔峻名遐迩，媲美颜回孝典扬。
母去子单言中肯，单衣顺赡报恩长。

咏仲弓

仲弓，前522—？，冉氏，名雍。季桓子使仲弓为宰，仲弓以告孔子。子曰："雍也可使南面。"伯牛之宗族，少孔子二十九岁。

孔圣高徒殊广识，季桓欲宰禀明师。
相知逾辈贞心晓，互信推诚享两怡。

咏冉有

冉有，前522—？，冉氏，名求，字子有，鲁人。曾为季孙氏家臣，孔子称其"可使治赋"。治政，田赋改革，聚财，助新兴地主阶级，孔子极不满，称冉有不再是自己的学生，要弟子鸣鼓而攻之。后率军与齐作战，取胜立功，说服季康子迎回在外流亡十四年的孔子。孔子认为：三人皆可为政，"由（子路）也果"，"赐（子贡）也达"，"求（冉求）也艺"。不善礼乐修养，

改革田赋聚财厚，罔善礼仪遭鼓攻。
师胜邻齐迎孔子，高评能政认趋同。

咏宰我

宰我，前522—前458年，字子我，亦称宰予，鲁人，"孔门十哲"之一。少孔子二十九岁，口齿伶俐，以善辩著称，随孔子周游。受派出使齐、楚。

满腹经纶闻弟子，辩才伶俐口悬河。
临菑重任躬勤政，齐楚斡旋胜利戈。

咏端木赐

端木赐，前520—前456年，姓端木，名赐，字子贡。曾任鲁、卫相，是孔门中最有作为者，了不起的外交家和商人，"儒商鼻祖"。利口巧辩，善于雄辩，是干才，为人通达。司马迁对其着墨较多。

一

儒商鼻祖善雄辩，才干通达颖孔门。
鲁卫秉国良相显，史公着墨颂杰人。

二

高足雄辩善辞令，鲁卫相国梁栋才。
擅贾能财居首富，大仁大义苦寒来。

咏子夏

子夏，前507—？，名商，后亦称卜子夏、卜先生，晋国温人。孔子著名弟子，"孔门十哲"之一，对弘扬孔子学说

起关键作用。系统传授儒家经典第一人，传经鼻祖。晚年因丧子哭瞎。

一

儒典钻研微阐义，传经鼻祖孔十哲。
暮年丧子痛哭瞽，唐宋祭封褒五车。

二

家贫笃志学盈腹，防篡诲君太宰心。
吴李恩师书院授，优学优仕耄耋勤。

咏言偃

言偃，前506—前443年，字子游，又称叔氏，江苏常熟人，孔子唯一南方弟子。为人谦虚好学，擅长文学。曾任鲁武城宰，用礼乐教化民众，得到孔子盛赞。学成南归，从游无数。传东南文化第一人。

孔门弟子远南方，谦逊好学文擅长。
城宰化民师盛赞，从游无数故乡光。

咏子舆

子舆，前505—前436年，又名曾子，姓曾，名参，鲁国南武城（今山东费县）人，孔子得意门生。以孝出名，参与编制《孝经》。

一

贵族后裔大仁智，夫子高足显孔门。
敬孝名播天下羡，孝经心治飨国人。

二

乐道养亲曾小吏，吾身三省日煌煌。

慎终追远民德厚，循统传珍广颂扬。

咏左丘明

左丘明，约前502—前422年，姓丘，名明。史家、学者、思想家，鲁太史。著我国首部编年体史书《春秋左氏传》，又作《国语》。传解孔子《春秋》，与孔子为师友。明朝封左丘明为先贤、先儒。《春秋左氏传》一书内容条目清晰，繁简得当。

皇皇左传编年体，传释春秋孔友师。
双瞽志坚书大道，与时俱进圣先知。

咏孟子

孟子，约前372—前289年，姬姓，孟氏，名轲，字子舆（一说子车，子居），战国时邹国（今山东邹城）人。战国时伟大的思想家、教育家，儒家学派的代表人物，与孔子并称"孔孟"。

殊荣亚圣儒思孟，民贵君轻政在民。
仁政井田王道乐，政通盛治尚劳心。

咏万章

万章，孟子高足。一生追随孟子，为孟子所喜爱。孟子晚年，常同章等谈论经书，并一起著《孟子》。万章整理、编著有功。

亚圣高足随伴终，论经编著志相同。
师生共勉语传世，华夏奇葩铸大功。

楚

咏熊绎

熊绎,芈姓,熊氏,名绎。楚人为祝融氏分支鬻熊一支的后裔。其率领楚人首次进入中原,筚路蓝缕创业,得到周王室的正式承认。都丹阳,大致位于今河南淅川县。

盛会岐阳争管酒,缕衰筚路启山林。
小侯发愤扩疆土,奠楚中原种霸心。

咏熊眴

熊眴,芈姓,熊氏,即楚蚡冒,楚霄敖长子,前758—前741年在位。始启濮,拓土,征服陉隰。

开濮拓土纳陉隰,更令号明民信之。
和氏献璞丢左右,文王慧眼挽珍奇。

咏子辛

子辛,楚令尹,对小国求索无厌,陈因此向晋。后被楚共王处死。

贪厌壑深陈向晋,鄢陵败北内根由。
两卿相恶酿国祸,刀起君王残命收。

注:陈,指陈国;晋,指晋国。

咏熊通

熊通,?—前690年,芈姓,熊氏,名通。春秋时楚国国君,楚武王。杀其兄熊眴之子自立为楚国国君,开诸侯僭号称王先河。奉行铁腕政策,敢作敢为,给楚国留下了肥沃的江汉平原和一套初具规模的国家机器,为北上中原建立了两个前哨,楚国由此强盛。

麾师江汉权国灭,三渡服随谋代戈。
沈鹿会盟华夏震,奠基强楚久高翱。

咏邓曼

邓曼,楚武王夫人。为人贤慧聪颖,常劝谏武王的某些活动。生子熊赀,后为楚文王。

慧贤聪颖女中豪,军政相夫常献韬。
教子延师王霸课,酬勤大楚日升高。

咏屈瑕

屈瑕,?—前699年,楚武王之子,芈姓,名瑕。曾任楚最高官职"莫敖"。因封于屈邑,故称屈氏,屈原是其后裔。蒲骚之战中带兵伐绞,绞被迫为城下之盟。后伐楚伐罗,功败自缢。

莫敖屈邑喜高封,伐绞师捷城下盟。
轻举征罗军大忌,屈原吟祭发蓬蓬。

咏斗缗

斗缗,?—前691年,芈姓,斗邑(今湖北郧西)人,春秋时楚国著名政治家。随楚武王灭了权国。后武王开始改

革国政，压缩王室权限，封公族大夫斗缗为权邑尹。再后来，斗缗莫名其妙率权国遗民造反，以图恢复国制，后兵败身死于权县。

首封邑尹第一县，力鼎武王削异族。
心血来潮哗众叛，身亡名裂大糊涂。

咏随侯

随侯，姬姓，随都（今湖北随州）人，春秋时随国国君。公元前706年，楚武王侵随，随侯派人去与楚军讲和，同时整顿内政，联络四周小国，楚撤军回国。两年后武王又侵随，随侯不听季梁的劝谏，被击败。公元前690年，楚军再侵随，兵临城下，随侯乃被迫至汉水边与楚人签订和约，臣服于楚。

联络周边修政纪，楚师数扰晃国根。
季梁高策枉诚献，兵败蒙羞楚小臣。

咏季梁

季梁，生卒不详，季氏，名梁，又称季氏梁、季仕梁，春秋初随国大夫，政治家、军事家、思想家。中国南方第一位文化名人，开儒家学术先河的重要学者，无神论先驱。把矛盾的运动及其转化原理运用于军事之中。朦胧地意识到政治是决定战争胜负的重要因素。

贵胄勤学识满腹，儒宗方略固国根。
先驱唯物无神化，天子三征止楚门。

咏斗伯比

斗伯比，生卒不详，芈姓，亦名熊伯比，若敖熊仪之子，斗邑（今湖北郧西）人。春秋时楚国著名令尹，斗氏鼻祖。识人精辟。在征服随国以及帮助楚国称王的过程中，立了大功。

佐政襄君国栋梁，攻随务尽策谋详。
识人精辟眼独慧，鼎力称王南楚强。

注：随，指诸侯随国。

咏斗祁

斗祁，生卒不详，斗氏，名祁，若敖氏后裔。荆山（今湖北南彰）人。春秋初楚令尹。长期协助楚武王，掌握楚国军政大权。公元前690年，随武王伐随，途中武王病逝。他秘不发丧，仍按原计划率军东进，逼近随都后建造营垒，迫使随求和，订盟于汉水之滨。待楚师渡过汉水，才正式发出讣告。

旦暮襄王匡社稷，大权紧握股肱臣。
麾师直捣随都下，归祭主公泣颂恩。

咏熊赀

熊赀，？—前675年，芈姓，熊氏，名赀，楚文王，继位做的第一件大事是迁都于郢。重视战争，以实现武王"观中国之政"宏愿。创立县制，把地方政治、经济、军事权力集中到国君手中，为全国的政令统一与中央集权开创了历史

先河。
初登迁郢锋芒露，创县集权辨佞贤。
查证刖足和氏璧，攻伐跳跃慎超前。

咏息妫

息妫，生卒不详，陈国人，本系息侯夫人，楚文王灭息国后掠其为宠妾，亦称"桃花夫人"。陈国（今属河南周口）公主，从小远离王宫，伴着乳娘长大，命运多舛。向息侯表示对爱情至死不渝，始终不和文王说话。后与文王同日自杀。成王感其忠贞，以诸侯之礼合葬了他们。后世赞其为永不凋零的"桃花"。
幼时多舛却宫门，乳母相依恩海深。
宠妾拒移结发志，桃花不谢永忠贞。

咏熊恽

熊恽，？—前626年，芈姓，熊氏，名恽，郢人（今属湖北襄阳），一说今江陵纪南城人，楚文王少子，母亲是楚文王夫人息妫，公元前672年杀兄即位。公元前638年在弘之战中战败宋襄公，称雄中原。以德施惠，尊周亲侯，镇压夷越，大力开拓江南。先后灭贰等十二国。曾接待出亡的晋公子重耳。齐、楚争雄，楚后来居上。
争霸中原两手雄，江南开拓众国从。
诸侯频拢尊天子，重耳解危成晋公。

咏成得臣

成得臣，？—前623年，芈姓，成氏，名得臣，字子玉，斗伯比之子，楚令尹。公元前634年率楚军灭夔（今湖北秭归），又北征背楚亲晋的宋国。次年冬，再围宋，与救宋之晋、齐、秦联军战于城濮（今山东鄄城），楚军败退，引咎自杀于归途中。是连敌人都敬畏的将才，治军颇严，但苛于枝节而忽于根本。
赫赫战功居令尹，令敌敬畏善麾兵。
灭夔迅猛屡伐宋，失手城濮咎自明。

咏屈完

屈完，芈姓，屈氏，名完，楚国大夫。公元前656年，齐桓公借口率诸侯讨伐蔡国，楚成王援蔡，屈完智斗管仲，代表楚与诸侯各国订立"召陵之盟"。
强齐侵蔡急求楚，受命赴盟斗召陵。
山水护城得地势，凛然正义退侯兵。
注：齐，指齐国；蔡，指蔡国。

咏熊商臣

熊商臣，？—前614年，芈姓，熊氏，名商臣，前625—前614年在位，楚穆王。其子系"三年不鸣，一鸣惊人"的一代霸主——庄王。公元前626年，得知父成王欲改立王子职为太子，以宫甲包围王宫，逼成王上吊而死，自立为楚

君。即位后尽力改变在城濮之战后的劣势，先后灭江国、滑国，进一步控制淮南、江北（今安徽中、西部），平东夷叛，楚、秦联姻，力图插足中原，向北、东发展。

逼父自戕君自立，江滑扫灭控淮南。
楚秦联袂向东进，内患悉除治大安。

咏潘崇

潘崇，楚成王时太师，助楚穆王继位有功。

经文纬武楚支柱，助位穆王立大勋。
兼掌太师上环列，秉持节钺镇侯群。

咏成大心

成大心，？—前615年，芈姓，成氏，名大心，子玉之子，楚令尹。率军北图东进，开疆拓土。公元前622年，率师灭六（偃姓小国，今安徽六安北）、蓼（姬姓小国，今河南固始东北），图谋中原，与晋成争霸之势。公元前616年败师于防渚（今湖北房县），进师至锡穴糜都（今陕西白糜河东南）。

豪门令尹倾朝野，东进北图拓楚疆。
横扫千钧六蓼糜，临终举内盼国强。

咏子孔

子孔，？—前613年，芈姓，成氏，名嘉，字子孔。子玉之子，楚令尹。率军平叛，俘房舒国（今安徽庐江西）国君和宗国（今安徽庐江西北）国君，并乘机围巢国（今安徽六安东北）。公元前614年，穆王卒，子孔一度独掌朝纲。

父败城濮仍固宠，舒宗叛楚率军平。
朝纲独揽襄新主，闻乱回师搬救兵。

注：舒宗，指舒国、宗国二国。

咏熊侣

熊侣，？—前591年，芈姓，熊氏，名侣（一作吕、旅），生湖北荆州。楚庄王，又称荆庄王，谥号庄。楚穆王之子，楚最有成就的君王，"春秋五霸"之一。政治家、军事家。为强楚、华夏统一、民族精神的形成起到一定作用。前613—前591年在位，共二十三年。后世多较高评价。

一鸣雷震人惊悚，问鼎中原霸业成。
饮马黄河势摧朽，中华融汇拱文明。

咏樊姬

樊姬，樊国公主，楚庄王王后，聪慧贤淑，贤内助，谏王戒淫乐、励精图治、免庸用贤，绝肉食感化庄王，选美感夫，旷古典范。据说她独出心裁登正宫之位。

公主贤淑登正宫，感君拒肉与民同。
相夫图治戒淫乐，典范名芳后世崇。

咏士亹

士亹，楚庄王之士，太子傅。庄王曾对其言"赖子之善善之"，任其为太子傅。

庄王诚聘傅王储，自抑恂恂恳让贤。
宏论一番深入木，塑根赖善品臻全。

咏斗克

斗克，？—前613年，芈姓，斗氏，名克，字子仪，斗班之子，楚大司马。公元前635年，与息公子边戍守商密（今河南淅川），为秦军所俘。公元前627年秦被晋击败，为拉拢楚国，将他放回，要他代为向楚求和。他自认促成秦楚媾和有功，未被重用而有怨气。庄王继位后，任他为"师"，若敖氏家族盛极一时。他伙同子燮发动叛乱，劫持庄王离郢，过卢邑（今湖北襄阳）时被杀。

秦虏媾和归故土，居功未用怨积胸。
劫持新主树旗叛，卢邑断颅两手空。

咏斗般

斗般，？—前605年，芈姓，斗氏，名般，字子扬，若敖氏后裔，令尹子文之子。约在庄王九年被诬杀。

豪门后裔位权臣，军政一肩幸沫恩。
柄重常遭朝野陷，君王锤落首离身。

咏苏从

苏从，？—前600年，楚能臣。伍举以鸟喻谏庄王，庄王醒。数月无动静，苏从哭谏，庄王彻醒。散乐队，去舞女，整内政，起用伍举、苏从等能人。

耿臣鸟喻王初振，数月无为依旧情。
愤愤焦灼恒泣谏，断珠苦泪励君明。

咏养由基

养由基，生卒不详，嬴姓，养氏，名由基，一作繇基，楚平舆邑（今安徽临泉）人。楚大将，善射，成语"百步射柳""百发百中"主人公。一箭将晋将魏锜射死，为共王报仇。

百步柳穿养一箭，蜻蜓断翅毙哀猿。
虚怀纳善路人甲，矢响将亡强晋还。

咏潘党

潘党，生卒不详，楚大夫。公元前597年泌战初起时，率游筏四十乘投入激战。公元前575年楚晋鄢陵之战，为共王车右。与养由基、公孙丁为三神射手，箭术为"天下第二"。

天下箭神居第二，率筏战泌斗凶强。
鄢陵鼓骤旌旗乱，忘死护王左右忙。

咏虞邱子

虞邱子，生卒不详，庄王时为楚令尹十数年，向庄王举荐孙叔敖。

楚相秉国十数年，江山如故往时颜。
纤纤姬妾略施计，恳荐叔敖君主前。

咏伍举

伍举，生卒不详，一作椒举，楚（今湖北监利）人。伍参之子，伍奢父，楚大夫。因避祸奔郑、晋。依靠蔡声子到令尹子木处荐贤，始得返楚复仕，任楚右司马。楚灵王三年（公元前538），出使晋，请诸侯与楚会盟，盟已，谏诫灵王慎终勿骄。因功著称于楚。以三年不飞、不叫鸟谏醒楚庄王，用孙叔敖，使楚国渐强，诸侯臣服。

出使侯盟殊贡献，君王听劝慎终身。
飞鸣喻谏楚兴旺，幡悟鼎新用耿臣。

注：飞鸣，指一飞冲天，一鸣惊人。

咏孙叔敖

孙叔敖，前630—前593年，芈氏，名敖，字孙叔，一名芍猎，蚡冒之后，楚期思（今河南固始）人，楚令尹。佐庄王施教导民，宽刑缓政，发展经济，政绩赫然。主持兴修芍陂（今安徽寿县安丰塘）、期思陂等，大兴水利。司马迁《史记·循吏列传》列其为第一人。任令尹期间，三上三下，宠辱不惊。死后，儿子靠打柴度日。"以势利导"的观点比司马迁早五百年。

一
施教导俗宽政刑，期思陂水去灾情。
蚁鼻恢复农工贾，精撰仆区天下明。

二
麾师邲战胜强晋，上下三回皆不惊。
狐丘诘问恳答对，吕氏录实彰圣名。

注：蚁鼻，指蚁鼻钱，楚国货币，个小便于流通，繁荣市场。《仆区》，楚刑书。狐丘，人名，著名隐士。吕氏，《吕氏春秋》。

咏子重

子重，？—前570年，芈姓，熊氏，名婴齐，字子重，楚穆王之子，楚令尹。率军伐宋，在邲（今河南郑州）战胜晋，数征伐。安定内部。病卒。

连年攻略扩疆土，轻赋赦容促内安。
欲壑难填临巨祸，终身恋战少暇闲。

咏子反

子反，？—前575年，芈姓，熊氏，名侧，字子反，楚司马。曾随庄王败晋于邲（今河南郑州）。公元前595年，率军围宋，历时九月。后因酗酒，宋大夫华元趁夜侵入军帐，通盟撤围。共王时为中军将，与子重等救郑，与晋战于鄢陵，夜酒醉不能议事，楚军退，旋为王责而自杀。

昔日随王败晋师，挥戈围宋近年期。
鄢陵决战中军将，屡醉殃国身首移。

咏斗椒

斗椒，？—前605年，芈姓，字子越，斗邑（今湖北郧西）人，楚著名令尹。仕武、成、穆、庄诸代王，均居高位。斗氏为楚举足轻重的大族之一，对楚的发展壮大做出过突出贡献，长盛不衰，权势日趋膨胀。公元前605年，斗椒反叛，庄王亲征，遂平。此后家族始黯。

高位躬襄四代王，隆恩久盛味无香。
悠忽一夜叛旗举，王怒亲征族黯伤。

咏苗贲皇

苗贲皇，生卒不详，芈姓，斗氏，若敖氏之族，楚令尹斗椒之子，采邑于苗（今河南济垣），故称苗贲皇。公元前605年，斗椒作乱，庄王灭族，贲皇逃晋。晋任之为谋主，被誉为晋国"八大良臣"之一。鄢陵大战，悉报楚精良所在，大败楚。

大祸灭宗敌匿藏，八贤拥晋有贲皇。
鄢陵败楚献奇策，公子活擒君重伤。

咏熊审

熊审，前600—前560年，芈姓，熊氏，名审，楚庄王之子，生于郢都，楚共王。初盛，鄢陵之战败，始衰。敢于面对历史，反省自责。明分公私，宽容叛臣。

初位邀盟时鼎盛，鄢陵战败步颓途。
楚才晋用皆缘讧，谥号自责胸坦舒。

咏老子

老子，约前571—前471年，姓李，名耳，字老聃，一字伯阳，生于陈国苦县。曾任周"守藏室之官"（负责管理图书的官员）。中国古代伟大的思想家、哲学家、文学家、史学家，道家学派创始人和主要代表人物。世界百位历史名人之一，存世有《道德经》（《老子》）。其作品的核心精华是朴素的辩证法，主张性命双修，虚心实腹，不与人争，无为而治。被誉为"东方三大圣人"之首，美国《纽约时报》评其为世界古今十大作家之首。

周衰退隐道家祖，老子双修半万文。
施政无为回起始，六绝状态不相闻。

咏子囊

子囊，？—前559年，芈姓，熊氏，名贞，字子囊，楚令尹。公元前576年，中原用兵，他认为有背楚、晋盟约而反对；公元前568年任令尹后，六次伐陈等国抗晋，感到楚、晋力量相当，主张不与晋争，共王未纳。临终感到吴的威胁，遗言要加修楚都的城墙。

示信盟约反用兵，六伐陈晋悟难平。
共王勤勉当良谥，危重犹督吴寇情。

注：陈晋，指陈国、晋国。

咏伯州犁

伯州犁，？—前541年，子姓，邻氏旁支，伯宗之子。原为晋国贵族，父伯宗被"三邻"迫害，奔楚，为太宰。

三邻淫逼奔匿楚，幸得太宰报知恩。
战功归属怎明确，暗示问囚揭底根。

咏子庚

子庚，生卒不详，芈姓，熊氏，名午，字子庚，庄王之子，共王弟。初为楚司马，辅令尹子重，主管军事。公元前561年出使秦国。次年，率楚军大败吴军。公元前558年为令尹。公元前555年冬，不同意借兵郑国，康王执意，结果惨败。

司马耿忠军善治，协调战略使邻秦。
挥戈完胜吴兵寇，惨败康王露悔心。

咏子南

子南，前460—前551年，芈姓，熊氏，名追舒，字子南，庄王之子。公元前559年任箴尹（谏官），公元前552年为令尹。子南偏宠没有爵禄的观起，纵观起非法占有能驾几十辆车子的马匹（无爵禄的只能二车一马）。次年，被康王处死，观起亦被车裂。

谏官责任理严己，枉法宠私贼盗同。
观起无爵偏纵欲，害人害己律难容。

咏屈建

屈建，？—前545年，屈氏，名建，字子木，屈到之子，楚令尹。公元前551年任莫敖。率军灭舒鸠（今安徽舒城境）。代表楚国参加十四国弭兵会议，会中与晋国争当盟主。会盟达成协议，楚、晋平分了霸权。死后，晋国曾派大臣到郢都吊唁。

挥师东向舒鸠灭，皮甲裹身赴晋争。
赌勇外交图霸业，赢得天下暂平衡。

咏囊瓦

囊瓦，楚庄王曾孙。楚灵王时任车右。曾对使楚的晏子发难，反遭羞辱。向外国使臣索贿，酿国祸，逃郑后自杀。

不肖王门多辱祖，厚颜索贿丧国格。
信谗枉害贤良匿，羞缢野荒罪应得。

咏熊弃疾

熊弃疾，？—前516年，芈姓，熊氏，名熊弃疾，一名居，楚共王第五子，楚平王。通过宫廷政变上台，智慧过人，既不容忍骄横跋扈的权臣，也不容才高望重的贤臣，一旦出现必除之。即位初，封赏功臣，抚慰民众，敦睦诸侯，宣布让百姓休养生息，五年后才考虑用兵。信守诺言，让蔡、陈人复国。亲小臣，疏骨肉。善终，祸胎留给后一代昭王。

九五剑夺超智慧，权贤皆戮不容臣。

还国守诺安陈蔡，亲佞远良埋祸根。

咏子西

子西，？—前479年，芈姓，熊氏，名申，字子西，平王庶子，昭王兄长。两次坚辞为王。其主张不与吴为敌，未纳。后率军在秦支援下败吴，郢都收复，为令尹。后处事不慎，误召回流亡在吴的白公胜，并任之为巢大夫。公元前479年，被白公胜杀害。

两辞王位性忠耿，力主楚吴和睦邦。
衔命复都郢城遂，杀身孽祸误招亡。

咏白公胜

白公胜，前526或前553—前479年，又名熊胜，楚平王嫡孙，太子建之子，时称王孙胜，号白公，楚大夫。公元前479年，率师击败来犯吴兵，缴获大量辎重，以献战利品为名，带兵入郢杀大臣子西、子期，劫持惠王，史称"白公之乱"。

王裔亡吴复归楚，率击敌犯保国隆。
白公之乱血漂杵，自缢山林遗憾终。

咏熊建

熊建，？—前522年，楚平王之子，名建，字子木。平王即位时立其为太子，以伍奢、费无忌为辅。公元前527年，其未婚妻（秦女）为父所夺，父子生隙。被迫离楚，入郑，受到礼遇，与晋策划袭郑，被郑人杀。

太子二师天壤异，一贤一佞互挠头。
隙生秦女谁唆使，鬼使神差恩变仇。

咏费无忌

费无忌，楚佞臣，又作费无极，官拜太子少师。劝平王强娶儿媳秦女孟赢，离间平王与太子建，迫害伍奢全家。令尹子常杀费，灭宗，以悦国人。

邀宠献奸秦孟赢，害贤离间父无情。
性行恶险自寻毙，法网恢恢天下明。

咏伍奢

伍奢，？—前522年，楚国椒邑（今安徽阜南）人。楚大夫，平王时为太子太傅。庄王重臣伍举之子，伍子胥之父。费无忌陷害太子，牵连伍奢被捕，和长子尚一同被杀。

太傅大夫恒费神，丹心国祚祸殃身。
贤良自古多招害，荆楚庙堂贤重臣。

咏伍尚

伍尚，？—前522年，伍奢长子，楚国椒邑（今安徽阜南）人。好习武，勇而谋。为人重德行，仁孝而慈爱。平王召见加害时本可逃脱，但念及救父毅然前去，与父同被杀。

精武好文谋且勇，仁慈孝爱品德忠。

临头大难本能避，救父舍身甘愿同。

咏熊轸

熊轸，约前523—前489年，芈姓，熊氏，名熊轸（珍）。公元前516年，因不满十岁的太子壬继位，改名熊轸，是为昭王。吴国在众多小国的帮助下，破楚都，历时十月。楚求秦，败吴。楚迁都，仍称新都为郢，以示不忘其旧。楚昭王是楚国的一位中兴之王。

总角登基面残破，守都十月拒吴坚。
得秦慨助乾坤转，艰创中兴后世贤。

咏熊章

熊章，？—前432年，春秋晚期、战国初期楚国国君，楚惠王，在位五十七年。楚昭王之子，越王勾践外孙。接受郢亡教训，重用子西、子期、子闾、鲁班等，改革政治，与民休息，发展生产，使楚国国力复苏，重步争霸行列。

力革弊政用三子，休养农桑信鲁班。
重步霸行收杞蔡，疗疾吞蛭媲神仙。

咏熊中

熊中，芈姓，熊氏，名中，楚惠王之子，楚简王，又称东大王，在位二十四年。即位初北伐灭莒（今山东莒县），以莒为邑。公元前413年，伐魏，攻至上洛（今陕西洛南）。

血性登基旋灭莒，降侯建邑饱国囊。
冤家楚魏由来久，上洛鏖兵谁更强？

咏熊当

熊当，芈姓，熊氏，名当，楚简王之子，楚声王，前407—前402年在位。在位期间，社会动荡不安。楚声王无能错乱，穷兵黩武，为"盗"所杀。谥号声。

穷兵黩武众遭殃，错乱无能根本伤。
板荡山河身毙盗，不生国祚谥声王。

咏熊疑

熊疑，芈姓，熊氏，名疑（一名类），楚声王之子楚悼王，楚声王被"盗"杀，他被立为君。前401—前381年在位，共二十一年。在位期间，用吴起变法，富国强兵，平百越，并陈蔡，却三晋，西伐秦，开拓疆土。

屡败变革国日盛，尊君肃吏特权除。
厉兵秣马远疆拓，胜魏收扬游士无。

注：扬，扬越。士，纵横云游之士。

咏吴起

吴起，约前440—前381年，卫国左氏（今山东曹县，一说山东菏泽）人。军事家、政治家、改革家，兵家代表人物。一生仕鲁、魏、楚三国。强魏扶楚。在魏创立"武卒制"，夺秦河西。"大战七十六，全胜六十四"，"辟土四面，拓

地千里"。通晓兵、法、儒三家思想,在内政、军事上都有极高的成就。在楚国时曾主持"吴起变法",后因变法得罪贵族,遭杀害。著《吴子兵法》,与《孙子兵法》合称《孙吴兵法》,在中国古代军事典籍中占有重要地位。

三侯善佐皆兴旺,阴晋鏖兵少胜多。
变法强军卓统帅,伏尸除恨不蹉跎。

咏熊臧

熊臧,?—前370年,芈姓,熊氏,名臧,楚悼王之子,楚肃王,前380—前370年在位。悼王死,旧贵族射杀吴起,殃及悼王尸。肃王继位后,以此收七十余家处三族之刑。楚肃王四年,蜀伐楚,被迫筑扞关(今湖北宜昌市西)。楚肃王六年,魏攻楚,战于榆关(今河南中牟县西南)。

父辈改革多举创,逆族诛尽少愁忧。
蜀兵犯界坚修隘,旋御榆关战魏侯。

咏孟胜

孟胜,生卒不详,东周末年墨家巨子。为楚国阳城君守义。

阳城守义射吴起,封地拒交符令无。
子弟百多偕赴难,楚人耽墨志同途。

咏熊良夫

熊良夫,?—前340年,芈姓,熊氏,名良夫,楚宣王,前369—前340年在位。在位期间,内外兼举,开拓疆域,休兵息民,使楚在战国时出现最强盛的局面。

兵偃养民蓄国力,洞察大势握机时。
扎营巴蜀灭陈蔡,纳谏虚怀少误失。

注:陈蔡,指陈国、蔡国。

咏熊商

熊商,?—前329年,芈姓,名熊商,楚宣王之子,楚威王,前339—前329年在位。继承宣王救赵伐魏与开拓巴蜀格局。旧说,威王打败越王无疆,尽取越地。伐齐,势力至泗水长江中下游地区,显赫一时。为悼王后将楚国国势发展最强的君王。

立冠诸侯扬祖势,金陵建邑败无疆。
铁骑泗水齐国惧,赫赫威锋耀雪霜。

咏熊槐

熊槐,?—前296年,芈姓,熊氏,名槐,楚威王之子,楚顷襄王之父。生于上郢,亦都于此。前328—前299年在位,楚第四十任国君。楚国本是六国中的强国,但楚怀王贪婪成性,屡中秦国张仪计谋,得不偿失。楚国本是齐国坚定盟友,楚怀王却背齐投秦,把楚国的国力耗尽,终亡身异国。

寸光屡中敌国计,亲佞远忠利令昏。

久禁尚能维体面，楚民疾首祭归魂。

咏郑袖

郑袖，楚怀王宠姬，美貌聪慧而善妒，干预朝政，收受贿赂，放走张仪。

貌美深藏妒忌心，乱干朝政恃君恩。
贪图小利张仪放，巧弄掩鼻吹枕衿。

咏子兰

子兰，芈姓，名子兰（一作阑），怀王之子。陷害屈原，致其流放。力劝怀王赴秦会盟，怀王会盟当日即被秦扣留，三年后怀王客死异乡。

秦邀盟会极阴险，舌鼓诱王偕盗饔。
唯顾家门高俸禄，江山休问怎飘摇。

咏景翠

景翠，生卒不详，楚大将。爵至执圭，官至柱国。周人杜赫曾为其在周游说，使之得到周王的重用，率军大败吴国。

楚国大将甚威名，东向挥戈吴败兵。
杜赫识人庭荐举，周王知遇重垂青。

咏许行

许行，约前372—前289年，楚国随人，著名农学家、思想家。与孟轲同时代，孟称其为"神农之言"。

民吏并耕无赋税，织席编履布粗衣。
门徒千里远追拜，诸子百家显占席。

咏屈原

屈原，约前340—前278年，原姓芈，名平，字原，生于楚国丹阳（今湖北宜昌），楚王熊通之子屈瑕的后代。任楚左徒、三闾大夫，促成齐楚联盟。世界四大文化名人之一，中国第一位最伟大的浪漫主义诗人。创立"楚辞"文体，代表作有《离骚》《九歌》《九章》《天问》。忠楚怀王，屡遭排挤。怀王死后，顷襄王听信谗言，屈原被流放。白起攻破郢都后，屈原投汨罗江以身殉国。

忠耿爱国怀大志，联齐抗暴固国根。
楚辞辟体三千岁，明志汨罗石俱沉。

咏上官大夫

上官大夫，生卒不详，战国时楚国大臣。妒屈原之才，屡向怀王进谗言，使之疏远屈原。后受子兰指使向顷襄王诬害屈原，使屈原被逐江南。一说上官大夫即靳尚。但在《汉书·古今人表》中二人品级不同，或为两人。

大夫高位妒贤慧，诽谤戚戚阴害仁。
难忍屈原德盖世，千夫所指若纤尘。

咏昭睢

昭睢，楚贵族大臣。怀王时，命屈原使齐约"纵"。他暗通张仪，起而反对。公元前301年，齐秦联兵攻楚，怀王命他出击秦军，他按兵不动，致使楚将

唐眜兵败身亡。后怀王受骗,将入盟于秦,他始有悔意,力劝怀王勿去,为令尹子兰所阻。

屈原出使力约纵,里应敌国尽弃功。
侵楚齐秦联手狠,按兵抗命助顽凶。

注:楚齐秦,指楚国、齐国、秦国。

咏熊横

熊横,芈姓,熊氏名横,楚顷襄王,楚怀王之子。楚国第四十一任国君,前298—前263年在位。生于上郢(今湖北宜城),都上郢。淫乐无度,楚人大愤。屈原谏,被逐,流浪二十余载,后投江自尽。

父王客死旋全忘,秦女诱迷戏洞房。
跪谏忠臣额血诉,换来城陷咽秦汤。

注:秦,指秦国。

咏熊完

熊完,芈姓,熊氏,名完,前262—前238年在位。用黄歇为令尹,用割地换秦"善楚"政策。

秦师小试获州陵,善楚苟得一度宁。
毛遂洞察拔剑鞘,邯郸之难瞬间平。

注:州陵,地名。

咏春申君

春申君,前314—前238年,即黄歇,楚国江夏人,原籍黄国(今河南潢川),楚公室大臣,著名政治家,楚国令尹,"战国四公子"之一。游学博闻,善辩。考烈王病逝,被李园杀,殃及全家。

质秦十载四公子,援赵结盟灭鲁师。
善辩博闻名楚相,棘门崇影杜防迟。

注:秦,指秦国。

咏朱英

朱英,生卒不详,魏国观津人。春申君门客,政见超群,能文能武。

能文能武高侠士,二策超群立验灵。
锋避虎秦迁邑妙,棘门主丧应羞情。

咏熊犹

熊犹,芈姓,熊氏,名犹,楚幽王弟,公元前228年在位,楚哀王。继位二月余,哀王异母弟负刍的门客杀哀王,负刍自立为楚王。

帝王深苑高风险,兄弟阋墙屡屡同。
二月龙床犹未热,冤魂逼进九泉宫。

咏熊负刍

熊负刍,前266—前223年,芈姓,熊氏,名负刍。生于上郢(今湖北宜城),都上郢。公元前226年,秦攻楚,楚反击,杀秦七都尉,收回失地。公元前224年,秦始皇出动六十万大军,楚主力拒,大将项燕被击败,自杀,负刍被俘,国亡。

杀兄夺位自为王，主力不敌秦始皇。
城破国亡长恨泪，楚歌从此不徜徉。

咏项燕

项燕，？—前223年，楚国下相（今江苏宿迁）人，是抗秦名将项梁之父，西楚霸王项羽祖父。曾大败秦大将李信。公元前224年，秦将王翦率六十万大军大破楚军。次年，秦军攻到蕲（今安徽宿县），他兵败被杀，一说是自杀。

世将抗秦兴楚祚，三天追李不停蹄。
择师严教子孙武，陈胜假名张义旗。

注：李，指李信。

咏项梁

项梁，？—前208年，楚国下相（今江苏宿迁）人，别称武信侯，项燕次子，项羽叔，楚贵族后代，秦末起义军领袖，骁勇善战。因轻敌，在定陶被章邯打败，力战身死。

反秦举义驰沙场，拥立熊心就楚王。
贤士揽才杰俊聚，天生豪放品馨扬。

咏项伯

项伯，？—前192年，名缠，字伯，项羽最小叔父。早年杀人，随张良在下邳（今江苏睢宁）躲避，张对其有恩。项羽统兵后，任左尹，随羽入关中。劝羽勿杀刘邦，在鸿门宴上护邦。汉王朝建立后刘邦封他为射阳侯。

一

下邳匿身缘罪重，张良莫逆进关中。
鸿门挡剑刘邦遁，难断宿恩项羽聋。

二

世族高望欠三命，忘主无仁报友恩。
得贿昭昭情不辱，鸿门盛宴护邦身。

注：邦，指刘邦。

咏项羽

项羽，前232—前202年，项氏，名籍，字羽，楚国下相（今江苏宿迁）人，项燕孙，军事家，中国军事思想"兵形势"代表人物。二十四岁起兵反秦，巨鹿之战消灭秦军主力，推翻秦朝。二十七岁成为分封十八路诸侯的西楚霸王。三十岁自刎乌江。

无双千古覆秦政，巨鹿彭城垓下麈。
册立诸侯西楚霸，将门盖世逞英豪。

咏项庄

项庄，？—前202年，楚国下相（今江苏宿迁）人，项羽堂弟，随羽南征北战，鸿门宴上舞剑刺杀刘邦未果，最后在乌江边战死。

贯征南北殊骁勇，项羽同依叔抚亲。
剑舞鸿门惜未遂，乌江顽战手足恩。

咏宋义

宋义，？—前207年，生于无盐（今山东东平），楚令尹，上将军，别号"卿子冠军"。奉命统兵救赵时，畏战不前，遭项羽发动兵变，将其斩杀。曾劝项梁"骄兵必败"，梁不听，后梁战死。

驰骋舞戈疆场勇，深韬广略睿麾兵。
箴梁骄败语诚恳，率救邻邦畏葸停。

咏熊心

熊心，？—前206年，芈姓，熊氏，名心，前楚怀王熊槐之孙。楚亡后，隐匿人间为人牧羊，后被项梁立为楚怀王。项羽佯尊其为义帝，后令英布等人将其弑杀。

世雄江表扬灰灭，隐匿牧羊恒砥身。
刘项争王约不爽，佯尊义帝夜舟沉。

咏共敖

共敖，？—前204年，秦南郡人，楚贵族后代，任楚怀王熊心柱国。项羽封临江王，都江陵。受羽密令杀"义帝"。楚汉战争后，未与刘邦战。

贵门后裔襄囯柱，谋策察时应乱局。
雄踞江陵服项羽，恶争楚汉静读书。

咏共尉

共尉，共敖之子，继位临江王。吴芮、英布等降邦，尉不听命，江陵破，被俘杀。

临江承嗣继王位，旋踵吴英楚去刘。
顽守孤城催阵勇，拒降明志义春秋。

吴

咏吴太伯

吴太伯，前1285—前1194年，又称泰伯，生于岐山（今陕西宝鸡），姬姓，吴国第一代君主，吴文化的宗祖。父亲为周部落首领古公亶父，兄弟三人，排行老大，两个弟弟是仲雍和季历。父亲传位于季历及其子姬昌，他文身断发，和仲雍避让，迁居江苏梅里（今无锡梅村），建国勾吴。

大义让亲推弟嗣，纹身断发匿荆蛮。
迁居梅里躬耕衍，万世飘馨民颂贤。

咏寿梦

寿梦，前620—前561年，姬姓，名寿梦，一名乘，字熟姑，亦称攻卢王、吴兴王，吴侯仲雍十九世孙，吴侯去齐之子。夫差曾祖父，阖闾祖父。前585—前561年在位。使吴国强盛，始称吴王。

壮志雄图收楚越，太湖广野萃吴兵。
中原文化润心骨，崛起东南国振兴。

咏诸樊

诸樊，？—前548年，姬姓，吴氏，名遏，一作谒，又称吴顺王，吴王寿梦长子，前560—前548年在位。伐楚属国巢，攻城时中箭亡。

舒鸠师救搏强楚，虽败犹荣大义张。
复恨伐巢兵马勇，城垣中矢首高昂。

咏季子

季子，前576—前484年，姬姓，名札，又称公孙札、延陵季子，寿梦第四子。传为避王位，弃其室而耕于江苏常州武进焦溪的舜过山下，品德高尚。远见卓识的政治家、外交家，广交当世贤士，对提高华夏文明做出贡献。

避位躬耕德上品，深结名士广称贤。
诸侄巧斡善国政，文化薪传舜过山。

咏吴王僚

吴王僚，姬姓，吴氏，名僚，号州于，吴王馀眛之子，春秋时吴国第二十三任国君，前526—前515年在位。后被堂兄吴公子光的刺客专诸刺死。

伐楚败师未颓志，子胥厚待复前仇。
夺桑国斗二城克，乘隙用兵遂大谋。

咏庆忌

庆忌，吴王僚之子，自幼习武，力量过人。要离用苦肉计刺杀庆忌，而庆忌认为要离乃一真正勇士，于是放了他。大智大勇，人格高尚。是争权的牺牲品。

折熊扼虎越峡谷，精武将门力过人。
苦肉要离偿卧志，惺惺相重品绝尘。

咏专诸

专诸，？—前515年，吴国堂邑（今江苏南京）人。为公子光鱼腹藏剑刺杀吴王僚。名厨，因炙鱼名闻天下。

屠门壮士殊英武，慈母义天催子行。
鱼剑断喉君储喜，扬名厚荫授国卿。

咏阖闾

阖闾，？—前496年，又作阖庐，姬姓，吴氏，名光，又称公子光，吴王诸樊之子，前514—前496年在位。部分史书认为其是"春秋五霸"之一。以伍子胥为相，孙武为将军，国势日盛。公元前506年，从淮水西攻汉水，五战五胜，克楚郢都。刺僚登位，揽才、任贤、纳策。

刺僚攫位超凡志，将相辏辐强势发。
五战五捷拔楚郢，春秋五霸绽奇葩。

咏孙武

孙武，约前545—前470年，字长卿，别称孙子、孙武子，齐国乐安（今山东惠民）人，著名军事家、政治家，尊称"兵圣"、孙子，被誉为"百世兵家之师""东方兵学之祖"。由齐至吴，经伍员举荐，阖闾拜其为将。曾率吴军大败楚军，占领郢都，几近覆亡楚国。巨著《孙子兵法》被誉为"兵学圣典"，置于《武经七书》之首，在中国乃至世界军事、军事学术史和哲学思想史上都占有极为重要的地位，并在政治、经济、军事、文化、哲学等领域得到广泛运用。被译成英、法、德、日等文字，是世界最著名的兵学圣典。

论兵鼻祖务穷尽，十三韬略摄鬼神。
不战屈人方上上，阴霾扫却朗乾坤。

咏伍子胥

伍子胥，前559—前484年，名员（一作芸），字子胥，楚国人（今湖北监利），吴国大夫、军事家，以封于申，亦称申胥。西破强楚，北败徐、鲁、齐，使吴成为诸侯一霸。多次劝谏吴王夫差杀勾践，不纳。吴王逼其自杀。

亡命江湖门灭难，经天纬地匡吴知。
密谋一献铲三翼，矢志复仇出锐师。

咏夫差

夫差，？—前473年，又称吴夫差，姬姓，吴氏，名夫差。即位初，励精图治，大败勾践，吴达到鼎盛。后期奢华无度，穷兵黩武，屡与齐、晋争锋。"黄池之会"时，勾践趁虚攻入，吴一蹶不振。公元前473年勾践灭吴，夫差自缢。

初位励精攀鼎盛，邗沟疏贯畅舟楫。
夫椒完胜黄池会，黩武失国山缢迟。

咏伯嚭

伯嚭，又作伯否，姬姓，原为晋公族，楚名臣后，后任吴太宰。好大喜功，贪财好色，为一己之利不顾国家安危，内残忠良，外通敌国，完全丧失了祖辈的优良品德，使吴在拥有绝对优势条件下失机，衰败。最终为勾践所诛杀。

背祖丧德贪色佞，复仇为己贿通敌。
国殃良害骂千古，勾践除奸天下怡。

越

咏无馀

无馀，夏君主少康的庶子。大禹游，葬于越。少康恐禹宗庙祭祀断绝，把其庶子封于越，号称无馀。越国之称始此。无馀奉守禹的祭祀，与当地土著融合，断发文身，披草莱居住，传二十余世，至夫谭、允常。

夏后庶出良性品，会稽封子禹迹延。
融合土著居莱草，兴越建国始祖源。

咏允常

允常，？—前497年，夫谭之子，勾践之父。越经一千多年，至允常始逐渐强盛起来，是越国第一位颇有作为的君主。他扩大越国版图，发展生产，使越国经济中心由山区向平原转移。在位期间越国青铜冶炼业十分惊人，造船业发达，兵力增强。越霸业的开拓者、奠基者。

千年远逝渐强盛，霸业夯基扩版图。
铜冶发达船业旺，雄师耀日劲伐吴。

咏勾践

勾践，约前520—前465年，姓姒，名勾践，本名鸠浅，又名菼执。前496—前465年在位。曾败于吴，屈服求和，后卧薪尝胆，发奋图强，终成强国。公元前473年灭吴，称霸。

惨败暂屈薪胆砺，图强隐忍为乾坤。
麾师灭吴盟称霸，意气风发久梦真。

咏文种

文种，？—前472年，也作文仲、字会、少禽，一作子禽，楚郢（今湖北江陵）人，后定居越。谋略家，勾践谋臣，为灭吴立下功劳。未听范蠡劝告，留越，后遭勾践赐剑死。

深韬伟略拯衰越，吴苑请和智鬯国。
罔纳范公言肺腑，弓藏鸟尽剑临脖。

注：范公，指范蠡。

咏范蠡

范蠡，前536—前448年，字少伯，楚国宛地三户（今河南浙川）人。著名政治家、军事家、经济学家，道家学者。曾献策扶助越王勾践复国，后隐去。中国早期商业理论家，楚学开拓者之一。后人尊称其为"商圣"。

一

学富五车存越祚，十年生聚训十年。
围城不懈将吴灭，勇退激流身首全。

二

家贫奇志博学艺，襄越灭吴智勇忠。
隐退急流身睿保，三商三散懿陶公。

咏西施

西施，本名施夷光，别称西子，越国苎罗（今浙江诸暨）人。德才貌兼备的奇女子，忍辱负重，以身报国，助越灭吴，后随范蠡同泛五湖。

一

苎罗山水益濯丽，溪浣鱼沉才貌全。
一幸夫差离政要，泛舟隐遁远吴天。

二

沉鱼到底有多深，请问溪边同浣人。
吴越争锋戈几度，扁舟一叶望星辰。

咏鹿郢

鹿郢，？—前458年，勾践死后继位，前463—前458年在位。励精图治，带领越国成为一个大国，任列国霸主。

继位享国殊大志，养精蓄锐吏民安。
争锋强势居盟主，匡世明君广颂贤。

咏不寿

不寿，？—前448年，越语名盲姑，鹿郢死后继位。治下越国变得默默无闻起来。公元前448年，太子朱勾政变，将其杀害。

天命君王临大位，治绩默默少侯闻。
深宫嚷嚷多狼虎，君储觊觎血溅身。

咏越王翳

越王翳，？—前375年，又称越王不光、越王授。朱勾死后继位，前410—前375年在位，共三十六年，在位期间越国依旧称霸中原。晚年内外局势恶化，霸业渐衰，被迫返回江南。公元前378年将都琅琊（今山东胶南）迁至吴（今江苏苏州），琅琊作为北方都城。

封侯称霸踌躇志，策马灭缯威镇齐。
岁晚势衰频动荡，迁都南下太湖依。

注：缯、齐，皆国名。

咏错枝

错枝，生卒不详，一作孚错枝，王子搜。前374—前373年在位，共两年。越国发生三回弑君，王子搜害怕为王，逃到丹地的洞穴躲藏，大臣请其即位，仍不肯，越人用烟将其熏出，举为王。力求逃离王位。

三弑震天临位惧，匿藏洞穴被烟熏。
痛呼继嗣属非我，国祚屡嬴难觅君。

咏无颛

无颛，？—前343年，亦称菼蠋卯，在位十八年。为摆脱颓势，重新将国都迁回故都会稽，仍不能阻挡国衰命运。

有心重振惜无力，故土会稽城貌凋。
难阻衰颓昌运去，迁都残喘苟夕朝。

咏无强

无强，？—前306年，又名无疆，勾

践六世孙,无颛弟。前342—前306年在位,共三十七年。与楚战,战败被杀殉国,越从此一蹶不振。

振军争霸荷雄志,齐使花言的转弦。
既定更张师向楚,殉国对阵导崖边。

韩

咏韩万

韩万,生活在前679年前后,曲沃(今山西闻喜)人。姬姓,韩氏,名万,谥号武,称韩武子。曲沃桓叔的庶子。晋著名政治家,"战国七雄"中韩国先祖。为晋武公驾驭战车,协助杀死晋哀侯,夺取晋国政权。受封韩。

驾驭战车襄晋武,刀光剑影铲哀侯。
建国坎坷终成晋,韩武壮年力正遒。

咏韩简

韩简,韩氏第三任领袖,谥号定。

狠秦霹雳攻封地,急救惠公身陷俘。
神料战局曾力谏,伯姬劝释主疑除。

咏韩虎

韩虎,?—前425年,姬姓,韩氏,名虎,即韩康子。战国时晋国韩氏领袖,韩庄子之子。公元前453年,与赵襄子、魏桓子打败了智伯瑶,瓜分了他的土地。其孙韩景侯与赵、魏"三家分晋"。公元前403年,周威烈王被迫承认韩虔为诸侯。

一

分晋预谋心早野,三家并力败伯瑶。
郡析土裂喜填壑,天子封侯族乐陶。

二

裂土智亡各中饱,幽公残喘泪双城。
韩家领地金汤固,剖晋三侯积后恩。

咏韩景侯

韩景侯,?—前400年,姬姓,韩氏,名虔,韩武子之子。前408—前400年在位。公元前403年与赵氏、魏氏一同受封诸侯,正式建立韩国。在位期间,进行部分政治改革,用"术"治国,韩国农业、商业、手工业发展迅速。

强取雍丘输负黍,略齐亡晋赖强军。
治国缘术农商旺,天子封侯隆示恩。

注:"术",指国君任用、监督和考核臣下的方法,出自《韩非子·定法》:"术者,因任而授官,循名而责实,操杀生之柄,课群臣之能者也。"雍丘,今河南杞县。负黍,今河南登封。

咏韩傀

韩傀,?—前397年,字侠累,韩景侯弟,韩国相国。与严遂争权,严败走,后严在齐花重金雇聂政刺杀韩傀。

相国权柄他休望,严遂争朝败走齐。
满腹耻羞渫雪恨,重金聂政限杀期。

咏聂政

聂政,?—前397年,韩国轵(今河

南济源)人,战国四大刺客之一。成功刺杀韩傀后自杀。姊聂嫈撞死尸前。
名侠屠业乐除害,贯日白虹累毙台。
守孝母庐执信义,英雄姐弟动天哀。
注:累,指侠累,即韩傀。

咏韩烈侯

韩烈侯,?—前387年,姬姓,韩氏,名取,韩景侯之子。前399—前387年在位。在位时,韩国政治混乱,遂实行政治、经济改革,以"术"治国。扩大商品交换范围,出现工商发达的大城市。金属货币的流通更加广泛。
重术改革澄混乱,铁耕畜力喜田农。
行商活跃城兴旺,货币流通金与铜。

咏韩文侯

韩文侯,?—前377年,韩烈侯之子,在位十年。在位期间,攻郑占领阳城(今河南登封),攻宋打到彭城(今江苏徐州),俘宋国国君,攻齐打到桑丘(今山东济南)。以"术"治国,进行政治、经济改革,在位时韩国经济发展,出现许多工商业发达的大城市。
国政改革以术治,兵强民富攘邻邦。
农工商贸金铜币,城市繁荣综力强。

咏韩哀侯

韩哀侯,韩文侯之子,前377—前371年在位。在位期间,实行改革,以"术"治国,农业、手工业、商业发展迅速,城市繁荣,货币流通。后吞并郑国,韩国一度国势强盛。
缘术治国承祖制,重农固本铁耕兴。
作坊林立充街间,商贸便民求共赢。

咏韩懿侯

韩懿侯,?—前363年,姬姓,韩氏,名若山,韩哀侯之子,韩国第五任国君,在位十一年。公元前369年,韩懿侯趁魏国内乱,联赵伐魏,一举克魏城邑葵。再挥军西进,攻魏都安邑(今河南焦作)。联军内部意见不一,韩懿侯连夜率军离去,不战自退。
落井下石乘魏乱,邑葵旋破再围都。
联师内讧策相左,夜撤散盟月照途。

咏韩昭侯

韩昭侯,?—前333年,姬姓,韩氏,名武,又作韩釐侯、韩昭釐侯,韩懿侯之子。韩国第六任国君,前362—前333年在位,共二十九年。在位期间,改革农业、经济,使韩国政治清明,国力强大,诸侯不敢侵犯。
择相擢能申不害,改革国政治清明。
诸侯畏蒽边安妥,农本金汤富万庭。

咏申不害

申不害，前385—前337年，亦称申子，郑国京邑（今河南荥阳）人。战国时法家重要创始人之一，思想家，以"申术"著称，著有《申子》。任韩国丞相十五年，内修政教，推行"法治""术治"，外应诸侯，使韩国强大起来，成为"战国七雄"之一。

国相兴韩十五载，兵强财盛傲诸侯。
君王三去擅南面，申子恢弘大著俦。

注：三去，指去听、去视、去智。

咏韩宣惠王

韩宣惠王，？—前312年，姬姓，韩氏，名康，韩昭侯之子，亦称韩威侯、韩宣王，前332—前312年在位，共二十一年。公元前325年，魏惠王与韩威侯在巫沙会面，尊威侯为王。公元前323年正式称王。公元前322年与赵在区鼠会盟。公元前318年修鱼之战后相信楚使话，背秦向楚，后遭秦强攻，败，从此一蹶不振。

林立诸侯天下忙，巫沙会面首称王。
疏忽楚使金蝉计，国祚东流渐废荒。

咏韩襄王

韩襄王，？—前296年，姬姓，韩氏，名仓。在位期间，政治上继续以"申术"治国，农业发展迅速。
御楚守雍持五月，诸城破陷倚强秦。
廓明政治继申术，农本磐石民富殷。

咏韩釐王

韩釐王，？—前273年，姬姓，韩氏，名咎，韩襄王之子。前295—前273年在位。

新城相会秦王诺，联败大齐谋遂成。
时过境迁八载后，韩卒四万斩盈坑。

咏韩桓惠王

韩桓惠王，？—前239年，韩釐王之子。在位时，韩非要求推行法治。劝说秦国修建郑国渠。政治上用"申术"，经济发展，农业进步。在位期间发生秦、赵长平之战。

韩非屡谏行新法，游说强秦筑郑渠。
二虎长平白起胜，依然申术饮屠苏。

咏韩废王

韩废王，？—前226年，姬姓，韩氏，名安，韩桓惠王之子。公元前239年即位，在位九年。公元前230年，抵抗秦侵被俘，迁于陈，韩国灭。公元前226年被处死。

绝唱庙堂谥废王，强秦狂扫献南阳。
迁都不阻羞俘虏，一统江山彻灭亡。

赵

咏赵鞅

赵鞅，？—前476年，即赵简子，又名志父、赵孟，赵国大夫，《赵氏孤儿》中孤儿赵武之孙。晋昭公时致力改革，为后世李悝、商鞅、赵武灵王的改革首开先河。杰出的政治家、军事家、外交家、改革家。战国时赵国基业的开创者，郡县制推动者，法家思想实践者。与其子赵无恤（赵襄子）并称"简襄之烈"。

鼎新趁势晋国卿，击败两强旋正名。
行赏论功师誓壮，挥戈大胜御神兵。

注：两强，指范氏、中行氏。

咏赵无恤

赵无恤，？—前425年，嬴姓，赵氏，名恤，一作毋恤，赵鞅之子。战国时晋国赵氏的封君，史称"赵襄子"。前475—前425年在位，共五十一年。谥号襄。乃赵鞅与侍妾所生，出身卑微，其貌不扬。最受赵鞅钟爱，赵鞅废长子立其为世子。其固守孤城，临危不乱，反败为胜。尊宗法观念，维护家族团结。形成韩、赵、魏三家把持晋国局面，为三家分晋奠定基础。

一
身卑貌陋异常志，寻宝常山初露雄。
反败孤城危不乱，三家分晋奠基功。

二
深山得宝易身世，识胆过人取代国。
鏖战晋阳成六业，宽容谦让志无夺。

咏张梦谈

张梦谈，姬姓，张氏，名梦谈，赵襄子家臣。国危时献策赵襄子，并奔守晋阳（今山西太原），有效抵挡敌人进攻。经许，只身入韩、魏营寨，离间成功，巩固了赵氏政权。功成后，坚辞隐退，安度晚年。

家臣腹蕴奇谋计，谏主守孤临太原。
舌寸崩析韩魏寨，功成坚隐享余年。

咏赵烈侯

赵烈侯，？—前400年，嬴姓，赵氏，名籍，战国时赵国开国之君。前408年—前400年在位。公元前453年，晋阳之战，三家灭智，权分晋国。但在法律上从晋国脱离出来，则始于赵烈侯。即位初，停赏善歌者，改革政治、经济。公元前403年，天子册封其为诸侯。

智灭晋分天子册，法明确立始籍行。
善歌停赏用三士，政治图新国祚兴。

咏赵敬侯

赵敬侯，？—前375年，嬴姓，赵氏，名章，赵烈侯之子，前386—前375年在位。即位初，将都城从中牟（今河南鹤壁）迁到邯郸。邯郸得以迅速繁荣。此后数年，相继对齐、魏、卫、中山等国用兵。公元前376年，与魏、韩正式灭晋，瓜分余地。

壮志凌云居九五，都城迁建至邯郸。
灵丘齐溃旌旗盛，败魏黄城师凯旋。

咏赵成侯

赵成侯，？—前350年，嬴姓，赵氏，名种，赵敬侯之子。公元前372年，在邢地筑台以朝诸侯，故名邢台。公元前353年，魏庞涓攻赵，齐使田忌、孙膑救赵，败魏于桂陵，魏归还邯郸。公元前351年，魏、赵漳水会盟，赵国被迫订屈辱条约。公元前374年，平公子胜乱。多次伐卫，取多地。数次会盟魏、齐、宋、燕。

宾侯台峻筑邢地，齐救邯郸忌膑贤。
故地归来盟退魏，辱屈漳水面羞颜。

注：忌膑，指田忌、孙膑二人。

咏赵肃侯

赵肃侯，？—前326年，嬴姓，赵氏，名语，谥号肃。迎难而上，为赵武灵王发起"胡服骑射"的军事改革以适应更大规模的兼并战争赢得时间、空间。

一生戎马连年战，四起狼烟稳大局。
三晋举旗雄替魏，守成天胆绘新图。

咏赵武灵王

赵武灵王，前344—前295年，嬴姓，赵氏，名雍，谥号武灵。生于赵国首都邯郸。在位时推行"胡服骑射"，杰出的政治家、军事家、军事改革家，使赵国强盛，灭中山国，败林胡、楼烦二族，辟云中、雁门、代三郡，筑赵长城。公元前295年沙丘之乱中被幽禁，后饿死。赵君称王自其始。

重兵待客王国怯，骑射胡服新阵容。
军政力革朝茂盛，轻囊三郡赵城宏。

咏郭纵

郭纵，赵国邯郸人，祖籍赵国晋阳。战国时大工商业者，以经营铁冶业成巨富。敢与王者埒富。

工商巨擘应时势，铁水奔流红映天。
埒富君王荣媲美，助耕强甲固江山。

咏肥义

肥义，？—前295年，肥氏，名义，邯郸（今河北肥乡）人，赵武灵王相国。力挺王"胡服骑射"改革，两度辅佐少主执政，开明豁达。在"沙丘宫变"中，为保赵惠文王而遭杀害。

豁达坚毅赵国相，骑射胡服身力推。
效法周公扶幼主，沙丘骤变志无颣。

咏赵章

赵章，约前320—前295年，嬴姓，赵氏，名章，赵武灵王长子，原为太子，后封于代地，号称安阳君。与相田不礼趁父到沙丘游作乱，败，被杀。

君父苦心延大统，或割社稷二儿王。
庙堂皆否上旋罢，乘隙沙丘衅乱亡。

咏田不礼

田不礼，？—前295年，一作佃不礼、田不禋。初为宋王偃大臣，是宋国灭亡的罪魁祸首之一。后入仕赵，为代安阳君（公子赵章）相。公元前295年，支持安阳君沙丘之乱，败，被杀。

宋臣入赵窃章相，叵测居心藏佞图。
君主远游唆肇乱，天人共怒满族除。

咏李兑

李兑，生卒不详，嬴姓，李氏，名兑，赵大臣。赵武灵王让位少子何，引起内乱。他和太子成一起，发兵保惠文王，杀太子章。进围沙丘，逼死主父（武灵王）。从此独专国政，由司寇升相国，号奉阳君。主张"合纵"，与苏秦协力，发动五国联合攻秦，进屯成皋，无功退。

政局板荡内麻乱，逼死君王攫相国。

合纵攻秦旋败退，协苏陋策枉开彊。

咏赵惠文王

赵惠文王，约前307—前266年，亦称赵文王，嬴姓，赵氏，名何，赵武灵王次子。公元前298年登基，在位三十三年。在位时，有蔺相如、廉颇、李牧、赵奢等贤能辅佐。深谙为君之道，贤明，唯才是举，善纳忠言，对臣属赏罚严明，有礼有节。

清明政治国强大，蔺相廉颇共济途。
善纳忠良举才用，赏罚有理吏民服。

咏赵胜

赵胜，？—前251年。封于山东武城（今山东诸城），赵武灵王之子。三任赵相，"战国四公子"之一，号平原君。以贤能闻名，尊君安国，礼贤下士，食客数千。尽散家财，守邯郸城三年。营救魏、齐，从谏如流。

礼贤遝迩数千客，尽散家财固守城。
围解邯郸谋敚魏，谏流赵相善兼听。

咏公孙龙

公孙龙，约前320—前250年，字子秉，赵国人。战国时哲学家，是名家离坚白派的代表人物。能言善辩，曾为平原君门客，得厚待，提出"离坚白""白马非马"命题，解释"个别"与"一般"

的关系。
能言善辩平原客，犀利灵通对释疑。
非马坚白题命奥，诘难发问立新奇。

注：平原，指平原君。

咏廉颇

廉颇，约前327—前243年，嬴姓，廉氏，名颇，生于赵国苦陉（今河北定州），"战国四大名将"之一。主要活动在赵惠文王、赵孝成王、赵悼襄王时期。率兵伐齐大胜，取晋阳。长平之战九年后，退燕侵，斩燕军主帅栗腹，进军包围燕都三个月，令对方割五城求和。后拜相，封信平君。晚年不得志，奔魏、楚，老于楚，葬于寿春。

渑池盟会显高见，奔魏德操璧去瑕。
元老三朝和将相，战国虎将四名家。

咏蔺相如

蔺相如，约前329—前259年，祖籍山西柳林，河北曲阳人，赵国著名政治家、外交家，赵上卿。
面揭秦谎璧归赵，击缶渑池始帝羞。
忍辱重承和宿将，缪贤慧荐去国愁。

咏缪贤

缪贤，赵国宦者令。贵在甘居人下，慧眼识英雄，推荐蔺相如。
平待家臣无傲视，秉公选俊觅杰英。
识得蔺相力诚荐，君获股肱国振兴。

咏赵奢

赵奢，生卒不详，嬴姓，赵氏，名奢，赵国邯郸人（今河北邯郸），战国时"东方六国八名将"之一。主要活动在赵武灵王、赵孝成王期间。善治理国赋，民富而府库实。阏与之战破秦军，号"马服君"。子赵括。
善赋库实民富有，破秦阏与马服君。
为敌司命客为主，知子误国识逸群。

咏赵括

赵括，？—前259年，赵奢之子。熟读兵书，但不晓活用。长平之战后期代替廉颇为赵军主帅，指挥失误致全军覆没，自己也冲阵战死。赵国四十五万兵卒被白起活埋。秦死伤过半才全歼此军。赵军腹中无食，斗志不懈。白起认为此一战实际秦军未胜，赵军未败。范雎认为长平之战，大胜的是秦王。三年后，秦昭王杀白起。
纸上谈兵镜中饼，长平鏖战腹空饥。
赵秦将士谁居胜，两败俱伤王嫁衣。

咏贾偃

贾偃，赵将。华阳之战，魏、赵联军败于白起。赵损兵二万。
魏赵华阳联布阵，轻敌浅设未坚防。

奔袭完胜秦白起，痛戮盟师寸断肠。

挥戟率师殊恶斗，长平血洒卧青冈。

咏许历

许历，生卒不详，赵将领。公元前270年，秦攻围阏与（今山西和顺），其为百夫长，随军出征。关键时献一计，"厚集其阵以待"，抢占制高点，大败秦军，受封为国尉。

随师御寇百夫长，奋勇摧锋一智囊。
阏与陈兵呈睿策，一言秦败胜旌扬。

咏赵孝成王

赵孝成王，？—前245年，嬴姓，赵氏，名丹，赵惠文王之子，战国时赵国第八任国君，在位二十一年。幼年执政，第一年便联齐退秦犯。公元前262年，韩国献上党郡给赵，秦攻长平，赵军四十五万精锐部队惨遭俘坑。但战后联合其他诸侯国，进行战略动员，打败了秦军。晚年重用廉颇，多次战胜秦国，守卫赵国北方。

临危质子触龙计，太后理明齐力援。
廉颇麾师夺上党，缘何括替遂敌欢。

注：齐，指齐国；括，指赵括。

咏冯亭

冯亭，？—前260年，韩人，上党郡守。投赵抗秦，在长平战死。

耿忠郡守品高峻，投赵抗秦顽保疆。

咏虞卿

虞卿，生卒不详，名信，一作虞庆、吴庆。舜帝后裔，赵国中牟（今河南鹤壁）人。战国名士，长于战略谋划。长平之战前，主张联合楚、魏，迫秦媾和，邯郸解围后，力斥媚秦政策，主张以赵为主联合齐、魏抗秦。因拯救魏相魏齐缘故，抛弃高官厚禄离赵赴魏，后因于大梁，发愤著书，有《虞氏春秋》《虞氏征传》15篇。

擅筹大略出人右，力斥媚秦逼媾和。
粪土乌纱慨行义，困梁愤著世昭德。

咏赵悼襄王

赵悼襄王，？—前236年，嬴姓，赵氏，名偃，孝成王之子。公元前244年攻燕，取武遂（今河北徐水）、方城（今河北固安）。公元前236年，攻燕，取狸阳城，被秦攻，丢邺、安阳等。进行货币改革，铸"石邑"三孔布货币。信郭开谗言，解除廉颇军职。

太子质秦郭拥立，和平不爱恋兵戎。
信谗枉解去廉颇，废立盲从香枕中。

注：郭，指郭开。

咏庞煖

庞煖，生卒不详，又作庞援、庞焕。

战国时合纵家。年过八旬复出，与赵王一拍即合，为赵统帅，败剧辛，斩二万燕军，使赵国提升威望。后五国联合攻秦，无功而返。

八旬犹帅复披甲，完胜剧辛再显雄。
宏见王欣多中肯，攻秦合纵叹无功。

咏乐乘

乐乘，生卒不详，燕、赵名将。协助廉颇抗燕六十万大军，完胜，被封为武襄君。围燕都，迫燕割五城求和。赵悼襄王听郭开谗言，以乐乘代廉颇，廉攻乐，乐逃，廉奔魏。

从戎赫赫赵名将，扬剑抗燕喜凯旋。
再败王龁秦寇畏，郭开谗陷匿身安。

咏扈辄

扈辄，赵将领。公元前233年，秦攻赵平阳（今河北磁县东南）、武城（今河北磁县西南），率军救援，兵败被杀。秦占两地，十万赵军战死。

平武二城烽燧紧，率师衔命救援忙。
麾兵十万战犹憾，两地尽失秦纳囊。

咏郭开

郭开，晋阳人，赵大夫。仕赵悼襄王、赵幽缪王两朝。受贿进谗，卖国求荣，杀李牧，逼走廉颇，促赵国灭亡。后被盗贼杀。

两朝元老劣德品，狂贿奸谗促灭国。
廉颇逼出戕李牧，卖国大盗自难活。

咏李牧

李牧，？—前229年，嬴姓，李氏，名牧，赵国柏仁（今河北邢台）人。军事家，"战国四大名将"之一，被封为武安君。败匈奴，灭襜褴，破东胡，连却秦军，生平未尝一败仗。破匈奴之际，以步兵大兵团全歼骑兵大兵团，是中国战争史上的典型战例。肥之战，是围歼战范例。后赵王中离间计将其杀害，三个月后赵亡。

对阵鏖兵全胜将，汉家骑士逞英豪。
围歼北寇创经典，军论宏博蕴妙韬。

咏司马尚

司马尚，？—前229年，秦王翦攻赵，与李牧领兵抵御。受陷遭废，次年赵亡。

王翦挥师攻弱赵，厉兵秣马御狼敌。
受谗遭废肺心裂，瞅见国亡横泪凄。

咏颜聚

颜聚，赵国将领，齐人。赵王迁用其代李牧、司马尚。战败被秦国捕。

别齐投赵深怀志，秦虎耽耽任荷肩。
代帅前锋司马李，势穷阵陷泪如泉。

注：司马李，指李牧、司马尚二人。

咏赵葱

赵葱,赵国将领,后被王翦杀害。

壮志卫国多智勇,谏援肥下挽衰颓。
中营李牧别思策,冲阵励卒尸裹归。

咏李左车

李左车,生卒不详,柏(今河北邢台)人,李牧之孙,谋士。佐赵王歇,立下赫赫战功,被封为广武君。赵亡后,韩信向他求计,李提"百战奇胜"良策,使韩收复燕、齐之地。给后世留下"智者千虑,必有一失;愚者千虑,必有一得"名言。著兵书《广武君略》。

运筹秦汉祖名将,汗马功劳广武君。
韩信求韬欣授策,齐燕囊括略超群。

魏

咏魏文侯

魏文侯，前472—前396年，姬姓，魏氏，名斯，一名都，安邑（今山西夏县）人。战国时魏国开国国君，公元前445年即位。公元前403年，"三家分晋"，魏国被周威烈王正式承认为诸侯国。在"七雄"中首先变法，改革政治，奖励耕战，兴修水利，发展封建经济。后北灭中山国（今河北西部平山、灵寿一带），西取秦西河（今黄河与洛水之间），使魏国成为战国初期最强大的国家，一跃成为中原霸主。用李悝主持魏国变法和法治建设，影响中国政治两千年。秦献公、孝公和商鞅变法皆以魏国变法为蓝本。提高儒学的地位，收取士人心。富国强兵、施政经验为后世经典样本。

吴起李悝双重用，率先变法霸中原。
重儒收士奖耕战，地跨中山洛水间。

咏李悝

李悝，前455—前395年，魏国安邑人（今山西运城）。战国时著名政治家、法学家、改革家，法家重要代表人物。曾任魏文侯相。主张变法，不法古，不循今，推行"尽地力"和"善平籴"政策，奖耕战，废除世袭贵族特权。其重农和法治思想对商鞅、韩非影响极大。著有《法经》《李子》。前者为我国古代第一部比较完整的法典。

一
尊法强君私土地，相国变法魏功臣。
诸家刑典糅其粹，法祖奠基垂后人。

二
法家始祖魏良相，国富兵强废特权。
奴隶去枷封建制，重农固本典刑全。

咏翟璜

翟璜，生卒不详，生于下邳，魏相。辅佐魏文侯三十六年，推荐吴起守西河，推荐西门豹为邺令防备赵国，推荐北门可为酸枣令抵御齐国，推荐乐羊灭中山国，支持李悝改革变法，魏大治。巧言善辩，善终。

舌巧如簧叠豹胆，谏君不检热心肠。
宽容圣意尊游刃，稳便平和步不慌。

咏乐羊

乐羊，生卒不详，魏国安邑人，魏文侯时大将，乐毅先祖。初为翟璜门客，被力荐为帅，食子羹，大败中山国，并灭其国。

门客晓兵荐为帅，中山寇犯胜师还。
妻言虚纳再求傅，大将恒读文武全。

咏西门豹

西门豹，生卒不详，魏国安邑（今山西运城）人，魏文侯时任邺令（今河南安阳），著名政治家、军事家、水利家，立下赫赫战功。治河伯禁巫风，挖渠建良田，寓兵于农，藏粮于民。

河伯严肃巫风禁，筑堰疏渠广贮粮。
兵寓桑农功赫赫，推诚笃信世流芳。

咏段干木

段干木，约前475—前396年，李姓，名克，封于段，为干木大夫，故称段干木，魏国安邑（今山西运城）人。孔子再传弟子，"河东三杰"之一，魏文侯师。

再传夫子为师魏，厌恶功名市井醇。
匡主裕民经世智，文侯得傅不得臣。

咏田子方

田子方，姓田，名无择，一名无地，字子方，魏国人，魏文侯友、师，孔子弟子子贡的学生。初仕魏文侯，继任齐国相。使齐国国富民强，齐国大治。为人刚毅果决，傲王侯轻富贵，有声望。

学问道德师孔子，魏侯慕聘执礼恭。
相齐大治果刚毅，出语惊人气贯虹。

咏魏武侯

魏武侯，？—前370年，姬姓，魏氏，名击，魏文侯之子。魏第二代君主，前395—前370年在位，将魏国百年霸业再一次推向高峰。南征北战，两线作战，同时攻郑、秦。三家结盟，败楚。阴晋之战，大胜。任人不如父，后同盟瓦解，四面树敌，战略上盲目。

巅峰再现百年霸，阴晋麐师享盛名。
掠取繁庞迁魏境，结盟攻楚胜麐兵。

咏公叔痤

公叔痤，魏相国。有知人之明，考虑国家利益少一些，考虑自身利益多一些。排挤吴起（但不居功，不妒能），迟荐公孙鞅（商鞅），圆通老练的政治家。入相，出将，荐才。率军与韩、赵联军大战于浍水北岸，大胜，魏惠王嘉，辞重赏。

将相兼通辞重赏，知人善荐用商鞅。
麐兵韩赵浍阳胜，老辣圆滑柱国梁。

咏魏惠王

魏惠王，前400—前319年，姬姓，魏氏，名䓨，又称梁惠王，魏武侯之子。前370—前319年在位，共五十二年。武侯死，与公子缓争立君位成功。一度击败秦孝公于栎阳，公元前365年把都城从安邑（今山西夏县）迁至大梁（今河南开封）。公元前360年开通鸿沟（沟通黄河与淮河的人工运河）。问政于孟子，"施仁政，行三道"。前期精明强悍，使魏成

为实际上的霸主。后期刚愎自用，志大才疏。灭秦未遂，两次大战失败，庞涓身死，秦收失地。先后逼走吴起、孙膑、商鞅、犀首、张仪、范雎、尉缭等。
秦败栎阳申魏志，广开漕运辟鸿沟。
谦询孟子行王道，刚愎难容巨擘流。

咏庞涓

庞涓，？—前341年，魏人，魏大将。曾率魏武卒横行天下，北拔邯郸，西围定阳。桂陵战之后，尽数收回河西失地。但心胸狭窄，残害同窗孙膑，最终败于孙膑之手。
鬼谷高足魏名将，力拔邯郸困定阳。
河西失地尽收复，残害同窗命抵偿。

咏白圭

白圭，生卒不详，字圭，名丹，魏惠王时大臣。经济谋略家、理财家。早年为官，后弃政从商，知识渊博，以仁为本，经商有术。善于修筑堤坝，兴修水利，经营贸易发展生产的鼻祖。主张减轻田税，征产物的二十分之一。提出贸易致富理论。

一

善修堤坝精商贸，予取天机薄利销。
弃政从商治生祖，以仁为本世人韶。

二

相国治水解民患，弃政从商蹊径开。

智慧超人收下谷，治生鼻祖广关怀。

咏庖丁

庖丁，文惠君即魏惠王时人。善解牛。
庖丁大智荷哲理，牛解豁然不见牛。
文惠君思得善摄，凡人一技著春秋。

咏魏襄王

魏襄王，？—前296年，姬姓，魏氏，名嗣，一名赫，魏惠王之子，战国时魏国第四任国君。
五国合纵围强败，秦取数城还地和。
攻卫伐齐联战楚，孟轲谈政似山隔。

咏张仪

张仪，？—前309年，魏国安邑（今山西万荣）人，战国时著名的纵横家、外交家、谋略家。首创"连横"的外交策略，秦惠王封张仪为相，后来张仪出使游说各诸侯国，以"横"破"纵"，使各国纷纷由"合纵"抗秦转变为"连横"亲秦，张仪因此被秦王封为武信侯。秦惠王死后，即位的秦武王在当太子的时候就不喜欢张仪，张仪出逃魏国，并出任魏相。

一

连连碰壁不渝志，睿创连横策士雄。
三相诸侯伟韬略，知难而退暮轻松。

二

纵横鼻祖诗书饱，满腹奇韬傲世人。
秦相两轮还相魏，春风易老禁宫深。

咏苏秦

苏秦，？—前284年，字季子，雒阳（今河南洛阳）人，战国时著名的纵横家、外交家、谋略家。提出"合纵"六国以抗秦的战略思想，任"从约长"，兼佩六国相印，使秦十五年不敢出函谷关。

布衣锥股勤学苦，一气纵合举大旗。
得意春风囊六相，裂身幻变复仇奇。

咏公孙衍

公孙衍，魏阴晋（今陕西华阴）人，著名政治家、外交家、军事家，和张仪是对手。历仕秦、魏、韩诸国。纵横学派代表人物之一，主张诸国"合纵"抗秦，率军攻占河西。首倡"合纵"，发起"五国相王"，以失败告终。

抗秦合纵五国相，鏖战河西旗胜扬。
宏论世时名说客，回天无力暗神伤。

咏魏昭王

魏昭王，？—前277年，姬姓，魏氏，名遫，魏襄王之子，前295—前277年在位，共十九年，魏第五任国君。以孟尝君为相，联合诸侯共伐破齐。生两子，能力、性格迥异。长子魏圉（魏安釐王），善妒，小心眼，喜猜忌。次子魏无忌，"战国四公子"中的信陵君，窃符救赵，名垂千古，解邯郸围。伊阙之战魏、韩联军被秦白起大败。

所生两子性迥异，长妒幼贤皆著名。
择相联侯齐力破，鏖兵伊阙尽哀声。

注：齐，指齐国。

咏芒卯

芒卯，战国时魏国将领。善使诈，侍弱魏，能获小利，挽危局。孟尝君免相举为帅。为白起大败，逃。

谋襄弱魏挽颓势，难拒虎秦白起师。
贾偃挥戈沔二万，孟尝诚举短安时。

咏魏安釐王

魏安釐王，？—前243年，姬姓，魏氏，名圉，一作魏安僖王，魏昭王之子。公元前277年即位，魏第六任国君。任魏无忌为上将，在黄河以南大败秦军。秦设计离间魏安釐王与信陵君。

鸡肠天性敌窥视，仇间同胞疑手足。
无忌杰英神武略，河阴完胜虎秦输。

注：无忌，指魏无忌。

咏魏无忌

魏无忌，？—前243年，即信陵君，魏昭王之子。魏著名军事家、政治家，"战国四公子"之一，五国联军统帅。两

度击败秦军,挽救赵、魏危局。诸侯不敢谋魏十余年。养士数千,礼贤下士,急人之困。著有《魏公子兵法》。后抑郁而终。

五国联帅四君首,两败秦师力挽局。
名震九州符救赵,礼贤千客著兵书。

注:四君,指战国四公子。

咏魏景湣王

魏景湣王,?—前228年,姬姓,魏氏,名增,一名午,魏安釐王之子。魏第七任国君,前242—前228年在位。在位期间,被秦拔二十多城。

虎秦狂扫摧枯朽,弱魏城垣接踵隳。
合纵抗强图逆转,江河日下罔能回。

咏魏王假

魏王假,生卒不详,姬姓,魏氏,名假,魏景湣王之子,魏第八任国君,前227—前225年在位。公元前225年,秦将王贲引黄河、鸿沟水灌大梁,淹三月,城内死伤无数,魏王投降。魏凡八传,历九君,立国一百七十九年。秦灭魏,设其为郡县。

水灌大梁三月整,军民溺毙迫投降。
九君八代享国祚,秦灭固然实自亡。

咏魏王咎

魏王咎,姬姓,魏氏,名咎,原魏国贵族,封宁陵君。陈胜派魏人周市攻魏地,攻下后,周市认为应迎立魏王室后人为王以赢人心。于是陈封咎为魏王。秦将章邯攻破,咎被围自杀。

魏裔贵族承祖地,义师攻占立为王。
章邯再破陷围窘,自了明心免短长。

咏魏豹

魏豹,?—前204年,姬姓,周文王姬昌后裔,原魏国贵族。陈胜起义时向楚怀王借兵数千,攻下魏地二十余城,自立为魏王。项羽大封诸侯,改封其为西魏王。继投刘邦,复叛,归羽。后被韩信虏,最终为汉将周苛所杀。

借兵略地数十邑,霸主封侯冠魏王。
反复项刘朝暮变,不敌韩信掳身亡。

咏陈馀

陈馀,?—前204年,一作陈余,魏大梁(今河南开封)人,魏地名士。建议陈胜奇兵袭赵,不战得三十余城。后轻视韩信背水列阵法,被斩于泜水。

大梁才俊魏名士,满腹略韬察世明。
献策陈吴奇陷赵,笑谈轻取卅余城。

咏张耳

张耳,前264—前202年,大梁(今河南开封)人,参加秦末起义军,项羽封其为常山王。后归汉,被加封为赵王,谥

号景。魏国名士，曾任外黄县令。
名士誉扬同举义，抚民县令政廉明。
刘邦数访谦求策，挚友成仇缘拒兵。

咏申阳

申阳，生卒不详，瑕丘（今山东兖州）人，张耳宠臣，攻下河南地区（今洛阳一带），在黄河迎接项羽南下。项羽封其为河南王，都洛阳。刘邦、项羽开战后降邦。

庙堂宠幸奉张耳，跃马中原收洛阳。
项羽麾师迎拜恳，二雄恶阅奔刘邦。

燕

咏燕惠侯

燕惠侯，？—前827年，有谥无名。在位时，周厉王逃到彘，周定公和召穆公共同执政，史称共和元年（公元前841）。燕国第十任君主。

皇皇周祚延十代，隐遁厉王朝政缺。
定召二公衔大义，共和开埠赖强珏。

咏燕桓侯

燕桓侯，生卒不详，前697—前691年在位，燕国第十七任君主。即位初年受到山戎的侵逼，迁都到临易（今河北雄县），国力日衰。

位初多事考君志，频寇山戎恶扰逼。
临易新都防御远，江河日下势难移。

咏燕庄公

燕庄公，？—前658年，姬姓，燕桓侯之子，前690—前658年在位，燕国第十八任君主。公元前664年，山戎侵燕，齐桓公救燕，大败山戎，追击至孤竹（今河北卢龙）。为表示感谢，燕庄公亲送齐桓公出境，不知不觉送进齐国五十里，有违诸侯礼法，于是桓公奉送五十里地，取名燕留（今河北沧州）。

齐师燕救山戎败，答谢桓公深送情。
礼法遵循割地让，燕留故典自斯成。

咏燕昭公

燕昭公，生卒不详，燕国第二十二任君主。在位时，国力由弱转强，东击东湖，设置上谷、辽东等五郡。筑燕长城，西起造阳（今河北张家口），东经辽东，至满潘汗。

雄才大略登君位，国势援还弱变强。
上谷收襄辽五郡，长城新筑固安详。

咏燕惠公

燕惠公，？—前536年，一作燕简公，姬姓，名款，燕懿公之子，第二十六任君主，前544—前536年在位。在位时有许多宠臣。"欲杀公卿立幸臣，公卿诛幸臣，公恐，出奔齐。"四年后，齐、晋一起将其送回燕国，不久去世。

庙堂嚷嚷势难控，宠宦公卿冰炭容。
惶恐遁齐求庇护，辚辚车马返朝中。

咏燕悼公

燕悼公，生卒不详，燕惠公之子，燕人贿齐立，第二十七任国君。

国乱似麻多诡佞，惠公外匿堵仍还。
晋齐强送兵戈见，重贿邻邦攫位安。

咏燕后文公

燕后文公，？—前333年，亦称燕文侯，姬姓，燕后桓公之子。燕国第三十六任君主，前361—前333年在位。公元前334年，同采纳苏秦"合纵"之策抗秦，不久联盟瓦解。

连理晋秦图固政，国丧被掠裂十城。
苏秦三寸喻齐主，失地复归说客情。

咏燕王哙

燕王哙，？—前314年，姬姓，名哙，燕易王之子，燕国第三十八任君主，前320—前318年在位。

公孙建策纳合纵，羞辱张仪逼至秦。
信用子之作国相，让国引祸政荒淫。

咏苏代

苏代，东周洛阳人，苏秦族弟，燕上卿。战国时纵横家。其一计令韩国不向周征甲与粟；一言使梁王任太子为相。

天下纵横才智广，计出韩纳不征周。
微言梁信任贤相，强楚不结雍氏仇。

咏燕昭王

燕昭王，前335—前279年，本名姬职，燕王哙之子，燕国第三十九任君主。曾在韩国作人质，后派乐毅伐齐，克七十余城。高筑黄金台，千金买骨，求贤纳士图强。改革内政，整顿军队，燕国跻身"战国七雄"之列。

质韩砥砺揣奇志，齐邑七十剑纳囊。
市骨金台求俊士，六雄傲视屹东方。

咏邹衍

邹衍，约前324—前250年，阴阳学派创始者与代表人物。齐人，后入燕。提出"五德始终说""大九州说"。稷下学宫著名学者。惠王听谗将其下狱，后平反。著有《邹子》一书。

创始阴阳名稷下，谈天说地论常新。
恤民吹律倡生谷，囹圄益坚暮霭吟。

咏剧辛

剧辛，？—前243年，赵国人（今河北保定），燕国名将，在赵武灵王时出仕。法家代表。著兵书《剧子》九篇。凭当年印象评价庞煖"易与"，轻敌冒进，后被庞击败俘杀。

治术通明修剧子，图强变法武灵王。
五国游遂兵齐境，冒进轻敌惨败庞。

咏郭隗

郭隗，约前351—前297年，别名郭隗，燕国人，燕大臣、贤者。燕昭王客卿，让昭王"筑台而师之"，招来许多奇人异士，帮燕富强。

客卿奇策昭王纳，高筑金台揽俊杰。
戏荐无惭先用隗，才源天下助燕崛。

咏燕惠王

燕惠王，？—前272年，姬姓，燕昭王之子，燕国第四十任君主，前279—前272年在位。任太子时与乐毅有隙，即位后对乐毅用而不信，后以骑劫代乐，乐逃齐，火牛阵后齐悉复其城。最终被相杀死。

记仇乐毅幼龄隙，委重骑劫败火牛。
设郡渔阳宜秉政，未防奸相断春秋。

咏骑劫

骑劫，？—前279年，燕国将领。惠王中反间计用骑劫代乐毅，军民不满。被田单火牛阵败，阵亡。

储君唆使荷奢望，乐毅卸肩旋代狂。
策变罔德民吏怒，火牛神阵烈焚亡。

咏燕孝王

燕孝王，？—前255年，燕国第四十二任君主。在位期间，燕筑长城自造阳至襄平(今辽宁辽阳)，设上谷五郡。

秦灭东周迁九鼎，城连襄造御边戎。
开发上谷郡新设，勤政务时善始终。

咏燕王喜

燕王喜，姬姓，名喜，燕孝王之子，燕国第四十三任君主(末任)。燕王喜二十八年(前227)秦攻燕，兵临易水(今河北易县)，燕太子丹派荆轲、秦舞阳等刺杀秦王，失败。燕王喜逃辽阳，公元前222年被活捉，燕灭。

兵马汹汹临易水，秦师怒剑指赢燕。
荆轲壮士力难阻，呈首储君苟五年。

咏燕太子丹

燕太子丹，？—前226年，姬姓，名丹，又称燕丹，燕王喜太子。至秦当人质，受辱后回国。秦兵临易水，太子丹找荆轲、秦舞阳刺秦王，失败。秦王怒，攻燕。公元前226年破蓟(今北京)，喜、丹逃辽东。喜听赵代王嘉计斩丹献秦。

质秦遭辱归国忿，樊首郡图谋刺机。
义士技穷王益怒，不容舋父首身离。

注：樊，指樊於期；郡，指今河北涿县、易县一带。

咏荆轲

荆轲，？—前227年，姜姓，庆氏，卫人，亦称庆卿、荆卿，著名刺客。燕拜其为上卿，受太子丹之托刺杀秦王，被夏无且药囊击中，失败，后亡。作《易水歌》。

一

义士慨慷别易水，饯行悲壮盛咸阳。
上卿肩荷全国盼，图首匕锋败药囊。

二

义胆超群雄剑客，气吞易水任双肩。
刃锋飞舞山河动，身陷虎狼不怯颜。

咏樊於期

樊於期，？—前227年，原为秦将，后逃燕，得太子丹收留。刺秦王前荆轲请求以期首级为信物，自刎而死。

燕赵重节多壮士，助锋王翦远播名。
捐躯襄友除秦暴，一刎报国神鬼惊。

咏秦舞阳

秦舞阳，约前239—前227年，燕贤将秦开之孙。少年时犯下杀人罪，燕太子丹寻到并收留了他。后随荆轲刺秦王，失败。

少年豹胆罪违律，隐匿燕丹感救恩。
随扈荆轲刺秦暴，纵横千里义抛身。

咏高渐离

高渐离，燕（今河北定兴）人，荆轲好友，擅长击筑（古代的一种乐器），为荆轲悲壮击筑饯行。后用筑砸秦王，被杀。

荆轲挚友擅击筑，易水悲歌不复还。
紧扈同行谋密划，诛身留义壮人间。

咏臧荼

臧荼，？—前202年，燕王韩广部将，随项羽入关，被封为十八路诸侯中的燕王。后攻韩广，合并辽东，统一燕国。谋反，刘邦杀，子逃匈奴。

扈项入关沙场猛，封王燕地列诸侯。
辽东攻并雄心壮，谋叛歹时后世愁。

郑

咏郑庄公

郑庄公，前757—前701年，姬姓，郑氏，名寤生，郑武公之子。春秋初期著名政治家，"春秋三小霸"之首。郑国第三位国君，前743—前701年在位。分别击败多国联军，战必胜。具备战略眼光，礼贤下士，善纳谏，精权谋，政治才能过人，使郑空前强盛，称雄一时。可惜未安排好太子位，重用高渠弥，留下后患。

小国大志雄称冠，逐破联军能过人。
纳谏如流贤下士，未察后事断乾坤。

咏高渠弥

高渠弥，？—前694年，春秋时郑国大夫，被任命为卿。弑郑昭公，次年被车裂。

中军挥剑败周室，高位重权倾野朝。
废立自专滋巨祸，市曹车裂利名抛。

咏郑文公

郑文公，？—前628年，姬姓，郑氏，名踕，郑厉公之子。春秋时郑国第十任国君，前672—前628年在位，共四十五年。在位期间，数次摇摆于晋、楚之间，躲过一次次灭国危机。无礼于重耳，不纳周王，攻打滑国。

结亲晋楚施谋策，避难掌国逾卌年。
不纳周王拒重耳，辚辚车马布滑前。

咏公孙侨

公孙侨，？—前522年，姬姓，公孙氏，名侨，字子产，又字子美，谥号成。出身于郑国贵族。辅佐郑简公、郑定公二十余年，执政期间进行自上而下改革，一定程度上推动当时社会转型。中国哲学史上探讨人性问题开端。

政稳物丰国盛前，宽容乡校广开言。
外交善斡存夹缝，鼎铸刑书法治严。

咏邓析

邓析，前545—前501年，河南新郑人，郑国大夫，思想家，与子产同时，"名辩之学"倡始人，名家学派的先驱人物。代表新兴地主阶级利益的革新派，第一个提出反对"礼治"思想，"不法先王，不是礼仪"。中国最早的律师。

名辩先驱同创始，新兴地主说游辞。
先王礼治不足法，诡论赎尸首律师。

卫

咏胡衍

胡衍，生卒不详，卫国人，以大义化解蒲邑之危而名盛于世。

征尘滚滚秦兵寇，蒲邑危急频燧烟。
大义解围休动武，一言顿却怒师还。

咏鬼谷子

鬼谷子，姓王，名诩，又名王禅，号玄微子，卫国（今河南淇县）人，一说魏国邺地（今河北临漳）人，再说陈国郸城（今河南郸城）人。著名思想家、谋略家、兵家、教育家，道家代表人物，兵家集大成者，纵横家鼻祖。因隐居鬼谷，故称"鬼谷子"。为老学五派之一。著《鬼谷子》《本经阴符七术》等。

纵横鼻祖通天地，千古奇人仙道身。
云梦山幽出四子，清溪鬼谷世惊魂。

注：四子，指孙膑、庞涓、张仪、苏秦四人。

咏孟贲

孟贲，生卒不详，秦人，一说卫人，一说齐人。名武士。力能举幽州大鼎。因秦武王与其赛举鼎而死，被灭族。

动天撼地发声响，牛角轻拔立毙亡。
不惧蛟龙无避虎，鼎压秦武满族偿。

百越

咏吴芮

吴芮，约前241—前201年，百越领袖。江西历史上第一个有明确记载的杰出人物，吴王夫差的五世孙。随项羽灭秦，随刘邦灭楚，后被封为长沙王。幼时聪颖，听易学、兵法、阵法，打猎捕鱼，参加农业劳动。四十岁时与妻子毛苹双双无疾而终。

幼颖力学娴阵法，灭秦隳楚建功劳。
亲耕廉政重农业，不惑夫妻人仰高。

咏毛苹

毛苹，生卒不详，长沙王吴芮妃子，史上著名女才子之一。相传乐府诗《上邪》是她的作品，"我欲与君相知，长命无绝衰"。

温淑贤内女才子，通义诗书品秀华。
力作上邪千载颂，与君长命绽双葩。

南越

咏赵佗

赵佗,约前240—前137年,秦恒山郡真定县(今河北定县)人。秦著名将领,南越国创建者,第一代王和皇帝,号称南越武王、南越武帝。平定岭南,和辑百越,臣服汉朝。治理岭南八十一年,将先进的中原文化带到南越之地,使其得到更好发展。

平定岭南开建越,八十一载仿中原。
和辑百越臣服汉,耆寿戆勋民颂贤。

咏赵光

赵光,赵佗族弟。公元前183年,佗封光为苍梧王,筑苍梧王城,这是广西最早的城池。

追兄建越雕鞍汗,王享苍梧抚吏民。
始筑城垣坚御寇,笙歌盈耳政廉勤。

咏赵眜

赵眜,?—前122年,赵佗之孙。前137—前122年在位,南越国第二代君主,号"南越文王"。长期卧病不起,性软弱,无建树。闽越国侵南越国时巧妙搬出汉武帝,使闽越脱离与己臣属关系直属汉中央,致自己被孤立。

久疴性软疏国政,闽越侵凌巧斡旋。
割断臣宗犹自缚,优柔寡断塌双肩。

咏赵婴齐

赵婴齐,?—前113年,南越文王赵眜(一作赵胡)之子,南越国第三任君主,前122—前113年在位。为太子时到汉武帝身边做宿卫,后归。废长立幼。暴君,恣意杀人。汉屡示其去谒朝,称病拒。

身质汉宫担宿卫,回归恣暴妄杀人。
皇庭屡令赴朝贡,讹病要奸一佞臣。

咏樛皇后

樛皇后,?—前112年,又称摎皇后、摎氏,南越国第三任君主赵婴齐王后。汉武帝赐赵婴齐姬妾。力主归汉。谋诛吕嘉,与吕嘉同归于尽。南越国存九十三年。

大义女儿藏睿志,恒思归汉秉一心。
智诛吕逆同归灭,岭表巾帼播远馨。

咏赵兴

赵兴,?—前112年,南越明王赵婴齐次子,南越国第四任君主。公元前112年,丞相吕嘉等发动政变,杀赵兴及其母。谥号哀。

袭祚龙床沿四代,弱年庸主母艰难。
岭南赵氏风光去,无力挽天苟喘延。

咏赵建德

赵建德,南越国第五代王,末任君主,前112—前111年在位。南越明王赵婴齐次子。被丞相吕嘉匆匆推上王位。

九五承袭临末代,形同傀儡控奸嘉。
先君跋涉万山水,数尽神仙徒眈眈。

注:嘉,指吕嘉。

咏吕嘉

吕嘉,?—前111年,南越国丞相,越族人首领,少时接受中原汉文化。赵佗为巩固统治,用当地人。任三朝相。公元前111年,杀归汉的赵兴,与汉抗,被擒杀。

少承汉化三朝相,赵氏苦心擢越人。
归汉赵兴遭惨害,纤纤螳臂忘昔恩。

秦

咏秦非子

秦非子，？—前858年，嬴姓，名非子，号秦嬴。周朝诸侯国秦国开国君主，约前900—前858年在位。因善于养马，得到周孝王的赏识，获得封地，成为秦国始封君。

一

华夏西迁临大漠，颛顼后裔苦生存。
天才育马暴棚厩，秦祖奠基天下尊。

二

颛顼后裔似独松，汧渭之滨赐附庸。
兽鸟善驯遂人意，奠秦鸿业计无穷。

咏秦仲

秦仲，？—前822年，嬴姓，名不详，秦伯公之子。西周时诸侯秦国国君，前844—前822年在位。受命率军进攻西戎，战败阵亡。

一

刚烈襄王神勇武，大夫显位喜封周。
西戎扰寇御惜败，王子复伐雪父仇。

二

西戎屡寇掳牛羊，受命征伐勇靖疆。
鏖战经年鞍马奋，血凝大漠润蛮荒。

咏秦庄公

秦庄公，？—前778年，嬴姓，秦氏，名其，秦仲长子，西周时诸侯国秦国国君，前821—前778年在位，被西戎攻杀。周宣王封其为"西陲大夫"。

一

兵将七千兄弟五，辚辚车马战西戎。
血流漂杵鬼神惧，封赐故丘世享荣。

二

师率七千六弟兄，家门雪耻扫西戎。
中兴崛起勇征战，天子褒扬心更雄。

咏秦襄公

秦襄公，？—前766年，嬴姓，赵氏，名开，是春秋时秦国被正式列为诸侯的第一任国君，前778—前766年在位。周幽王被杀后，拥戴平王，派兵护送，被封为诸侯，受赐岐山以西之地。在讨伐西戎途中去世，葬于故地西垂（今甘肃礼县大堡子山）。

秦列诸侯荣首代，率师亲扈感平王。
岐西封赐立族稳，沙场挥戈壮志扬。

咏秦文公

秦文公，？—前716年，嬴姓，赵氏，秦襄公之子，春秋时秦国国君，前765—前716年在位。在位时，设史官以记事，击败西戎，收编周朝遗民，扩地至岐（今陕西宝鸡）以西，制定罪诛三族的刑法。当

时秦人已完全定居，从事农业。
擅文经武设官史，胜战西戎扩据岐。
明罪诛族臻法令，定居农业适时宜。

咏秦宪公

秦宪公，前724—前704年，嬴姓，赵氏，名立，秦静（一作静）公之子，派兵夺取亳戎（西戎的一支）的荡社（一作汤社，今陕西西安），俘芮国国君芮伯万，灭西戎小国荡氏。

总角未脱童稚气，祖恩登位幸新城。
迁都固势平阳美，攻灭亳戎奇用兵。

注：平阳，地名，今陕西郿县。

咏秦出子

秦出子，前708—前698年，嬴姓，秦氏，名曼，秦宪公的幼子，春秋时秦国国君，前703—前698年在位。秦大庶长三父等令贼人杀之。兄秦武公接位，讨伐三父等，灭其族。

孩提懵懂推居位，六载艰难赖母提。
庶长阴谋贼惨戮，兄仁仗义报胞衣。

咏秦武公

秦武公，？—前678年，嬴姓，赵氏，名不详，秦宪公（秦宁公）长子，前697—前678年在位。先后征服、并吞绵诸、邽戎、冀戎、义渠戎等。初设县制以管理所得之地。葬于平阳，首开活人殉葬制度之风。

深谋勇武尚仁义，梁芮两君亲谒朝。
七子不传传位弟，识贤慧眼品行高。

咏秦穆公

秦穆公，？—前621年，一作秦缪公，嬴姓，赵氏，名任好，秦德公少子。前659—前621年在位，共三十九年，谥号穆。部分史料被定为"春秋五霸"之一。非常重视人才，任内得百里奚、蹇叔、丕豹、公孙支等贤臣支持。曾协助晋文公回晋国夺取君位。于周襄王时出兵攻打蜀国和其他位于函谷关以西的国家，开地千里，被任为西方诸侯之伯，称霸西戎。

问贤伯乐内修政，秦晋睦邻助献公。
辟地西戎连千里，咄咄五霸傲侯雄。

咏百里奚

百里奚，约前726—前621年，姜姓，百里氏，名奚，字子明，春秋虞国（今陕西平陆）人。晋献公借道灭了虞国，俘百里奚，将他作为秦穆公夫人出嫁时陪嫁的奴隶送到秦国。百里奚遁秦匿楚。后入秦做大夫，为秦穆公时贤臣。著名政治家、思想家，又称"五羖大夫"，是秦穆公用五张黑羊皮从市井之中换回的一代名相。"谋无不当，举必有功"，使秦穆公成为"春秋五

霸"之一，为秦最终统一中国奠定牢固基础。

博览经书才过众，五羖大夫仪虎秦。
筚路风发襄大业，爱国忠主润妻心。

咏杜氏

杜氏，百里奚发妻，鼓励百里奚外出求仕。当时家已揭不开锅，杜氏大清早起来，杀唯一的下蛋母鸡，劈门闩炖母鸡，煮小米饭为夫饯行。几十年后相府相认，二人抱头痛哭。

励夫求仕非常妇，闩炖蛋鸡晨壮行。
寂寞撑庭饥诲子，抱哭相府首无青。

咏伯乐

伯乐，姓孙，名阳，字子良，又称王良，郜国（今山东成武）人。孜孜探求马业，善于相马，还推荐了九方皋。

孜孜马业掌玄技，推马及人识举贤。
千里良驹须慧觅，奇才常困自难言。

咏蹇叔

蹇叔，约前690—前610年，宋国铚邑（今安徽濉溪）人。曾任秦右相，著名政治家、军事家，由百里奚引荐。秦穆公称霸西戎，欲袭郑，蹇叔哭师，谏阻，穆公不听，结果全军覆没，主帅被擒，秦穆公深悔不听其言。

审时度势腹宏志，承荐至交百里奚。
谏阻穆公袭郑险，西戎助霸痛哭师。

咏孟明视

孟明视，春秋时虞国（今山西平陆）人，姜姓，百里氏，名视，字孟明，百里奚之子，秦穆公的主要将领。率军与晋决战，屡战屡败，崤山被俘后侥幸生还。最终背水一战胜晋国，二十多国归附秦国，扩地千里，为秦成西戎霸主做出贡献。体恤兵民，同吃粗粮、草根，深得穆公信任。

草根果腹兵民赖，屡败无隙赤子情。
背水挥师强晋溃，西戎称霸大功名。

咏白乙丙

白乙丙，蹇姓，名丙，字白乙，蹇叔之子，秦名将。同率师袭郑，大败被俘，释归。知耻而后勇，三年后大败晋人，积功升大夫。

将门虎子久沙场，袭郑陷俘旋放归。
知耻奋发而后勇，三年败晋洗羞灰。

咏西乞术

西乞术，秦少数名族将领，名术，字西乞（一说其为蹇叔子，姓蹇）。同率师袭郑，顺道灭滑，回师途中遭伏被俘，获释。聘问鲁国，言将代晋。

戎将挥戈旌耀武，师袭远郑掠虞还。
晋伏陷虏旋归释，聘问鲁邦欣预言。

咏秦康公

秦康公，？—前609年，嬴姓，秦氏，名䓨。送晋文公重耳回国，送到渭阳，作诗："我送舅氏，曰到渭阳。"后以"渭阳"喻甥舅关系。伐晋，取武城、羁马（今山西永济）。

渭阳甥舅别离咏，未泯令狐雍阻回。
连取城池戈马跃，遭蒙河曲大才归。

咏秦共公

秦共公，？—前605年，嬴姓，秦氏，名貑，一名稻，秦康公之子，春秋时秦国国君。公元前608年即位，在位四年。《左传·成公十三年·吕相绝秦》中提到的"秦三公"之一。为报复晋侵崇国，派兵包围晋的焦（今河南陕县）。

三公显列世名盛，仗义维尊人久闻。
崇弱屡遭强晋掠，扬戈晋邑慰盟心。

注：崇，指崇国。

咏秦桓公

秦桓公，？—前577年，嬴姓，名荣，秦共公之子。春秋时秦国国君，前604—前577年在位。公元前594年，秦晋在晋地辅氏（今陕西大荔）恶战，"结草衔环"典故出处。秦国国力自桓公始衰。

联翟伐晋烽烟起，恶战天昏师溃还。
失信盟约旋衅武，泾阳惨败始衰艰。

咏秦哀公

秦哀公，？—前501年，嬴姓，秦氏，族谱载其名籍，别名一作公、柏公，秦景公之子。春秋时秦国国君，前536—前501年在位。公元前505年，吴攻楚，申包胥向秦求救，哭了七天七夜，哀公被感动，发兵救楚，后击败吴军，吴王阖闾收兵回国。

吴师围楚声威壮，七日哭庭终动容。
择将选兵南下迅，解危彰义逞英雄。

咏秦悼公

秦悼公，？—前477年，嬴姓，秦氏，名盘，秦惠公之子。春秋时秦国国君，前491—前477年在位，共十五年，《史记》和《十二诸侯年表》误作为十四年。在雍城（今陕西凤翔）筑城，为秦定都时间最长久的城市（二百九十四年）。

继业开来十数载，慎择风水筑雍城。
秦都最久辉煌日，甲子五轮媲镐京。

咏秦厉共公

秦厉共公，？—前443年，一作秦剌龚公、秦利龚公，嬴姓，秦氏，名不详（一说名剌），秦悼公之子。前476—前443年在位。在位期间，国力强大，蜀、楚、晋来进贡。取晋城池，伐西戎大荔，取五城，伐义渠，俘其国王。

国势兴隆颐气使，诸侯朝贡岁绵延。

晋城征纳抵河畔，亲战西戎喜凯旋。

咏秦躁公

秦躁公，？—前429年，嬴姓，秦氏，族谱载其名欣，秦厉共公之子。战国时秦国国君，前442—前429年在位。公元前430年义渠来攻，至渭水蒿城，秦将其击退。

尚武延国登大位，江山铁桶不容沾。
义渠狂妄寇兵马，渭水金汤敌败还。

咏秦怀公

秦怀公，？—前425年，嬴姓，秦氏，族谱载其名封，秦厉共公之子，秦躁公之弟，前428—前425年在位。躁公卒，怀公从晋返回立，旧贵族操纵国政，鼌等逼秦怀公自杀。

晋地数年忽运到，躁公跨鹤迅奔回。
旧族控缚志难展，遭迫黄泉心彻灰。

咏秦灵公

秦灵公，？—前415年，又称秦肃灵公，嬴姓，秦氏，一说名肃。前424—前415年在位。死时子幼，被夺位放逐。灵公在位时，第一次在吴阳建上下畤，把炎、黄二帝作为中华民族的共同祖先供奉祭祀。

目远思深奇睿智，轩辕共祖各族根。
中华繁茂首隆祭，榜样先河范后人。

咏秦简公

秦简公，前428—前400年，嬴姓，秦氏，名悼子，秦怀公之子。约前414—前400年在位。在政治、经济上有一定改革，允许官吏、百姓带剑，废除贵族才能带剑的特权。实行按土地亩数征收租税的政策，承认"私田"的合法性，表明秦国开始向封建制度转化。公元前413年，出师攻魏，败于郑（今陕西华县）。为加强防御，在东境修筑长城，为战国时最早长城。

经政改革宽带剑，私田合法亩征租。
出师不利强防御，东境筑城绝寇窬。

咏秦出公

秦出公，前388—前385年，一作秦少主、秦小主，又名出子。继位时二岁，母主政，重用宦官、外戚，"群臣不悦自匿，百姓郁怨非上"。次年，左庶长菌改发动政变，杀出子及其母。自秦厉共公至秦出公，大臣专权，数易君主，国政不稳，秦国日衰。

摇篮继位母执政，倚重外戚朝日非。
百姓怨生贤自匿，终结子母要臣肥。

咏秦献公

秦献公，前424—前362年，又称秦元献公，嬴姓，秦氏，名连，一名师隰，又称公子连，前384—前362年在位。

颇有作为的政治家，阻止秦国继续沦落，实现秦再次崛起的奠基人。废止殉葬制度，在蒲、蓝田等设县。"初行为市"，立户籍相伍。大破魏军于石门（今山西运城），斩首六万人，是战国时期秦对东方大国的第一次大胜。善听独断，谨小慎微，后夺取政权。

沦落刹车雄再起，叫停殉葬户明籍。
石门大破魏军恐，夺取政权运策奇。

咏秦孝公

秦孝公，前381—前338年，嬴姓，赵氏，名渠梁，前361—前338年在位。颁"求贤令"，重用卫鞅变法，奖励耕战。迁都咸阳（今陕西咸阳），建立县制行政，开阡陌，加强中央集权，增进农业生产。与楚和亲，与韩订约，联齐、赵攻魏安邑（今山西夏县），拓地至洛水以东，国力日强，为统一中国奠定基础。

天才领袖求贤令，重用商鞅变法强。
和楚亲韩伐魏胜，七雄崛起耀东方。

咏景监

景监，芈姓，景氏，名监，小孝公一岁，做过副将。六国预谋推平秦国时，密探消息报孝公，孝公十分赏识。为孝公宠臣，三劝孝公听商鞅之言。引荐商鞅，为商鞅左右手，实行改革，辅助内政，忠心耿耿，为国为民，使秦度过危险期。

密报孝公殊赏信，商鞅变法股肱援。
忠心耿耿谋天下，平稳大局过险滩。

咏商鞅

商鞅，约前390—前338年，卫国（今河南内黄）人，公孙氏，亦称卫鞅、公孙鞅。后因封商地，故名商鞅。秦著名政治家、改革家、思想家，法家代表人物。率领秦军收复河西。实行变法，史称"商鞅变法"，使秦成为富裕强大的国家。后被公子虔指谋反，战死于彤地，尸身被带回咸阳车裂示众。

集权大统王天下，郡县代封行政严。
变法催生新制度，始皇一步统江山。

注：封，指封建制。

咏甘龙

甘龙，前期主张有限变法，后期主张有限复辟。秦功臣，对秦国贫弱有清醒认识。

献公新政识贫弱，反对商鞅恋旧时。
复辟陈规回老路，世族望重日薄西。

咏杜挚

杜挚，生卒不详，事孝公，因破魏有功，官左司空。保守派代表，反对变法。

司空破魏施奇计，变法难容甚炭冰。
循礼无邪朝亮剑，苛求新政阻横生。

咏公子虔

公子虔，嬴姓，名虔，秦公子，曾为秦孝公太子驷右傅，纵太子犯法而受劓刑，闭门八年。太子立，告商鞅十大罪。秦惠王杀商鞅，灭门。

太子之师罔知礼，纵非刑劓匿家门。
商君十罪连诬告，歹命早结抛野坟。

咏公孙贾

公孙贾，太子驷（秦惠王）师，因纵太子犯法而被处以黥刑。

天经地义师为表，岂纵储君褒犯科。
法典难违黥刺丑，治国严峻杜传讹。

咏秦惠文王

秦惠文王，前356—前311年，嬴姓，赵氏，名驷，又称秦惠王，或秦惠文君，称王前称秦公驷，前337—前311年在位。最大贡献是适时转移战略重点，由对内变法图强，转向东战略取势，文攻武略，以"连横"破"合纵"，北灭义渠，南并巴蜀。报私仇而不废公法。车裂商鞅，却不废商鞅之法。

车裂商鞅沿变法，转移战略取关中。
连横破纵气颐指，并蜀灭渠川汉同。

咏司马错

司马错，生卒不详，秦少梁（今陕西韩城）人，秦惠王时将领，为司马迁八世祖，纵横家。主张先伐蜀，再伐韩。伐蜀之举与商鞅变法有同等功劳。秦三位功劳最大的统帅之一，其战略、才能出众，有谋略，主张仁道。在蜀王降侯的做法上有创新，后多仿。仕惠文王、悼武王、昭襄王三世。

千里纵横师灭蜀，恭勤三世媲商鞅。
蜀王降侯后多效，败楚彰仁睿扩疆。

咏甘茂

甘茂，生卒不详，姬姓，甘氏，名茂，下蔡（今安徽颍上）人，秦名将，左丞相，齐上卿，学百家之说。公元前312年，助略定汉中。后遭谗投齐。公元前305年，为齐使楚，秦想让楚送还甘茂，拒，卒于魏。攻取宜阳，出私财犒劳将士，斩首六万。

百家智略运帷幄，襄定汉中威武扬。
遭陷逼齐坚拒返，私财犒赏取宜阳。

咏陈庄

陈庄，？—前316年，秦出兵灭蜀，贬谪蜀王封号为侯，派遣陈庄为蜀国相国。前310年叛秦，司马错受命协助平乱，甘茂诛之。

雄秦灭蜀大局定，承相重托掌远方。
利欲熏心旋叛主，义师压顶顿消亡。

咏魏章

魏章，生卒不详，与樗里疾合力大败楚军于丹阳（今属河南南阳），俘其将屈匄，斩首八万，取汉中之地。惠王卒，太子武王立，与张仪一同被逐。

戮力丹阳败强楚，斩卒俘将地归秦。
征尘未掸旗犹猎，新主听谗寒彻心。

咏樗里疾

樗里疾，？—前300年，又称樗里子、严君疾，秦孝公庶子。足智多谋，绰号"智囊"。曾辅秦惠王、秦武王、秦昭王等，秦右丞相。擅长外交、军事，秦第一代名将。秦之所以能东攘诸侯，多系樗里疾、甘茂之策。为统一中国做出重大贡献。

智囊名将秦首代，鏖战诸侯魏赵韩。
奇策斩卒十六万，破齐败楚统江山。

咏秦武王

秦武王，前329—前307年，嬴姓，名荡，又称秦武烈王、秦悼武王，有神力，好角力，前310—前307年在位。在位期间，平蜀乱，设丞相，拔宜阳，更修田律，修改封疆，疏河筑堤。大力士任鄙、乌获等做了大官。前307年，与孟说比赛举"龙文赤鼎"，断膑，晚上气绝。周赧王亲哭吊。

剑平蜀乱设丞相，修改封疆田律臻。

四载辛劳多建树，惜乎赛鼎丧龙身。

咏乌获

乌获，秦国人，大力士，至大官。孟轲说他能举百钧（三千斤），寿八十余。追杀齐公子田文，被张仪等阻碍。

力士授官缘主宠，百钧轻举寿八十。
追杀齐储效王命，劝阻放生国相怡。

咏任鄙

任鄙，？—前288年，秦武王著名勇士，官至汉中郡守。

扛鼎拉牛名勇士，汉中郡守尚清廉。
为民务政功德美，樗里谚联双将贤。

咏贲育

贲育，战国时勇士孟贲和夏育的合称。

贲育双馨超世勇，吐吞怒发震高天。
蛇龙狼虎无须避，牛角生拔离体悬。

咏孟说

孟说，？—前307年，与武王同赴洛阳。武王举"龙文赤鼎"亡后，其被灭族。

天生壮体世稀罕，同赴洛阳伴武王。
举鼎主亡忽降祸，引来族灭葬丘荒。

咏扁鹊

扁鹊，前407—前310年，姬姓，秦

氏，名越人，又号卢医。春秋战国时名医，渤海郡郑（今河北任丘）人，一说为齐国卢邑（今山东长清）人。少时学医于长桑君，尽传其医术禁方，擅各科。奠定中医学望、闻、问、切切脉诊断方法，开中医学先河。代表作《内经》《外经》《难经》。秦太医李醯术不如而嫉之，乃使人杀害。

年少学医传禁秘，望闻问切拓先河。
恤民诊治沉疴愈，内外杂难擅各科。

咏秦昭襄王

秦昭襄王，前325—前251年，嬴姓，赵氏，名侧，一名稷，秦惠文王之子，前306—前251年在位。在位期间秦继续扩张，在决定秦、赵命运的长平之战中取胜，后灭西周国。用范雎为相，改行"远交近攻"策略，又"近交远攻"创造性运用。消灭东周，新纪元真正开始。取得对六国决定性胜利。与孝公、秦王政并驾齐驱。

长平决胜向东扩，翦灭西周用范雎。
巴蜀金汤疆广拓，三公并驾展宏图。

咏范雎

范雎，？—前255年，一作范且，字叔，魏人（今山西芮城），著名政治家、军事谋略家，秦国宰相。因封地在应地，又称应侯。提出"远交近攻"策略，献反间计胜长平之战。

近战远交谋略奇，削枝固干六归一。
报怨偿恩申夙愿，功成名退惨诛时。

咏华阳君

华阳君，？—前262年，芈戎，又称辛戎，秦昭襄王舅父。公元前299年，秦攻取楚国新城后，以外戚关系而成为封君。

王室封君成定制，华阳开例示殊恩。
新城伐取外戚任，对楚当关勉尽心。

咏楼缓

楼缓，赵人，赵武灵王大臣，支持赵武灵王胡服骑射。主张与秦、楚联合。后入秦，为相，多次损赵。事赵武灵王、秦昭王四十余年。

先赵后秦善纵横，忽和忽抗鬼神惊。
三国联袂夺函谷，诱赵纳城图未成。

咏秦孝文王

秦孝文王，前302—前250年，嬴姓，名柱（一作式），秦昭襄王次子，是战国时秦第三十五位国君，在位一年（一说三天）。在位期间，赦罪人，善待先王功臣，褒厚亲戚，开放苑囿。

大赦罪人亲褒厚，敬修先祖赏功臣。
宽驰苑囿政弯广，美酿藏毒绝命根。

咏华阳夫人

华阳夫人，约前296—前230年，楚贵族，秦孝文王王后。国君最宠爱的嫔妃，无子，吕不韦说服其将异人作为己子，异人即位，被封为太后。

贵族后裔来南楚，受宠宫闱香玉陪。
无后善慈抚人子，播恩有报太仪威。

咏阳泉君

阳泉君，本名芈宸，华阳夫人弟，楚贵族。在始皇父异人立嫡中，作为中间人助吕不韦说动华阳夫人起过重要作用。

荆楚贵族名盛世，紧随胞姊度生涯。
进言择嗣承关键，嬴政秀出绽异葩。

咏秦庄襄王

秦庄襄王，前281—前247年，又称秦庄王，嬴姓，赵氏，名楚（一名子楚），孝文王之子。本名异人，曾在赵国邯郸作质子，后在吕不韦帮助下成为秦国国君。秦始皇追封其为太上皇。灭东周国，蚕食三晋。前249—前247年在位。登基元年，大赦罪人，修先王功臣，布惠于民。

质赵回秦登大位，蚕食三晋灭东周。
攻城攫地魏韩赵，置郡强邦作祭酬。

咏嬴政

嬴政，前259—前210年，生于赵国都城邯郸（今河北邯郸）。嬴姓，赵氏，名政，又名赵正（政）、秦政，秦庄襄王之子。中国历史上著名的政治家、战略家、改革家，完成华夏大一统的铁腕政治人物，先后灭韩、赵、魏、楚、燕、齐六国，是中国第一个称皇帝的君主。奠定中国两千余年封建集权政治制度的基本格局。晚年苛政虐民，东巡途中驾崩于邢台沙丘。

九州一统功无量，同轨同衡同字文。
政制先河泽万世，登高眺远审坑焚。

注：坑焚，指焚书坑儒。

咏吕不韦

吕不韦，前292—前235年，姜姓，吕氏，名不韦，卫国濮阳（今河南滑县）人。秦国著名商人、政治家、思想家，秦国丞相。扶植秦国质子异人进入秦国政治核心。异人继位后，为秦庄襄王，封其为相。秦庄襄公去世后，立年幼的太子政为王，被封为相邦，号称"仲父"，权倾朝野。家有食客三千，家僮上万，主持编纂《吕氏春秋》。执政时，攻取周、赵、卫地，立三川、太原、东郡，对秦统一六国有重大贡献。后受嫪毐集团叛乱牵连，被免除相邦职名。回河南封地，不久饮鸩亡。

一

奇货可居识异人，灭周柄政客盈门。

合编吕览探安道，德主法裹可胜神。

二

拜相封疆尊仲父，春秋精撰万年名。
安宁天下大一统，并举刑恩兴义兵。
注：春秋指《吕氏春秋》。

咏嫪毐

嫪毐，？—前238年，秦人，吕不韦舍人，能力强悍。家童数千，门客延千。受相邦吕托伪为宦官入宫，与始皇母私通，受宠，封长信侯。自称为始皇"假父"。因叛乱被始皇处极刑——车裂。

舍人怀志力强悍，门客家童累数千。
托伪入宫伦乱理，裂刑假父辱黄泉。

咏夏无且

夏无且，始皇御医。以药囊击荆轲救王。

侍医皇苑始皇喜，术智超常济世人。
利刃横飞药囊阻，顿消壮士报国心。
注：轲，指荆轲。

咏盖聂

盖聂，战国末年剑客。与荆轲论剑，怒而目之。

横空出世第一剑，豪论荆轲凌斗牛。
高下难分瞋目怒，武夫唯武写春秋。

咏钜子

钜子，墨家钜子（墨学掌门人），又称巨子。先秦时，与儒学同称显学，后渐寝寂。有严密组织、纪律。舍身行道，聚徒讲学，身体力行。宗旨"为义"，奔走各国，实现主张。儒家主要反对派。

聚徒授道当时显，奔走侯国为义忙。
对垒儒宗坚守旨，墨家树帜世留芳。

咏李斯

李斯，约前284—前208年，李氏，名斯，字通古，楚上蔡（今河南上蔡）人。秦著名政治家、文学家、书法家。协助秦始皇统一天下，极力主张实行郡县制，废除分封制。

相秦笃用法家术，寰宇并兼赢政欢。
协害扶苏拥二世，独操权柄手遮天。

咏韩非

韩非，约前280—前233年，韩国都城新郑（今河南新郑）人，别名韩非子、韩子，荀子的学生，李斯的同门师兄。秦杰出的思想家、哲学家、散文家。创立法家学说，法家思想集大成者，为中国第一个统一专制中央集权国家的诞生提供理论依据。

始皇慧揽韩公子，性恶天生论佐师。
君主制须三要素，君权至上不容私。

咏王绾

王绾,生卒不详,秦丞相,议嬴政帝号,主张"分封",所提均未被采纳。任内无明显政绩,做好本职工作。

帝号泰皇朝未纳,分封献策李斯驳。
相国谨饬政无显,唯务本职不漏挽。

咏冯去疾

冯去疾,?—前208年,秦右丞相。秦尊右,名义上尊于左丞相李斯。联谏赵高阴谋。言"将相不受辱",自杀而亡。

李斯一志同朝相,直耿品节政务勤。
切谏赵高国巨蠹,痛惜未遂老臣心。

咏冯劫

冯劫,?—前208年,始皇时任御史大夫、大将军。向秦二世联谏停建阿房宫,减省戍役,减轻民困。二世不纳,治其罪。与父不愿受辱自杀而亡。

御史大夫兼大将,恤民廉政为江山。
阿宫阻建请轻役,拒辱名节自赴泉。

注:泉,指黄泉。

咏李信

李信,秦名将,灭燕有大功,俘燕王喜。领二十万兵攻楚,先一路凯歌,后为楚将项燕大破。始皇与年少壮勇的他倾心相交。

燕灭功奇秦虎将,始皇垂宠少英年。

麾师向楚多心遂,后败犹荣掣肘还。

咏白起

白起,?—前257年,《战国策》写作公孙起,郿县(今陕西眉县)人。为将三十余年,攻克七十余城,歼灭百万敌军,为秦统一六国做出巨大贡献。使赵、楚慑服,襄秦帝业成。

攻城略地千钧力,对垒长平百万兵。
旷世勇谋一上将,坑降违理鬼神惊。

咏司马靳

司马靳,司马错次孙。早年事白起,参与长平之战,坑赵降兵数十万。后随白起被赐死。

挥戈沙场扈白起,鏖战长平敌弃盔。
残忍坑降人性灭,将门虎将久名垂。

咏王龁

王龁,秦大将,宿将。赵、秦两军对峙三年,在老马岭"诡运置仓",突破赵国天险空仓岭及其防卫集群,长平之战为白起副将大破赵军。历三代秦王。后战死。

三代秦王连大将,长平败赵取皮牢。
置仓诡运峙三载,突破集群奇策高。

注:皮牢,地名。

咏姚贾

姚贾,战国时魏国人,出身"世监门

子"。嬴政赏识礼遇，奉命出使四国，三年将四国各个击破，秦王大喜，赏千户，拜上卿。

逐臣大盗韩非否，秦帝拜卿恩遇隆。
出使三秋鼓三寸，联盟瓦解历寒冬。

注：三寸，指唇舌。

咏尉缭

尉缭，生卒不详，魏大梁（今河南开封）人，名缭，公元前237年入秦游说，被任为国尉后，改称尉缭。主张"并兼广大，以一其制度"，为嬴政统一六国立下汗马功劳。为鬼谷子弟子，著有兵书《尉缭子》。

入秦游说尉缭子，兼并拓疆制度一。
正义当扬非不义，人君慎战策因时。

咏蒙骜

蒙骜，？—前240年，齐人，秦名将，昭王时自齐入秦。前247年，攻榆次，取三十七城；占赵晋阳，合置太原郡；攻韩，取十三城；攻魏，屡胜，后被魏联军败。前245年，攻魏，取二十城，置东郡，使秦土接齐，对韩、魏形成三面包围。官至上卿。

七十城邑率兵克，置郡太原接壤齐。
战略包抄韩魏惧，功名赫赫上卿怡。

咏蒙恬

蒙恬，？—前210年，姬姓，蒙氏，名恬，始皇时名将，被誉为"中华第一勇士"，祖籍齐国（今山东蒙阴）。中国西北最早的开发者，宁夏开发第一人。率三十万大军，北击匈奴，收河南，设三十四县。修长城，使燕、赵、秦长城连一体。独步沙场，破匈奴不败神话。

戎史辉煌名将后，伟哉一战定乾坤。
匈奴溃退长域壮，置县河南铸政魂。

咏蒙武

蒙武，秦名将，名将世家，家族本齐人。父蒙骜在秦昭襄王时入秦，成为名将。击退匈奴，筑造长城。

名将世家延祖业，匈奴寇御凯歌还。
长城督造绵丘岭，目邃恤民襄境安。

咏蒙毅

蒙毅，蒙恬弟。在秦统一中国时立下汗马功劳，攻城略地，出生入死，得九十城。兄在外担军事重任，毅在内为始皇出谋划策，被誉为忠信大臣。后被赵高、胡亥囚禁杀害。始皇亲近，位至上卿，出则三乘，入则御前。

勇谋攻略九十邑，一统江山汗马功。
深禁运筹决万里，始皇笃信耿勤忠。

咏徐福

徐福，即徐市，字君房，齐地琅琊（今江苏赣榆）人。方士，道学名家，曾任始皇御医。博学多才，通晓医学、天文、航海等，同情百姓，乐于助人。带三千童男童女，百工巧匠技师、武士、射手五百多，五谷种子，粮食器皿，淡水，入海寻"不老药"，来到"平原广泽"。中国有史记载的第一位航海家。在日本被奉为农耕、医药、桑蚕之神。

识广多才通百业，三千童稚渡瀛洲。
能工巧匠营诸岛，日奉三神大圣俦。

注：诸岛，指蓬莱、方丈、瀛洲岛。

咏李玄

李玄，约前418—前326年，巴国津琨（今重庆江津）人，又名铁拐李、道教山人。拒巴王邀官。秦灭巴国，李出游。晚年归，修道于石笋山。

巴王征辟婉辞拒，李耳骑牛点化身。
秦灭六国游四海，道修石笋却凡尘。

咏扶苏

扶苏，？—前210年，嬴姓，赵氏，名扶苏，亦称公子扶苏、扶苏公子。始皇长子，有政治远见，反对焚书坑儒等严峻政策，因此触怒始皇，被贬到上郡监督军队，协助蒙恬筑长城，抵御匈奴。无政治经验，不知人心险恶，后被赵高逼杀。

扶苏厚意始皇盼，耿谏焚坑贬监军。
戎马生涯功显赫，不知险恶早遮昀。

咏胡亥

胡亥，前230—前207年，嬴姓，赵氏，名胡亥。前210—前207年在位，亦称二世皇帝。始皇第十八子，公子扶苏弟，从赵高学狱法。逼死扶苏后登位，后被赵高逼迫自杀。以黔首礼葬。在位时苛政过度，任赵高专权，知察晚。

学狱先戕亲骨肉，赵高霸政洞察迟。
苟延苛政二朝灭，自了孤魂黔首衣。

咏赵高

赵高，？—前207年，嬴姓，赵氏，秦二世丞相。始皇死后与李斯合谋改诏，逼死长子扶苏，立幼子胡亥为帝。二世即位后陷害、除去李斯。不久被秦王子婴杀。勤奋，精通法律，敏于事，娴书法。参与沙丘政变、望夷宫政变，是亡秦祸首。

沙丘废立覆云雨，逼毙扶苏戕李斯。
苛政役繁汤沸煮，子婴扬剑伴荒泥。

咏阎乐

阎乐，秦人，赵高女婿，曾任咸阳令。在政变中，高派其率一千人杀入望夷宫，杀死胡亥。

近墨者黑非妄语，赵高唆使力遵行。
逞凶宫禁狂杀戮，变乱蟊贼恶犬鹰。

咏子婴

子婴，？—前206年，嬴姓，名子婴，或单名婴，扶苏之子（一说为始皇弟）。在位四十六天。托病不到宗庙，引赵高到斋宫，心腹韩谈刺死赵高，并诛其三族。缚绳降刘邦，项羽进咸阳后杀死子婴。曾谏二世勿杀蒙恬。

谏救蒙恬心未遂，赵高计戮灭三族。
缚绳降汉仍挨剑，位短大为垂史书。

咏韩谈

韩谈，衔命刺赵高，灭其三族。

风云际幻心明亮，武勇忠贞御奇兵。
剑毙赵高人大快，不凡身手史留名。

咏杨熊

杨熊，？—前207年，秦将，与刘邦一战白马、二战曲遇东，大败。退守荥阳，二世问罪，被斩。

勇忠贯战秦名将，白马连输曲遇东。
退据荥阳犹困斗，胡严问罪颈脖红。

咏李良

李良，秦武臣部将，被派去平定常山、太原，因太原久攻不下，回来报告，遭武臣姐姐傲慢对待，怒，杀武臣姐。攻邯郸杀武臣等，攻张耳等败，后降秦将章邯。

率师征战太原久，归报军情心乱慌。
主姊无端羞辱谩，举刀泄忿向秦降。

咏章邯

章邯，？—前205年，秦末名将，上将军，秦朝军事支柱，秦王朝最后一员大将（据北京大学所藏西汉竹书《赵正书》记载，赵高是被章邯所杀）。率骊山刑徒击败陈胜军周文部等。巨鹿之战被项羽击败，漳纡之战再败，降，入关，被封雍王。楚汉战争中屡败。废丘城破自杀。

惟一大将秦朝末，围剿义军急用囚。
楚汉相争尝屡败，废丘城破了春秋。

咏涉间

涉间，？—前207年，秦将，英勇善战。早年北御匈奴。后出关作战，入韩地战事不佳，投章邯，参与巨鹿之围，后被项羽围，焚寨葬。

策马挥戈捍九边，匈奴胆颤弃雕鞍。
催师关外旌旗猎，巨鹿寨焚躯壮捐。

咏董翳

董翳，？—前203年，秦朝都尉。陈胜起兵后佐章邯，后降楚，被封翟王，都高奴（今陕西延安）。成皋败，自刭于

汜水之畔。
都尉佐军攻胜广，败降项羽授翟王。
成皋惨败断归路，自了残生汜水旁。
注：胜广，指陈胜、吴广二人。

咏王贲

王贲，频阳东乡（今陕西富平）人，王翦之子。水淹大梁，破代灭齐，俘二王。占燕蓟城，取太子丹首级，活捉燕王喜。灭六国之主将。
将门娴武惯疆场，破代平燕灭悍齐。
四海归一功赫赫，王家父子世间稀。
注：代、燕、齐，均为当时诸侯国。

咏王离

王离，王翦孙，王贲子。秦将，率兵戍边备胡，与章邯战陈胜。巨鹿之战为项羽败，被俘，去向不明，野史多传为项羽所杀。
将门勇武耿忠烈，威戍备胡安九边。
鼎助章邯敌胜广，不降巨鹿似祖贤。
注：胜广，指陈胜、吴广二人。

咏陈胜

陈胜，？—前208年，字涉，楚国阳城县（今河南平舆）人，与吴广一同在大泽乡（今安徽宿州）率戍卒起兵，成为农民起义反秦先驱。不久在陈郡称王，建立张楚政权。后被秦将章邯所败，遭车夫刺杀身亡。
佣雇幼耕鸿雁志，揭竿反暴大泽乡。
称王陈郡国张楚，烈焰熏红华夏疆。

咏吴广

吴广，？—前208年，字叔，阳夏（今河南太康）人。和陈胜同为秦末农民起义领袖。提出"大楚兴，陈胜王"的口号。陈胜为将军，吴广为都尉，以扶苏、项燕名义号召起义。次年，攻打荥阳时，被同为义军的田臧杀害。
反秦猛将力襄主，大楚兴国陈胜王。
举号扶苏连项燕，身先血洒战荥阳。

咏周文

周文，？—前209年，秦末农民起义军领袖，即周章，陈县人。向西攻秦，沿途征集士兵，孤军深入，后兵败自杀。
项燕马前精视日，深谙兵法奉陈吴。
边征边募数十万，函谷关寒血溅颅。
注：陈吴，指陈胜、吴广二人。

咏司马欣

司马欣，？—前204年，秦朝长史。陈胜起兵后佐章邯作战，后降楚军，被封为塞王，都栎阳。之后在成皋被汉军败，自刭于汜水上。擅长倒戈，视变节为家常事。

一

倒戈节变视儿戏，长史随师伐义军。

降楚封王旋败汉，万羞氾水葬衣裙。

二

降楚封王秦长史，栎阳严守慎责职。
成皋御汉力颓败，氾水自戕遥祭师。

咏吕臣

吕臣，约前235—前173年，秦末起义军领袖。陈胜被害后，组织苍头军重建张楚政权，诛杀叛徒庄贾，与英布联合抗秦，后投项梁、刘邦。汉朝建立后，继父新阳侯爵位至死。

义军将领频遭害，张楚复兴诛叛徒。
英布结盟联抗暴，迫投刘项免身孤。

咏庄贾

庄贾，陈胜车夫，受章邯诱惑，叛变杀死陈胜。后吕臣处死庄贾。

无耻车夫迷诱惑，卖身求贵甚豺狐。
举刀恩主旧情断，含愤吕臣仗义锄。

咏陈馀

陈馀，？—前204年，一作陈余，大梁（今河南开封）人，魏地名士，性格刚愎高傲。与张耳贫穷时信任、富贵时相争。轻视韩信背水阵法，被杀于泜水。

高傲头颅刚愎性，挚交张耳后绝亡。
六国覆灭悄潜匿，泜水轻狂韩信戕。

咏蒲将军

蒲将军，秦末人。前208年同英布投项籍，参与巨鹿之战，在破釜沉舟前，与英布率两万人渡黄河，破坏秦补给道，大战章邯，颇有功。共坑秦降卒二十万，留千古骂名。

一

同奔项籍鏖巨鹿，沉舟破釜渡浊黄。
章邯溃败功勋重，千古骂名坑众降。

二

巨鹿鏖兵降项羽，沉舟破釜渡黄河。
勇截补给秦师溃，残忍坑降丧祖德。

咏武臣

武臣，？—前208年，秦末起义军袖。占邯郸后自立为王，不受陈胜节制，拒绝农民军，致败，部下不满，将其杀害。

举义扬戈推领袖，邯郸夺占自为王。
陈吴节制皆无效，坟墓自掘埋异乡。

汉

咏刘太公

刘太公，前271—前197年，本名刘煓，名昂，字执嘉，号显初，又号太平。沛丰邑中阳里（今江苏丰县）人，刘邦父亲。邦称帝后，太公执帚在门口恭迎，被尊为太上皇。中国历史上唯一未为人君而成为太上皇者，也是第一位在世就被尊为太上皇的人。

平添龙子手额喜，执帚恭迎高祖归。
未践人君尊太上，大福享世运隆峊。

咏刘邦

刘邦，前256或前247—前195年，沛丰邑中阳里（今江苏丰县）人，参与并领导农民起义，以大智大勇推翻秦王朝，鏖战项羽集团，创建大一统的汉王朝，汉开国皇帝。公元前202年2月28日，刘邦于定陶汜水之阳即皇帝位，定都长安，史称西汉。在位八年。汉民族和汉文化的伟大开拓者之一，中国历史上杰出的政治家，卓越的战略家和指挥家。对汉族的发展，以及中国的统一有突出贡献。

起义斩蛇大风起，覆秦胜楚倍尝艰。
乾坤睿转刘天下，一奠鸿基四百年。

咏刘仲

刘仲，？—前193年，名喜，字仲，刘邦二哥。封代王，辖今河北、山西一带，代为北方重镇。后来匈奴入侵，仲无力坚守，独自逃回洛阳，邦大怒，革其王位，贬合阳侯，任六年忧郁而终。

重镇戍防担大任，匈奴入寇畏子回。
刘邦瞋怒革王祚，忧郁数秋志彻隳。

咏刘交

刘交，？—前179年，刘邦弟，字游。天性好读书，多才艺，有大志，文武双全，家族人丁兴旺，人才辈出。随邦打天下，汉朝缔造者之一，封楚王，都彭城（今江苏徐州），开基楚藩王族。息武兴文，楚国成为当时《诗》研究中心和学术空气浓厚的地区之一。谥号元。

好读鸿志厚天性，开汉都彭封楚王。
学术中心诗艺厚，俊才茂盛共兴邦。

咏刘贾

刘贾，？—前195年，沛丰邑（今江苏丰县）人，与刘邦同为一族，一作刘邦堂兄。从邦打击项羽，定塞地，招降楚大司马周殷，会兵垓下。后受封荆王。英布谋反，刘贾御，为布军所杀。

勇战霸王收楚将，会师垓下莅荆王。

御征英布前锋虎，塞地师伐纳汉囊。

咏刘泽

刘泽，？—前178年，与刘邦同为一族，一说刘邦远房兄弟，娶吕须女为妻，得封琅琊王。被刘襄挟持，丢了琅琊军队，后报了此仇。因平乱有功，改封燕王。谥号敬。
亲连高祖君臣谊，仇报刘襄羞被持。
铲乱建勋王赐赏，一生富贵满门怡。

咏吕公

吕公，姓吕，名文，字叔平，单父（今山东单县）人，人称吕公，吕雉之父，吕尚后裔。为避仇逃难暂住沛县县令家，善相术。吕公妻对嫁女颇生气，吕公批，不改初衷。吕雉称制时赠为吕宣王。
圣裔避仇藏县令，笃研相术晓天时。
枕风不改嫁贤女，身后殊荣泉下怡。

咏吕雉

吕雉，前241—前180年，单父（今山东单县）人，别名娥姁，刘邦皇后。前201—前195年执掌国权。刘邦死后，被尊为皇太后（前195—前180）。中国历史上有记载的第一位皇后和皇太后，又称汉高祖后、吕后、吕太后。封建王朝第一个临朝称制的女子，掌汉政权十六年，为"文景之治"奠定坚实基础。与邦生一儿一女。曾和邦父母做人质两年。归汉后，留守关中。有谋略，灭异姓王，巩固了汉朝统一政权。功绩等同帝王，不自行宣布为女皇。保持汉初政策一贯性，"与民休息"、"无为而治"，鼓励生产，重农宽商，勤俭治国。拒匈奴辱，化干戈为玉帛。晚年大封吕姓诸侯。死后与邦合葬。
田作持家怀帝志，关中固守铲他王。
干戈成玉重农贾，文景奠基国祚长。

咏戚夫人

戚夫人，前224—前194年，亦称戚姬，名懿，下邳（今江苏邳州）人，祖籍山东定陶。出身农家，枯井救刘邦。邦宠妃，随征四年，善歌舞，与邦同喜同忧。后被吕雉以残忍手段迫害。
枯井救刘农智女，随征四载喜忧同。
折腰翘袖善琴瑟，吕雉歹毒香陨终。

咏张良

张良，约前250—前186年，字子房，韩国新郑（今河南新郑）人。刘邦谋臣，杰出的军事家，政治家，汉开国元勋之一，"汉初三杰"之一。以出色的智谋在楚汉之争中助刘最终夺得天下。大功告成后，及时隐退，避免了像韩信等鸟尽弓藏的下场。被后世尊称为"谋

圣"。封留侯,谥文成。
博浪狙击秦始皇,襄刘开汉法三章。
商山四皓喜出面,退隐黄袍婉拒王。

咏韩信

韩信,约前231—前196年,淮阴(今江苏淮安)人,汉大将军、左丞相、相国。先后被封为齐王、楚王,后被贬为淮阴侯。中国"谍战"代表人物,被奉为"兵仙""战神",杰出军事家,王侯将相一人全任。虏魏,破代,平赵,降燕,定齐,潍水杀龙且,垓下破项羽。为孙武、白起之后最为卓越的将领,为历代兵家所推崇。与张良整理兵法,成三篇。"汉初三杰"之一。最后被刘邦疑忌处死。

王侯将相功无二,开汉三杰绝世英。
列伍孙白活战策,名垂千古御神兵。

咏彭越

彭越,?—前196年,昌邑(今山东巨野)人,字仲,汉初三大名将之一,开国功臣,被封为梁王。后被告谋反,为刘邦所杀。

反秦疲楚开国将,媲美韩英建大功。
游战神灵彪始祖,谗诬陷罪剑裁终。

注:韩英,指韩信、英布。

咏栾布

栾布,?—前145年,汉梁(今安徽砀山)人,一说梁山睢阳(今河南商丘)人。曾为奴隶,彭越将其赎回,为梁大夫。因替彭越收尸、据理力争而被刘邦看重。后吴楚七国之乱,因以击齐有功封鄃侯,任燕相。齐民祭拜其为土地神,为他立社,号栾公社。

布衣莫逆交彭越,违命收尸大义张。
高祖释还肩重任,齐民祭拜土神皇。

咏张耳

张耳,前264—前202年,大梁(今河南开封)人。参加秦末农民起义,重建楚国,反抗暴秦,项羽封其为常山王,十八路诸侯之一。西汉开国功臣,刘邦封其为赵王。谥号为景,称赵景王。后亡命游外黄,成为县令。刘邦多次访耳。

审势度时同举义,项刘皆赏喜封王。
外黄县令悦高祖,开汉功臣国栋梁。

咏张敖

张敖,前241—前182年,外黄(今河南民权)人,张耳之子。随父参加陈胜起义,曾封成都君,嗣爵赵王。娶刘邦独长女鲁元公主。汉高祖七年,高祖过赵时,执子婿礼甚恭,反遭辱骂。赵相贯高等以此刺邦,未遂,被牵连入狱。贯高力辩,张敖得赦,贬宣平侯。

公主恩攀双比翼，父携共义嗣爵王。
侍巡高祖礼执慎，牵狱自白出大墙。

咏贯高

贯高，？—前198年，赵相。刘邦灭赵后，高积愤图谋报复。阴谋败露后被收监。但他大义凛然，揽罪于己，保护赵王，高祖被其感动，赦免贯高和赵王。高自以为救助赵王的使命已经完成，便自杀。

高祖幸巡羞辱婿，不平两肋怒拔刀。
仇家乘隙复诬陷，理劝门徒品自高。

咏泄公

泄公，汉高祖时任中大夫，贯高老乡。刘邦派其去了解贯高情况，释放了张敖。

品耿天生殊仗义，贯高童友素精明。
纯心察访真情获，方释张敖罪孽清。

咏夏说

夏说，生卒不详，陈馀谋士。被陈馀派去劝田荣借兵反张耳，打败张耳后任代国国相，后为韩信所擒杀。

多谋足智陈馀士，婉劝田荣慨借兵。
张耳溃师攫代相，难敌韩信彻摧营。

咏吕泽

吕泽，吕雉兄，从刘邦起兵，佐定天下。因功封周吕侯，谥令武，后追尊为王，改谥悼武。刘邦彭城败退时，投驻下邑的吕泽，渐振军威，项羽不能越荥阳向西推进。后与众多部下抗刘邦欲易太子的行为。

追刘佐定汉天下，鼎助彭城败退时。
强楚不能西向进，力襄嗣位免遭移。

咏季布

季布，生卒不详，楚地人。辅佐项羽灭秦，数围刘邦，后为邦用，任郎中、中郎将、东阿郡守。为人仗义，以信守诺言讲信用著称。楚谚："得黄金百斤，不如得季布一诺。"成语"一诺千金"典出处。

一诺千金名楚将，屡逼高祖反为臣。
河东郡守中郎将，仗义忠行不忘恩。

咏季心

季心，季布弟，任侠名，闻名关中，方圆数千里忌士争为其死。曾经杀人，亡命吴地。官至中尉司马。

任侠布义名遐迩，千里关中老少怡。
亡命远吴遁囹圄，忠国司马世推奇。

咏曹丘

曹丘，生卒不详，因宣扬季布"一诺千金"，使自己也享盛名。后以"曹丘"作为荐引、称扬或介绍者的代称。

慧眼识奇公荐举，张扬季布倍人诚。
若非此语广传布，抑或该杰少誉声。

咏丁复

丁复，？—前183年，赵人。随刘邦进军汉中，定三秦。破龙且于彭城，后为大司马。封阳都侯，谥号敬。
征战百回军灞上，明时投汉定三秦。
彭城攻获大司马，镇守阳都善抚民。

咏钟离眛

钟离眛，？—前200年，朐县（今江苏灌云）人，项羽麾下武艺超群的上将。多次与刘邦部队正面对峙，且给以沉重打击。汉立后自杀。韩信好友。
超群武艺项麾下，对峙刘邦出重拳。
韩信挚朋诚阻狩，狐悲兔死泪相怜。

咏龙且

龙且，？—前203年，与项羽一起长大，项羽麾下第一猛将，随项梁起义反秦，官大司马。先大破秦军于东阿，后大破英布。与韩信大战，轻敌，战死。

一

猛将首推随项羽，秦师大败战东阿。
旋攻英布再囊胜，轻觑淮侯折斧柯。
注：淮侯，指淮阴侯韩信。

二

骁勇绝伦娴贯战，淮南黥布弃盔逃。
定陶未胜灌婴猛，韩信麾师身首抛。

咏虞子期

虞子期，《西汉通俗演义》中的虚构人物，项羽五大将之一，虞姬堂弟。项羽兵败垓下，其一直追随羽直至战死。沭阳人，善制兵器。
虞姬弟耿仁忠勇，善制剑戈敌胆寒。
垓下楚歌远千里，扈随喋血面欣然。

咏周殷

周殷，项羽大臣，作为大司马主持南方军政，统九江军。汉撕毁鸿沟条约，追击楚军，反遭痛击。汉退守固陵，英布、刘贾诱殷叛楚。合攻寿春，屠杀城父军民，直到垓下。
九江一统大司马，背楚有因归汉军。
城父市民无辜戮，师围垓下忘前恩。

咏章平

章平，生卒不详，秦将，章邯弟。随兄征四方，降项羽，任雍国大将。多次率军挡来犯汉军。后兵败被俘。
四方征战终降楚，富略善谋军纪严。
屡率强师敌劲旅，雍国大将阵锋前。

咏曹无伤

曹无伤，？—前206年，一作曹毋伤。刘邦将，官至左司马。系导致鸿门宴

事件发生的人物之一。
杀伐陷阵左司马，歹计鸿门心狠毒。
高祖天襄脱虎口，方登幕谢半行途。

咏李由

李由，？—前208年，上蔡人，李斯长子，任三川郡守。面对项羽强敌，组织军民固守雍丘，身先士卒，激战四日，左臂中箭血流如注，他拔出箭头，包扎伤口，继续指挥作战。城破，巷战，剩十几名贴身护卫，仍以一当十，后战死沙场。

一

高望大族忠郡守，身先卒士守雍丘。
血流如注不停战，城破巷逐力刺仇。

二

相裔勇忠川郡守，顽敌吴广士卒前。
霸王瞋目怒挥戟，诚佩惺惺葬故园。

咏灌婴

灌婴，？—前176年，睢阳（今河南商丘）人，原为丝缯商贩，随刘邦平秦灭楚，大破英布。平定诸吕，拥立汉文帝即位。汉太尉、丞相，封颍阴侯。被追谥为懿侯。

一

丝商名将殊骁勇，北战南征开埠功。
翦吕复国延汉祚，三朝元老屹青松。

二

开国名将战骁勇，灭楚平秦诸吕除。

元老三朝延汉祚，削平英布止邪图。

咏叔孙通

叔孙通，生卒不详，又名叔孙何，薛（今山东枣庄）人。事秦辅汉。秦二世封其博士。投汉，拜博士。协助汉高祖制定宫廷礼仪，出任太常、太子太傅。司马迁评：因时而变，为大义而不拘小节。成语"不足挂齿"典出处。

事秦辅汉真杰义，仪礼宫廷制度明。
直谏忠言尝面馊，不足挂齿秉虚清。

咏马维

马维，生卒不详，刘邦幼时师。
知书循礼育才俊，教授马公学子芃。
诲诱稚童涓细人，高足济济治邦英。

咏卢绾

卢绾，前256—前194年，沛丰邑（今江苏丰县）人，与刘邦同乡好友，二人同一天生日，儿时同在马公书院读书。楚汉战争中官至太尉、长安侯，后封为燕王。因与刘邦关系特殊，可自由出入皇宫。公元前194年叛乱，死于匈奴。

高皇同日降人世，总角寒窗伴马公。
过往超常手足谊，缘何衅叛此生终。

咏雍齿

雍齿，？—前192年，沛（今江苏沛

县)人,汉初武将。出身豪强,随刘邦反秦。守丰邑时叛,几经反复,再归邦。邦以其立过许多战功,未杀他。封什邡侯,谥号肃。

开汉豪强名武将,萍移朝暮目鼻尖。
只缘功赫躲一戮,食邑什邡保命全。

咏曹参

曹参,? —前190年,字敬伯,泗水沛(今江苏沛县)人。随刘邦反秦,身经百战,屡建战功,攻下两国和一百二十二个县。赐平阳侯,汉第二任相,佐惠帝。任相时,休息无为,恢复经济,主张清静无为。谥懿侯。成语"萧规曹随"典出处。

开国名将仁登相,百战殊勋反暴秦。
悉照萧规满堂彩,江山繁茂悦民心。

咏曹窋

曹窋,曹参之子。高后时为御史大夫。文帝时免为侯,为侯二十九年去世。谥号静。

相子耿忠恒奋勇,柱国御史谏书频。
降侯不计禄福少,明月清风旦暮勤。

咏王武

王武,生卒不详,降汉为柘县(今河南柘城)令。楚汉战争中,率兵反于外黄(今河南民权),被曹参败。

楚汉相搏天地动,外黄逆动费心神。
曹参怒吼降高祖,柘县登堂良吏臣。

咏樊哙

樊哙,前242—前189年,沛(今江苏沛县)人,汉开国元勋,为大将军、左丞相,著名军事统帅。出身寒微,以屠狗为业。鸿门宴上勇救刘邦。刘邦心腹,吕后妹夫。汉时仅次于项羽的第二猛将。封舞阳侯,谥武侯。

出身寒苦业屠狗,勇闯鸿门智救刘。
心腹连襟名统帅,开国侯相壮春秋。

咏吕媭

吕媭,? —前180年,单父(今山东单县)人,吕雉妹,嫁樊哙,育一子。数谗陈平,后未纳。用事专权,大臣尽畏之。封临光侯。

光侯后妹妻樊哙,屡诋陈平未遂心。
用事专权臣尽畏,妇人陋见妒贤君。

咏樊伉

樊伉,樊哙、吕媭之子。父卒,袭舞阳侯。诛灭诸吕时一同被杀。

随父征伐挥槊猛,袭爵蒙荫舞阳城。
缘恩享位俸财厚,铲吕同囚寒刃刑。

咏陈平

陈平,? —前178年,阳武(今河南

原阳）人，开国功臣，六出奇计，协助刘邦统一天下。任右丞相、左丞相，封户牖侯。与周勃平定诸吕，迎立刘恒为帝。
少贫奇志攻读苦，挂印封金追圣君。
六计襄刘天下纳，复宗铲吕顺人心。

咏魏无知

魏无知，生卒不详，从刘邦，力荐陈平。拜护军中尉。刘邦后感谢陈平，陈平说："没有魏无知，我怎入朝为官呢？"刘邦称许，赏魏无知。
鱼龙杂混风云会，慧眼识珠诚荐陈。
辩护受金非盗嫂，品洁感动圣龙心。

注：陈，指陈平。

咏陆贾

陆贾，约前240—前170年，西汉政治家、文学家、思想家、外交家。公元前196年使南越，招赵佗臣属汉朝，立其为南越王。参与灭诸吕，迎立文帝刘恒。再使南越，劝赵佗去掉帝号，重新恢复与中原的臣属关系。总结秦亡教训十二篇，提出"逆取顺守，文武并用"统治方略。
义凝耆宿灭诸吕，双赴晓明揽赵佗。
新语论秦真教训，启迪贾董振儒铎。

注：《新语》乃陆贾所著书。贾董，指贾谊、董仲舒。

咏石奋

石奋，前220—前124年，字天威，号万石君，河内温（今河南温县）人。少家贫，无文学，恭谨无比。不善言谈，敏于事。初为小吏，后侍刘邦，为中涓。文帝时至太中大夫。景帝时列为九卿。
家窘少贫乏教化，寡言敏事慎勤恭。
履冰临壑无双比，侍主三朝恩不穷。

咏景驹

景驹，？—前208年，秦末农民战争时的楚王（秦嘉在彭城拥立他为王，不久项梁派英布攻打）。后参加起义，给秦王朝统治者当头一棒，为社会发展起了良好作用。刘邦曾投其门下。
风云际幻斗残暴，拥立彭城显楚王。
举义倒秦挥戟猛，应天顺势弄潮强。

咏郦食其

郦食其，前268—前203年，陈留（今河南开封）人。献策攻下陈留，使沛公得粮草辎重，解后顾之忧。在楚汉相争时建议汉王夺取荥阳，占领敖仓，为日后逆转奠定胜基。后劝秦将降，不战而下武关，邦入咸阳，秦亡。封广野君。韩信攻齐，齐王田广烹杀郦。
书生老去犹得志，奉策沛公得草粮。
不战咸阳秦将献，遭齐田广惨烹亡。

咏郦商

郦商，？—前180年，郦食其弟。陈胜起义，商聚四千贫民响应。随刘邦屡立战功。一生戎马，反秦、战楚，三次平叛。任右丞相、曲周侯。谥号景。

一

好武娴兵居右相，四千黔首义旗张。
一生戎马覆秦楚，三次挥戈平叛忙。

二

娴戈精武谙兵道，聚义四千助苦民。
楚汉相争戎马壮，三锄衅叛柱国勤。

咏郦疥

郦疥，前238—前176年，郦食其之子。数次带兵协助汉王作战立功，未能封侯。公元前195年，朝廷以其父功封其为高梁侯，后改武遂侯。

名族世将驰沙场，鼎助汉王屡立功。
暂未封爵无恨怨，终袭父位遂侯公。

咏陈豨

陈豨，？—前195年，宛朐（今山东菏泽）人，刘邦部将，赵国相国。后叛，自立为代王，兵败被杀。

统军赵代居国相，蓄客众多良莠藏。
牵罪问责螳臂举，王师樊哙义戈扬。

咏任敖

任敖，沛（今江苏沛县）人。少为狱吏，素善高祖。任御史大夫、上党郡守。陈豨反，敖坚守，封广阿侯。

两肋插刀殊义气，素亲高祖狱卒贤。
僵持上党战豨叛，卫郡坚搏广士缘。

咏傅宽

傅宽，？—前190年，横阳（今河南商丘）人，开国功臣。秦末农民战争中，以魏五大夫骑将投刘邦，任右骑将。后从击项羽，随韩信占齐地。汉建立，邦定元功十八人，傅列第十位。任齐相，参加平定陈豨叛。谥号景。

魏王骑将奔高祖，韩信略齐策马忙。
襄定陈豨削叛乱，两侯两相戴荣光。

咏夏侯婴

夏侯婴，？—前172年，又称滕公。沛（今江苏沛县）人，一说沛国谯（今安徽亳州）人。汉开国功臣。与刘邦少时朋友，随邦起义，立战功，封汝阴侯。一开始，负责养马驾车，后任试用县吏。曾仗义为邦解脱，被关押一年余，挨板数百。其刀下留韩信，荐萧何，乱中救邦子女。吕雉赐宅。

驾车饲马救高祖，刀下留韩力荐萧。
赴义开国恩吕雉，勋劳赫赫赐宅豪。

咏萧延

萧延，萧何次子。高祖时，封筑阳

侯，在南阳郡。文帝时因何长子无嗣，
延袭封酂侯，死后长子萧遗嗣位。
相国次子筑阳守，延禄长兄享荫恩。
命运天来休妄想，续宗延嗣无绝根。

咏蒯通

蒯通，生卒不详，本名蒯彻，范阳
固镇（今河北徐水）人。善为长短说，
论战国之权变。曾建议韩信与刘邦、
项羽三分天下。以三寸不烂之舌传檄千
里，不战而下三十余城。
长短善说多智辩，轻摇三寸众城降。
三分天下献韩信，奇策取齐未赏光。

咏武涉

武涉，生卒不详，盱台（今江苏盱眙）
人。公元前203年，项羽派其劝韩信"反
汉和楚，三分天下"，为韩信所谢绝。
汉楚风云瞬间变，凭谋恃勇善周旋。
扈随项羽三分策，韩信婉绝白手还。

咏吕马童

吕马童，？—前170年。历郎中骑
将、骑司马。垓下之战与人共斩项羽，
被封为中水（今河北河间）侯。文帝十年
薨，谥号庄。《史记·项羽本纪》记载，
项羽兵败身死前曾称其为故人。
鼎食衣锦仰脖望，一战遂得十二级。
项臂献刘赢赏厚，马童悔毙世间奇。

咏杨喜

杨喜，？—前168年，字幼罗，号德
嘉，华阴（今陕西潼关）人。任郎中骑都
尉（管理宫廷车骑门户的武官），宫中更
值宿卫（负责宫中夜间安全的武官）。击
杀项羽有功，封赤泉侯。
奋武忠勤钢铁性，宫门严守素平安。
霸王身裂奇功建，享禄荫家封赤泉。

咏柴武

柴武，？—前163年。汉初大将，
响应刘邦起义，屡立战功。参加垓下
决战。封棘蒲侯。公元前196年，韩王
信叛汉降匈奴，柴武败其军，斩信于
参合。
屡立战功同举义，会师垓下霸王殒。
韩王叛汉勾胡寇，大破其军斩首回。

咏召平

召平，秦时东陵侯，秦亡后不仕，隐
居长安城东，种瓜为业，瓜味甜美。后以
"召平瓜"为安贫隐居之典。
东陵封邑怀奇志，国灭不移恋祖恩。
郊隐植瓜以名冠，脆甜爽口客盈门。

咏朱轸

朱轸，？—前188年，鲁（今山东）
人。以舍人从刘邦起于沛，为队帅。封
都昌侯。

风云变幻罩秦末,离沛斩蛇共举旗。
马后鞍前忠队帅,同心开汉血征衣。

咏周苛

周苛,?—前203年,沛(今江苏沛县)人,秦时为泗水郡卒史,随刘邦入关中,封御史大夫。从韩信战斗中杀死魏豹,守荥阳。项羽破荥阳,宁死不屈,被烹杀。公元前202年,被追封为高景侯。

吏微泗水追高祖,鏖战荥阳魏豹擒。
顽守拒降城破陷,烹杀昂首献贞心。

咏纪信

纪信,?—前204年,字成,刘邦部将,从邦起兵,为部曲长。公元前204年,在荥阳被围时假扮邦让邦逃脱,后被俘,被项羽处死。保刘安汉功不可没。

部曲长仁同举义,荥阳困陷夜沉深。
易装神似脱高祖,功盖三杰安汉人。

咏周昌

周昌,?—前192年,沛(今江苏沛县)人,泗水卒史。从刘邦入关,破秦,为中尉。破项羽,拜御史大夫,封汾阴侯。耿直敢言,劝谏刘邦,阻止其废太子。

一

紧随高祖反秦暴,跃马入关敌胆寒。
力破项籍师逞勇,步出泗水海天宽。

二

破秦卒吏追高祖,敢谏直言性耿忠。
力保储君如意相,避朝称病闭门公。

咏王陵

王陵,?—前181年,沛(今江苏沛县)人。秦末农民战争中,聚数千人据南阳(今河南南阳)。后归刘邦,从定天下,至右丞相。反对吕雉封诸吕,改任太傅。母为促其归汉伏剑自杀。为人刚正,不依附权贵。邦临终告后吕雉,曹参死后,王陵可为相。

啸聚南阳察世变,母仁伏剑义归刘。
豪族大姓庭尊宠,怒斥吕封襄汉酬。

咏张苍

张苍,前256—前152年,阳武(今河南原阳)人。西汉丞相,政治家,科学家,谋士,封北平侯。初为秦御史,后归刘邦,平臧荼叛乱有功,文帝后因政见不同自动引退。校正《九章算术》,曾对世界数学发展产生过重要影响。制定历法,提出完整度、量、衡理论,把算学研究成果应用于国计民生。主张废除肉刑。

算术九章丞相校,同窗韩李并高足。
臧荼叛乱旋平定,终止肉刑振臂呼。

注:韩李,指李斯、韩非。

咏随何

随何，刘邦军谒者（主管传达禀报的人），派去说服九江王英布降汉。灭楚后，邦贬低他的功劳，他用分析推理的手段为自己的功劳辩护，官至护军中尉。"三寸不烂之舌，强于百万之师"，后世将其与郦食其、陆贾并论。
三寸悬河同郦陆，淮南英布汉收归。
透析推理自功辩，高祖笑吟不苟颓。

咏贲赫

贲赫，英布中大夫。布认为其与爱姬私通，欲下狱。赫遁，报汉布谋反。刘邦听萧何语，认为布反行未显，将赫下狱。后布果反，杀赫一家（反救了贲赫）。刘邦以赫为将军，讨布。功封期思侯，谥号康。位列功臣榜第一百三十二位。
遭疑将狱遁诬主，英布灭门遥救人。
跨马复仇先陷阵，享功标榜洗前尘。

咏利苍

利苍，湖北荆州人。西汉长沙国丞相。早年随刘邦打拼，封轪侯。与吴臣诱杀英布。
贯征拼打长沙相，累累勋功享厚恩。
诱取叛臣英布首，轪侯千载现荒坟。

咏辛追

辛追，前217—前168年，长沙国丞相利苍的妻子，长沙国临湘侯辛夷之女。1972年出土于长沙市东郊浏阳河畔的马王堆一号墓主人，便是辛追，这是世界上保存最好的湿尸，被誉为"东方睡美人"，为世界医学提供无双范本。
禅衣纱素若蝉翼，侯女东方睡美娴。
帛画金乌神树伴，无双寰宇越千年。

咏陈婴

陈婴，秦东阳县（今江苏盱眙）人，任县令史，为人诚实谨慎。东阳少年杀县令拟立婴为王，陈婴母阻。后率众投项梁，共立熊心为楚怀王，婴任上柱国。后投刘邦，封堂邑侯，谥号安。
谨慎诚实担县吏，谢绝偶遇母言遵。
怀王共立上国柱，高祖封侯享暮昏。

咏娄敬

娄敬，生卒不详，因刘邦赐姓改名刘敬，齐国卢（今山东长清）人，刘邦重要谋士。其对西汉政策的制定及政权稳定起过很大作用。建议邦不定都洛阳而定长安（得张良支持）。对用兵匈奴持异议，"白登之围"后，主张和亲政策。
谋略高深帷幄妙，汉天初创鼎襄局。
长安更比洛阳好，力主和亲泯战书。

咏审食其

审食其，？—前177年，沛（今江苏沛

县）人。初任刘邦舍人。与吕雉同时为项羽俘，渐为吕雉亲信，封辟阳侯，任左丞相，权势滔天。诛吕后罢相，为刘长所杀。
命运宕跌随吕后，同俘陷项共相怜。
荣达左相显权势，诸吕送行偕九泉。

咏甪里先生

甪里先生，名周术，字元道，秦末汉初著名隐士，"商山四皓"之一。刘邦多次邀请做官，皆拒，谏阻邦废太子。后为刘盈座上宾，邦遂立刘盈为太子。
商山四皓避秦乱，林隐结庐德望韶。
高祖屡邀皆婉拒，刘盈上座储君牢。

咏黄石公

黄石公，约前292—前195年，姓崔名广，一说姓魏名辙，字少通，又名夏黄公，齐国（今山东淄博）人。秦末汉初著名隐士。在下邳桥上三试张良后，授予《太公兵法》。原秦庄襄王大臣，辅佐幼帝有功。后在帝国皇宫中牧为门客，专研兵法的大学士。《黄石公三略》为我国古代第一部专门从战略上论兵的兵书。
商山清隐成三略，三试张良方授书。
吕氏三篇亲笔撰，秦宫门客不糊涂。

咏东园公

东园公，姓唐，一说姓庾，名秉，字宣明，生于襄邑县（今河南睢县），以东园公为号。秦末汉初著名隐士，"商山四皓"之一。传闻苏州西山岛凤凰山东村为其隐居地。
汉立避秦名隐士，东园字号秉宣明。
商山四皓殊奇策，江表凤凰足寄情。

咏刘肥

刘肥，？—前189年，沛（今江苏沛县）人，刘邦庶长子（最大庶子，曹氏所生），受封齐王。
母曹居长名出庶，依语归宗齐属明。
城献金枝公主乐，归国获信后怡情。
注：后，指吕雉。

咏刘襄

刘襄，？—前179年，刘邦长孙，刘肥长子。第一个起兵反诸吕。因灌婴倒戈，误了按原计划进军关中进驻长安的时机。文帝立，次年刘襄亡。谥号哀。
帝裔王心怀异趣，起兵伐吕首扬旗。
关中变故延期进，功败垂成徒叹息。

咏刘友

刘友，？—前181年，刘邦之子。由淮阳王改封赵王。刘友的王后为吕氏女，友不爱，爱他姬。吕雉怒，将友软禁起来，绝供食。友因饿作歌，辞哀怨。死后，以民礼葬。
吕门作后乏真爱，独喜宫姬恒铁心。

幽闭无食哀怨甚，饿歌凄楚葬依民。

咏刘恢

　　刘恢，？—前181年，刘邦之子，受封梁王，后改封赵王。被迫娶吕产女，宠妃被吕产女毒杀，郁闷，殉情自杀。死后废嗣。文帝时追谥为恭王。
禁苑森森难自主，梁王迫娶吕门娟。
宠妃泪眼轻声唤，沉郁殉情赴九泉。

咏刘如意

　　刘如意，？—前194年，刘邦、戚夫人之子。邦欲立如意为太子，大臣阻。后被吕雉毒死。
皇禁森森帷幕厚，足移咫尺两重天。
存心嗣立慈高祖，引来杯鸩下黄泉。

咏刘长

　　刘长，前198—前174年，沛丰邑（今江苏沛县）人，刘邦少子。公元前196年被封淮南王。文帝时，骄纵跋扈，常与帝同车出猎。在封地不用汉法，自作法令。公元前174年与匈奴、闽越首领联络，谋乱，事泄被拘。朝臣议以死罪。文帝赦之，废王号，谪徙蜀郡严道（今四川雅安）邛邮，途中绝食而死。谥号厉。
扛鼎轻盈皇少子，骄残跋扈气熏天。
目无汉法自颁律，勾寇贬谪徙雅安。

咏刘盈

　　刘盈，前210—前188年，刘邦、吕雉之子，九岁被立为皇太子，十六岁继位，即汉惠帝，汉第二任皇帝，前195—前188年在位。政治上奉行"无为而治"，休养生息；关注民生，发展经济；修筑城池，建设长安。实权握在母后吕雉手里。后因抑郁，早逝。
幼苦锄禾勤助母，储君固位赖商山。
休息轻税增人口，整葺长安现俊颜。
　　注：商山，指商山四皓。

咏张嫣

　　张嫣，前202—前163年，字淑君，鲁元公主、张敖之女，刘盈皇后。相传其死后民众纷纷为她立庙，定时享祭，尊为花神，为其立的庙便称为花神庙。
冰清洁玉丽奇遇，亲上加亲本乱伦。
无嗣终身皇后善，花神庙祭万民尊。

咏闳孺

　　闳孺，生卒不详，又作闳籍孺。汉惠帝刘盈第一男宠。干政，曾保审食其一命。
深禁遇合缶上座，黄袍旋转喜连连。
纤纤三寸千钧重，保命食其图共圆。

咏刘恭

　　刘恭，约前190—前184年，刘盈嫡

长子,即西汉前少帝,前188—前184年在位。身世非凡,因有怨言,吕雉囚其于永巷(宫廷监狱),称其重病,将其废黜并杀害。

幽宫烟雾障人目,言怨耿直惹祸身。
永巷囚笼称病重,少年天子枉绝根。

咏刘弘

刘弘,?—前180年,原名刘山,曾用名刘义,刘盈之子。封襄成侯,常山王,改名义。吕雉命继位,改名弘。前184—前180年在位,即西汉后少帝。后刘恒入长安,将其诛杀。

幼弱无邪皇苑养,龙床柔软屡坑人。
掌国吕后随心欲,诸吕铲平同断根。

咏吕台

吕台,?—前187年,吕雉侄。建立吕国(今山东济南),建都平阳城。为吕雉所封的第一个吕姓诸侯王。谥号肃。

姑母掌国临幸运,侯王吕姓首扬名。
平阳国立新都建,开埠抚民邦靖宁。

咏吕产

吕产,?—前180年,山阳单父(今山东单县)人,吕雉之侄,封梁王,任太傅,相国。后入掌禁军,在乱中为朱虚侯刘章所杀。

内掌禁军兼太傅,战功炫目莅梁王。

时绝运逆连诸吕,奋剑周勃裁命亡。

咏吕禄

吕禄,?—前180年,山阳单父(今山东单县)人。公元前180年为将,统领北军,为上将军。诸吕惧怯灌婴和周勃,未实行叛乱。

北军统领严宫禁,吕后心仪握重权。
汉室凌空他姓控,宿臣联袂命归天。

咏驷钧

驷钧,生卒不详,齐哀王刘襄之舅,为人残暴,齐王以其为相。公元前179年封清都侯,又作清郭侯。支持齐王夺召平军队,平定诸吕。

性行残暴居齐相,诡诈召平诸吕除。
济北乱国奸坐视,邦消自取假糊涂。

注:召平,时任齐相。

咏刘章

刘章,前200—前177年,刘邦孙,刘肥之子。灭吕有功,加封城阳王,谥号景。

吕禄乘龙持志异,非其种者唱耕田。
义诛吕产邦随定,光复刘家祚续前。

咏刘兴居

刘兴居,前199—前177年,刘邦孙,齐悼惠王之子,封东牟侯,宿卫长安。吕后死,与兄谋诛诸吕夺帝位。文帝即位

后封二千户,济北王。公元前181年匈奴入寇,乘机叛乱,后被俘自杀,国除。
皇孙异志东牟守,诛吕襄兄斗胆从。
乘隙戎侵玩把戏,陷俘羞辱自戕终。

咏魏伯

魏伯,生卒不详,西汉齐国中尉。汉初智解兵围,是平吕关键人物。少时家贫,天不亮就为宰相曹参扫家门。
少贫鸿志蓄谋广,洒扫相门拂晓前。
智解兵围施妙策,铲平诸吕复刘天。

咏朱建

朱建,?—前177年,楚人,有口辩,性廉刚直,行不苟合。原为英布相,因有罪去,后复事布,刘邦封其为平原君。与审食其是挚交。审食其得幸吕雉,及诸吕败,朱建以计出之。后因辟阳侯的缘故自杀,文帝深为惋惜。
善辩刚廉行不苟,数襄英布建功名。
投明奔汉赐丰厚,受信后宫闻大庭。

咏刘恒

刘恒,前203—前157年,刘邦第四子,即汉文帝,前180—前157年在位,共二十三年。在位期间,励精图治,兴修水利,废除肉刑,免全家连坐,使汉朝进入强盛安定时期。亲自为母后薄氏尝药,列入"二十四孝"之一。以德服诸侯、匈奴。开创"文景之治"。
大势诡谲登九五,躬行节俭励精图。
废除家坐肉刑法,文景盛名青史书。

咏薄姬

薄姬,刘邦嫔妃,刘恒之母。吴县(今江苏苏州)人。原魏豹妾室,韩信击败魏豹后,被召入宫,一年多未见邦面。后偶然得到临幸,生恒。为人谨小慎微,处处忍让。专心育恒,恒赴代地就王时同行,因远离京都,正好避吕后祸。恒即位后尊其为太后。
姑苏佳丽幸皇上,谨小慎微容世平。
慈育储君随晋远,子荣母贵庆离京。

咏薄昭

薄昭,?—前170年,汉文帝母薄太后唯一亲弟弟。冒生命危险进京打探消息,刘恒才去做皇帝。曾救周勃一命。
忠肝义胆智国舅,冒险进京侦密息。
勇救周勃出水火,龙床温暖跪铺席。

咏窦皇后

窦皇后,?—前135年,名漪,一说漪房,清河郡观津(今河北武邑)人。是刘恒皇后、景帝母。拥附"黄老思想",继续"以民兰息","无为而治",把汉王朝推上强盛高峰。上承高祖伟业,下启汉武帝雄风。出身良家。

一
良家淑女睿皇后，黄老无为治顶峰。
高祖鸿基传汉武，悠悠千载炫芳名。

二
贤淑娇丽佐三帝，家窘幼寒选入宫。
襄政无为国大治，母仪天下野朝崇。

咏窦广国
　　窦广国，生卒不详，字少君。窦皇后胞弟。德才兼备，群臣敬服，文帝拟任其为相，窦后谏阻。窦氏姐弟所为，朝野称赞，对形成"文景之治"起了重要作用。封章武侯。
颠沛流离十数载，佣工烧炭死逃还。
闾卜富贵应亲姊，谦谨郎君久悦颜。

咏慎夫人
　　慎夫人，生卒不详，刘恒宠妾，有美色，能歌舞，擅鼓瑟。衣不曳地，帐不文绣，敦朴，为天下先。
佳丽婉歌能鼓瑟，上林游宠款怡君。
衣无曳地帐乏绣，天下为先彰妾心。

咏邓通
　　邓通，生卒不详，蜀郡南安（今四川乐山）人。汉文帝宠臣。获赏铜山，广开铜矿，铸钱，富甲天下。
巨贾奇能逢大运，铸钱开矿畅江船。
富敌天下无双比，固宠吮疮谋广宽。

咏淳于意
　　淳于意，生卒不详，汉初临淄（今山东临淄）人。曾任齐太仓令。精医道，辩证审脉，治病多验。后因罪当刑，其女缇萦上书文帝，愿以身代，得免。其二十五例医案称"诊籍"，为中国现存最早的病史记录。
精医辩证太仓令，珍贵诊籍心血凝。
缘故当刑髦耆苦，孝媛感帝肉刑停。

咏缇萦
　　缇萦，临淄（今山东临淄）人，名医淳于意五个女儿中最小的一个。为救父向文帝上书，文帝因此废肉刑。展现奇女子的毅力、勇气。
名医奇女惊天地，救父上书达阙庭。
文帝感闻刑法改，国人获益遍歌声。

咏张武
　　张武，代国郎中令，文帝刘恒的谋臣。周勃、陈平灭诸吕，迎刘恒即位，武劝阻（未纳）。后镇守萧关，与匈奴战亡。
寸光鼠目郎中令，少见陋识知暗时。
灭吕迎刘天响应，徘徊御寇守关西。

咏赵谈
　　赵谈，汉宦官，受文帝宠，出入同车，常谮害袁盎。盎当众羞辱谈，文帝笑

而命谈下车,他被迫哭泣而下。
阉人得宠享文帝,谗害袁盎反辱羞。
泪面下车知趣否,袁丝变色换春秋。

咏宋昌

宋昌,生卒不详,随高祖起于山东,任代王中尉。平诸吕,迎代王,众以为不可信,昌独劝王勿疑,于是王赴京即位,封其为庄武侯。后有罪,夺爵一级,封关内侯。
扬戈跃马扈高祖,吕氏诛平鼎力襄。
众阻代王即大位,公明独劝勿彷徨。

咏陈午

陈午,汉堂邑侯,与馆陶长公主刘嫖有一女陈氏,为汉武帝第一任皇后,后被废。在汉初一百多侯位中,排名第八十六。
苦读经武封侯喜,堂邑风光特养人。
驸马馆陶独女降,首依汉武统妃嫔。

咏张释之

张释之,生卒不详,字季,汉南阳堵阳(今河南方城)人。事文、景二朝,至廷尉,执法公正不阿。时评:"张释之为廷尉,天下无冤民。"
品行公正不阿法,廷尉柱国无怨民。
四两罚金惩犯跸,盛名文景助恭勤。

咏周仁

周仁,生卒不详,任城人,凭医术见天子。为人深隐持重。帝赏、诸侯赠物,均不受。因病回乡养老。
扁鹊临宫九五贤,深藏持重隐人言。
旧衣烂裤嫔鼻掩,不受赠封归故园。

咏伏生

伏生,约前260—前161年,济南(今山东邹平)人,一作伏胜,字子贱,秦博士。秦时焚书,伏生于壁中藏《尚书》,汉初仅存二十九篇。《尚书》原以小篆写成,他改用汉代隶书,后称"今文"。为《尚书》传授渊源,西汉学者多出其门。
尚书藏壁免焚祸,传授渊源功立奇。
小篆改书援汉隶,今文盛世自秦时。

咏直不疑

直不疑,南阳人,文帝郎官,升太中大夫,率军平"七国之乱",封塞侯。为人忠厚。
忍误顾全品忠厚,率师铲乱靖七藩。
蹈规治郡学循老,因过羞申曾免官。

咏刘启

刘启,前188—前141年,刘恒长子。前157—前141年在位。在位期间,削诸侯封地,平定"七国之乱",巩固中央集

权。其承前启后，勤俭治国，重农抑商，发展教育、经济，打击豪强，与父开创"文景之治"。

七藩平定承先后，清静俭恭徭赋轻。
广教抑豪兴酷吏，盛传文景万年名。

咏薄皇后

薄皇后，生卒不详，刘启的太子妃和第一任皇后。刘启祖母薄太后的族人。无子，失宠。公元前151年被废。中国历史上第一位被废黜的皇后。

幸承显裔喜天外，无子宠失僭禁规。
废黜荼身皇后苦，千年封建第一回。

咏栗姬

栗姬，生卒不详，刘启姬妾，齐国人。早得宠，育三子。后失宠，郁死。

妾姬早宠育三子，花谢花开难定时。
皇苑森严失意惨，冰心抑郁落金枝。

咏刘荣

刘荣，前171—前148年，刘启与栗姬之子，曾立为太子，后废为临江王。因被控侵庙墙建宫，刘启召见，恐，自杀。

曾荣太子后遭废，坐控建宫侵庙垣。
中尉府责羞自了，衔泥万燕筑坟沿。

咏刘德

刘德，前171—前130年，字路叔，景帝第二子，河间（今河北河间）人。德宽厚，好施生。为诸侯王二十六年，始终未卷入政治漩涡。修学好古，广求天下善书，大力推广儒术，立《毛诗》《左传》博士。聘毛苌为博士。

一

修学好古崇儒术，天下善书重贿求。
孤本珍奇官府少，日华宫里俊杰稠。

二

术修黄老多奇略，召见甘泉千里驹。
宽厚好施高性品，小心畏满泰长途。

咏毛亨

毛亨，鲁国（今山东曲阜）人，一说河间（今河北河间）人。后隐居于武垣县（今河北河间），入籍。《毛诗》的开创者，作《毛诗诂训传》。

毛诗古训四家注，唯有叔侄得世传。
笺解郑玄宣正义，春风借力舞翩跹。

注：叔侄，指毛亨、毛苌二人，世称大毛公、小毛公。正义，即《毛诗正义》。

咏毛苌

毛苌，生卒不详，西汉赵（今河北鸡泽）人，古文诗学"毛诗学"的传授者，世称"小毛公"。其学于毛亨。曾任河间献王博士。

受业贤叔联袂训，毛诗正义继先秦。
平实准确书明简，万代千秋不断根。

咏刘非

刘非,前168—前128年,江都易王,景帝之子。公元前155年为汝南王。"七国之乱"时十五岁,有勇力,上书自请击吴,为将军。吴破,徙江都王。武帝时匈奴入边,上书愿击匈奴,不许。少数得以善终的诸侯。孙女刘细君。

请伐吴乱尚年少,治馆结豪招四方。
敬重仲舒匡错谬,尽职效祖善侯王。

注:仲舒,指董仲舒。

咏刘端

刘端,前165—前107年,汉景帝刘启之子,封胶西王。为人贼戾,不管库、赋,不要府卫。出游,更名姓,假扮布衣。

政治诡谲深变态,待人贼戾鬼藏心。
全抛库赋却身卫,名姓屡更游布衿。

咏唐姬

唐姬,生卒不详,程姬侍女,代主受幸生一子,名发(其六世孙刘秀为东汉开国皇帝),为长沙王,封在卑湿贫国。景帝姬。

侍君代主降一子,晋位荣身过望心。
山水长沙湿窘苦,开国刘秀六传孙。

咏刘发

刘发,?—前129年,景帝第六子,长沙王,在位二十八年,母唐姬(唐儿)。其十分孝顺,每年选上好的米送往长安孝敬母亲,又带回京城之土筑"望母台"。公元前142年,为父祝寿,刘发动作别扭。上怪问之,对曰:"臣国小地狭,不足回旋。"帝乃加封武陵、零陵、桂阳。谥号定。

庶出特颖殊汲品,香米送都表孝心。
京土筑台痴望母,袖缩肘手父垂恩。

咏王娡

王娡,?—前126年,槐里(今陕西兴平)人,汉景帝第二任皇后,汉武帝生母。先后为美人、夫人、皇后、皇太后。助儿子刘彻登上太子位。扶同母异父的弟弟田蚡任相,权倾朝野。死后与汉景帝合葬阳陵。

天生才貌殊强干,扶子登基谨慎行。
胞弟柄国朝野惧,娴旋鼎助汉中兴。

咏平阳公主

平阳公主,生卒不详,生长安(今陕西西安),刘启、王娡长女。又称阳信公主。初嫁平阳侯曹寿(曹参曾孙),曹寿去世后改嫁汝阴侯夏侯颇,夏侯颇死后再嫁大司马、大将军卫青。

窈窕淑女生皇苑,多舛姻缘时运乖。
三嫁卫青无子嗣,唏嘘哀叹病民侪。

咏曹寿

曹寿，？—前131年，又名曹时。平阳侯，曹参曾孙。娶武帝姐阳信公主（平阳公主）为妻。

脉嫡开汉祖丞相，秀水平阳正气扬。
琴瑟和音公主美，门当户对到儿郎。

咏南宫公主

南宫公主，生卒不详，景帝之女，武帝二姐。初嫁张坐，张坐有罪，后嫁彤申，丈夫对其不敬，国除。

金枝玉叶临孀痛，初嫁未终获罪离。
再幸国除缘品劣，呼天号地泪依稀。

咏隆虑公主

隆虑公主，生卒不详，汉景帝刘启、王娡之女。生一子，性顽劣。其夫在为母服丧期间犯奸罪，国除。

夫佞国除万千憾，劣顽独子母怜虔。
黄金千万祈生路，重病托孤帝泪涟。

咏金王孙

金王孙，生卒不详，槐里（今陕西兴平）人。王娡前夫，与之生一女名金俗。后被逼离婚，大怒，不肯交妻，无奈与妻分离。

大志超俗真汉子，丽妻逼异泪流干。
拒交心碎堪无奈，独育爱嫒绝口前。

咏金俗

金俗，生卒不详，金王孙与王娡生女，与汉武帝为同母异父关系。武帝登基后，使其与母亲团聚，封修成君。

天降变婚幼尝苦，单亲慈抚长佳人。
恍如梦境运时转，富贵一生慈母恩。

咏王信

王信，生卒不详，王娡兄。王娡被封为皇后后，窦太后说，王信可以封侯了。景帝与周亚夫商议后，认为此举违背高祖规定，不能封。

国戚封赏家常事，宿将亚夫非窦情。
高祖远瞻成定制，休封他姓坏纲绳。

注：窦，指窦太后。

咏王儿姁

王儿姁，生卒不详，槐里（今陕西兴平）人。皇后王娡妹，与姐同时入太子宫，后为夫人。

皇亲优享人间乐，善侍东宫姊妹贤。
深禁诡谲搏智慧，徜徉一辈度平安。

咏刘寄

刘寄，？—前120年，景帝庶子。封胶东康王，在位二十八年。谥号康。

山高水秀胶东远，暗制矢镞欲叛连。
谋泄恐慌惊梦魇，未及定嗣吓黄泉。

咏刘舜

刘舜，前152—前113年，刘启之子，封常山王。景帝最宠爱的小儿，骄纵怠惰，多淫乱事，屡犯法禁，天子常宽恕。在位三十二年。谥号宪。

溺宠幺儿骄怠惰，屡淫乱法败身名。
常山千里缺王誉，醉梦终身辱宫廷。

咏刘武

刘武，？—前144年，窦太后所生，文帝嫡次子。公元前178年封代王，公元前168年继嗣梁王，公元前161年奉命赴任（都睢阳，今河南商丘）。带兵抵御"七国之乱"中吴王刘濞进攻，立大功。后拟夺皇位，未果，病逝，谥号孝。

一

母后诲严砥雄志，封王弱冠政亲为。
铲平濞乱功勋巨，未遂壮心疴罹暌。

二

虚怀若谷聚才俊，力铲七藩高建功。
圣上席询延嗣事，听言窃喜命惜穷。

咏刘定

刘定，？—前135年，文帝孙，梁孝王之子。公元前144年，梁孝王卒，窦太后甚悲，景帝与梁国封其五子为王，定为山阳王。九年后卒，无子，国除。地入于汉，设为山阳郡。

慈父断魂泣太后，裂国五子喜封王。
山阳景色多佳丽，人去郡除回汉邦。

咏刘揖

刘揖，？—前169年，又名胜，文帝少子，西汉宗室诸侯王。好书，拜贾谊为太傅。坠马死，谥号怀。无子，国除。

好书识理居幽禁，傅拜贾公读秉烛。
恩宠常怀高远志，惜亡马祸享国除。

咏刘濞

刘濞，前216—前154年，沛（今江苏沛县）人，刘邦侄，封吴王。在封国内扩充势力，以诛晁错为名，带领楚、赵等七国叛乱，败于周亚夫，被杀。在任期间，开发东南，铸钱，煮盐，造船，运输，渔业，开邗沟，富埒天子。一代枭雄，曾以骑兵大破季布。

邗沟疏浚东南盛，自定钱盐航巨船。
富埒国君天下瞩，枭雄挑乱不逾关。

咏刘贤

刘贤，生卒不详，刘濞之子，吴国世子。与太子刘启下棋时，启认为贤及随从对自己不恭，用"博局"（棋盘）将贤当场砸死。尸体先运回吴，后又运回长安，使朝廷和吴之间矛盾无法调和。

一

吴国世子遭奇遇，博弈不恭惨毙局。
火暴朝藩天地动，植根祸孽断通途。

二

吴国世子京都谒，忽毙博局曾手足。
水火帝王尤鼎沸，江山祸孽起无辜。

咏刘贤

刘贤，？—前154年，齐悼惠王之子，刘邦之孙。文帝分齐为六国，他被立为菑川王。晁错建议景帝削诸侯，他因参与"七国之乱"，派兵围临淄，兵败后被杀。

一

皇血涓涓延祖业，封王继嗣六分齐。
削枝强干定新策，衅乱临淄心窍迷。

二

享位菑川怀异志，遥呼兵衅乱临淄。
无名兴旅古今忌，身首分离祭汉旗。

咏刘遂

刘遂，？—前154年，刘邦之孙，刘友之子。文帝立其为赵王。后晁错建议景帝削藩，因削减其常山郡，怨，谋乱。其相建德、内史王悍谏阻，皆被烧杀之。又与北匈奴联合，举兵往西界，后被汉兵围，自杀。

怜恤封王居赵郡，削藩衅叛妄恣情。
焚杀良相绝听谏，盟寇窜西毙汉兵。

咏刘戊

刘戊，？—前154年，楚王。薄太后去世，刘戊服丧期间饮酒作乐，被告。景帝缩其封地，叛。相张尚、太傅赵夷吾劝阻，皆被杀。后与周亚夫战，败，自杀。

缺德乱性丧期饮，旋叛妄杀相傅亡。
逆战亚夫粮道断，飞蛾扑火烬灰扬。

咏晁错

晁错，前200—前154年，颍川（今河南禹州）人，政治家、文学家、散文家，官至御史大夫，被景帝刘启尊为"智囊"。多次上书主张加强中央集权，实边削藩，重农贵粟。代表作《论贵粟疏》《言兵事疏》等。因"七国之乱"被错杀。

对策贤良论居冠，实边纳粟奖农时。
满朝惊震削藩策，七乱错诛惜偃旗。

注：七乱，指七国之乱。

咏袁盎

袁盎，约前200—前150年，字丝。楚人，个性刚直，有才干，被时人称为"无双国士"。文帝时名震朝廷，数次直谏，因此触犯皇帝，调任陇西都尉，迁吴相。"七国之乱"时奏斩晁错，平后封为太常，显贵异常。后被刺客杀死。

无双国士屡直谏，慷慨激昂奏斩晁。
常逆龙颜居显贵，贯通仁义野朝韶。

咏邹阳

邹阳，约前206—前129年，齐人。

西汉时很有名望的散文家、文学家，以文辩著名于世。上书谏止刘濞叛乱，刘不听，于是出走。为人有智略，慷慨不苟合。后被诬入狱，险死。上书自白，梁王悦，释，尊为上客。有志维护国家统一。说服景帝，不究梁王刺袁盎一事。

不苟慨慷多智略，谏批刘濞乱纲常。
陷谗投狱险遭毙，力护汉天诚保梁。

咏陶青

陶青，生卒不详，刘邦功臣陶舍之子。景帝御史大夫、丞相。

开埠功臣陶舍子，忠直执纪肃朝风。
申屠仙去接国相，力赞铲藩收紧鞚。

注：申屠，前任丞相。鞚，马缰绳。

咏邓公

邓公，生卒不详，景帝时城固人，善出谋划策。任谒者仆射，官九卿。精通黄老之术。"七国之乱"时，从前线回来向景帝报实情，说错杀晁错，景帝悔悟。

火线禀实君悔悟，公卿共荐戴皇恩。
博通黄老荷名望，告病回乡志未沉。

咏邓章

邓章，生卒不详，邓公之子。公免官时，其留在朝廷做官。精通黄老之术，有名望。

子承父业恭勤勉，博义深研黄老明。

朝野荷德殊望重，柱国教化洞民情。

咏胡毋生

胡毋生，字子都，经学家，齐国临淄（今山东临淄）人，与董仲舒同业。景帝时博士。首将口头流传的《春秋公羊传》刻于竹帛，使《公羊春秋》得文字记载流传。"公羊学"学术定型。公羊"三世说"是其历史哲学的核心，具有政治性、变易性和可比附性三大特点。弟子众多。

一

公羊精治衔博士，历史哲学奥广深。
请老归齐耽教育，汉经久远启华人。

二

布衣贫贱登博士，口授公羊首刻竹。
礼义遵行思剀切，九州桃李踵接途。

咏刘彭祖

刘彭祖，前166—前92年，汉景帝第七子，贾夫人生，初立为广川王，后改封赵王。为人巧佞，持诡辩伤人。在位六十年，其国相从没有在位超过两年的。派人监视国相，得其犯忌者，大者死、小者刑。为所欲为，扮黑衣奴以刺相。

怪佞袭人王广赵，鬼神笃信不修宫。
奸窥国相二千石，刑滥妄恣民吏穷。

注：二千石，指二千石级官员。

咏辕固生

辕固生，齐郡西安县（今山东桓台）人。早年为清河王刘乘的太傅，景帝时为《诗经》博士。开《诗经》的"齐诗"诗派。曾与黄生在景帝面前争论"汤武非受命"的问题，被景帝制止。窦太后喜《老子》，辕说"此是家人言耳"。后大怒，将辕投入猪圈与猪斗，景帝暗中给辕一把利刃，才把猪刺死。精通儒家经典，桃李满天下，形成庞大的以齐人为主的"齐诗"学派，对儒家学术发展贡献大。

诗经博士膺王傅，黄老交锋太后羞。
猪圈辱拷得帝助，普天桃李巨儒俦。

咏公孙昆邪

公孙昆邪，一作公孙浑邪，北地义渠（今甘肃庆阳）人，胡人。因平"七国之乱"有功，拜陇西太守，封平曲侯。公元前146年，坐法，免为庶人。李广与匈奴激战，昆邪对景帝哭诉："怕他迟早会因此而死。"

七乱镇平西陇守，庭哭李广战匈愁。
阴阳立论书传智，文武兼备平曲侯。

咏申屠嘉

申屠嘉，？—前155年，梁（今河南商丘）人。随刘邦击项羽，为人廉直，门不受私谒。后升御史大夫、丞相，封故安侯。

御史大夫出武士，廉直拒谒杜私门。
邓通慢礼严惩治，缺术少学刚耿臣。

咏公孙诡

公孙诡，？—前148年，字里，齐人。多奇邪计。得梁王宠信，官至中尉，号称"公孙将军"。受命刺袁盎失败。景帝追责，被迫自杀。

梁王信宠多奇策，败刺袁盎中尉慌。
圣上追究难躲匿，凄凄自了梦一场。

咏刘舍

刘舍，汉下相（今江苏宿迁）人，与项羽同宗。父项襄因在楚汉战争中有功于汉，后赐姓刘，封桃侯。任太仆、御史大夫、丞相。谥号懿。

父功襄汉赐刘姓，勤勉太仆迁大夫。
继相柱国答刑复，懿侯直谏吏民舒。

咏卫绾

卫绾，西汉代国人。历任中郎将、河间王太傅、太子太傅、御史大夫、丞相等职。为人寡言敦厚，恪尽职守。

寡言敦厚谨职守，政治无为善御车。
赐剑深藏终不露，推功代过丈人德。

咏郑当时

郑当时，生卒不详，字庄，郑桓公

十九世孙。西汉淮阳陈（今河南淮阳）人，以任侠自喜，声闻梁楚间，历官汝南太守、江都相、大司农。卒官，家无余财。

任侠自喜闻梁楚，名士广罗力荐官。
廉谨恭勤曾陷罪，家无斗粟寡妻难。

咏卓王孙

卓王孙，生卒不详，蜀郡临邛（今四川邛崃）人，祖籍赵国，一说祖籍鲁国，祖先是山东名冶铁商，秦灭六国时迁蜀，西汉巨富。卓文君父。

巨贾专营铁世家，识时徙蜀蘖萌芽。
远销大理农耕具，致富游民心绽花。

注：大理，云南大理。

咏杨得意

杨得意，生卒不详，武帝掌管猎狗的官，称"狗监"。荐司马相如，相如献《大人赋》，武帝读了，觉得"飘飘有凌云之气"。

识荐相如官狗监，深宫慧眼举文坛。
洋洋洒洒大人赋，御览飘飘神若仙。

咏唐蒙

唐蒙，生卒不详，初为番阳（今江西鄱阳）令。武帝时，其上书建议开通夜郎道，任夜郎将。后奉命出使夜郎，以厚礼说服夜郎侯多同归汉，汉在其地置犍为郡。

思谋高远番阳令，建策道开收夜郎。
喻义平和殊礼厚，同心归汉置新邦。

咏司马相如

司马相如，约前179—前118年，字长卿，小名犬子，蜀郡成都人，侨居巴郡安汉县（今四川蓬安），祖籍左冯翊夏阳（今陕西韩城）。西汉辞赋家、文学家、诗人，长于文学创作，"汉赋四大家"之一。代表作为《子虚赋》。相传他与卓文君私奔，穷窘，卓家助，得以富足，显贵后不理卓文君，负心。

犬子酷读喜击剑，凤求凰动诱文君。
赋辞宏伟绘声色，酒肆忘怀人耻唇。

注：文君，指卓文君。

咏卓文君

卓文君，原名文后，蜀郡临邛（今四川邛崃）人，"中国古代四大才女"之一。临邛冶铁巨商卓王孙之女，姿色娇美，精通音律，善弹琴，有文名。有经典佳句"愿得一心人，白头不相离"。与司马相如有一段爱情佳话。

芙蓉出水肤如脂，门富善琴自秀才。
少寡风流司马动，陷情愤懑确怜哀。

咏庄忌

庄忌，约前188—前105年，一名严忌，会稽吴（今江苏苏州）人。梁孝王门

下著名辞赋家。作品存《哀时命》,叹屈原生不逢时、空怀壮志,其文感情真挚,短小精悍,为咏屈赋中佳品。
丽文力作哀时命,慨叹屈公壮志空。
实感真情如逆境,吟人潸泪古今同。

咏枚乘

枚乘,?—前140年,字叔,淮阴(今江苏淮安)人,一说淮阳(今河南淮阳)人。吴王刘濞文学侍从。西汉辞赋家,以游谈之士而为文学家。景帝时为弘农都尉,非其所好,以病去官。武帝以"安车蒲轮"征,年老,卒于途中。两次谏阻刘濞衅叛,显名。
两责刘濞忠名显,丽赋腴辞云构风。
铺采摛文神体畅,画诗境界又巅峰。

咏枚皋

枚皋,前153—?年,字少孺,枚乘庶子。生于梁国。文学家、汉赋作家。长期为武帝文学侍从。文思敏捷,受诏则成,多产。不通经术,不拘礼节,直谏。与东方朔上书反对修上林苑。曾因谗言获罪,没收家室,只身逃京,幸赦。
卑贱苦学文立就,侍从思敏赋飘馨。
不通经术少拘礼,同谏止修苑上林。

咏郦寄

郦寄,生卒不详,高阳(今河南杞县)人,汉初大臣郦商长子。建言吕禄放军权去封地做王,为复汉立下功劳。兵围赵都邯郸,为平"七国之乱"做出贡献。
力劝放军蒙吕禄,陈周卧底建功奇。
邯郸围破汉天复,欲娶皇亲情妄思。

咏韩颓当

韩颓当,生卒不详,韩王信之子。信逃匈奴后,在颓当有了一个孩子,便取此名。后,信妻携子孙归汉。颓当封为弓高侯。平定"七国之乱"时,颓当功冠诸军。
取字匈奴奇遇记,归来封侯享弓高。
削平七乱功居最,初汉扬名胆气豪。

咏张隆

张隆,生卒不详,张次公父。轻车武射,善射,得汉景帝亲近信赖。
轻车武射弓娴异,发矢频频中的怡。
景帝揽才殊信赖,建功立业上高枝。

咏刘彻

刘彻,前156—前87年,汉武帝,刘邦重孙,刘启子。
武功文治昭天地,汉武秦皇世并提。
大略雄才多首创,千秋大帝百君仪。

咏刘庆

刘庆,生卒不详,与武帝为姨表兄弟。在众多兄弟中,两人感情最好。被封

王后，心里自知武帝施恩，凡事中规中矩，小心翼翼，帝满意。死后享殊荣，谥号恭。

总角无猜光武喜，亲情唯厚广承恩。
小心翼翼循规距，葬制高格出众臣。

咏刘襄

刘襄，？—前97年，西汉第七代梁王。谥号平。

刘汉血缘七代王，预平藩乱振国纲。
酒樽争宠李任后，剑举香消慰妒芳。

注：李任，指李太后与刘襄王后任氏。

咏刘安

刘安，前179—前122年，刘邦之孙，刘长之子，西汉淮南王。沛郡丰县（今江苏丰县）人，生于淮南（今属安徽），思想家、文学家，道家人物。所著的《离骚传》是中国最早对屈原及其《离骚》做高度评价的著作。其招宾客方士数千编写《鸿烈》（亦称《淮南子》），该书是我国思想史上划时代的学术巨著。刘安相传是豆腐的创始人，也是世界上最早尝试热气球升空的实践者。后密谋叛乱，因泄密，被逼自杀。

才敏思捷多首创，评屈豆腐热升球。
淮南子介黄白术，七乱耽沉寿断秋。

注：黄白，指黄金和白银，相传道家有炼丹药点化金银的法术，黄白术指道家的炼丹术。

咏刘建

刘建，？—前121年，西汉江都易王刘非之子，继爵为第二任江都王。是刘细君的父亲。后企图谋反，泄密，自缢。国除，改郡。

纨绔业疏恣放荡，江都景致异花香。
淫胸贼意乱同胇，改郡国除往日邦。

咏刘细君

刘细君，前140—前87年，刘建之女。武帝为结好乌孙（今伊犁河上游流域），封其为江都公主，下嫁乌孙国王。至乌孙后语言不通，生活难以习惯，思念故乡，作《悲愁歌》（又名《细君（乌孙）公主歌》《黄鹄歌》）。将汉文化带入乌孙。

民间岁月知寸苦，远嫁乌孙戎汉和。
公主怨诗悲辟径，琵琶婉丽伴长歌。

咏陈皇后

陈皇后，生卒不详，名不详。武帝第一任皇后，与刘彻青梅竹马。敢爱敢恨，无嗣，因"巫蛊"被废后，数年后薨。

青梅竹马首皇后，爱恨天然烈女身。
无嗣揪心夜噙泪，浑浑巫蛊了君恩。

咏李夫人

李夫人，生卒不详，中山（今河北定

州)人。音乐家李延年、贰师将军李广利之妹,刘彻宠妃。生武帝第五子刘髆。其孙刘贺,在位二十七天被废。其死后被追封为孝武皇后。
倾国佳丽善歌舞,兄妹袂联擅宠情。
音乐通神名将椒,诗魔动魄久难平。
　　注:诗魔,指白居易。白居易有《李夫人》一诗。

咏李延年
　　李延年,生卒不详,西汉音乐家,武帝宠妃李夫人的哥哥。原先因犯法受腐刑,在宫中负责养狗。后因擅长音律,帝颇喜。一日为武帝献歌:"北方有佳人……",妹由此入宫,封李为协律都尉。后因弟奸乱后宫,被灭族。
饲犬深宫近皇上,佳音荐妹宠妃来。
龙床共卧非常幸,弟乱灭族荒土埋。

咏阳石公主
　　阳石公主,?—前91年,武帝女。后有人举报其私通,又因派人用巫术诅咒武帝,被处死。
皇苑幽深多诡异,人言失道乱宫闱。
咒巫生父辟奸术,花季丽颜化羽飞。

咏卫长公主
　　卫长公主,前137—?年,被认为是武帝最喜欢的女儿。先嫁平阳侯曹襄,再嫁栾大(方士)。后武帝发现栾大为骗子,将栾大腰斩。
天生皇禁长公主,婚嫁二夫难自择。
前病后奸噓苦命,窈窕淑女泪成河。

咏曹襄
　　曹襄,生卒不详,先祖曹参。母平阳公主,父平阳侯曹寿。随卫青出征漠北。
世显高门屡征将,卫青随扈御匈奴。
鏖兵漠北挥戈猛,社稷重臣彪史书。

咏栾大
　　栾大,?—前112年,胶东王刘寄宫中药剂师,习方术。至武帝处骗得信任,后露出马脚,被腰斩。
美男海口擅诳语,方术招摇司药忙。
九五垂青神鬼闹,一朝露馅见阎王。

咏许昌
　　许昌,生卒不详,汉武帝丞相。支持窦太后"黄老"政策,事事遵窦,无甚作为。太后崩,相免。
丞相秉权遵主见,仰悬太后细察颜。
沉迷黄老双足裹,深禁踯躅怎斡旋?

咏窦婴
　　窦婴,?—前131年,字王孙,清河观津(今河北衡水)人。文帝皇后窦氏堂侄,任大将军、丞相。参与平定"七国

之乱"，以军功封魏其侯。后为营救灌夫，触怒景帝，弃市而死。
谨襄汉武十三载，七乱铲平殊战功。
伪诏遭劾临贬斥，独尊儒术力推崇。

咏田蚡

田蚡，？—前130年，长陵（今陕西咸阳）人，孝景王皇后的胞弟，有口才，善阿谀，是势利小人。武帝时封武安侯，任太尉、丞相，每次奏事多合帝意，权重一时。其力阻治理黄河灾害。先恭侍窦婴，后又陷害窦婴致死。自惊恐暴毙于床。
皇亲利佞据国相，善辩谀迎权重朝。
恶阻治黄心叵测，窦婴先侍后挥刀。

咏灌夫

灌夫，？—前131年，西汉颍阴（今河南许昌）人，以勇武闻名。因横暴颍川，为田蚡弹劾，以不敬罪被斩，被灭族。
任侠勇武刚直耿，七乱镇平擢太仆。
财富敌国千万数，颍川横暴罪诛族。

咏王臧

王臧，？—前139年，兰陵（今山东苍山）人。申公弟子。武帝时为郎中令，推行"独尊儒术"，贬斥"黄老"。与赵绾建议立明堂、封禅。上书建议不再向窦太后奏事，触怒太后，免官，下狱死。
申公弟子品学秀，儒术独尊黄老沉。
议立明堂封禅事，怒迁太后断皇恩。

咏赵绾

赵绾，西汉儒生，申培弟子，善治《诗经》。武帝初年受重用，拜御史大夫，推行"独尊儒术"。后因上书武帝不要再向太皇太后窦漪房请示奏报，遭罢官，死于狱中。
满腹经纶直耿性，诗经娴治幸垂恩。
独尊儒术它皆毁，忤逆后宫囹圄沉。

咏徐乐

徐乐，约前156—前87年，燕郡无终（今属天津）人，武帝重要的文学侍臣。其极具洞察历史、善观时势的忧患意识，敢于为民请命。
识辩宏华辞睿溢，贤良荐举庙堂勤。
洞察历史素忧患，诤谏耿忠实为民。

咏严安

严安，约前156—前87年，临淄（今山东淄博）人。以故丞相史上书，言陈击匈奴之利。武帝召见，二人相见恨晚，后拜郎中、骑马令。
博学识奥品忠耿，侍圣宏文析辩明。
召见宫銮知恨晚，耽耽骑马秉常情。

咏东方朔

东方朔，约前161—前93年，字曼

倩，平原厌次（今山东德州）人。西汉著名辞赋家、文学家，著述甚丰。少失父母依兄嫂。为人性格诙谐，言辞敏捷，滑稽多智，直言切谏。任常侍郎、太中大夫，但武帝未重用。

少孤依嫂长书荐，游戏人生教帝王。
著述宏丰辞赋秀，直言切谏为国强。

咏主父偃

主父偃，生卒不详，临淄（今山东淄博）人，拜郎中、谒者、中郎、中大夫、齐相。献策设朔方郡，防御匈奴，强化中央集权。后因揭人隐私，被杀，诛族。

鸿志窘贫纵横术，上书武帝四迁恩。
削藩建策大一统，揭隐曝尸惨灭门。

注：四迁恩，指一年内四次升迁，破格使用。

咏司马谈

司马谈，约前165—前110年，西汉左冯翊夏阳（今陕西韩城）人。任五大夫、太史令、太史公。曾"学天官于唐都，受易于杨何，习道论于黄子"，学问修养广博。撰文《论六家要旨》，对阴阳、儒、墨、名、法、道六家学说进行了分析与评价。父司马喜，子司马迁。武帝巡泰山"封禅"，未能随行，抑郁愤恨死。

满腹文章皇史令，唐扬学问厚知深。
泰山封禅未随憾，郁恨终身痴望臣。

咏霍仲孺

霍仲孺，河东郡平阳县（今山西临汾）人，霍去病生父，平阳县衙役。与平阳公主府侍女卫少儿私通，生下霍去病。初不愿做病父，未尽一天父责。

衙役奇缘私少女，风尘碌碌步挪难。
生儿历练成名将，未尽父责应耻颜。

咏卫少儿

卫少儿，生卒不详，河东平阳（今山西临汾）人。平阳公主府侍女，嫁詹事陈掌。妹卫子夫，弟卫青，子霍去病。

艳事桃花公主府，恩亲骨肉总相依。
匈奴从此遇强手，谁晓当年月下谜。

咏张骞

张骞，前164—前114年，字子文，汉中郡城固（今陕西城固）人，汉代杰出的探险家、旅行家、外交家，对"丝绸之路"的开启有重大贡献。其开拓汉朝通往西域的南北道路，并从西域诸国引进汗血马、葡萄、苜蓿、石榴、胡桃、胡麻等。抗击匈奴，从军封博望侯。出陇西，经匈奴，被扣留在匈奴十余年，始终秉持汉节。后遁，归汉。武帝授中大夫。与李广征匈奴，迟期，免为庶人。

汉通西域丝绸路，互惠双赢居首功。
身陷匈奴十数载，御疆伐寇世人崇。

咏程不识

程不识，山西太守，长乐卫尉。镇守边疆，抗击匈奴，治军有方，军纪严明，生平未尝败绩。

忠勇垦屯边戍将，治军严整誉敌营。
政廉威吏疆陲妥，文法精通享盛名。

咏苏建

苏建，生卒不详，杜陵（今陕西西安）人。以将军身份建造朔方城。公元前124年为游击将军，攻匈奴。次年再攻，迷路当斩，后赎罪，贬为庶人。苏武父。后因功封平陵侯，任右将军、代郡太守。卒于任。

北虏屡侵坚抵御，朔方高筑固边防。
率师失路律临罪，赎庶齐家教子强。

咏李广

李广，？—前119年，陇西成纪（今甘肃秦安）人，西汉名将。击匈奴有功封为中郎，任北部七郡太守，未央宫卫尉，骁骑将军。公元前129年，击匈奴，因众寡悬殊被俘，趁隙逃归。后任右北平郡太守，匈奴畏服，数年不敢犯。漠北之战中，任前将军，因迷失道路，未能参战，愤愧自杀。参与平定"七国之乱"。

骁勇绝伦担要郡，七王衅叛率师平。
匈奴畏敬羞边寇，迷路误期到自明。

咏李蔡

李蔡，前188—前118年，陇西成纪（今甘肃秦安）人，李广堂弟，文帝侍从，后任相。助武帝运武徙民、治吏改币、统筹盐铁，政绩卓著，得世人好评。后侵占帝陵路旁一空地，被问罪，自杀，国除。

勇猛睿明功显赫，徙民襄帝广赢心。
统筹盐铁政卓著，占地营私渎故君。

咏李当户

李当户，前158—前134年，李广长子，武帝郎官。韩嫣与武帝玩耍时放肆不敬，李当户怒而上前打跑了韩嫣，得武帝赏识。死得比李广早，有一遗腹子，即李陵。

世将名门多建树，韩焉放肆重出拳。
童贞武帝目明亮，遗腹汉匈麻乱缠。

咏李陵

李陵，前134—前74年，字少卿，陇西成纪（今甘肃秦安）人，李广之孙。北征，浚稽山战败投降匈奴，武帝夷其三族，致其与汉断绝关系。他一生充满国仇家恨的矛盾，对他的评价一直有争议。以五千步卒战匈奴主力（八万骑兵），杀敌倍之。代表作《别歌》《答苏武书》，其中《答苏武书》世传为后人伪作。

将门驰骋比陲远，步战五千对悍顽。

败困匈奴降酿祸，国仇家恨汉匈间。

咏韩延年

韩延年，？—前99年，郏城（今河南郏县）人。公元前99年，以校尉身份随李陵北征，抗匈奴侵扰。以步兵五千，抗匈奴骑兵八万，败。李陵与韩延年带十余人突围，敌骑数千追赶，李陵降，韩延年战死。

随征北漠途遥远，兵力悬殊奋却敌。
深陷重围扬剑破，拒降热血染袍衣。

咏李广利

李广利，？—前89年，中山（今河北定州）人。历贰师将军、海西侯。征大宛及匈奴，战绩平庸。征和三年，出征匈奴前与丞相刘屈氂密谋推立太子，事发，刘屈氂被杀，李广利兵败后降匈奴，一年后被杀。

跃马挥戈征大宛，三击北虏战平庸。
妄谋废立织新梦，求救宿敌绝善终。

咏李绪

李绪，生卒不详，汉塞外都尉，后降匈奴，为匈奴出了许多力，训练士兵。李广利等借此事栽赃李陵，致李陵全家被杀。李陵知后，伺机刺杀了李绪。

都尉降匈知塞外，兵卒助训壮军营。
李陵家难萧墙起，同种举刀了耻情。

咏卫律

卫律，生卒不详。本是胡人，生长在汉朝，并做官。与李广利兄弟交情甚好。因此，李延年向武帝推荐其出使匈奴。李延年因淫乱之罪被捕，卫律怕被株连，投降匈奴，被封为丁零王。

根本匈奴身在汉，结交权要幸朝官。
延年隆荐作国使，惧陷降匈去不还。

咏司马迁

司马迁，前145或前135—？，字子长，后世尊称为太史公，西汉夏阳（今陕西韩城）人。中国古代伟大的史学家、思想家、文学家。最伟大的贡献是创作了中国第一部纪传体通史《史记》（原名《太史公书》），记载了从上古传说中的黄帝时代到汉武帝时期长达三千多年的历史，约52.65万字。《史记》蕴含了司马迁"究天人之际，通古今之变，成一家之言"的史识。鲁迅誉之为"史家之绝唱，无韵之《离骚》"，对后世影响巨大。与公孙卿、壶遂等同订《太初历》。为李陵投降匈奴辩护，下狱，受宫刑，被赦，发愤著书。初任太史令，后为中书令。

忍辱愤书十二载，兴衰成败鉴千秋。
心怀社稷安天下，行事做人古圣俦。

咏任安

任安，生卒不详，字少卿，西汉荥阳

（今属河南郑州）人。幼贫。做卫青舍人，被荐为郎中。后任益州刺史、北军使者护军（监督京城禁军北军的官）。"巫蛊之祸"中，接受太子命令，但按兵未动。事平后，武帝认为其"坐观成败"，狱斩。他几年前曾写信给司马迁，望他"尽推贤进士之义"。直到他入狱行刑前，迁才写了一封著名的回信《报任安书》。

少窘通文知礼义，按兵巫蛊欲观明。
事平图囿罪腰斩，司马回书久动情。

咏李敢

李敢，？—前118年，李广幼子。常随军出征，力战，夺左贤王鼓旗，斩获甚多，赐关内侯。广死，代郎中令。因怀恨父死，击伤卫青，卫青没声张。后李敢到甘泉宫狩猎，被霍去病射杀（武帝称被鹿撞死）。

随征力战夺旗鼓，直贯重围迂翼回。
怀恨卫青牵父死，甘泉狩猎永无归。

咏李禹

李禹，？—前91年，李广之孙，李敢之子。好利，有勇，断绳斗虎，武帝赏。李陵被灭族，未牵，"巫蛊之祸"被牵，后沉冤得雪。

好利丈夫殊猛勇，断绳斗虎帝欢颜。
横牵蛊祸心冰冷，昭雪洗冤喜如前。

咏赵破奴

赵破奴，？—前91年，太原（今山西太原）人，曾任浚稽将军。公元前121年击匈奴大胜，公元前109年大破楼兰，封侯，后因罪去爵。公元前103年再击匈奴失利被俘。公元前100年逃回汉朝，因"巫蛊之祸"被灭族。

鏖战匈奴军大胜，封侯荣耀感皇恩。
败俘隔代遁归汉，巫蛊广牵户闭门。

咏郅都

郅都，生卒不详，杨县（今山西洪洞）人。文帝时任郎官、侍从，景帝时任济南郡太守、中尉、雁门郡太守。为官忠于职守，公正清廉，对内不畏强暴权贵，对外积极抵御外侮，使匈奴闻风丧胆。后人对他评价很高，将其与廉颇、赵奢等名将并列。

清廉公正锄强暴，执政不阿性耿直。
窥寇匈奴闻丧胆，苍鹰博弈亚夫挥。

注：苍鹰，列侯宗室称其为"苍鹰"。亚夫，指周亚夫，时任丞相。

咏杨仆

杨仆，生卒不详，河南宜阳（今河南新安）人，武帝封其为楼船将军（水军），治军有方。公元前111年灭东越。公元前109年，率五万军渡渤海征卫氏朝鲜，因指挥不力被治罪，废为庶人。

一

平叛岭南功赫赫，治军严肃晓天庭。
率师跃马扫东越，跨海征朝留败名。

二

挥戈沙场闻西汉，函谷东移大略图。
平叛岭南千里跃，楼船猛将盗贼无。

咏郭吉

郭吉，生卒不详。公元前110年，武帝亲统十八万大军到北地，派使者郭吉到匈奴，晓谕单于归顺汉朝。单于大怒，扣留了郭吉。

圣上帅师征北房，跨骑衔命喻单于。
善言逆耳蛮戎怒，身困远荒唯叹嘘。

咏路充国

路充国，生卒不详。公元前107年，匈奴派使者至汉，病故，于是汉派路充国送丧到匈奴，单于误认为使者是被汉朝杀死，便扣留了路充国。公元前101年，鞮侯单于嗣位，尽数归还路充国等原拘留汉使。

疆场奔驰挥剑猛，匈奴灵柩护出关。
单于误解将身扣，虎落平阳亦向南。

咏路博德

路博德，生卒不详。公元前119年，随霍去病征匈奴，立战功，拜邳离侯，伏波大将军。公元前110年，征平南越叛乱，得海南岛，建立珠崖、儋耳两郡，开始中央对海南直接管理。后因犯法被贬官，任强弩都尉，在居延屯田。

随征漠北勋功著，南战琼崖两郡囊。
汉室威权达远海，居延屯垦拓荆荒。

咏安国少季

安国少季，？—前112年，灞陵（今陕西西安）人。西汉著名大臣。传闻南越国的摎皇后嫁婴齐前曾与其有爱情。公元前113年出使南越，被杀。此事促使汉朝举兵平叛，统一南越。

才智满怀英俊貌，千山跋涉苦无言。
谕明本义促归顺，岭表留魂彰汉贤。

咏韩安国

韩安国，？—前127年，梁县成安（今河南民权）人。曾任御史大夫、中尉、材官将军，协助梁王击败吴楚叛军，镇守右北平。因疏通梁孝王刘武与汉景帝关系而扬名。力倡与匈奴和亲，使汉北方多年无战事。曾因轻罪下狱，狱吏羞辱他，他坦然曰："死灰难道不会复燃吗？"

文精武备善辞辩，襄镇叛军守北平。
和睦梁刘协汉景，狱中拒辱自神宁。

咏田甲

田甲，狱吏。羞辱韩安国，扬言用

尿浇灭复燃的死灰，后韩安国任梁国内史，田甲弃官逃跑。

凡夫狱吏殊狂妄，泼尿阻燃羞辱韩。
人事世时岂定料，仓皇亡走乞平安。

咏王恢

王恢，？—前133年，燕人，数为边吏，熟悉匈奴。公元前134年，匈奴请和亲，他与韩安国廷争反对和亲。曾诱匈奴入边（十万兵），匈奴探知汉有三十万伏兵，急退，恢为保全师，未追击。汉武帝怒其不击匈奴辎重，欲诛之，恢自杀而死。

久戍北陲知寇细，朝廷征议反和戎。
匈奴十万诱南下，汉武洞察责策穷。

咏石建

石建，？—前123年，西汉郎中令。官高年老，仍五日一侍老父，亲洗衣裤。为人直言、忠实、谨慎。

高官侍父洗衣裤，一撇少书甚恐慌。
武帝垂询屏左右，慎忠大孝为强邦。

咏赵食其

赵食其，前162—？年，祋祤（今陕西耀州）人。武帝时任右将军。从大将军出定襄，迷道，理应当斩，后赎罪，被贬为庶人。

披甲贯征沙场猛，从师迷道定襄还。

律明当斩肃军令，赎庶闭门常愧颜。

咏解忧公主

解忧公主，刘戊孙女，远嫁乌孙昆莫，功载千秋的和亲公主，乌孙国母。兴邦、访贫、开商、睦邻。历武、昭、宣三帝。曾嫁第三任乌孙王，活跃在乌孙政治舞台上，配合汉朝遏制匈奴，加强乌汉联系。年逾七十时，上书汉帝，陈思乡之苦，请求将遗骨埋故国。汉宣帝甘露三年终归国，帝亲迎，奉厚，待遇同皇室公主。

乌孙国母和公主，遏制匈奴善睦邻。
政治舞台仙体炫，七旬归汉帝隆恩。

咏李息

李息，生卒不详，北地郡郁郅县（今甘肃庆城）人，西汉著名将领。少年从军，侍奉汉景帝。武帝时，三次任将军，带兵征讨匈奴，战功赫赫，镇守边邑，因功封关内侯。

年少从戎屯马邑，屡征北虏战云飞。
先零平定铁蹄响，枹罕联围振汉威。

咏徐自为

徐自为，生卒不详，武帝派其在五原郡以外兴筑长城（光禄塞），作为前哨阵地。公元前111年，与李息率十万大军讨平先零、匈奴。

承恩驻守五原郡,严纪束师忠慎勤。
共筑长城光禄塞,北戎讨定靖边民。

咏张次公

张次公,?—前122年,河东人。早年曾为盗,后随卫青抗击匈奴立下战功,封为岸头侯。任将军,掌管北军,后犯法被夺爵。

少时窘困曾为盗,顿悟改节先陷锋。
紧扈卫青常抗虏,北军善束纪严明。

咏郭昌

郭昌,云中人。历任校尉、太中大夫、拔胡将军。

横枪立马驰沙场,恶战匈奴扈卫青。
难破春城隳志返,留痕滇地县称名。

注:春城,指昆明。

咏荀彘

荀彘,?—前108年,太原广武人。多次跟从卫青击匈奴。与杨仆水陆两道讨伐朝鲜,遭顽抗。次年朝鲜国王为臣所杀。汉灭朝鲜置四郡,封二侯,使能者居朝鲜,教民以礼仪、田蚕织作。荀因争功相嫉,擅捕押杨仆,征还后为武帝所杀。

从扈卫青伐北寇,督师水陆灭朝国。
教民礼义置多郡,妒忌争功自毁夺。

咏公孙敖

公孙敖,?—前96年,北地郡义渠县(今甘肃环县)人,武帝骑郎。曾率一万骑兵击匈奴,损失七千,本当斩,纳赎金免为庶人。后再击匈奴,在沙漠中迷路,致使霍去病孤军深入。妻涉"巫蛊之祸",全家被灭。曾从大长公主手中救出卫青。先后四次拜为将军。

力救卫青求公主,首攻惨败献赎人。
再击大漠茫迷路,巫蛊牵连族断根。

咏张汤

张汤,?—前116年,杜陵(今陕西西安)人,先后为大中大夫、廷尉、御史大夫。武帝宠,权势远在丞相之上。治陈皇后、淮南王、衡山王谋反。助推盐铁专卖、告缗算缗,打击富商,翦除豪强。参与编定《越宫律》《朝律》。后遭陷,被强令自杀,用牛车薄葬。著名酷吏,以廉洁著称。

超耿廉洁名酷吏,富商侧目翦豪强。
国专盐铁告缗算,二律绳齐治法详。

注:二律,指《越宫律》《朝律》。

咏张贺

张贺,杜陵(今陕西西安)人,张汤之子。因"巫蛊之祸"受牵入狱,受腐刑。任掖庭令十多年,曾精心照顾保护年幼的汉宣帝。

一

刘据幕宾承器重，牵连入狱赦宫刑。
大廷总管履职慎，十载凄风伴冷清。

二

蛊牵陷狱缘刘据，胞弟求情圣上宽。
刑腐变身兼掖冷，廷宫十载禁狂言。

注：蛊，指"巫蛊之祸"。刑腐，指腐刑。掖冷，指掖庭和冷宫。

咏庄青翟

庄青翟，？—前115年，高祖时武强侯庄不识之孙，袭爵武强侯。任御史大夫、太子太傅、丞相。他的手下三长史共同陷害张汤，张汤自杀前上书称：陷害我的是丞相三长史。武帝怒，杀三长史，逮翟入狱，翟在狱中自杀。

满腹经纶延少傅，暗唆掾属乱诬臣。
张汤临到上书帝，汉武察情怒铲根。

咏义纵

义纵，？—前116年，河东郡（今山西晋南）人。少为盗，依姊幸于王太后，得荐，任中郎、县令、都尉、太守。其治政严酷，依法办事，不避权贵，娴于杀戮。至定襄，一次就报杀四百多人，吏民不寒而栗。后因破坏告缗法被杀。司马迁评："虽惨酷，斯称其位。"

少盗依亲攀太后，酷严治政断逃亡。
贵权不避娴杀戮，妄碰告缗裁庙堂。

注：告缗，指告缗法。

咏尹齐

尹齐，生卒不详，西汉大臣，茌平（今山东聊城）人。以刀笔吏迁御史、关内都尉、中尉。为政廉洁，做事果断，捉盗贼不避权贵。督察苛刻，污吏豪强收敛，一般官员不敢大胆治事，诸事多废，为此被免官。卒于任，家不过五十金。

文墨娴熟刀笔吏，酷刑贼盗恶绝迹。
苛察污吏脏行断，身后余财唯破衣。

咏减宣

减宣，生卒不详，杨县（今山西洪洞）人。因才能出众，政绩突出，武帝派其处理主父偃和淮南王造反的事。他充分利用法律条文深究罪责，杀了很多人。其敢于判决疑案，备受称赞，屡免屡用。后因派官员杀成信，士卒误射上林苑大门，法官认为有罪，被迫自杀。

政声迭迩卫公荐，以法深究王叛谋。
疑案敢决人备赞，再三起落著春秋。

注：卫公，指卫青，时任大将军。

咏杜周

杜周，？—前95年，字长孺，南阳郡杜衍县（今河南南阳）人，出身小吏，甚有能名。执法严峻，奏事称旨，得武帝赏识。与减宣更替任御史中丞十余年。平素沉默寡言，老成持重，比一般酷吏执法更为严酷。时入狱者六七万人，有时多达十多万。不如张汤清廉，家资累万。
小吏大能严法治，寡言沉默老成持。
内深刺骨非常酷，通寇峻惩挽损失。

及上级争权。任河东郡都尉时与太守申屠公争权，相互告发，被治罪，受弃市刑。
谋略深沉通政治，豪强畏惧避三分。
同僚争宠多谦让，治郡显绩严酷闻。

咏王温舒

王温舒，生卒不详，阳陵（今陕西咸阳）人。年轻时游手好闲，常在月黑风高之夜以锤杀人，埋而抢财，还干过盗墓勾当。因善理案件而渐升为御史，督捕盗贼，杀死很多人，著名酷吏。后迁广平都尉，升河内太守，专和豪强作对，政绩相当突出（尤治安）。能干，清廉。后因贪赃枉法，被诛灭五族。
月黑盗墓尚年少，酷吏改节优治安。
作对豪强督捕盗，灯油耗尽命阑珊。

咏王贺

王贺，生卒不详，字翁孺，济南郡东平陵（今山东章丘）人，后徙居魏郡元城（今河北大名），官至绣衣御史。奉命在魏郡督办捕盗，对涉及盗案者和畏懦的官员，皆纵之不诛。以"奉使不称"被免官。贺道："我听说，谁救活千人性命，其子孙将会被封侯。我救活一万多人，后世能不兴旺吗？"
绣衣御史秉奇志，盗案懦官皆不诛。
救命万人族定旺，故乡三老乐荒芜。

咏宁成

宁成，生卒不详，南阳穰人。景帝时任济南都尉、中尉，贪暴残酷。武帝时为内史，畏罪，归家放高利贷。后再为关都尉。
贪暴酷残居内史，妄凌长吏下操急。
聚财千万攫高贷，乳虎未及淫怒姿。

咏周阳由

周阳由，生卒不详，汉代政治家，本姓赵氏。为政以严酷著称，好与同僚

咏董仲舒

董仲舒，前179—前104年，汉广川郡（今河北景县）人，西汉时思想家、政治家、教育家、儒学家、唯心主义哲学家、今文经学大师。历博士、江都王相、胶西王相。把儒家伦理思想概括为"三纲五常"，其"罢黜百家，独尊儒术"的主张被武帝纳。从此儒学开始成为官方哲学。提出"大一统""天人感应"理论，著《春秋繁露》。代表作《举贤良对策》等。为中央集权、社会政治、

经济稳定发展做出贡献。一生经"文景之治"、汉武盛世。

天人感应大一统，睿萃纲常独举儒。
三策与时鼎文景，春秋繁露展鸿鹄。

注：纲常，指"三纲五常"。三策：天命，性情；黄老无为，孔孟有为；归宗儒本。

咏夏侯始昌

夏侯始昌，生卒不详，鲁（今山东曲阜）人，鸿儒、经学家，通五经，任太子太傅。董仲舒死后，甚受武帝器重，对汉代儒学有较大影响。

博览儒魁延太傅，垂青武帝益贞心。
族门优秀尤深造，接力仲舒恒奋勤。

咏申培

申培，约前219—前135年，亦称申公，鲁（今山东曲阜）人。西汉初儒家学者，今文《诗》学中"鲁诗学"开创者。任中大夫，答武帝说："治理国家不在多说话，而在多做事（为治不在多言，顾力行何如耳）。"

经书盈腹勇开辟，独径文坛扬鲁诗。
劝帝少言多干事，虚怀汉武满心怡。

咏江公

江公，生卒不详，史佚其名。经学家，武帝时经学博士。精通《诗》《春秋》两经。申培弟子，和董仲舒同仕。为武帝讲经，宗《穀梁春秋》说。后回故乡瑕丘，设帐授徒，致《穀梁春秋》得以流传。

精讲两经皇苑夜，仲舒同志共扬儒。
瑕丘设帐徒遥至，薪尽火传耀史书。

咏韩婴

韩婴，生卒不详，燕（今河北固安）人。文帝时博士，景帝时太傅。武帝时与董仲舒辩论，不为所屈。治《诗》，兼治《易》，西汉"韩诗学"创始人。继承发扬儒家思想，承袭荀子，尊信孟子。以"法先王"代替"法后王"，以"人性善"代替"人性恶"。认为统治者应轻徭薄赋，维护大一统。为武帝"罢黜百家，独尊儒术"做了思想准备。

承荀尊孟名博士，创立韩诗儒术崇。
薄赋轻徭维大统，法先性善展新容。

咏倪宽

倪宽，？—前103年，字仲文，千乘（今山东高青）人，历仕廷尉、御史大夫等。奉诏与司马迁等共定《太初历》，精通经学和历法，善文辞。任左内史时，教民，奖农，缓刑，倡开"六辅渠"，溉高卯田，关中丰。

幼贫校雇喜开卷，锄柄挂经乘隙读。
射策张汤承重信，教民刑缓倡凿渠。

咏壶遂

壶遂，生卒不详，西汉术士，梁（今河南商丘）人。通晓律令，经韩安国推荐入仕。见历法多谬，联合司马迁等建议修订新历。奉命造《汉历》，名曰《太初历》，官至詹事。武帝拟任为相，会其病卒。

律令晓通名术士，安国举荐入朝官。
议修新历偕司马，汉历行时上下欢。

咏唐都

唐都，生卒不详，天文学家。公元前104年，经近一年时间测试运算，新历造成，以正月为岁首，采用有利于农时的二十四节气。新历考订精确，与天体实际运转吻合，史称《太初历》。

经年测算造新历，受赐太初节气明。
精确天合中置闰，农人阡陌稼耕灵。

咏邓平

邓平，生卒不详，武帝时天文官。奉命编《太初历》，后刘歆作《三统历》。二历特点是年岁合一，一年三百六十五天，不再是以前的三百六十六天。以"加减法"代"减差法"，调整时差，年岁周期起始固定，用数学计算就能确定闰月，不用考订星历，建立五行。至此，阴阳五行基本上退出历法。后历朝颁布的历法与《太初历》大同小异。

一
矢志天文同改历，太初起始利农时。
窥星考订先人创，新旧纪年今胜昔。
二
律令精通超智慧，科学独立艺能高。
始编奉命太初历，年岁准合沿百朝。

咏落下闳

落下闳，前156—前87年，字长公，巴郡阆中（今四川阆中）人，西汉民间天文学家。武帝改历，落下闳受荐进京，与邓平、唐都等合作制历，优于同时提出的十七种历法。英国人李约瑟撰《中国科学技术史》，列天文十大成就，落占其三。

天文巨擘民间诞，知遇进京改历时。
脱颖同行十数种，英人盛赞占三席。

咏卜式

卜式，生卒不详，河南郡（今河南洛阳）人。以牧羊致富，大力资助朝廷，救济贫民。历中郎，赐爵左庶长，拜齐国太傅，转丞相，任御史大夫。武帝封其为缑氏令、关内侯。其仍以布衣为皇家牧羊于山中。后因反对盐铁官营，又兼不习文章，被贬为太子太傅。寿终正寝。

牧羊巨富捐国库，慷慨义施济万民。
却赏布衣缑氏令，寿终太傅素平心。

咏张欧

张欧,生卒不详,字叔,刘邦功臣张说幺儿。文帝时为太子做事,景帝时位列九卿,武帝时为御史大夫。因研究刑名学出众。案件能发回就发回,不能发回,则流着泪上奏,惜人性命。

一

父辈显功殊自重,三朝恭慎素尊人。
比心审案惜生命,无奈职责垂泪申。

二

笃信刑名出众右,爱民忠厚秉公心。
珍惜性命泪封奏,请老归乡怡故人。

咏暴胜之

暴胜之,生卒不详,字公子,西汉大臣。为人能干而心胸开阔,治理地方很有办法,曾绣衣持斧捕盗贼。知人,荐人从不疑人。"巫蛊之祸"中,刘屈氂要杀田仁,暴胜之说:"仁为二千石官员,应先行奏请,怎能擅自斩杀呢?"遂释仁。武帝闻之怒,治罪,自杀。

心胸海阔目明见,荐用贤才素不疑。
捕盗绣衣持利斧,良方治郡吏民怡。

咏韩嫣

韩嫣,生卒不详,人称"王孙",武帝时宫中宠臣,韩王信曾孙。刘彻做胶东王时,与韩嫣一起读书。官至上大夫,赏同邓通。偶受帝礼,死。

同窗武帝幼纯爱,赐赏隆丰等重臣。
聪慧超人娴马箭,自由宫禁素承恩。

咏公孙卿

公孙卿,生卒不详,西汉时方士。《史记·孝武本纪》载其用宝鼎之事哄骗汉武帝,称在河南、东莱祭祀时见到了神仙,受封中大夫,后事情败露,武帝恼火,欲杀,卫青保其一命。

招摇蒙诈土方士,宝鼎亵渎君锐察。
保命卫青求圣赦,汗颜羞遁井中蛙。

咏庄助

庄助,?—前122年,一作严助,会稽郡吴县(今江苏苏州)人,西汉辞赋家。郡举贤良对策,武帝擢其为中大夫,后任会稽太守。朝廷力辩出兵救东瓯。与朱买臣、淮南王刘安交好。后刘安反,其受牵连,被诛。

对策贤良得郡举,庙堂会辩汗僚颜。
淮南难事慨帮衬,汲黯代呈无谬言。

咏公孙弘

公孙弘,前200—前121年,字季,一字次卿,齐地菑川(今山东寿光)人。少时家贫,牧豕海上,四十而学,谨养后母,任过狱吏。后官至御史大夫、丞相。广招贤士,力推儒学,"以丞相褒侯"开创先例。卒于任上。

少贫乡鄙荣登相,博览广知拔首筹。
节俭粟食粗布被,公孙弘著誉春秋。

咏朱买臣

朱买臣,生卒不详,字翁子,会稽吴县(今江苏苏州)人。家贫好学,卖薪自给。拜会稽太守、主爵都尉、丞相长史,列九卿,后因事被诛。成语"覆水难收"典出处。

鬻薪自给妻休嫁,覆水难收笃志读。
太守率师平越叛,张汤事累暮遭诛。

咏薛泽

薛泽,生卒不详,刘邦功臣广平侯薛欧之孙。前相韩安国重伤,被免,泽为相。几年任相,无所为,无所恶,保全性命。

履世平和继国相,无为无恶数年安。
风云翻滚殊难料,独具心清命苟全。

咏石庆

石庆,?—前103年,河内郡温县(今河南温县)人。历任沛郡太守、太子太傅、御史大夫、丞相。一次,为天子驾车外出,天子问他共有几匹马驾车,石庆用鞭子逐个数完后举手报:"六匹。"任齐相,齐人皆仰慕他们家品行,齐大治,建石相祠纪念。晚年没落。曾欲惩幸臣,自己反而获罪。

数马禀君严谨性,家风端肃益强齐。
青云汉相子孙旺,仰慕民间共建祠。

咏石德

石德,生卒不详,河内郡温县(今河南温县)人,石奋孙,石庆之子。官太常。公元前102年嗣父爵为牧丘侯,后因犯法当死,被赎为庶人。

庙堂常走勤国事,嗣父封侯幸继恩。
触法追究当死罪,免官赎庶草遮门。

咏汲黯

汲黯,?—前112年,汉名臣,字长孺,濮阳(今河南濮阳)人。景帝时,以父任太子洗马。武帝时,初为谒者,后出任东海太守,有政绩,召为主爵都尉,列九卿。好直谏廷诤,武帝称其为"社稷之臣"。主张与匈奴和亲。后因犯小罪免官,居田园数年。后又召拜淮阳太守,卒于任。成语"后来居上""门可罗雀"典出处。

仕门秉耿敢直谏,社稷良臣政为民。
圣旨假传官储账,高瞻北御主和亲。

咏刘胥

刘胥,?—前54年,武帝之子,即广陵厉王,力能扛鼎。好倡乐逸游,觊觎帝位。多次使巫诅帝。后谋反,药杀二十余口,自杀,国除。

能搏猛兽力扛鼎，乐逸倡游山水闲。
帝位觊觎沉岁月，诅巫自赴鬼门关。

咏刘据

刘据，前128—前91年，武帝长子，卫子夫生，为唯一嫡子。初受武帝喜爱，后政见不同与武帝疏离。"巫蛊之祸"中，刘据起兵，败逃，拒捕自尽。武帝后知太子冤情，"轮台悔过"，治国由"尚功"向"守文"转变。
呱啼更伴储君赋，仁恕宽温政恤民。
巫蛊蒙冤皇苑险，轮台悔过父慈心。

咏刘进

刘进，前113—前91年，刘彻孙，刘据子，刘询父。"巫蛊之祸"时遇难。
蛊祸茫茫民吏畏，干戈木偶共飞旋。
势孤犹斗泉鸠里，血醒圣心深愧惭。

咏王翁须

王翁须，？—前91年，汉孝武皇帝孙媳，"巫蛊之祸"中受牵连死。子刘询（刘病已）继位，即汉宣帝。
幼寄卿家恒砥砺，精习歌舞长娴熟。
牵连巫蛊春秋断，爱子荣登炳史书。

咏公孙贺

公孙贺，？—前92年，字子叔，北地义渠（今甘肃宁县）人，胡人后裔。历任太仆、轻车将军、车骑将军、左将军、丞相。七击匈奴，戎马倥偬。因"巫蛊之祸"死于狱中。
年少从戎师倥偬，七击北寇屡奇功。
柱国勉力位贤相，巫祸广缠冤狱中。

咏公孙敬声

公孙敬声，丞相公孙贺之子，任太仆。私生活不检点，父子二人权倾朝野。因挪用军费，下狱。汉武帝怒，杀其父子及阳石公主。
父子权倾朝野恐，妄挪军费狱中哭。
怀奸诳骗换宽罪，上怒极刑两代诛。

咏朱安世

朱安世，生卒不详，人称"阳陵大侠"。犯法被捕后诬公孙贺一家，致公孙死。开启"巫蛊之祸"的大幕。
阳陵侠气殊骄横，犯禁歹毒佞陷孙。
巫蛊祸国揭大幕，无辜民吏惨游魂。
注：孙，指公孙贺。

咏江充

江充，？—前91年，本名齐，字次倩，赵国邯郸（今河北邯郸）人。曾主动请求出使匈奴，称旨，官至水衡都尉。"巫蛊之祸"的制造者，陷害太子刘据。后被刘据斩首。
赵燕奇士似泉溢，请使匈奴称旨回。

铁面柱国行事果,大奸危汉几临隳。

咏苏文

苏文,生卒不详,武帝后期黄门。与江充一起构陷太子刘据,直接激起卫太子兵变被冤杀。后武帝醒悟,将其烧死。

一

见风使舵性阴险,毒陷储君纵火燃。
太子冤杀魂不去,云开雾散命焚还。

二

品行狡诈特阴险,构陷储君毒计谋。
汉武究察挥怒剑,父皇垂悯替消仇。

咏田仁

田仁,?—前91年,田叔之子,田齐后裔。多次随卫青击匈奴,智勇兼备。历郎中、长史,使刺三河。帝东游,奏事得体,帝赏识,提拔为京辅都尉,再升丞相司值。因开城门放刘据,被诛。

体魁勇壮多奇智,数御匈奴靖北边。
锐刺三河膺帝赏,仁心救据祸族连。

注:据,指刘据,时为太子。

咏刘屈氂

刘屈氂,?—前90年,中山靖王刘胜之子,历任涿郡太守、左丞相、彭侯。受帝命大战太子刘据,死数万人。和李广利欲立昌邑王为太子,被腰斩。

一

遮天蛊祸臣民惧,衔命率师战储君。
街巷尸籍横塞路,妄谋废立逆贼心。

二

涿郡蛰居悠代相,储君大战血流河。
共谋嗣位陷巫蛊,功败垂成枉动戈。

咏韩说

韩说,?—前91年,汉开国功臣韩王信曾孙。因抗匈奴、东越有功,封为龙嵒侯、按道侯、游击将军、光禄勋。后因掘蛊太子宫,为刘据所杀。

一

横海将军东灭越,五原屯驻掌军严。
东宫掘蛊为人使,糊里糊涂落九泉。

二

世将封侯疆场勇,挥戈东北胜旌扬。
五原屯守吏民靖,掘蛊东宫身首离。

咏卫伉

卫伉,?—前91年,生长安,卫青长子,皇后卫子夫的侄子。屯兵五原,抵御匈奴,封宜春侯、长平侯。后受"巫蛊之祸"牵连而死。

襁褓封侯承后祚,屯兵严御五原安。
随心矫制长天胆,巫祸株连共九泉。

咏卫登

卫登,生卒不详,卫伉弟。幼时受

封发干侯,封地在东郡发干县。"巫蛊之祸"中仅灭卫伉,未涉他,后奉诏复家。
婴封天降干侯喜,隅落远荒塞耳朵。
蛊祸天来独幸免,复家奉诏建邦国。

咏马何罗

马何罗,生卒不详,因兄拒击太子,得入为侍中仆射。太子冤白,马何罗恐祸及自己,谋逆,屡思行刺,后被诛族。
力扈储君任仆射,恍惚鬼使刺疯王。
阖家连坐惨诛灭,血溅鸡鸣惊庙堂。

咏田千秋

田千秋,?—前77年,战国时田齐后裔。原为高寝郎,供奉高祖陵寝,后为戾太子上书诉冤,武帝感悟,擢为大鸿胪,数月后任相,封富民侯。为人持重谨厚,辅佐昭帝,政事决于霍光。老年朝见,乘小车入宫,号"车丞相",子孙以车姓。为相十二年,卒于任。
高祖守陵忠耿志,正名太子洗冤屈。
富民谨慎车丞相,车姓后人荣耀殊。

咏桑弘羊

桑弘羊,?—前80年,河南洛阳人。西汉政治家、理财专家,汉武帝的顾命大臣之一。任司农中丞、大司农、御史大夫。幼有心算才能,十三岁入侍宫中。推行盐铁官营、均输、平准、算缗、告缗、统一货币等经济政策。组织六十万人屯田戍边,防御匈奴。后因卷入霍光政治斗争,被处死。
杰才脱颖善心算,盐铁官营输准平。
国富非农推首论,屯边御房警敌情。

咏东郭咸阳

东郭咸阳,生卒不详,西汉齐人(今山东淄博),是资产累千金的大盐商。武帝时,为大农丞,领盐铁事。
经营奇术走江海,盐路亨通重利来。
因业授官双向取,千金资产喜盈怀。

咏孔仅

孔仅,生卒不详,南阳人,祖籍梁国睢阳(今河南商丘),大盐铁商、财政家。武帝时,任大农令、大司农、大农丞。精通盐铁生产技术,对朝廷有所捐赠,主管盐铁专卖。后因官营不善,被罢官。
盐铁巨商专术技,襄国捐赠义民情。
垂青圣上乌纱授,不善官营罢去京。

咏王䜣

王䜣,?—前76年,西汉济南人。初为郡县小吏,险被刑杀。后历任御史大夫、丞相、宜春侯,谥号敬。
积功县吏被阳令,临戮求宽出异言。
刀下留人刑立释,大夫丞相栋梁贤。

咏刘弗陵

刘弗陵,前94—前74年,即汉昭帝。武帝少子,母为钩弋夫人,八岁继位,霍光等辅政。在位十三年,病逝。有识人之明,沿袭武帝后期政策,与民休息,击败乌桓,平定西南,召开"盐铁会议",为"昭宣中兴"揭开序幕。

少年九五藏奇志,钩弋目瞑骨肉离。
识睿择明贤相助,中兴丽曲响淋池。

咏钩弋夫人

钩弋夫人,?—约前88年,齐国河间武垣县(今河北肃宁)人。传说其天生握拳不能伸。武帝巡召,命其展开双手掌中有一玉钩,后被封为婕妤。昭帝刘弗陵生母,后忧死云阳宫,就地葬。一说为防女主乱政,立子杀母。

佳媛民女天生异,掌握玉钩今古奇。
临幸婕妤皇帝母,红颜易逝子绝依。

咏上官皇后

上官皇后,前89—前37年,上官氏,陇西(今甘肃天水)人,祖父左将军上官桀,外祖父霍光。汉昭帝刘弗陵皇后上官氏,是汉代年龄最小的皇后(六岁)。其夹在祖父与外祖父争权夺利的斗争中,自始至终稳坐皇后宝座。昭帝去世,豆蔻年华的她便成了寡妇,之后又成为太后、太皇太后。下诏废刘贺,寿终正寝于长乐宫。

年华豆蔻苦孤寡,祖斗外家夹缝旋。
诏废新皇择秀立,寿终正寝笑黄泉。

咏金日磾

金日磾,前134—前86年,字翁叔,匈奴休屠王太子,深受武帝喜爱。武帝病重,托其与霍光佐刘弗陵。为国家统一和社会安定建立不朽功绩,是有远见的政治家。后世因忠孝显名,七世不衰,历一百三十余年。任马监、侍中、驸马都尉、光禄大夫。

识卓饲马黄门署,救上援身社稷安。
不肖亲裁明帝重,受托一统汉江山。

咏鄂邑长公主

鄂邑长公主,?—前80年,武帝女,嫁盖侯,又称盖主或鄂盖主。昭帝即位时年幼,因她为帝姊,将其供养宫中,多封。内行不修,私幸外夫,谋害霍光,事发,被迫自杀。

深苑养颜分外艳,品行无束祸多滋。
偷奸害霍阴谋露,未尽天年跨鹤西。

咏胡建

胡建,字子孟,西汉河东(今山西晋南地区)人。武帝时任守军正丞、县令。敢同不法势力斗争,刚正不阿,时有名,后人尊崇。地位低下,贫穷,无力

买马,步行去处理公事。因斩违法监御史,武帝赏,特下制书表彰。后围追奸凶得罪昭帝之姊,含恨自杀。

位卑穷窘行无马,斗佞不阿声远馨。
御史敢诛褒武帝,彻歼奸盗护国民。

咏樊福

樊福,生卒不详,京兆尹,鄂邑长公主私幸外夫,惹祸,被杀。

峻岭奇花休妄采,丽宫鄂邑外多情。
凌空飞舞迷人色,惹祸亡身更辱名。

咏丁外人

丁外人,?—前80年,本名少君,西汉河间(今河北献县)人。受公主宠爱,娇纵不法,曾使人射杀京兆尹樊福。藏凶,拒搜,谋叛,诛族。

宠情公主益骄纵,肆意都城霸道横。
唆使射杀京兆尹,藏凶拒搜灭门庭。

咏上官桀

上官桀,前140—前80年,陇西上邽(今甘肃天水)人,字少叔,有才识,一门显贵。与霍光争权,欲废昭帝立燕王旦,事败被灭族。曾任未央厩令、太仆、侍中、安阳侯、桑乐侯、辅政大臣、车骑将军。

才力超人门显贵,霍光侧目恨毒谋。
妄行废立揣天胆,厩令末途埋小丘。

咏上官安

上官安,前126—前80年,字子发,陇西上邦(今甘肃天水)人,上官桀长子,娶霍光女为妻。昭帝立,求助鄂邑长公主和丁外人,纳其女为昭帝婕妤,数月后立为皇后(时年六岁),封上官安为桑乐侯。父子尊宠,日益骄淫。后为报德长公主,一再向霍光为长公主私夫丁外人求封。光不许,两家相怨。遂与长公主、桑弘羊联络燕王旦,阴谋去光,另立旦为帝。事发,族诛。

献女婕妤旋位后,满门尊宠数求封。
亲家反目深积怨,谋败诛族噩梦逢。

咏杜延年

杜延年,?—前52年,字幼公,南阳杜衍(今河南南阳)人,杜周(著名酷吏)少子。昭帝初任军司空,后任谏大夫,封建平侯。后任太仆、给事中、西河太守、御史大夫。选用良吏,捕击豪强,行法尚宽大。

少习法令父兄异,擢用贤良抨霸强。
偿坐免官旋复起,尚宽清静善兴邦。

咏刘髆

刘髆,?—前88年或前87年,武帝第五子,在昌邑王位上十年去世。子刘贺,继皇位二十七天,罪多,被霍光废。

王位十年方跨鹤,无能育子品行低。

幸登九五未足月，罪过累千皇苑离。

咏刘贺

刘贺，前92—前59年，即汉废帝。汉在位时间最短（二十七天）的皇帝。刘彻孙，刘髆子。因荒淫无度、不保社稷被废。做昌邑王（今山东巨野县），再贬江西永修县做海昏侯。为官吏监。
天祚临身无帝份，荒淫政废吏民寒。
龙床未热贬昌邑，旋徙永修少耻颜。

咏龚遂

龚遂，生卒不详，字少卿，山阳郡平阳县（今山东邹城）人。历昌邑王郎中令、水衡都尉。开仓济贫，选良吏，施教化，劝农桑，行缓政，是"循吏"（奉公守法的官吏）代表。辛官。
明经擢用郎中令，赈济罄仓渤海平。
教化劝农施缓政，正刚循吏累功名。

咏黄霸

黄霸，前130—前51年，字次公，淮阳阳夏（今河南太康）人。其通晓文法，明察秋毫，为官清廉，文治有方。性情温良谦让，为政外宽内明。力劝耕桑，推行教化，治为当时第一。宣帝时拜相，总揽朝政社稷，后世将他与龚遂作为"循吏"代表，称为"龚黄"。
博通文法治天下，外恤内明恒劝耕。
总揽朝纲匡社稷，清廉谦让世馨名。

咏刘询

刘询，前91—前48年，即汉宣帝，本名刘病已，字次卿。刘彻嫡曾孙，刘据孙。公元前74—前48年在位。谥号宣。少遭不幸，流落民间，察知民间疾苦。即位后躬行节俭，多次下令节省开支，改革吏治，轻徭薄赋，稳定社会局势。对外大破匈奴和西羌，巩固西汉辽阔版图。雄才大略，文治武功。在位期间国力强盛，史称"孝宣中兴"。
幼落民间多砥砺，雄才大略力中兴。
改革图治固疆土，万世千秋颂功名。

咏许平君

许平君，前88—前71年，昌邑（今山东巨野）人。汉宣帝第一任皇后，汉元帝刘奭的母亲。刘询落难时，不离不弃。当上皇后后，细心打理后宫，为人节俭，贤德。后遭霍光夫人鸩杀。
圣上艰难危窘时，不离不弃紧相依。
悉心整理后宫肃，节俭贤德霍祸罹。

咏许延寿

许延寿，？—前53年，昌邑（今山东巨野）人。汉宣帝皇后许平君的叔父，先后任侍中、光禄大夫，封乐成侯。公元前61年，西羌反汉，许延寿任强弩将

军,率兵辅赵充国进伐,胜,羌降服。
后任大司马、车骑将军,辅佐朝政。
国戚荣耀屡沙场,叛汉戎羌扈镇平。
司马柱国勤辅政,成侯忠勉誉龙庭。

咏霍成君

霍成君,?—前54年,霍光小女儿,汉宣帝第二位皇后。公元前66年,霍氏叛,霍成君被废。十二年后自杀。
族权炙手登皇后,禁苑水浑难净身。
树倒猢狲旋散去,累牵公女复凡尘。

咏霍光

霍光,?—前68年,字子孟,河东平阳(今山西临汾)人。大司马霍去病异母弟,汉昭帝皇后上官氏的外祖父,汉宣帝皇后霍成君父。权臣、政治家,"麒麟阁十一功臣"之首。斗两股政治势力,粉碎政变。轻徭薄赋,与民休息,恢复与匈奴和亲政策。武帝死后,受命为昭帝辅政近二十年,为汉室的安定和中兴建立了功勋。
鼎襄汉室三十载,安定中兴立巨勋。
薄赋轻徭北边睦,周公再世奉双君。

咏霍显

霍显,?—前65年,霍光妻。霍显一直想让女儿成为皇后,便买通御医毒死许皇后。公元前68年,霍光死,她密谋发动政变,公元前65年被灭族。传言其原为光妻奴,光前妻死后被扶正。
傍夫邪望女登顶,施贿御医后鸩终。
扶正妾奴身手辣,飞光意惬闪萤虫。

咏淳于衍

淳于衍,生卒不详,字少夫。汉宣帝时宫廷女医,我国有记载的最早的专职妇产科医生之一。为夫求职,霍显威逼其毒杀许皇后,违背医德。后得霍光庇护,逍遥法外。
妇产御医名最早,为夫谋事背医德。
暗投附子鸩皇后,罪孽滔天甚盗戈。

咏霍禹

霍禹,?—前66年,河东平阳(今山西临汾)人,霍光之子。历任右将军、大司马,后被削去兵权,阴谋叛,被腰斩。
父党盘根阴异志,裸身司马去兵权。
戚戚耿耿蓄谋叛,腰斩市衢国法严。

咏霍云

霍云,?—前66年,霍去病孙子,封冠阳侯。常围猎黄山苑中,骄奢放纵。后谋叛,被追究,自杀。
侯门纨绔奢骄纵,狂猎黄山深苑中。
策马飞驰千兽遁,蓄谋忤逆落秋虫。

咏史恭

史恭，？—前117年，西汉鲁国（今山东济北）人，历任中郎将、凉州刺史。"巫蛊之祸"中，武帝将史良娣（汉宣帝祖母）等杀死。出生几个月的史皇曾孙刘询（宣帝）入狱，五岁时因大赦出狱。狱吏邴吉偷偷地把他送往史良娣妈妈贞君家中抚养（时史恭已病故）。宣帝从小就和史恭（舅公）的三个儿子一起长大，情同手足。为报恩，追封史恭为杜陵侯，谥号仁。

掌政凉州勤谨慎，惊心蛊祸泪盈盆。
苍天不断福家嗣，后辈登基追宿恩。

咏丙吉

丙吉，？—前55年，一作邴吉，字少卿，鲁国人。少时研习律令，本鲁狱史，迁廷尉监，后任大将军霍光长史。建议迎立宣帝，拜太子太傅，迁御史大夫，后任丞相。对汉宣帝有两次大恩：冒死护皇孙，掏钱供养；向霍光推荐刘询登位。从不对人说自己有保护之功。封博阳侯，谥号定。

一

狱吏精通娴律令，两恩九五耿忠臣。
政宽疏掾放长假，奇慧问牛不问人。

二

深沉忠厚不夸炫，恪尽职守能守诚。
善任擢贤宽属过，皇孙保救品高行。

咏张安世

张安世，？—前62年，字子儒，京兆杜陵（今陕西西安）人，张汤之子，"麒麟阁十一功臣"之一。以父荫任为郎官，后为尚书令、光禄大夫、右将军、富平侯、大司马卫将军。集军政大权于一身。以清廉慎密著称。死后宣帝赠予印绶，用战车和武士为其送葬。谥号敬。

汉宣鼎立拜司马，超慎廉洁终布衣。
佯病未谋天下要，请归杜谢爱织妻。

咏张彭祖

张彭祖，？—前59年，京兆杜陵（今陕西西安）人，张汤之孙，张安世少子，张贺继子。少与汉宣帝同席研书于掖庭。荫父爵任侍中中郎将，后为阳都侯。

世宦名门殊颖异，同席宣帝伴研读。
荫袭父任中郎将，富庶阳都不远途。

咏金赏

金赏，生卒不详，金日磾次子，霍光女婿。宣帝时，霍家谋反，金赏交出妻，得以保全，独得不连坐。

霍光快婿名臣子，族乱交妻命保全。
血雨腥风连夜骤，独得不坐另重天。

咏金建

金建，生卒不详，金日磾之子，金赏弟。与昭帝略同年，共卧起，任驸马

都尉。上拟封其为侯,遭霍光拒阻。
名门高望素严己,起卧偕君度日光。
驸马运隆都尉谨,封侯霍阻不仇皇。

咏司马英

司马英,生卒不详,司马迁唯一的女儿,小名妹娟。自幼聪慧过人,熟读诗书,深通事理,擅长诗文。父遇难,劝母、两个哥哥外躲,自己留京城杨敞(未婚夫)家,协同将《史记》初稿及资料藏在华阴县杨敞老家,使《史记》得以保存流传。后支持丈夫杨敞废刘贺、立宣帝。育有二子。

倩女擅文通事理,支夫废立庇家族。
华阴深匿护珍稿,史记千秋成圣书。

咏杨敞

杨敞,?—前74年,字子明,号君平,司隶部弘农郡华阴(今陕西华阴)人。西汉著名政治家,历军司马、长史、搜粟都尉、御史大夫、大司农、丞相。封安平侯,谥号敬。太史令司马迁之婿。

一生谨慎躬节俭,力课农桑仓廪足。
废劣立优延汉祚,史公欣慰九泉舒。

咏杨恽

杨恽,?—前54年,字子幼,西汉华阴(今陕西华阴)人。因告发霍氏(霍光子孙)谋反有功,封平通侯,迁中郎将,后升诸吏光禄勋,位列九卿。父杨敞曾两任丞相,母为司马英。著名士大夫,轻财好义,上千财物分送宗友。传播司马迁《史记》有功。后入狱,获释,免为庶人。因《报孙会宗书》一文,宣帝怒,被腰斩。

铁骨铮铮揭霍氏,轻财好义杜徇私。
污泥不染敢直谏,腰斩常文治罪谜。

咏杨谭

杨谭,生卒不详,杨敞孙,杨恽侄,西汉华阴(今陕西华阴)人。袭爵安平侯,任典属国。杨恽削爵家居,有怨言,后被告发,处斩,杨谭因此被免为庶人。曾劝叔耐心等待,或将任用。

名裔孝忠深义理,削爵叔愤慰心言。
连牵免庶自思解,世事无常平险间。

咏孙会宗

孙会宗,生卒不详,西汉西河(今内蒙古东胜)人,任安定太守,有智略。见杨恽失爵后居家治产业,通宾客,与书谏戒。杨恽被废,内怀不服,在回信中怨形于表,为马吏所告,被腰斩。孙会宗与杨恽友善,受株连被免官。

智略超群洞察世,恳书挚友慎言行。
回音在耳犹佳盼,腰斩哀戚朝断程。

咏高堂生

高堂生,生卒不详,复姓高堂,名伯,西汉鲁(今山东龙廷)人,专治古代礼制。《礼》经秦火,书不传。汉兴,生传《士礼》十七篇。为当时今文礼学最早传授者。司马迁评:"生最得《礼》根本。"

秦火燎原书毁灭,手抄士礼续残篇。
最得根本宣天下,理义文明流万年。

咏后苍

后苍,生卒不详,字近君,东海郡郯(今山东郯城)人。精通《诗》《礼》,是研究《孝经》的专家。武帝时立为博士,后官至少府。

满腹经纶藏少府,娴熟诗礼握精魂。
孝经尤擅义研透,千载传扬文化根。

咏庆普

庆普,生卒不详,字孝公,沛(今江苏沛县)人。西汉经学家,东平王太傅。今文《礼》学"庆氏学"开创者。

今文庆氏溯源礼,探奥冥思知义深。
睿智苦读长岁月,博学太傅显精神。

咏戴德

戴德,生卒不详,字延君,祖籍梁国甾县(今河南民权),生于梁国睢阳(今河南商丘)。汉代礼学家,今文礼学"大戴学"开创者。汉宣帝时博士,曾为信都王太傅。后世称之为"大戴"。后苍弟子。

师拜后苍专礼貌,先河大戴盛扬名。
和谐承序人间乐,太傅撰书甘苦行。

咏戴圣

戴圣,生卒不详,字次君,世称"小戴"。祖籍梁国甾县(今河南民权),生于梁国睢阳(今河南商丘)。西汉官员,学者、礼学家,曾任九江太守。今本《礼记》,即《小戴礼记》,传为圣编。戴德侄,后苍弟子。三家之学皆立于学宫,为儒家经典,兴盛一时。

开创今文名小戴,经学新貌抖精神。
儒家籍典授徒广,兴盛苑宫却乱尘。

咏颜安乐

颜安乐,生卒不详,字公孙,鲁国薛(今山东薛城)人。任齐郡太守丞、博士。学精。西汉今文春秋学"颜氏学"开创者。

一

少龄家窘夜读苦,颜氏今文勇创新。
舅授公羊得旨要,守丞博士为国民。

注:舅,指眭孟。

二

开学立异标颜氏,幼窘苦读书破皮。
探义深究殊不倦,授徒广化众心仪。

咏严彭祖

　　严彭祖，生卒不详，字公子，西汉东海下邳（今江苏睢宁）人。与颜安乐同学于眭孟，习《春秋公羊传》，后有分支"严氏学"。宣帝时为博士，后任河南郡太守、太子太傅，入为左冯翊。为官廉直不事权贵。

一

同师眭孟不言苦，探奥公羊知义明。
严氏出新学派立，远离权贵品廉清。

二

探义公羊受眭孟，创学严氏树新旗。
清廉太守国延傅，侧目权奸懿品稀。

咏欧阳生

　　欧阳生，生卒不详，名容，字和伯，千乘郡（今山东高苑）人。将《尚书》二十九篇分解为三十一篇，为《周诰》《殷庚》做详细注解。为西汉今文《尚书》欧阳学说开创者。

名门开启八博士，分解尚书增两篇。
详注周殷添睿见，自成学派大师贤。

　　注：周殷，指《周诰》《殷庚》。

咏欧阳高

　　欧阳高，字子阳，欧阳生曾孙，千乘郡（今山东高苑）人，传欧阳《尚书》，被立为博士，成为太学学官。从此《尚书》"欧阳学"进入鼎盛时期。

鸿儒累世识渊远，掘义尚书幸庙堂。
学派馨名趋鼎盛，满园桃李溢芬芳。

咏夏侯胜

　　夏侯胜，生卒不详，字长公，宁阳侯国（今山东宁阳）人，西汉著名政治家、文学家、博士。今文《尚书》学"大夏侯学"开创者。官至长信少府、太子太傅。其做人准则：为国要忠，为民要仁，为事要义。上不奉下不欺，正派刚直，厌恶邪道歪理。

治学资政创新派，义事忠国仁恤民。
广聚授学极致用，名师巨匠少孤身。

咏林尊

　　林尊，生卒不详，字长宾，济南（今山东济南）人，从事今文经学研究，师从欧阳高，为经学博士，官至少府、太子太傅。在今文经学的传承中起到了连接和纽带作用。

受业欧阳得妙理，研究奥义释经文。
连接纽带成关键，学海浩茫世广闻。

咏夏侯建

　　夏侯建，生卒不详，字长卿，夏侯胜从兄之子，宁阳侯国（今山东宁阳）人，从夏侯胜和欧阳高学今文《尚书》，西汉今文《尚书》学"小夏侯学"开创者。官至太子少傅。

家教熏陶学佼佼，渊博千古目开明。
夏侯新创自成派，从父尚书苦治经。

咏孔安国

孔安国，前156—前74年，字子国，鲁国人，孔丘后人，受《诗》于申公，受《尚书》于伏生。武帝时，官谏大夫、临淮太守。相传孔壁得《尚书》等，时人不识，安国以今文读之，又奉命作书传。是司马迁的古文经学老师。

申公弟子伏生喜，满腹学识尤擅经。
司马拜师得古意，尚书畅译奥文明。

咏田延年

田延年，？—前72年，字子宾，先世徙居阳陵（今陕西高陵）。年轻时表现出过人才干，是霍光助手，不久担任长史。历河东太守、大司农，诛锄豪强，治嘉。拥立宣帝有功，封阳成侯。后因建帝墓，贪污三千万钱被揭发，自刎。

少年才智颖超众，诛灭豪奸神魄坚。
宣帝拥襄排众议，墓塘贪贿自黄泉。

咏田广明

田广明，？—前71年，字子公，西汉时郑县人，历侍从官、天水郡司马、河南郡都尉、淮阳郡太守、大鸿胪、卫尉、左冯翊行政长官、御史大夫，治有能名。平益州、武都叛乱，封昌水侯。后奉命率四万兵救乌孙国，知匈奴重兵，中途畏进。罪重自杀。

逆谋剿捕诛为首，远镇益州扬汉威。
率救乌孙师四万，畏敌违令野朝呸。

咏韦贤

韦贤，约前148—前67年，字长孺，鲁国邹（今山东邹城）人，精通《诗》《礼》《尚书》，创"韦氏学"，号称邹鲁大儒。历博士、给事中、大鸿胪、丞相，封关内侯、扶阳侯。邹县谚语："遗子黄金满籯，不如教子一经。"

邹鲁大儒韦氏创，一心一意卷中行。
教书禁苑授诗帝，民谚黄金不抵经。

咏弘恭

弘恭，生卒不详，西汉沛人，年轻时受腐刑。宣帝任用宦官掌机要，其因明习法令，善为奏请，任中尚书、中书令。长期在朝内专政，排挤、打击异己，以至丞相等都阿附敬容。

腐惩年少殊毒辣，法令明习上悦情。
久掌机枢随所欲，诬排异己蟹横行。

咏尹翁归

尹翁归，？—前62年，字子兄（音况），河东平阳（今山西临汾）人，幼孤，依叔活。为官法治严明，清廉公正，市井无赖惧怕。历狱吏、东海太守。治

盗有方，三辅中最为贤能。死后家无余财。宣帝痛惜，赏其子黄金百斤，后三子均任郡守。

丧父依叔成狱吏，通文精武政勤廉。
土豪伏法震三辅，身后无财帝恤怜。

咏朱邑

朱邑，？—前61年，字仲卿，庐江舒县（今安徽庐江）人。年轻时为桐乡啬夫，掌乡诉讼、税赋，秉公办事，不贪钱财，以仁义之心广施于民。兢兢业业协助太守发展生产，才干卓越。举贤良，任大司农丞，后任北海郡（今山东昌乐）太守，"治行第一"。后拔任大司农，掌全国租税、钱谷、盐铁和财政收支，乃朝廷重臣。

少农卓越贤良举，崇义仁心广善民。
诉讼秉公轻赋税，襄国鼎柱贯廉勤。

咏苏武

苏武，前140—前60年，字子卿，杜陵（今陕西西安）人，代郡太守苏建之子。历任郎、中郎将、栘中厩监。公元前100年奉命以中郎将持节出使匈奴，被扣。多次受威胁利诱，后被迁到北海（今贝加尔湖）牧羊，匈奴扬言要公羊生子方可释他回国。历尽艰辛，留居匈奴十九年，持节不屈。至公元前81年方获释回汉。去世后，宣帝将其列为"麒麟阁十一功臣"之一，彰显其节操。与匈奴妇有一子，叫苏通国。

出使陷身节不辱，公羊产仔笑狂言。
忠贞永葆奇寒牧，归汉须白十九年。

咏常惠

常惠，？—前46年，太原郡人。汉武、昭、宣三朝外交家。公元前100年，响应招募，随苏武出使匈奴（任副使）。被扣十九年中，展现非凡智慧和才干。昭帝破格将其从一下层小吏提为光禄大夫、典属国，其潜心尽职，功绩卓著。其幼时家境贫寒，沉着机敏，谦恭好学，寡言决断。单于使其下狱，重役，苦愈重志愈坚。出俊联合乌孙国，大败匈奴，封长罗侯，后为右将军。

家寒机敏善决断，副使匈奴苏武随。
大狱不隳十九载，破格重任典边陲。

咏盖宽饶

盖宽饶，前105—前60年，山东滕州人，历太中大夫、司隶校尉，称"虎臣"。为官刚直奉公，正色立朝，公卿贵戚惧恨。因上书言事，宣帝信谗不纳，引佩刀自杀，众莫不怜之。家贫，俸钱月数千，半数给"吏民为耳目言事者"。

高节校尉耿司隶，正色虎臣威立朝。
家困俸钱滋耳目，忠言不纳愤裁袍。

咏魏相

魏相，？—前59年，字弱翁，济阴郡定陶县（今山东菏泽）人，西汉政治家。历茂陵令、扬州刺史、河南太守、大司农、御史大夫、丞相，封高平侯。治郡有方，深得民心。不避权贵，捕办鱼肉百姓的桑弘羊亲戚。整肃吏治，抑制豪强，选贤任能，平昭冤狱。任相期间要求各地官吏省用，宽赋税，奖田，积粮解困。熟谙兵法，雄韬大略。公元前65—前61年，匈奴寇边，用魏相计，未用兵便使匈奴归服。为人严毅，刚正不阿，使君臣交泰。

雄韬大略君臣泰，肃吏抑豪明任贤。
宽赋奖农雪冤狱，计服北房两相安。

咏严延年

严延年，生卒不详，字次卿，东海下邳（今江苏睢宁）人。历侍御史、好時县令、长史、涿郡太守、河南太守。执法严峻，苛刻，残暴。县囚会审，血流数里，时称"屠伯"。后，有人告其诽谤朝廷，获罪，处弃市刑。

精通律法劲田霍，治狱神明郡内清。
会斩囚血流数里，屠伯所至世人惊。

咏韩延寿

韩延寿，？—前57年，字长公，燕国人。任谏大夫、淮阳太守、颍川太守，治甚有名。官至左冯翊，与皇族集团闹矛盾被害。是古代士大夫、君子的杰出代表。

教化郡兴民爱戴，谦谦君子大夫闻。
门卒重用治绩显，皇苑森森难保身。

咏韩增

韩增，？—前56年，韩王信玄孙，韩说之子。率三万骑出云中，斩首百余，至期而还。官至大司马、车骑将军，领尚书事。历事三主，为人宽和自守。

父恩承载作郎将，三万铁骑尘土扬。
依据云中强御寇，师还司马尚书忙。

咏耿寿昌

耿寿昌，生卒不详，西汉天文学家、理财家。精通数学，修订《九章算术》，用铜铸浑天仪观天象，著《月行帛图》等。宣帝时任大司农中丞，在西北设"常平仓"，用以稳定粮价，作为国家储备粮仓，白令边郡皆筑仓，避免谷贱伤农，谷贵伤民。后封关内侯。

善理赋财天性慧，常平仓设利民农。
九章算术臻修订，铜铸天仪贯苍穹。

咏王褒

王褒，约前90—前51年，蜀资中（今四川资阳）人。西汉著名辞赋家，与扬雄并称"渊云"。留下《洞箫赋》等辞

赋十六篇。尤善咏物小赋，开创了新的题材，手法创新，语言锤炼，诙谐幽默。任待诏、谏议大夫，为宣帝文学侍从。
步出巴蜀目开阔，赋媲扬雄功力宏。
咏物胜形名待诏，甘泉绮丽意凌空。

咏王吉

王吉，？—前48年，琅琊皋虞（今山东即墨）人，官至博士、谏大夫。力谏昌邑王刘贺戒酒色，不纳。后刘贺为帝，再谏，不纳。宣帝时，谏废荫袭制度，未纳。病辞，回故里闲居。为官十分清廉，与贡禹情意相投。成语"王阳在位，贡公弹冠"典出处。
孝廉举县至博士，屡谏色声除荫袭。
邻枣收清妻复宿，疴辞故里旧情依。

咏张敞

张敞，？—前48年，字子高，河东平阳（今山西临汾）人，一说茂陵（今陕西兴平）人。历太守卒史、甘泉仓长、太仆丞、山阳太守、冀州刺史、豫州刺史、光禄大夫。贬民复出。另类酷吏。
忠言切谏帝旋废，妙策襄京盗灭迹。
亲画妻眉皇上乐，刚柔相济酷出奇。

注：帝，指刘贺。

咏贡禹

贡禹，前127—前44年，字少翁，琅琊（今山东诸城）人，任凉州刺史。主张选贤诛佞，罢倡乐，修节俭，解放宫女奴婢，男婚女嫁，反对苛赋。还主张废除货币和商品经济，使民归田。
拔俊除奸修俭品，婢奴解放却宫闱。
生儿育女延国祚，苛赋废除民去危。

咏陈万年

陈万年，？—前44年，字幼公，汉代相（今安徽濉溪）人。官至右扶风、太仆、御史大夫。为人勤恳努力，生性热心仕宦，绞尽脑汁，卖家产送礼。丞相丙吉重病，悉心侍奉，得荐，终列九卿。教子谄事，成为后世做人成事的反面教材。疏于谋略，帝往往不纳见。
病卧犹传朝谄术，孝儿听厌盹依屏。
一生勤勉乏高策，苟位图安羞九卿。

咏辛武贤

辛武贤，生卒不详，陇西狄道（今甘肃临洮）人，任酒泉太守。公元前61年，西羌贵族叛乱，他被就地任为破羌将军，胜。后征乌孙至敦煌。
麾师沙场酒泉靖，羌叛旋平威义扬。
征战乌孙千里远，敦煌属汉广延疆。

咏辛庆忌

辛庆忌，？—前12年，字子真，狄道（今甘肃临洮）人。辛武贤之子，以父任

为右校丞，屯田乌孙赤谷城，有战功。后迁张掖、酒泉太守，征为光禄大夫、执金吾，拜左将军，为国虎臣，匈奴西域，敬其威信。西汉著名爱国将军。

投笔从戎精吏治，屯田赤谷虎臣威。
治军肃正民如子，谏赦朱云众口碑。

咏甘延寿

甘延寿，生卒不详，字君况，西汉北地郡郁郅县（今甘肃庆城）人，历辽东太守、郎中、谏议大夫、都护骑都尉。与陈汤共同诛灭匈奴郅支单于，终结百年汉匈大战。

名门卓异御林戎，共灭单于平郅支。
默契陈汤联献策，缘功封赏满族怡。

咏陈汤

陈汤，？—约前6年，字子公，山阳瑕丘（今山东兖州）人，西汉大将。元帝时和甘延寿出奇兵攻杀与西汉王朝相对抗的匈奴郅支单于，为安边做出贡献。封关内侯。

家窘喜读思路阔，策谋大虑几沉浮。
出奇制胜平西域，神预破敌炳史书。

咏施雠

施雠，约前100—1年，字长卿，沛（今安徽濉溪）人。汉代经学家，主要研习今文《易》，宣帝时列于学官。田王孙终身弟子，从小学《周易》，一直侍奉田王孙到其去世。为人谦虚，有长者之风。授《易》于张禹。《易》有"施氏之学"。

终身弟子恩师喜，周易力学要旨明。
张禹受传施氏派，谦恭长者懿德行。

咏孟喜

孟喜，生卒不详，字长卿，东海兰陵（今山东苍山）人。与施雠、梁丘贺同学《易》，各成一家。创西汉今文《易》学"孟氏学"，史称其"好自称誉"。

父命耽学周易精，自成一脉创新行。
欣然自誉缘积广，西汉今文孟氏兴。

咏梁丘贺

梁丘贺，生卒不详，复姓梁丘，字长翁，琅琊诸（今山东诸城）人。西汉时，今文《易》学"梁丘学"开创者。为人小心周密，宣帝深为信任，器重。"麒麟阁十一功臣"之一，后世影响大。

小心缜密上垂信，独步梁丘径辟新。
周易更登高境界，传播后世飨学人。

咏胡常

胡常，生卒不详，字少子，清河（今河北清河）人。承统授业的鸿儒，历任博士、部刺史。精通《穀梁春秋》，解说自成一派，后世影响深远。

深邃鸿儒居刺史，穀梁析透旨端详。

学说立派自成体，侪列百家后世香。

咏梁丘临

梁丘临，生卒不详，琅琊诸（今山东诸城）人。西汉大臣，著名经学家，梁丘贺之子。从父学《易》，传播梁丘氏之学，使之成为当时显赫的圭臬。

五车学富襄国柱，父子共析周易深。
显赫梁丘圭臬立，明文善政秀循臣。

咏刘奭

刘奭，前74—前33年，即汉元帝，汉宣帝刘询与嫡妻许平君之子。公元前49—前33年在位，共十六年。在位期间，平定郅支，和亲匈奴。以儒治国。为人优柔寡断，威权旁落。在位时王昭君自请远嫁。

博才广艺通音律，寡断好儒旁落权。
远嫁昭君戎汉睦，政君渐宠帝虚悬。

咏刘宇

刘宇，生卒不详，汉宣帝第四子。公元前52年被封为东平王。骄淫无道，与奸邪之辈交往。不孝，多次受朝廷切责。

就藩旁道幸奸佞，无孝庙堂怒问责。
纨绔自来多宠过，一生恣横酿悲歌。

咏刘钦

刘钦，？—前28年，宣帝之子，为淮阳宪王。好经书、法律，聪达有才，帝甚爱。

聪达博览上垂爱，仁品就国忠孝心。
聒耳妄言坚拒纳，守节绵永润家门。

咏司马良娣

司马良娣，？—前54年，刘奭做太子时最宠爱的妃嫔。死前对刘奭说，她是因遭到其他妃子诅咒而死。

后宫宠幸天福享，跨鹤陈言人咒疴。
刘奭伤怀温抚慰，一夕生子少欢歌。

咏王政君

王政君，前71—13年，魏郡元城（今河北大名）人，阳平侯王禁次女，元帝皇后，成帝刘骜生母，中国历史上寿命最长的皇后之一。居后位（皇后、皇太后、太皇太后）六十一年。王莽篡汉时曾大怒，将玉玺砸在地上，致玉玺崩碎一角，不久忧愤亡。一生历七朝，无野心，愚庸寡断，葬送刘姓江山。操纵朝政，重用外戚。

宦门婉顺聪贤惠，身历七朝重外戚。
玉玺掷崩王莽恐，江山易姓树新旗。

咏王禁

王禁，前99—前42年，魏郡元城（今河北大名）人。少于长安学法律，任国廷尉史。女王政君，被献入皇宫，在掖庭充任家人子。

京城学法年方少,妻梦月怀降丽珠。
佳卦千金奇富贵,延师赋艺授经书。

咏王根

王根,王政君亲族,封曲阳侯,以大司马、骠骑将军辅政,在职四年而病免,后王莽接任。

姑母擅国鸡犬喜,五侯一日共弹冠。
将军辅政少和睦,王莽笑容替病颜。

咏王商

王商,?—前25年,原籍涿郡蠡吾(今河北博野),迁杜陵。后遭王凤迫害,被免相,郁终。

丧考散财遵孝悌,邑封赠莽顺推舟。
国威彰显匈奴畏,襄立刘骜明帝俦。

咏王凤

王凤,?—前22年,字孝卿,西汉魏郡元城(今河北大名)人。王政君哥哥,任大司马、大将军,领尚书事秉政。王氏四兄弟分别位居要津,形成"王凤专权,五侯当朝"。临终嘱王政君照顾王莽。权重挟帝。

五侯擅政轻挟帝,铁椅靠山王政君。
枢密要津一掌控,新朝不远欲腾云。

咏冯野王

冯野王,生卒不详,字君卿,西汉上党潞县(今山西潞城)人,后徙杜陵(今陕西西安)。为陇西郡太守、大鸿胪。京兆尹王章荐其代王凤,惧不自安,病归。太守鸿胪恒器重,王章举荐秉国权。闻知惶恐寻安策,告病闭门养静闲。

咏王骏

王骏,?—前14年,王吉之子。西汉谏议大夫。所历职务皆显能名,政有清绩,口碑好,卒官。

秉忠谏议旺国祚,所至显绩卓建功。
赞誉沓来出众口,惋惜运逆未侯同。

咏王音

王音,?—前15年,父为王政君亲叔。王章谏诛王凤,王音暗中连忙告知,获王凤信任,升御史大夫。王凤临终前荐王音代自己职位,王氏爵位日盛。《汉书》:"唯音为修整,数谏正,有忠节。"

王家权势中天日,王凤弥留尚荐君。
修整柱国常恳谏,忠节大义享族恩。

咏王谭

王谭,生卒不详,济南(今山东济南)人,任御史大夫,参与废荒淫昏乱的昌邑王、立汉宣帝有功。

豪门大喜五封侯,国祚临危昼夜忧。
昌邑淫昏凌百姓,善择明主继春秋。

注:昌邑,指昌邑王。

咏王仁

王仁，？—3年。王谭之子，谏大夫，袭侯。以刚直为王莽所惮，迫令自杀。
世宦望族刚耿性，弄权王莽恨连连。
王朝禁苑深犹海，忠品难存多溺冤。

咏萧望之

萧望之，约前114—前47年，字长倩，萧何后人，东海兰陵（今山东苍山）人，徙杜陵（今陕西西安）。宣、元帝倚重的大臣，著名政治家、经学家，主治《齐诗》。任关内侯、前将军光禄勋、太傅。不附霍光，谏倒霍氏。结束汉匈百年战争。后为宦官害死。
经学勤治识博广，拒附霍光天性刚。
烽燧百年旋泯灭，汉匈和睦祉福长。

咏贾捐之

贾捐之，？—前43年，字君房，西汉著名政治家、文学家，洛阳（今河南洛阳）人。汉元帝即位，上疏言得失，数召见，言多采纳。忤石显，被其诬陷，下狱死。代表作《弃珠崖议》。
文政娴谙多睿见，弃珠崖议古今传。
庙堂常献治国策，石显陷诬囹圄冤。

咏史高

史高，？—前42年，鲁国人，史恭长子。为侍中、乐陵侯。宣帝病重，命其为大司马兼车骑将军，共辅佐太子。
乐陵水丽山高峻，九五膏肓重信垂。
司马受托忠辅佐，共襄社稷志宏恢。

咏于定国

于定国，？—前40年，字曼倩，东海郯县（今山东郯城）人。少随父学法，为狱吏、郡决曹，官至丞相。为人谦恭，能决疑平法，时人赞。封西平侯。
随父钻研娴律令，忠勤狱吏郡决曹。
疑冤明断时人赞，祭墓承刑孝妇褒。

咏焦延寿

焦延寿，生卒不详，梁国睢阳（今河南商丘）人。家贫贱，因好学，得梁敬王助，任小黄令。边授边著《焦氏易林》。
好学得助家贫贱，县令化行贼盗亡。
焦氏易林开异径，弃官讲授显名扬。

咏杨何

杨何，生卒不详，字叔元，淄川（今山东寿光）人，武帝时任中大夫，著《易传杨氏》二篇，已佚。
好读广阅勷国政，周易细研奥义清。
光武喜颜常殿览，易传杨氏盛扬名。

咏京房

京房，前77—前37年，西汉学者，本姓李，字君明，东郡顿丘（今河南清丰）

人，开创"京氏学"灾异论。汉元帝时为郎、魏郡太守。将笛由四孔改良为五孔，还发明了被称为"准"的定律器。

焦学真谛延灾变，京氏树旗干政朝。
周易分流成诡术，改笛五孔丽音高。

咏姚平

姚平，生卒不详，西汉著名经学家。官至冀州刺史、谏议大夫。向京房学《易》，为郎博士。京氏易学由他发扬光大。

学易京房州刺史，细琢精探理冰明。
笃学高就郎博士，光大传承始晓京。

咏石显

石显，生卒不详，字君房，济南（今山东济南）人，佞臣。久典枢机，谄上欺下，陷人有术，自保无缝。后被弹劾，卒于回乡路上。

久典枢机谀上下，假真难辨弄朝臣。
色声不露致人死，万贯家财彰佞魂。

咏冯奉世

冯奉世，？—前40年，字子明，杜陵（今陕西西安）人，原籍上党潞县（今山西潞城），西汉名将。年三十余乃学《春秋》，习兵法。以卫侯使出使大宛，大败莎车国。擢光禄大夫、左将军、光禄勋，封关内侯。

将门名将威西域，而立犹读孔子书。
大败莎车愉大宛，远征羌虏踏荒途。

咏韦玄成

韦玄成，？—前36年，字少翁，鲁国邹人。以父任为郎，后擢谏大夫、大河都尉。父卒，佯狂让爵于兄。朝议高其节，拜河南太守，继父相位，封侯。为相七年，守正持重不及父，文采过之。

好学谦逊义侠士，贫贱尤尊高品行。
佯病让兄袭父位，七秋国相盛文名。

咏王昭君

王昭君，约前52—前19年，名嫱，字昭君，又称"明妃"，西汉南郡秭归（今湖北兴山）人，中国古代四大美女之一，留下"落雁"的典故。远嫁匈奴，维持汉匈关系稳定达半世纪。天生丽质，聪慧异常，擅弹琵琶，琴棋书画无所不精。

一

落雁唯描天丽质，霍翁堪媲未逾崇。
汉匈睦处五十载，书画琴棋胜戟功。

二

高天坠雁惊征将，北漠笳声伴入眠。
倘使毛郎心境好，汉匈佳话少一传。

注：霍翁，指霍去病。毛郎，指毛延寿。

咏毛延寿

毛延寿，？—前33年，杜陵（今陕西西安）人，宫廷画师。画人形，美丑老少，必得其真。匈奴入朝求阏氏，案图以昭君行。及召见，貌为后宫第一。帝悔，将毛延寿弃市。传闻其曾为昭君画"丧夫落泪痣"。

惊时绘艺野朝赞，状貌形人技越雄。
泪痣昭君旋远去，登车帝悔笔缘终。

咏陈咸

陈咸，生卒不详，字子康，沛郡洨县（今安徽固镇）人，父陈万年，因父任郎。其性耿直，屡指责皇帝近臣。因指控石显遭贬为庶民。后复用为谏议大夫、太守。又被免，复用，为南阳郡守。以酷刑立威，损公肥私，贿陈汤，任尚书。

直耿屡责权贵佞，酷刑施政损吞公。
官危豪慑属员乱，贿赂陈汤泄碌庸。

咏朱博

朱博，生卒不详，字子元，杜陵人。官至御史大夫、丞相，封阳乡侯。曾辞官步行潜入廷尉府刺探陈咸等案情，使陈咸免于死罪，朱博也因此名声显扬。其节俭清廉，敢诛杀，宾客满门。依傅太后，弹劾大将军傅喜，后被查，自杀。

仗义广结家困窘，辞官徒步刺实情。
清廉节俭敢诛戮，宾客满门济赈诚。

咏薛广德

薛广德，生卒不详，字长卿，沛郡相（今安徽濉溪）人。著名经学家，历博士、谏大夫、淮阳太守、长信少府、御史大夫，位及三公。

五经博义不阿贵，体恤平头悉窘贫。
谏阻春围上喜纳，悬车荣退耿臣心。

咏匡衡

匡衡，生卒不详，字稚圭，东海郡承县（今山东枣庄）人。西汉经学家，位至丞相，以说《诗》著称。世代务农，少贫，好学。成语"凿壁偷光"典出处。

世农凿壁砭千卷，教化说诗广道德。
石显铲除奸佞惧，弹归故里品田歌。

咏史丹

史丹，生卒不详，字君仲，鲁国（今山东济北）人，后徙居杜陵（今陕西西安）。元帝宠臣，忠心耿耿，智谋过人。很多大事决策，元帝都纳。太子刘骜若非其护佑，整个帝国命运都将改写。

智略过人忠耿品，定陶艺论痛批驳。
床前哭奏保君嗣，扈佑刘骜延帝国。

咏郑子真

郑子真，生卒不详，名朴，字子真，别称谷口子真，左冯翊谷口（今陕西礼泉）人。隐逸民间，非其所有，决不苟

求。耕于岩石之下，名震京师。王凤以礼相聘，他不诎而终。扬雄对其盛赞。
节士守身山逸隐，乱岩薄土日躬耕。
无求分外苟名利，受赞扬雄震京城。

咏段会宗

段会宗，前84—前10年，字子松，天水上邽（今甘肃天水）人。历杜陵令、西域都尉，做过沛郡、雁门太守。应西域请求，四度出使乌孙，在乌孙卒于任上。出使期间，乌孙多次内乱，会宗代表朝廷平叛，册立新君。为多民族国家的统一做出贡献，在西域各族中有很高威望。
忠厚爱民甘奉献，临危诛逆划奇谋。
乌孙四使新君册，戎汉融和福万秋。

咏刘康

刘康，？—前23年，元帝之子，哀帝刘欣之父，封定陶王，谥号恭。
幼宠博学才艺广，谙熟音律舞飞扬。
父皇垂爱几为嗣，新君厚遇善心肠。

咏刘兴

刘兴，？—前8年，刘奭第三子，中山孝王，平帝之父。曾任信都王。
兄终及弟孔光劝，圣确薄才制不宜。
戚宦另择欣继位，二王乐践日升迟。

注：欣，指刘欣。二王，指信都王、中山王。

咏朱云

朱云，生卒不详，字游，原居鲁地（今山东曲阜），后居平陵。为人狂直，屡上书抨击朝廷大臣。成帝时谏相张禹为佞臣，帝怒，欲斩。他死抱宫殿门槛，结果宫殿门槛折断。后辛庆忌死争，遂获释。帝亦下令不换断槛，"以旌直臣"，云自此不复仕。晚年教授生徒。"朱云折槛"典出处。
习易任侠年不惑，狂直屡谏佞朝臣。
刺张帝怒殿折槛，乡授古稀叶落根。

注：张，指丞相张禹。

咏严君平

严君平，前86—10年，名遵，字君平，蜀郡成都人。西汉道家学者，思想家。成帝时隐居成都市井中（今四川成都君平街），以卜筮为业。因势导之以善，宣扬忠孝信义和老子《道德经》，以惠众人。提前二十多年预测了"王莽篡权"和"光武中兴"两个重要历史事件。在山上培养出得意弟子扬雄。著《老子注》《易经骨髓》。
市井不沉援卜业，篡权光武两验灵。
扬雄得意高足显，筚路私庠播远名。

咏薛宣

薛宣,生卒不详,字赣君,东海郯(今山东郯县)人,西汉末丞相,敬武公主夫,封高阳侯。以知人善任著称,后坐免为庶人。

知贤善任擢国相,罚赏分明法度平。
进止雍容思静谧,省职求便晓民情。

咏敬武公主

敬武公主,?—3年,一作敬武长公主,宣帝女,元帝妹。嫁张临,生子放;又嫁赵充国之孙赵钦;再嫁薛宣,薛宣归故郡,公主留京。王莽专政时被毒杀。

一

秀成深禁长公主,改嫁再三少选择。
王莽专权逼仰鸩,末夫两地远银河。

二

皇苑长成天丽质,一生三嫁适多情。
城楼失火池鱼苦,反目难容鸩爱卿。

咏谷永

谷永,?—前9年,西汉长安人,通晓儒家经典。为光禄大夫,屡应诏对策,敢于直谏。以恩信招降乌浒人十余万内属。为人清正,严约僚属,体恤民艰,深得百姓好评。有集五卷。

儒典博通娴对策,降恩乌浒喜迁家。
恤民清正严僚属,抚靖岭南去璧瑕。

咏刘向

刘向,前77—前6年,原名更生,字子政,世称刘中垒。世居长安,祖籍沛郡丰县(今江苏徐州)。刘邦异母弟刘交的四世孙,刘歆父。西汉经学家、目录学家、文学家,其散文主要是奏疏和"叙录",叙事简约,理论畅达,舒缓平易。代表作《别录》《战国策》等。《楚辞》由刘向编订成书。历任谏大夫、宗正、光禄大夫、中垒校尉。在独尊儒术的情况下,大力倡导研究诸子之学,对削弱官方学术思想的统治有积极意义。

博采百家开目录,简约舒缓论通达。
放开思想树新帜,魏晋小说播种芽。

咏张禹

张禹,?—前5年,字子文,河内轵(今河南济源)人。初为博士,授太子《论语》,迁光禄大夫,后历任东平内史、关内侯、诸吏光禄大夫、丞相、安昌侯。致仕还乡,仍参与国家大政。

少齿异奇迷卜术,博通论语易尤精。
帝师恭辅懿德勉,致仕还乡献晚情。

咏阳阿公主

阳阿公主,生卒不详,西汉公主,曾在府中收养、教习赵飞燕和赵合德。

公主奇才天下异,婉歌轻舞妙绝伦。
合德飞燕慈心教,师母海恩百世存。

咏赵飞燕

赵飞燕，前45—前1年，赵氏，号飞燕，别称赵宜主、赵婕妤。汉成帝刘骜的第二任皇后，哀帝皇太后，平帝时被贬为庶人。生于巴郡阆中谯里，出生后被父母遗弃，三天后仍活。出身卑微，宫婢女。善舞，精通音乐。王莽迫其自尽。

弃婴三日活天赐，音乐精通舞伴君。
从未干朝谋乱害，瘦身奇美漾仙裙。

咏赵合德

赵合德，前45—前7年，其名正史并无记载，《赵飞燕外传》称其为合德。少家贫。成帝宠妃，封婕妤、昭仪，专宠后宫。后饮鸩卒。

家窘私生履籴米，善舞丽音宫禁悠。
争宠手毒黑幕露，铅华洗尽落春秋。

咏班婕妤

班婕妤，前48—2年，汉成帝刘骜妃子，西汉女文学家，著名才女。成帝时选入宫，立为婕妤，后为赵飞燕所谮，退处东宫。成帝去世，充奉陵园。

诗书满腹巾帼罕，鹤立婕妤上宠情。
飞燕绕梁宫苑乱，奉陵伤赋慰凄清。

咏许娥

许娥，？—8年，昌邑（今山东金乡）人，汉成帝第一位皇后，许平君侄女。出身名门，色艺俱佳，尤擅文章，得成帝十数年专宠。后遭赵飞燕陷害，囚禁于昭台宫，被逼服毒自杀。

名门佳运登皇后，色艺双馨尤擅文。
专宠十春花尚艳，不敌飞燕断君恩。

咏张放

张放，生卒不详，少年殊丽，性开敏，得幸上。骄纵奢淫，尝左迁，帝屡护。成帝刘骜死，放哭泣亡。

殊丽少年得上宠，奢淫骄纵左迁频。
悯思悔改幸遮护，九五升天晴变阴。

咏淳于长

淳于长，？—前7年，字子鸿，西汉魏郡元城（今河北大名）人。父族无权势，母族十分显赫，姨娘王政君。一生贪权、势、钱，政治舞台混迹十余年，最后被成帝诛杀在狱中。

攀附娘姨邀幸宠，货权纳贿位侪卿。
混迹十载擅谀媚，身败名隳雀羽轻。

咏刘欣

刘欣，前27—前1年，字和，即汉哀帝。刘奭之孙，刘骜侄，定陶恭王刘康之子。

皇苑暗深怀异志，少年狂想业超前。
皇皇祖训悟亲政，裁乐纵奸亡董贤。

咏董贤

董贤，前22—前1年，字圣卿，西汉冯翊云阳（今陕西泾阳）人，美男子。哀帝时为大司马，封高安侯。王莽掌权后，董贤失势自杀。

温柔壮貌美男子，车辇同君共榻眠。
专横误国据高位，缺德乏见到黄泉。

咏王嘉

王嘉，？—前2年，西汉平陵人，字公仲，以明经、射策、甲科为郎，任御史大夫、丞相，封新甫侯。因反对董贤封侯，下狱，绝食二十余日，呕血死。诸葛亮评价："王嘉长于遇明君，不可以事暗主。"

阐经建策秉国相，积恶董贤反宠封。
陷狱两旬食自断，明君善舞不重逢。

咏龚胜

龚胜，前68—前11年，字君宾，彭城（今江苏徐州）人。初为重泉县令，哀帝时为谏议大夫，屡屡上书抨击刑法严酷、赋税苛重，后迁光禄大夫。不满哀帝宠幸董贤，出为渤海太守，托病辞官。王莽时被强征为太子师友、祭酒，拒不受命，绝食十四日而死。

学博识广重泉令，直谏酷刑敛赋苛。
侧目董贤辞太守，拒臣王莽振高翮。

咏龚舍

龚舍，生卒不详，字君倩，武原（今江苏邳州）人，西汉经学家，与龚胜并知名当世。哀帝时，以龚胜荐，为谏议大夫、太山太守、光禄大夫。上书辞官归乡。

教授鲁诗龚胜荐，五经娴义世馨名。
归乡冠挂蜘蛛隐，秀水青山颐养情。

注：蜘蛛隐，指龚舍仕楚，见飞蛾触蜘蛛网而死，叹曰："仕宦亦人之罗网也。"遂挂冠而去，时号"蜘蛛隐"。

咏彭宣

彭宣，生卒不详，字子佩，号玉徵，淮阳阳夏人。师从张禹，深通《易经》。几经官场沉浮，历光禄大夫、御史大夫、大司空，封长平侯。王莽时，宣见险而止，乞归故里。

一

拜师张禹深通易，识见渊博时盛名。
重任两朝国柱鼎，乞归故里又乡情。

二

师从张禹精明易，广见博学志趣奇。
王莽换朝乞归里，淮阳幽静老身依。

咏鲍宣

鲍宣，前30—前3年，字子都，渤海高城（今河北盐山）人。哀帝时，敢于直书上言，抨击时政，曾上书道："民有七

亡而无一得","有七死而无一生"。王莽时不附新朝，入狱，自杀。

世农性耿忠直谏，七死七亡书病民。
拒附新朝旋入狱，学渊品懿汉循臣。

咏少君

少君，生卒不详，鲍宣妻。鲍宣就学于少君父。少君出嫁时，陪嫁丰厚。少君藏陪嫁物，穿短布衣裳，拉小推车回到家乡，提瓮汲水，奉媳妇之礼，得乡人称赞。

慈父高足情遂愿，妆丰储库布麻衣。
瓮提汲水善家务，妇道节贞惠两怡。

咏傅喜

傅喜，生卒不详，字稚游，河内温（今河南温县）人，汉哀帝祖母傅太后的堂弟。历卫尉、右将军、光禄大夫、大司马，封高武侯。

善斡庙堂品行秀，哀平际会祸福连。
守节持正三公首，鼎柱外戚俦古贤。

注：三公，指大司马、丞相、大司空。

咏师丹

师丹，？—5年，字仲公，琅琊东武（今山东诸城）人。西汉著名经济学家、政治家。初从匡衡学《诗》，举孝廉为郎，征为博士。历光禄大夫、侍中、大司马、大司空，领尚书事。封关内侯、高乐侯、义阳侯。因得罪傅太后，哀帝疏远。哀帝时曾提出"限田限奴"主张，因贵族反对未能施行。

议论深博廉守道，田奴双限庙堂惊。
学诗巨擘征博士，不惧贵权芳世名。

咏翟方进

翟方进，前53—前7年，字子威，汝南郡上蔡（今河南上蔡）人，早年丧父，母以纺供读。后任相、京兆尹，封高陵侯。博学多识，通晓法律，善用人，善体天子意，称"通明相"。为相九年，因灾重，被逼自杀。王莽兵掘坟焚骨扬灰。

母纺供读激幼志，经纶满腹法通清。
忠勤相位襄天子，刚耿劾奸享盛名。

咏翟义

翟义，？—7年，字文仲，翟方进之子，西汉上蔡人。二十岁任南阳都尉，后为东郡太守。起兵讨王莽，立刘信为帝，自号大司马、柱天大将军。移檄郡国，聚十万人。后为莽败，夷三族。

一

东郡躬勤旋物阜，耿风效父品超人。
首扬大纛反王莽，汉末汹汹聚万民。

二

弱冠南阳都尉猛，耿直果断治州严。
民丰物阜乐居业，反莽拥刘星火燃。

咏何武

何武，？—3年，字君公，蜀郡郫县（今四川成都）人，与翟方进为友。历鄂县县令、谏大夫、扬州刺史、丞相司直、清河郡太守、兖州刺史、司隶校尉、京兆尹、楚国内史、廷尉、御史大夫、大司空、前将军，封氾乡侯。后遭诬，自杀。

一

射策甲科精治易，宽仁厚道奖人优。
刚直嫉恶却朋党，广荐俊杰循吏俦。

二

奖人美善德仁厚，学品兼优治易精。
建树一生承重载，罔结朋党守纯清。

咏刘茂

刘茂，生卒不详，字子卫，太原晋阳人。少孤，独侍母居，孝行著于乡里。赤眉攻，负太守孙福逾墙藏空穴中，得归府。历沮阳令、侍中、司空。卒官。

孤贫孝母著乡里，习礼通经教授精。
负守逾墙藏密穴，司空义士久闻名。

咏平当

平当，？—4年，字子思，梁国下邑（今安徽砀山县，一说今河南夏邑县）人，官至丞相。哀帝欲封侯，当时病重，未应台，上书辞官。帝复信嘉勉，赐牛、酒，一月后病卒。

秉国忠耿勤丞相，圣上欲侯托病辞。
谢去乌纱心吾恳，恩承牛酿两依依。

咏孔光

孔光，前65—5年，字子夏，曲阜（今山东曲阜）人，孔子第十四代孙，太师孔霸之子。官至大将军、丞相、太傅、太师。检查冤狱，教化风俗，赈济灾民，刚正不阿，举贤荐能。上书乞骸骨。

圣裔长安聪颖质，不阿党友举贤能。
后宫严谨语绝泄，峻法清廉志守恒。

咏毋将隆

毋将隆，？—23年，字君房，东海兰陵人。历从事中郎、谏议大夫、冀州牧、颍川太守、京兆尹、执金吾。忤旨，左迁沛郡都尉，又升南郡太守。王莽专政时，被免官，徙广西合浦县。

德才选荐中郎将，敢谏忠直社稷臣。
忤旨左迁廉太守，桂西合浦恤民贫。

咏孙宝

孙宝，生卒不详，字子严，颍川鄢陵人。初为谏议大夫，后任益州、冀州刺史，再拜广汉太守，历任京兆尹、司隶、光禄大夫、大司农等。晓谕盗贼，弹劾侵占田地的王，平定少数民族叛乱，官民赞。因迕反制度，自弹劾。寿终。

通晓诸经升谏议，盗贼谕义守常心。
坚弹侵地王门惧，剿定叛戎安远民。

咏孝平皇后

孝平皇后，约前10—23年，王莽长女，公元4年被立为皇后。因不满父断送汉天下，郁郁寡欢。绿林军攻入长安，含恨自焚而死。

妙龄天赐登皇后，婉嫕有节妇道尊。
侧目父君除汉祚，自焚含恨展忠魂。

咏楼护

楼护，生卒不详，字君卿，山东人，医术高明，善辞令，为人守信用。任谏大夫、天水太守，封息乡侯。后被王莽罢为平民。

苦读善令高医术，守信谊结兄弟侯。
拒仕新朝王莽恨，送终鳏老炳春秋。

咏甄丰

甄丰，？—10年，西汉平帝时以定策功拜少傅，封广阳侯（三世宿卫）。王莽心腹，拜更始将军、大司空，封广为新公。其子甄寻伪造符命，得莽批准，出西域。后莽下令捕其父子，丰自杀。

定策功卓延少傅，三朝宿卫报皇恩。
刚强直耿犯王莽，博览深研善古文。

咏邴汉

邴汉，生卒不详，琅琊人，以清行著称的名士。官至京兆尹、太中大夫。王莽秉政时，不屑与"汉贼"同流合污，乞骨归乡里，保全声誉。

名士清行京兆尹，汉贼怒目拒同流。
秉书乞骨归乡里，高品正节声誉修。

咏孔休

孔休，生卒不详，字子泉，宛（今河南南阳）人。哀帝时为新都县令，平帝时王莽专权，离职归乡。后莽代汉，派使者请为国师，遂呕血托病，杜门自绝，不任莽职。

汉心磐固宿臣耿，侧目新朝拒仕职。
罗雀杜门心静养，乡情依旧乐怡怡。

咏王崇

王崇，生卒不详，历刺史、郡守、大司农、卫尉、左将军、大司空，封扶平侯。王莽时，知无力回天，为保名节乞骨归乡，未成。后被傅婢毒死。

冷眼眺明人世变，回天乏力郁心神。
称疴乞骨欲归里，婢狠鸩毒惨了身。

咏任文公

任文公，生卒不详，巴郡阆中人。少从父习天文，能测水患，所言皆应。后为治中从事。告刺史曰："五月一日，当有大水。"刺史不听，笑之，后果遇大水，数千人害。王莽篡位后，知当有大乱，负粮奔子公山，十余年不被兵革。后知己将死，三月后果卒。人赞其"智无双"。

少修父术智奇异,洪水预知五月天。
准测新朝期后乱,身终何日自垂怜。

咏刘婴

刘婴,5—25年,王莽呼之为"孺子"。广戚侯刘显之子。

飘摇板荡天绝汉,方望聚劫京兆离。
惶立临泾新帝恐,屡屡孺子枉悲戚。

咏王莽

王莽,前45—23年,字巨君,魏郡元城(今河北大名)人。新显王王曼之子,孝元皇后王政君侄。政治家、改革家,新朝开国皇帝,即新太祖,公元8—23年在位。幼年坎坷,父兄先后去世,由叔父养大。后仕途平坦,青云直上,西汉外戚集团王氏家族重要成员。谦恭礼让,礼贤下士,素有威名,被朝野视为能挽救危局的不二人选。后代汉,推行新政,史称"王莽改制"。统治末期,天下大乱,更始军攻入长安,莽死。

龙潜江海苦心智,创立新朝敢代刘。
托古改革寻异径,非非是是漾千秋。

咏王皇后

王皇后,前47—21年,王莽妻,新朝建立后立为皇后,生四子一女。相传因王宇、王获、王临均为王莽逼死,女儿年轻守寡等种种家庭不幸而哭泣失明,病故。

深宫多憾难先料,儿女逼亡连寡孤。
接踵哀音潮涌至,双盲泪馨肺心枯。

咏史皇后

史皇后,生卒不详,杜陵(今陕西西安东南)人,刘据妻史氏家族的族人。新朝崩溃之际被立为皇后。七个月后,绿林军攻入,不知所终。

高族望氏幸皇后,三万黄金饰太平。
崩溃新朝如水泄,绿林横扫汉天晴。

咏原碧

原碧,生卒不详,王莽皇后侍女,与莽、莽子王临均有染。原碧、王临拟杀莽,事败被杀。王临自杀。

后宫侍女包天胆,伦乱王家朝野闻。
密划刺君全二小,阴森图圄葬尸身。

咏王闳

王闳,?—30年,王莽叔父王谭之子。生性聪明,胸有谋略,有节操风骨,是王莽家族的"另类"。因坚决反对哀帝禅位董贤,被冷落贬谪,回到郎署任职。后为王氏夺回辅政权立下汗马功劳。莽代汉后,王闳身带毒药随时准备自杀,但莽未动手。莽灭后,唯王闳因祸得福,保全宗族。后投刘秀,保族。

胸藏谋略卓风骨,恶董冷谪郎署回。

辅政夺权功汗马，携毒防莽免族隳。

咏王舜

王舜，？—11年，西汉魏郡元城（今河北大名）人，王音之子，王莽堂弟，为人严整。父死，袭爵安阳侯，与莽善。莽称帝，向元帝皇后求玉玺未得。舜遵莽命见元帝后求玺，予莽。官至太师，封新安公，为莽"四辅"之一。

做人处事尚严整，求玺喜得遂上心。
四辅新朝馨忠智，太师跨鹤享隆恩。

咏王邑

王邑，？—23年，王商之子，王莽从弟。以佐莽代汉自立有功，拜大司空，封隆新侯，兼三公职司。与王寻征四十二万精兵（号称百万）攻绿林军，在昆阳大败而归。后绿林军攻长安，杀莽，王邑父子二人战死。

新朝代汉功勋重，恩信叠加荣将兵。
百万征伐亡父子，绿林大纛映民情。

咏王兴

王兴，？—18年，西汉城门令史，王莽将其从城门令史擢为将军，封奉新公。娶王宗姊王妨为妻，被株连治罪，自杀。

功守城门居令史，布衣擢将面荣光。
皇亲秦晋美颜色，问罪株连犹梦乡。

咏王宇

王宇，前25—3年，王莽长子。为让平帝与生母见面，宇使人将狗血洒于莽门。后入狱，王莽赐毒酒将宇杀死。

父子隙离同水火，皇门犬血洒淋漓。
阴森囹圄鸩亲赐，朝野震惊累世讥。

咏王临

王临，？—21年，王莽第四子。公元8年立为太子，公元20年贬为统义明王。与母侍女有奸，二人欲刺莽，败，自杀。

太子十秋难自在，贬王远去恨怏怏。
纠情跌宕妄行刺，忿父心灰自断肠。

咏扬雄

扬雄，前53—18年，字子云。西汉蜀郡成都（今四川成都）人。少好学，口吃，博览群书，长于辞赋。年四十余，始游京师，以文见召，奏《甘泉》《河东》等赋。拜给事黄门郎、大夫，校书天禄阁。经学家，文学家。历成、哀、平"三世不徙官"。代表作有《太玄》《法言》等。

家贫博览长辞赋，游召京师粉太平。
恢复儒学沿正统，钱财不慕品冰清。

咏刘歆

刘歆，前50—23年，字子骏，后改名秀，字颖叔，刘向之子。古文经学的

继承者,与父亲编订《山海经》。在儒学、目录学、校勘学、天文历法学、史学、诗学等方面都堪称大家。其编制的《三统历谱》被认为是世界上最早的天文年历的雏形。他是第一个不沿用"周三径一"的中国人,并定该重要常数为3.15471,只略差0.01312,世有"刘歆率"之称。后因谋诛王莽事败自杀。
古学鼻祖知盈腹,六艺重排易首居。
编目创新三统历,新朝助莽悔糊涂。

咏刘棻

刘棻,生卒不详,刘歆之子。王莽时为侍中,封隆威侯。尝从扬雄学作奇字。因擅造符命,被王莽杀,尸置幽州,号为"三凶"。
扬雄弟子作奇字,伪命诈符诳政行。
决斩三凶王莽怒,幽州荒远葬伶仃。

咏平晏

平晏,? —20年,下邑(今安徽砀山)人,西汉防乡侯,丞相平当之子。与刘歆等人共治明堂辟雍,有功。王莽亲信,负责掌管机密,"四辅"之一。
治经深奥荣博士,共治明堂襄辟雍。
掌握枢机延太傅,秉国四辅就新公。

咏严尤

严尤,生卒不详,字伯石。与王莽共读于长安敦学坊,著《三将》。自比乐毅、白起。受王莽器重,任大司马。征战无数,胜多败少。平定高句丽取得巨大成绩,诱杀高句丽侯驹,扼反叛苗头。和绿林军对抗的中坚力量。与王寻、王邑有嫌隙,郁郁不得志。谏莽,不听,天下骚动。
谙学广略著三将,常胜将军媲乐白。
勒旅远征天下畏,绿林顽御似驱霾。

咏甄寻

甄寻,生卒不详,甄丰之子。封茂德侯。轻佻喜色,欲娶皇后为妻。假造符命,建议将陕邑(今河南三门峡)一分为二,让甄丰和太傅平晏分治。后又伪造符命,自言欲娶皇后。王莽下令将其捕杀。
品性佻轻尤好色,妄妻皇后枕席思。
伪符裂陕甄平享,王莽令诛断梦迷。

注:甄平,指甄丰、平晏。

咏甄邯

甄邯,生卒不详,字子心,中山无极(今河北无极)人,孔光婿。哀帝时麓令,平帝时为侍中奉车都尉,封承阳侯,拜光禄勋,王莽时为太保后承、大司马、承新公。
乱世诡谲谋应变,乌纱稳固善周旋。
旧皇正寝新朝立,一样奉承无二颜。

咏孙建

孙建，？—15年，字子夏，新朝立国将军，成新公。公元10年，王莽将汉室诸侯王（除刘闵、刘成都、刘嘉曾颂莽功德者外）一体削夺，废为庶人。孙建上言，汉氏宗庙应一同罢废，莽然。唯刘歆等32人辅佐新朝，可存宗祀。

新朝开埠功勋将，王莽削侯力奉承。
频献媚言隳汉庙，断绝刘祀固王庭。

咏孔永

孔永，孔子第十四代孙，孔捷之子。哀帝时任中郎将；平帝时封关内侯、宁乡侯；王莽新朝迁宁始将军、丞相、大司马。后乞骸骨而免相。

一

新朝砥柱故郎将，定策安邦关内侯。
宁始将军旋拜相，自明乞骨享春秋。

二

安邦定策汉封侯，拜相新朝难却愁。
深洞庙堂乞骸骨，故乡丽水淌春秋。

咏徐宣

徐宣，生卒不详，东海临沂（今山东临沂）人，新末赤眉军将领。历狱吏、丞相。

张义赤眉微狱吏，长安共立汉新皇。
通明周易秉国相，光武高评铮佼扬。

注：新皇，指刘盆子。

咏廉丹

廉丹，？—22年，京兆杜陵（今陕西西安）人。历任王莽新朝大司马庸部（益州）牧、更始将军。与王匡一起镇压赤眉军，无恶不作，战死沙场。

曾随更始幸王莽，恶作多端镇赤眉。
冯衍善言难入耳，葬身沙场众人呸。

咏哀章

哀章，？—23年，梓潼人，西汉末年太学生，后为王莽幸臣。莽死后，其和太师王匡共同降更始政权，皆被杀。

异行妄诞过轻贱，铜匮藏符朝野奇。
冒险抉择王莽篡，同降更始首身离。

咏唐尊

唐尊，？—23年，字伯高，沛郡（今安徽濉溪）人，以明经饬行显于世。新朝太傅，九卿之一。平时着短衣敝履，瓦器饮食，示范群臣，封平化侯。绿林军入长安，护莽于渐台，后被杀。

探奥夏侯行显世，短衣敝履瓦盆食。
群臣遵范世风变，共护渐台延日迟。

注：夏侯，指夏侯学。

咏孔仁

孔仁，？—23年，新莽时任司命将军。以敢击大臣，深得王莽信任。公元15年，守边士兵因长期得不到轮换，衣

食得不到保证,数千人起义。莽派仁进行镇压。公元23年在山东与义军交战,战败后投降自杀。

耿直譬喻翟方进,王莽信深委重臣。
将士久边愁果腹,揭竿泄愤地天昏。

咏姚恂

姚恂,生卒不详。历宁始将军、谏议大夫、尚书令、赐爵关内侯。后因与王莽政见相左,被免职。

宁始将军常耿谏,左迁降品愈贞坚。
迎新承位应王莽,彼此洞明唯曲全。

咏吕母

吕母,?—18年,琅琊海曲(今山东日照)人。其独子吕育,因拒按规定惩罚交不起税赋的农民,为县宰杀,吕母决意为子报仇。变卖家产,聚集贫民,筑土台(吕母台),一年内义军发展到上万人。破县城,杀贪官,拒劝降,后归赤眉军。病故。吕母我国历史上第一个带领农民起义的女领袖。

举义复仇瞑子目,诛贪破县聚贫民。
赤眉女将襄家产,筑崮分庭醒万人。

咏杜吴

杜吴,生卒不详,商人。公元23年,绿林军分两路进攻洛阳和长安。长安百姓攻入未央宫,王莽逃至渐台,被杜吴杀死。

世贾善营积巨业,晓明大义汉民情。
渐台幽暗藏王莽,举刃断喉毋用兵。

咏原涉

原涉,?—24年,祖籍颍川阳翟(今河南禹州),祖父起移居陕西茂陵,出身豪姓大家。任谷口县令,"不言而治",不久辞职,浪迹江湖,广交豪杰。其散尽万贯家财,扶危济贫,为关中群豪领袖。

豪门精武多行义,万贯济贫倾善心。
葬父拒酬筑庐守,灭滑息讼降甘霖。

咏谢禄

谢禄,?—26年,字子奇,东海临沂(今山东临沂)人,赤眉军将领。刘盆子称帝后,为右大司马。后听人言缢杀刘盆子,最终自己被刘恭所杀。

义举赤眉挥戟猛,长安共入建殊功。
同襄新帝大司马,妄弑埋根旋送终。

咏邓晔

邓晔,生卒不详,析县(今河南西峡)人,农民起义领袖。讨王莽和建立东汉时屡建奇功,将王莽首级送往更始帝处。后任将军、执金吾。

叱咤风云汤利剑,力诛六虎定江山。
新朝止步献王首,光武垂青持笑颜。

注:六虎,指王莽的六位大将。光

武,指汉光武帝刘秀。

咏董宪

董宪,?—30年,徐州东海郡人,东汉初割据群雄之一。新朝末年组织农民军反抗王莽。后为赤眉军别部校尉,率军数万人,成昌之战破新朝军。后为刘秀败,被部将韩湛斩杀。

群雄逐鹿据东海,呼应赤眉举义师。
勇破新朝挥剑猛,成昌山水永依依。

咏张步

张步,?—32年,字文公,琅琊郡不其县(今山东即墨)人。新莽时全国遍地举义,步亦。梁王刘永称帝,拜辅汉大将军,督青、徐二州,后据齐地十二郡。因贪王爵,不受光武帝诏,后帝征,步降,封安丘侯。

世乱亦趋随举义,梁王称帝恋功名。
青徐隅远隔山水,先拒后降光武封。

咏秦丰

秦丰,?—30年,南郡邵县(今湖北宜城)人,南郡县吏。公元21年起义,随后据梨邵(今湖北宜城)。公元24年自立为王,号称楚黎王。后被刘秀斩。

求学京兆龄方少,归郡吏职奔走勤。
时乱起兵义割据,楚黎称霸遂王心。

咏公孙述

公孙述,?—36年,字子阳,扶风茂陵(今陕西兴平)人。新莽末年,述自称辅汉将军,兼领益州牧。称后自"白帝",僭号于蜀,存十二年。在位期间,贸然废止铜钱,设官铸铁钱,致民间货币不通。

盘居蜀益僭白帝,霸业未成忙赏臣。
铸铁废铜钱币乱,察微忽巨旦夕恩。

咏李熊

李熊,生卒不详,公孙述功曹,其心腹。劝述自立为帝。李熊的劝立论实际是诸葛亮《隆中对》的雏形。述自立后,熊为大司徒。

纷繁乱世逞枭雄,大势洞察明镜胸。
屡劝公孙谋自立,先于诸葛对隆中。

咏刘玄

刘玄,?—25年,字圣公,南阳蔡阳(今湖北枣阳)人,即更始帝,公元23—25年在位。

汉宗奇志绿林始,拥帝洛阳建政权。
恣纵长安亲友去,诛功滥赏位更弦。

咏刘稷

刘稷,?—23年,南阳人。初为刘家三兄弟的家仆,后与刘縯率七八千人起义,自号"舂陵兵"。后入绿林军。更

始时任将军。昆阳大战后,遭刘玄疑,被杀。

忠耿家仆随举义,胡阳刺尉只回合。
溃围陷阵三军冠,与主同悲断斧柯。

咏刘信

刘信,生卒不详,为更始政权效命,受命攻克汝南。刘玄败,投刘秀。

卖地鬻房财尽散,复仇亭长命偿还。
效劳更始汝南克,光武喜招策马欢。

咏陈牧

陈牧,? —25年,平林(今湖北随州)人。公元22年起兵,自号"平林兵",后合于绿林军。刘玄封其为阳平王。后刘玄疑,被害。

平林举义反王莽,过府破州神用兵。
聚力大山声势旺,先封后戮瞬流星。

咏成丹

成丹,? —25年,绿林军将领。率军击败王莽新军。刘玄封其为水衡大将军、襄邑王。与刘秀斗,败,逃回长安。后刘玄疑,遭诱杀。

聚义绿林挥戟猛,联兵刘縯败新朝。
封王襄邑水衡将,陷诱刘玄身炭焦。

咏廖湛

廖湛,? —26年,平林人。刘玄封其为穰王。后玄疑,几为所杀。廖湛乃率兵归赤眉军,率十八万兵攻汉中王,兵败被害。

平林聚义反王莽,挥剑汉中斗志雄。
封赏穰王殊少信,赤眉大纛烈长空。

咏王郎

王郎,? —24年,本名王昌,赵国邯郸(今河北邯郸)人。自称是汉成帝之子刘子舆,后称帝,都邯郸。刘秀破邯郸,王昌事败被杀。

幼颖双亡随舅闯,九流卜相棒娴熟。
诈称帝子邯郸立,赵汉匆匆难驻足。

咏谢躬

谢躬,前23—24年,字子张,南阳人,参加反对王莽起义。更始政权任尚书令。

尚书高位匐更始,共定邯郸光武疑。
安慰绵绵心志满,知人察势不如妻。

咏唐林

唐林,约前33—24年,字子高,沛郡(今安徽濉溪)人。仕莽封侯,数上书谏正,有忠直节。

风云骤变稳心性,饰品明经卓显名。
屡谏新朝匡弊政,直节忠耿若冰清。

咏李轶

李轶，？—25年，字季文，南阳宛人。刘玄拜其为舞阳王。

联袂匡扶延汉祚，叙功玄拜舞阳王。
洛城固守三十万，朱鲔客杀残命黄。

咏苏茂

苏茂，？—29年，陈留（今河南开封）人。初为刘玄大将，后奉朱鲔命攻刘秀，败退洛阳。在洛阳随朱鲔降刘秀。后因与军中诸将不和，降梁王刘永，抗秀。刘秀伐梁，杀刘永。苏茂奉刘永之子刘纡继位。刘秀征，杀刘纡。苏茂投齐王张步，被斩。

挥戈跃马攻光武，败退洛阳心不甘。
拥位刘纡旋树帜，不敌刘秀毙深山。

咏张昂

张昂，生卒不详，绿林军将领，更始入长安后封淮阳王。

绿林鲁莽非同类，鸡腹藏谋乱断时。
攻陷京都多作恶，劝诛更始两端移。

咏李松

李松，生卒不详，南阳宛县豪强，更始政权官员、将领。受命攻武关，三辅地区震动，屡破王莽军。率先攻入长安，迎更始帝迁都，并劝说更始帝封功臣为王，自任丞相。后从更始帝击败王匡等。赤眉军攻长安，松出战被擒。赤眉军以其为质，令其弟开门纳其军。

啸聚绿林三辅震，官军屡破进长安。
恭迎更始握国柄，身陷赤眉泪暗潸。

咏李铁

李铁，生卒不详，策刘玄杀刘秀兄，为人反复无常。

暮楚朝秦包祸孽，刘玄纳策斩无辜。
衔仇光武心焚炙，兄难借刀断反颅。

咏刘秀

刘秀，前5—57年，字文叔，荆州南阳郡蔡阳（今湖北枣阳）人，即光武帝，东汉开国皇帝。开创"光武中兴"，庙号世祖，谥号光武。

昆阳再奠汉刘祚，隐忍屈求大志赢。
力克群雄安海内，不疲朝政复中兴。

咏刘良

刘良，前25—41年，字次伯，荆州南阳郡蔡阳（今湖北枣阳）人。刘秀叔父，封广阳王、赵王。秀起兵抗莽时，告知，良大怒，随往，大败，妻与二子遇害。刘玄立，为国三老。后投秀，封王，后降为赵公。

光武抗朝心意乱，缘随更始老臣帮。
踯躅岁月惜流逝，刘秀宽容仍授王。

咏刘赐

刘赐，？—52年，字子琴，光武帝族兄。历任光禄勋、大司徒、丞相，封广信侯、宛王。帝为其建祠庙。

幼孤家难浪迹隐，破府攻州树义旗。
忠信恩德财尽散，力推光武据高枝。

咏刘章

刘章，生卒不详，齐武王刘缜之子。历平阳令、梁郡太守。谥号哀。

幼孤励志叔恩抚，历练平阳临政勤。
祖业艰难知创苦，进阶郡守吏民亲。

注：叔，指光武帝刘秀。

咏刘信

刘信，刘云之子。公元6年，被立为天子。后兵败，不知所终。

汉室痛丢殊复望，众拥九五号国邦。
两军对垒溃师走，踪匿渺茫帝位亡。

咏刘璜

刘璜，汉宣帝曾孙，刘云之子，刘信弟，封武平侯。公元6年，共反王莽，立其兄刘信为天子，传檄郡国，及至山阳，众至十余万。后兵败被杀。

审时度势反王莽，拥立新皇复汉天。
响应传檄十万众，山阳兵败壮黄泉。

咏郭圣通

郭圣通，6—52年，真定藁城人，刘秀第一任皇后，后废。

皇裔千金天丽质，联姻英主度时艰。
内宫入掌多恩隙，悻悻中年常怨言。

咏刘疆

刘疆，25—58年，光武帝刘秀长子，建武二年立为太子，建武十七年被废。后改节，帝深嘉。

嗣废闭门常惴惴，恳诚补过备藩邦。
慈恩圣上怜垂礼，大郡优封广海疆。

咏郭况

郭况，9—59年，真定藁城（今河北真定）人。历任黄门侍郎、绵蛮侯、城门校尉、阳安侯、大鸿胪。

朝堂谨慎上欣赏，府第穴金君数临。
下士谦恭得美誉，安身固宠赖良心。

咏阴丽华

阴丽华，5—64年，管仲后裔。刘秀第二任皇后。端庄贤淑，不喜言笑，有母仪之美。

高门显贵娉国富，貌品端贤称母仪。
连理英主艰共度，甘为滕妾后坚辞。

咏阴识

阴识，？—59年，字次伯，南阳郡新

野县(今河南新野)人,阴丽华之异母兄,先祖管仲。曾任校尉,封阴德侯,代行大将军事,再为骑都尉、阴乡侯、关都尉、侍中、原鹿侯、执金吾,辅导东宫。谥号贞。

同义察时扈光武,让功叩首懿德行。
警心函谷京师固,客语不及枢密情。

咏阴兴

阴兴,9—47年,字君陵,南阳郡新野县(今河南新野县)人。阴丽华同母弟,随从征战平定郡国。谢拒厚封。

征伐定郡扈出入,躬履涂泥光武亲。
宅陋风霜方勉蔽,厚封婉拒素平心。

咏阴就

阴就,?—59年,皇后阴丽华弟,新阳侯。其子阴丰娶光武帝女郦邑公主为妻。

子成驸马阖门庆,公主夫诛大罪临。
二老牵连双自了,祸福天降不如民。

咏阴丰

阴丰,?—59年,阴就之子。原为驸马,后因"公主骄妒,丰亦狷急",将公主杀死。牵连父母,一同被皇帝处死。

驸马风姿乏自控,枕旁骄妒怨难息。
举刀断恨弥天祸,父母慈恩跨鹤离。

咏馆陶公主

馆陶公主,生卒不详,刘秀女儿。

丽艳宫闺门下嫁,婆家策逆爱夫亡。
求官圣上未如愿,千万赐钱补庙郎。

咏朱鲔

朱鲔,生卒不详,字长舒,汉阳(今湖北武汉)人。绿林首领之一,消灭王莽,拥立刘玄,建立政权,后降刘秀。更始时任大司马,封胶东王,后刘秀拜其为平狄将军,封扶沟侯,官为少府。

文韬兵略荷奇胆,兵反南阳王莽慌。
刘缜劝诛知祸蘖,海胸光武诺宽降。

咏范升

范升,生卒不详,字辩卿,代郡(今山西代县)人。少孤,依外家居。九岁通《论语》《孝经》。及长,习《梁丘易》《老子》,教授后生。上书王莽注意内危,不纳。刘秀征为《易经》博士。为人谦虚,出任聊城县令。

少孤外养砺心志,探奥梁丘谙孝经。
书谏新朝防内险,谦虚博士令聊城。

咏刘恭

刘恭,?—52年,刘盆子的长兄。

通晓尚书知大义,赤眉举蘖勉军随。
以身扈弟苟全命,光武纳营方汉归。

咏邓奉

邓奉，？—27年，南阳新野（今河南新野）人。

文韬武略品超众，恤士亲民体将卒。
英勇善征诛巨霸，保乡聚义免贼涂。

咏冯衍

冯衍，生卒不详，字敬通，京兆杜陵（今陕西西安）人，东汉辞赋家。少有奇才，20岁即博通群书。王莽时不肯出仕。义军起，投更始帝，后降刘秀。任曲阳县令，迁司隶从事。后免官归里，闭门自保，作《显志赋》自励。

弱冠博通识见睿，择君光武曲阳贤。
去官闭牖赋铭志，恳劝廉丹难改弦。

咏彭宠

彭宠，？—29年，南阳郡宛（今河南南阳）人，刘秀部将。曾任大司空士、渔阳太守。后受诬反叛，自称燕王。秀派将讨，不敌。后彭宠援军为上谷太守退，便退出蓟城，据守渔阳，次年为家奴所杀。被灭族。

一

称王使性久沙场，图取幽州驱重兵。
求救匈奴难遂愿，家奴献首断昔情。

二

匿逃郡吏渔阳守，燕地称王秉性疑。
勇率狼兵摧蓟猛，萧墙祸起日沉西。

咏庞萌

庞萌，？—30年，山阳（今山东金乡）人。历冀州牧、侍中。初授绿林军旗下的下江军，后归刘秀，深得秀信任。后生疑叛秀，兵败，被杀。

世乱诡谲明大势，诚投光武下江兵。
立身驯顺得深信，误判人缘主断情。

咏韩歆

韩歆，？—39年，字翁君，南阳人，历河内郡太守、尚书令、沛郡太守、大司徒，封扶阳侯。曾倡设《左氏春秋》博士，为古文经学派的发展做出一定贡献。因屡屡直谏，被刘秀罢官归里。因遭诏书问责，父子二人自杀。死非其罪，帝乃追赐钱谷，以成礼葬。

攻伐陷阵雄疆场，无讳直言素重名。
画地指天陈古鉴，归乡犹罪广垂情。

咏孔奋

孔奋，生卒不详，扶风茂陵（今陕西西安）人，孔子十五世孙。历任姑臧长官、武都太守。虽在富庶地区为官，财产却不增，为时人所笑。奉母极孝，以廉洁著称。

少习左氏握精髓，富郡为官两袖清。
孝母至微乡间赞，灭贼荷义舍亲情。

注：左氏，即《春秋左氏传》。

咏鲍永

鲍永，？—42年，字君长，上党屯留（今山西屯留）人。曾为绿林军重要将领。刘秀即位后，成为敢抗击豪强的地方官，先后任扬州刺史、兖州刺史，官至东海国国相。出身仕宦之家，年轻时曾被王莽追杀。忠刘玄，为其扫墓。忠直正言，数犯秀。

举义绿林名将领，豪强畏惧慰民心。
年少才茂忤王莽，直耿忠言秉政勤。

咏鲍恢

鲍恢，生卒不详，永辟扶风（今陕西兴平）人，与鲍永并称"二鲍"。以"抗直"闻名，敢怨豪门贵戚，官至都官从事。帝常说："贵戚且敛手以避二鲍。"

忠耿持身推大义，帝闻二鲍敛龙颜。
豪门奸佞惧收手，从事响名天下传。

咏耿况

耿况，？—36年，字侠游，扶风茂陵（今陕西兴平）人，耿弇之父。历上谷太守、大将军，封兴义侯。

明投光武满门耀，开埠奠基襄股肱。
大破王郎收众县，匈奴丧胆敛刀弓。

咏尹敏

尹敏，生卒不详，字幼季，南阳堵阳人。东汉初古文经学派代表人物之一，反谶纬思想代表人物之一。上书光武帝，陈述《洪范》一书中的消灾之术。

诸生博览通经记，洪范细陈灾弭灵。
谶语力抨恼光武，请回故里续乡情。

咏张步

张步，？—32年，字文公，琅琊不其县（今山东即墨）人。任东莱太守，封安丘侯。

义兵蜂起江山荡，攻府占州气劲狂。
太守齐王双炫目，难敌光武举师降。

咏王闳

王闳，？—30年，魏郡人，祖籍琅琊郡（今山东临沂）。任琅琊太守，招抚青州，攻赣榆。

聪明风骨怀谋略，异类族门品峻高。
恳谏刘欣休断袖，相依福祸用新朝。

咏冯勤

冯勤，？—56年，字伟伯，魏郡繁阳（今河南内黄）人。历郡功曹、尚书仆射、尚书令、大司农、司徒。

莅职勤恳杰才干，笃信守国凭斗星。
佳吏圣评非过誉，恭约称任懿德行。

咏来歙

来歙，？—35年，字君叔，南阳新野（今河南新野）人。东汉名将、战略家。任

太中大夫，封征羌侯。被刺客刺杀，临死交代好身后事，投笔抽刃而绝。

信义言行明大略，隗嚣质子洛阳城。
间离陇蜀和攻计，跨鹤犹陈谋报生。

咏田真

田真，生卒不详，京兆人。南朝梁吴均《续齐谐记》中，"田真哭荆"一事主人公。田真兄弟三人分家产，庭前紫荆树感应，致三兄弟感悟和好如初。

京师田户三兄弟，欲剁紫荆平等分。
闻讯树枯如火状，悔停复茂盛庭门。

咏邓禹

邓禹，2—58年，字仲华，南阳新野（今河南新野）人。军事家、战略家、政治家，云台二十八将首位。其谋略、才识过人，文武兼备。协助刘秀建立东汉，平定河西，出击关中，功劳卓著。历任大司徒、右将军、太傅，封酂侯、梁侯、高密侯。

云台首将开东汉，谋略超群善武文。
睿荐贤杰神定策，萧韩再世聚一身。

注：云台，指云台二十八将。萧韩，指萧何、韩信。

咏吴汉

吴汉，？—44年，字子颜，南阳宛（今河南南阳）人。少贫，曾任亭长。后归刘秀，协助建立东汉。云台二十八将居第二位，官至大司马、大将军，封舞阳侯、广平侯。为人质厚，沉稳，朴讷谨慎。出征时妻子在后方买了一些田产，归来全部送故归亲友。

少时家窘充亭长，贩马结豪光武随。
八胜公孙夺蜀益，立朝朴讷志弘恢。

注：公孙，指公孙述，时割据益州称帝。

咏贾复

贾复，9—55年，字君文，南阳冠军（今河南邓县）县人，云台二十八将列第三位。出身儒生，先入绿林军，后归刘秀。任执金吾、左将军，封冠军侯、胶东侯。临阵身先卒，屡受重创。晚年退居私第，仍参议国家大事。有功不伐，注重晚节。曾遇盗，同僚十余人皆弃盐而逃，"唯复运盐而归"。

临阵先锋屡身创，运盐遇盗泰然归。
儒生荷戟鸿鹄志，重晚怡颜故里回。

咏耿弇

耿弇，3—58年，字伯昭，扶风茂陵（今陕西兴平）人。久经战阵，用兵重谋，收四十六郡，三百余城。云台二十八将排第四。勇猛善战，指挥果断，富于创造，为中国战争史上卓越的军事天才。

战神卓越媲韩信，三百城收铸懋功。

慧眼识君襄定策，云台居四保全终。

咏寇恂

寇恂，？—36年，字子翼，上谷昌平（今北京）人。东汉云台二十八将之一。出身世家大族。更始时与使者力争，使之复还太守印绶，恢复太守耿况职务。后刘秀即位，从，资军粮。将自己所得俸禄厚施亲友故旧。屈己为国，顾全大局，为时人所景仰。有相才器量。

明习经术德高尚，耿况复职诚斡旋。
刘秀粮乏倾力助，厚施亲友顾局全。

咏冯异

冯异，？—34年，字公孙，颍川父城（今河南宝丰）人。云台二十八将列第七位。刘秀第一任主簿，历郡掾、孟津将军、征西大将军，封应侯、阳夏侯。平定关东赤眉起义军，协助刘秀建立东汉。病逝于陇右军中。其治军严明，关心民瘼，为人谦让，不居功自傲。成语"披荆斩棘""失之东隅，收之桑榆"典出处。

料敌制胜恤民瘼，关中剑定铸奇勋。
君臣恩遇胜兄弟，推功树下品超群。

咏朱祐

朱祐，？—48年，字仲先，一作朱祜，南阳郡宛人。云台二十八将第八位，封建义大将军、鬲侯。少孤苦，与刘秀自小相识。参与舂陵起兵，随刘𬙂左右。𬙂遇害时，只身向刘秀报告，此后一直留在刘秀身边。屡战屡胜，很少杀人。曾被俘，获释后归，上不疑。主动上交大将军印绶。后汉不封王爵，"三公"（司马、司徒、司空）官职名称去掉"大"字皆源于朱祐建议。

忠厚莽直慷慨性，夺城为本少杀人。
恳交印绶自知切，羽翼同荣重信臣。

咏祭遵

祭遵，？—33年，字弟孙，颍川颍阳（今河南襄城）人。历县吏、征虏将军，封颍阳侯。协助刘秀建立东汉，云台二十八将列第九位。独守冲难，没有退却。廉约小心，家富节俭。临终嘱咐家人用牛车拉回尸体薄葬。卒，刘秀极哀，亲自祭祀、吊唁。

独守冲难绝退却，散财节俭傍贤妻。
筑墓负土祭慈母，病累军中葬素衣。

咏景丹

景丹，？—26年，字孙卿，冯翊栎阳（今陕西西安）人。历侯国相国、朔调连率副贰。更始时为上谷长史，将兵归刘秀。任骠骑大将军，先后为奉义侯、栎阳侯。云台二十八将列第十位。带病出征，卒于军。

求学京兆知盈腹，长史择明光武依。

荷病麾师鞍马颤，捐躯沙场耀征旗。

咏盖延

盖延，？—39年，字巨卿，渔阳要阳（今北京）人，东汉云台二十八将之一，始为彭宠护军，后与吴汉投刘秀，随征，功卓，巩固刘秀在洛阳的统治地位。拜左冯翊。

挽弓三百云台将，血战关东固洛阳。
病重犹挥攻寇剑，一生戎马世留芳。

咏铫期

铫期，？—34年，字次况，颍川郡郏县（今河南郏县）人。辅佐刘秀建立东汉，蓟县闯关，平定魏郡。重信义，未掳掠，忧国爱主，犯颜谏诤。云台二十八将之一。

定冀殊勋身数创，忧国爱主敢红颜。
恤民重义无侵掠，开汉洛阳朝列前。

咏耿纯

耿纯，？—37年，字伯山，钜鹿（今河北新河）人。曾任王莽、刘玄政权官员，后率家人投刘秀，火烧老家族人房舍。协助刘秀建立东汉。劝秀称帝，请求地方任职。云台二十八将之一。任东郡太守，封颖阳侯、东光侯。卒任。

离乡学苦讷言士，尽毁故宅诚献心。
老幼数千追懿主，功成求放贯廉勤。

咏臧宫

臧宫，？—58年，字君翁，颍川郏（今河南郏县）人，曾任小吏，后率宾客入下江兵，随刘秀。谨信质朴，被秀纳为亲信。屡陷阵破敌，立有战功，平定蜀地。封成安侯、期思侯、酇侯、朗陵侯。云台二十八将之一。

勤勉寡言深器重，破敌陷阵定河阳。
蜀川智取借他力，谨信乐民馨四方。

咏马武

马武，？—61年，字子张，南阳郡湖阳（河南唐河）人，云台二十八将之一。初入绿林军，后归刘秀，南征北战，平定关东，大破隗嚣。任捕虏将军，封杨虚侯。

避仇年幼客江夏，扬戟绿林张义行。
力破隗嚣关左定，封侯任将世留名。

咏刘隆

刘隆，？—57年，字元伯，南阳（今河南南阳）人，汉朝安众侯宗室。父起兵反王莽，事泄被灭族，时隆年幼，免于一死。后投刘秀，任骠骑将军，以骠骑将军行大司马事，屯田武当。封竟陵侯、慎侯、长平侯。后封还将军印绶，以列侯奉朝请。云台二十八将之一。

幼龄遭难锻心魄，征讨淮南策马先。
印绶封还奉朝请，武当屯戍御边安。

咏马成

　　马成，？—56年，字君迁，南阳郡棘阳（今河南新野）人。曾任郏县县令，弃官归刘秀。率军平定长江、淮水流域。屯田，镇边，整饬边防，坚固工事，筑烽火台。历扬武将军、中山太守、天水太守，封平舒侯、全椒侯。协助刘秀建立东汉，云台二十八将之一。

　　县令弃官追圣主，江淮力定献劳勤。
　　隗嚣剑镇守天水，屯戍御边台燧新。

咏王梁

　　王梁，？—38年，字君严，渔阳要阳（今北京）人。云台二十八将之一。在魏地击败五校农民军，任偏将军、野王令、大司空、河南尹、济南太守，封关内侯、武强侯、阜城侯，卒官。

　　开汉云台征战将，奔驰沙场建功忙。
　　擅兵破禁惹天怒，赦罪免官归故乡。

咏陈俊

　　陈俊，？—47年，字子昭，南阳西鄂（今河南南阳）人。原任琅琊太守，始随刘嘉，后归刘秀。作战勇猛，闻名河北。平定山东后留镇，老死任所。云台二十八将之一。

　　挥戈河北名遐迩，下马接搏五校惊。
　　剑定山东延镇守，力隳张步似天兵。

咏杜茂

　　杜茂，？—43年，字诸公，南阳郡冠军县（今河南邓州）人。投刘秀，平五校，灭佼疆。屯田晋阳、广武，防匈奴入侵。历中坚将军、大将军、骠骑大将军。封乐乡侯、脩侯、参遽乡侯。辅刘秀建立东汉，云台二十八将之一。后因放纵部下杀人，被免官，减食邑，降侯。

　　剿征五校功名著，晋广屯耕御北侵。
　　放纵士卒官邑降，重农力劝饱边民。

　　注：五校，指五校农民起义军。

咏傅俊

　　傅俊？—31年，字子卫，颍川郡襄城人。投刘秀，遭灭族。平定扬州，辅佐刘秀统一天下。历任骑都尉、侍中、积弩将军，封昆阳侯。云台二十八将之一。

　　日夜兼程投懿主，昆阳大战破王寻。
　　挥师江左严军纪，百姓悦服天聚云。

咏坚镡

　　坚镡，？—50年，字子伋，颍川襄城（今河南禹州）人。为刘秀主簿，后拜扬化将军，封㶏强侯。与士卒共劳苦，先当矢石，身被三创。

　　主簿荣膺扈光武，慎勤周密事皆精。
　　同甘共苦士卒佩，身创三回慑寇营。

咏王霸

王霸，？—59年，字元伯，颍川颍阳（今河南襄城）人。随刘秀败王寻、王邑于昆阳。守北疆上谷二十多年，提出与匈奴和好。体恤士卒，死者，脱衣收殓；伤者，亲自养护。云台二十八将之一。

狱吏求学慷慨志，为国边戍踏勘勤。
睦戎修好献良策，上谷廿冬甘苦辛。

咏任光

任光，？—29年，字伯卿，南阳宛人。初为县小吏，后王朗起兵，郡国皆降，独光不降。随刘秀于昆阳破王寻、王邑。刘秀称帝后，任左大将军，封武城侯、阿陵侯。云台二十八将之一。

微吏厚忠乡喜爱，二王力破笑昆阳。
王朗师猛独坚守，大将封侯永世芳。

咏李忠

李忠，？—43年，字仲都，东莱黄县人。对王朗包围战，诸将都夺财物，唯忠不夺。屡建战功。封中水侯，任丹阳太守多年，治绩天下第一。云台二十八将之一。

叱咤征伐怀壮志，战功屡建罔邪夺。
镇平山左旌旗耀，善守丹阳廉建国。

咏万修

万修，生卒不详，即万脩，字君游，茂陵人。更始政权时任信都令。后随刘秀破邯郸，俱击南阳，拜右将军，封槐里侯。病逝军中。云台二十八将之一。

风云攘攘择明主，猛破邯郸威率师。
共取南阳施妙策，一生戎马血征衣。

咏邳彤

邳彤，？—30年，字伟君，信都（今河北衡水）人。初仕王莽，后举城降刘秀，任和城太守。秀从蓟还，失军，彤遣军迎。文韬武略，还是一名医。云台二十八将之一。

雄才大略奔明主，民疗精疗颂药王。
光武腹心承重任，懿德高品辅强邦。

咏刘植

刘植，？—26年，字伯先，右北平郡昌城（今河北唐山）人。豪强大族，乱世中在昌城拥兵自保。后归刘秀，说真定王刘扬降刘秀，平定河北。封骁骑将军，昌城侯。牵线刘秀、刘扬政治婚姻。为刘秀立足河北立功。云台二十八将中最早阵亡者。

大姓豪族娴自保，说降真定靖河阳。
牵姻光武刘扬喜，襄定江山誉赵乡。

咏王常

王常，？—36年，字颜卿，颍川郡舞阳（今河南舞阳）人。新莽末年，与王

凤、王匡在云杜绿林山中起义。后归刘秀，为左曹，封山桑侯。多次带兵，战功显赫，击破高峻，逼降羌人，为东汉立下汗马功劳。云台二十八将之一。
复仇命案亡江夏，义举绿林光武联。
东汉埠开功汗马，驻屯卫戍扈国全。

咏李通

李通，? —42年，字次元，荆州南阳宛县人。家族世代以经商著名。妻为刘秀妹刘伯姬（宁平长公主）。官至大司农、前将军、大司空、皇宫卫尉，封固始侯。刘秀出征时，留守，安民，建宫城，修学校，为东汉立下汗马功劳。病逝，光武帝与皇后亲临吊唁，送葬。
累世巨商明大义，灭族丧父蓄深仇。
倾心光武败王莽，避势谦恭德懿修。

咏窦融

窦融，前16—62年，字周公，扶风平陵（今陕西咸阳）人。王莽掌权时参与镇压绿林军，后归刘玄，再归刘秀。任凉州牧，时有作为，从破隗嚣，封安丰侯，历大司空、将作大匠、行卫尉事。后因子孙放纵，明帝令其于京师养病。
据守河西安保境，隗嚣衅叛率师平。
和戎宽政牧师苑，五郡丰登乐万庭。

咏卓茂

卓茂，? —28年，字子康，南阳郡宛县人。习《诗》《礼》和历法、算术，号称"通儒"。历密州令、京部丞、侍中祭酒、太傅，封褒德侯。
拜师京兆习诗礼，宽厚恭诚掾属愉。
默忍委屈江海量，蝗虫不啃管辖区。

咏侯霸

侯霸，? —37年，字君房，河南密县（今河南新密）人。官至尚书令、大司徒。通晓典章制度，深得光武帝信赖器重，对东汉初政权建设多有建树。病逝，帝吊唁。
潜学博览识盈腹，执法刺奸晓典章。
光武悦颜多建树，轻财重义陋宅房。

咏侯进

侯进，生卒不详，封破奸将军、积射将军，东汉初名将。数受命击敌，多胜，封侯。唯围洛阳数月不下。
率师受命破奸将，骁勇征伐东汉名。
剑戟指敌多遂志，唯围古洛久难成。

咏王磐

王磐，? —47年，王莽事败，王磐仍住原地，拥有巨资。为人任侠尚气，爱士好施，在江淮间大有声望。游历京都，与上层结友。后死于狱中。

营财巨富与国媲，尚气任侠恒善施。
露水新朝旋复汉，江淮京兆望天齐。

咏杜林

杜林，？—47年，字伯山，扶风茂陵（今陕西兴平）人。官至大司空。卒，帝临丧送葬。

博洽多闻遐迩誉，漆书宝爱不离身。
仓颉作训释真谛，醇厚学宗益后人。

注：漆书，指用漆书写古文《尚书》。

咏虞延

虞延，生卒不详，陈留东昏（今河南兰考）人。历细阳县令、郡功曹、公车令、洛阳令、南阳太守、太尉、司徒。东汉初一代贤臣。

力能扛鼎性淳朴，敢入豪门捕暴徒。
赡养弃婴收弱众，囚卒殓殡恤贫孤。

咏马援

马援，前14—49年，字文渊，扶风茂陵（今陕西兴平）人。战国时期赵国赵奢后裔。军事家，官至伏波将军。原为隗嚣属下，深得信任，后归刘秀。为东汉统一立下赫赫战功。年迈请缨，西破羌人，南征平定交趾。"马革裹尸"成语出处。封新息侯。武庙七十二将之一。

轻财重义鸿鹄志，怜释押囚潜牧牛。
半辈安边南北定，裹尸疆场炳春秋。

咏朱勃

朱勃，生卒不详，字叔阳。年十二能诵诗书。

少龄聪颖泳诗海，总角诵吟声朗天。
幸授伏波读空偬，士风怀志帝嘉宣。

注：伏波，指马援。帝，指汉章帝。

咏杜季良

杜季良，生卒不详，为人豪侠好义，忧人之忧，乐人之乐，各色人等皆有交往。马援给侄子写信说："我敬重他，但不愿你们学习他（担心只学表面，不学本质，会成为轻薄子）。"

豪侠仗义结交广，忧乐友朋掏胆肝。
承信伏波箴言践，家风延代子孙贤。

咏征贰

征贰，生卒不详，交趾郡麓泠县（今越南河内一带）人。苏定硬套汉法，逼得征侧、征贰姐妹起兵造反，陷城六十多，建立了政权。后，马援耗时两年方平定。

红颜举义报夫恨，城陷六十斩佞官。
交趾长安遥万里，无知苏定亦贼奸。

咏耿舒

耿舒，生卒不详，茂陵（今陕西兴平）人。曾抗击彭宠，大败匈奴。随马

援率四万人远征武陵五溪蛮夷。后马援病卒军中,耿舒代督诸军。官至建威大将军。

戎马一生功显著,保疆挥槊败匈奴。
远征江表蛮夷叛,秀美南国固汉图。

咏卢芳

卢芳,生卒不详,安定郡三水县(今宁夏同心)人。编造自己是汉武帝曾孙起事。历更始帝骑都尉,地方豪杰拥其为上将军、平西王,光武帝时为代王。降汉,再叛,第三次遁入匈奴,后卒于异乡。

枭雄割据荷天胆,伪造裔钵身显强。
心诡寡德常内讧,一夕皇梦断他乡。

咏桓谭

桓谭,约前23—56年,字君山,沛国相(今安徽淮北)人,历事西汉、王莽(新)、东汉三朝。官至议郎、给事中、郡丞。哲学家、经学家、琴师、天文学家,多才多艺。坚决反对谶纬神农,险被光武帝斩。

多才多艺善琴瑟,非毁俗儒坚己说。
烛火喻形批谶纬,重农抑贾力襄国。

咏张纯

张纯,?—56年,字伯仁,京兆杜陵(今陕西西安)人。兼虎贲中郎将,为太仆、大司空、御史大夫,谥节侯。

敦约明故正疑议,政慕曹参盛誉朝。
洛水引渠黔首利,诸戎晋谒乐陶陶。

咏严光

严光,前39—41年,又名遵,字子陵,浙江会稽余姚(今浙江宁波)人。少有才气,与刘秀是同学、好友,帮助秀起兵。秀多次征召,均婉拒。隐居富春江一带,终老于林泉间。时人、后世颂其为不慕权贵、追求自适的榜样。

光武同窗结谊厚,屡征罔应隐春江。
林泉自适蔑权贵,后世楷模极品扬。

咏卫宏

卫宏,生卒不详,字敬仲,东海(今山东郯城)人。东汉著作家,著名学者。

好学爱典书博览,作序毛诗神笔端。
宏论旨明秦汉聚,九州文化万年传。

咏郑兴

郑兴,生卒不详,字少赣,河南开封人。儒学大师。历丞相府长史、谏议大夫、凉州刺史、太中大夫、县令。

公羊左氏悉研透,位显庙堂擎汉天。
订校精勤三统历,贾逵并誉后生贤。

咏申屠刚

申屠刚,生卒不详,字巨卿,扶风茂

陵人。历侍御史、尚书令、太中大夫。
性直极谏罢归里，光武欲游劝不宜。
陇蜀未平多寇盗，蓬头为轫上方依。

注：轫，指支住车轮使其不能转动的木头。

咏丁恭

丁恭，生卒不详，字子然，山阳东缗（今山东金乡）人。学者，大儒。历谏议大夫、博士、侍中祭酒、骑都尉，卒官。

公羊严氏力学苦，究义精明得旨深。
广授门徒延后世，鸿儒睿品栋梁臣。

咏张宗

张宗，？—59年，字诸君，南阳鲁阳（今河南鲁山）人，王莽时为阳泉乡佐，后率乡民起义至长安。更始时为偏将军，后归刘秀，征赤眉军，平定割据叛乱。任京辅都尉、太中大夫、琅琊相等。为政严猛，境内安定。卒官。

率民举义阳泉佐，平叛摧锋刘秀随。
秉政猛严安社稷，终身进取志无颓。

咏梁统

梁统，前5—62年，安定乌氏（今甘肃平凉）人。任九江太守，封陵乡侯。在郡有治绩，吏人畏爱。卒官。

束郡威严人畏爱，通谙律令政刚明。
九江法治太平象，遥奠洛阳后代兴。

咏包咸

包咸，前7—65年，字子良，会稽曲阿（今江苏丹阳）人。经学家，历谏议大夫、侍中、右中郎将、大鸿胪。

京都受业精论语，夜诵五经兵释还。
太子延师恭教授，俭清散赏济贫男。

咏范升

范升，生卒不详，字辩卿，代郡（今山西代县）人。汉初著名经学家。研究的《易经》，为梁丘贺所传。曾任聊城县令，很快被免职，卒于家。

父母双亡依外养，谙通论语筑仁心。
聚徒躬授益乡里，精易广传丘贺勤。

咏朱浮

朱浮，约前6—66年，字叔元，沛国萧（今安徽萧县）人。初从刘秀为大司马主簿，迁偏将军，再为大将军，领幽州牧，封舞阳侯，后为大司空。明帝时被杀。

从平河北幽州牧，文武全才今古稀。
广揽俊杰资困窘，谏冤纠错吏民怡。

咏刘般

刘般，生卒不详，字伯兴，宣帝玄孙。历侍祠侯、居巢侯、执金吾、屯骑校尉、长乐少府、宗正。

幼孤孝母名节著，笃志修行讲诵勤。
屡谏常平民罔利，九族收恤义仁心。

注：常平，指常平仓。

咏杨宝

杨宝，生卒不详，弘农华阴（今陕西华阴）人，杨震父。"四世太尉，德业相继"，官至三公。救治受伤黄雀，得回报。成语"结草衔环"中"衔环"典故的主人公。

四朝太尉业相继，心善慈仁品立身。
黄雀枭抟蝼蚁困，喂花疗骨受隆恩。

咏杨震

杨震，59—124年，字伯起，弘农华阴（今陕西华阴）人，隐士杨宝之子。教育办学三十余年，弟子三千多。直谏，遭陷，饮毒自杀。顺帝诏平反。众儒生称其为"关西孔子"。

关西孔子杨伯起，通晓欧阳年少时。
弟子三千授无类，却金简朴素清直。

咏王密

王密，生卒不详，东汉时山东昌邑县令，是由恩师杨震举茂才提拔起来的官员。听说震赴东莱太守路经县，乘夜送黄金十斤。遭批评，震言"四知"。十分惭愧，作罢。

茂才高举师杨震，恩报黄金旋却回。
知义务廉深疚愧，建功天下正名垂。

注：四知，此指"杨震四知"。即天知，神知，我知，子知。

咏刘庄

刘庄，28—75年，父刘秀，母阴丽华，初名刘阳，东汉第二任皇帝。开创"明章之治"，复置西域都护，恢复对西域的控制，招抚流民，户口滋殖。

明章盛治睿开创，驭下严苛惠裕民。
重法崇儒西域靖，奉遵父制政廉勤。

咏马皇后

马皇后，39—79年，明帝刘庄唯一皇后，马援的女儿。

幼孤明礼善阴后，尚品温和国母仪。
幸宠不专慈抚养，终身遂意屡称疾。

注：阴，指阴氏一族。

咏马廖

马廖，生卒不详，字敬平，马援长子。少以父任为郎，后历羽林左监、虎贲中郎将。显宗崩，受遗诏典掌门禁，为卫尉。

质诚畏慎伏波后，权贵远离善保身。
遗诏典门殊信任，尽推赏赐属铭心。

咏刘羡

刘羡，?—97年，明帝刘庄之子。封陈王、广平王。

经书博览貌威峻，明旨懿行国栋梁。
纵论众儒白虎殿，封王恩谢就淮阳。

咏刘恭

刘恭,生卒不详,明帝刘庄之子。封巨鹿王、江陵王(改南郡为国)、六安王(以庐江为国),后为彭城王,食楚郡。在位四十六年卒。
雅温敦厚有节度,民吏敬尊秉政清。
佞相恶诬书自讼,懿德素著贯优行。

咏刘党

刘党,58—96年,明帝刘庄之子。封乐城王,赐号重熹王。
聪慧善书常正字,同龄九五手足亲。
赴国巨变遥耽隐,遣诏频仍痛悔心。

咏刘衍

刘衍,生卒不详,明帝刘庄之子。封下邳王,在位五十四年。
宗室戮德扶汉祚,就封下邳位恭勤。
庄严容貌仁持政,圣上垂青左右亲。

咏刘致

刘致,生卒不详,明帝刘庄之女。封沁水公主,嫁高密侯邓乾(邓禹孙)为妻。
惶惶巫蛊弥天祸,涉罪兄诛罚广连。
圣谕国除心恨断,复封昭雪异从前。
注:巫蛊,指汉和帝皇后阴氏以祝诅之术诅咒贵人邓媛。

咏刘小迎

刘小迎,生卒不详,明帝刘庄之女,封乐平公主。
深宫乖俐兼文武,婉嫕有节殊懿行。
九五怡心多宠爱,乐平公主远扬名。

咏刘小民

刘小民,生卒不详,明帝刘庄之女,封成安公主。
圣上同胞怀异志,喜文隐性品才殊。
柩前哭祭却无泪,书纵废君忆扶苏。

咏阎章

阎章,生卒不详,河南荥阳人。明帝时任尚书,其两位妹妹皆入宫为贵人。
典章制度胸中装,经纬尚书足海量。
二妹贵人后宫显,圣君警惕少沾光。

咏班固

班固,32—92年,字孟坚,扶风平陵(今陕西咸阳)人,班彪之子,东汉著名史学家、文学家。历二十余年修成《汉书》,系我国历史上第一部纪传体断代史。开创历史地理志、政区地理志、沿革地理学先例,记录大量边疆地理资料。"汉赋四大家"之一,代表作《两都赋》《白虎通德论》。后征匈奴,兵败受牵连,死于狱中。

一

幼聪脱颖善辞赋，廿载力耕成汉书。
策马护军边御寇，冤魂囹圄上无珠。

二

博览穷究经满腹，汉书断代趟先河。
恢弘悦耳两都赋，征败牵身亦壮歌。

咏班超

班超，32—102年，扶风平陵（今陕西咸阳）人。东汉著名军事家、外交家，班彪之子。出使平定西域，促民族融合，做出巨大贡献。成语"不入虎穴，焉得虎子"典出处。

抄书济窘幼鸿志，投笔从戎居事勤。
西域布德羌汉睦，名垂千古伴艰辛。

咏班昭

班昭，约45—约117年，名姬，字惠班，扶风平陵（今陕西咸阳）人。史学家、文学家。奉命续《汉书》。著有《东征赋》《女诫》等。

班门才女国瑰宝，洞史善文恒乐陶。
承诏续书遂兄愿，马融教谕罔夕朝。

咏王充

王充，27—97年，字仲任，会稽上虞（今浙江绍兴）人，孤儿，到太学拜班彪为师。汉著名哲学家、思想家。代表作《论衡》，中国历史上一部不朽的无神论著作。

门孤族细贫乏庇，师拜班彪三汉杰。
善辩无神今胜古，论衡弘著圣颃颉。

注：三汉杰，指王充、王符、仲长统三人。

咏谢夷吾

谢夷吾，25—89年，字尧卿，会稽山阴（今浙江绍兴）人。少为郡吏，后任荆州刺史。力荐王充。决狱三百余，均合帝意。精通占卜，预自克死日，如期卒。为人刚正不阿。

精通占卜荆州守，力荐王充刚不阿。
决狱无差合帝意，民情体恤惠如河。

咏第五伦

第五伦，生卒不详，字伯鱼，京兆长陵（今陕西咸阳）人。任会稽郡太守，擢谢夷吾为督邮。为司徒时，教班固为文荐谢夷吾。

慧眼耿忠才举异，诲师班固荐夷吾。
会稽水秀常濯发，国柱司徒杜妄虚。

咏贾逵

贾逵，30—101年，字景伯，扶风平陵（今陕西咸阳）人，时称为"通儒"。东汉著名经学家、天文学家，代表作《春秋左氏传解诂》等。

启承上下当关键，解诂春秋谶纬批。

弟子盈门躬教授，高足接踵野朝怡。

咏傅毅

傅毅，？—约90年，字武仲，扶风茂陵（今陕西兴平）人，辞赋家。历兰台令史、郎中、军司马、主记室史、司马。文名显于朝廷。著作有二十八篇。

双珍诗赋野朝赞，自勉笃诚严砥身。
谏讽求贤襄社稷，兰台春早慎恭勤。

咏侯讽

侯讽，生卒不详，东汉文人。

兰台年少正风光，酬唱咏吟意气扬。
圣上诏呈神雀赋，五星拱月耀朝堂。

注：汉明帝曾下诏命群儒学士各献《神雀赋》。五星，指班固、贾逵、傅毅、杨终、侯讽，他们五人的赋最得明帝欣赏。

咏丁鸿

丁鸿，？—94年，字孝公，颍川定陵（今河南舞阳）人。官至司徒、太尉兼卫尉，袭侯。大办学堂。章帝召名儒在北宫白虎观论五经，鸿论述最精，世称"殿中无双"。窦太后临朝，其兄弟擅权。鸿亲收窦宪将军印绶，逼窦氏兄弟自杀。成语"防微杜渐""干云蔽日"典出处。

名儒纵论聚白虎，精辟无双上称心。
勇斗窦门驱日蔽，防微杜渐固国根。

咏袁安

袁安，？—92年，字邵公，一作召公，汝南汝阳（今河南商水）人。历楚郡太守、河南尹、太仆、司空、司徒。断狱公平，整肃京师。"袁安困雪"典出处。

家学博厚守忠正，民吏敬服断狱公。
力主怀匈休远涉，劲劲窦氏若岩松。

注：匈，指匈奴。

咏郑众

郑众，？—83年，字仲师，后世称郑司农、先郑，河南开封人。历给事中、大司农。

父授苦研通左氏，兼习诗易见识明。
闻名清正忠廉品，国柱司农誉兆京。

注：左氏，指《左氏春秋》。

咏梁松

梁松，19—61年，字伯孙，少为郎，迎娶光武帝女舞阳长公主。光武崩，受遗诏辅政，迁太仆。其数为私书请托郡县，事发，免官。怨，飞书诽谤，下狱，死，国除。

故事明习承驸马，辟雍修葺友诸儒。
受恩辅政殊荣显，诽谤扈私屡妄书。

咏刘炟

刘炟，57—88年，明帝刘庄第五子，即汉章帝，东汉第三任皇帝，75—88年

在位,共十四年。励精图治,注重农桑,创立"章草",史称"明章之治"。
明章之治政宽厚,轻赋重农官选贤。
创草崇儒停旧历,迢迢丝路汉夷连。

咏章德窦皇后

章德窦皇后,?—97年,扶风平陵人。天生丽质,举止言谈非凡,备受章帝宠爱,章帝去世后临朝摄政。后受窦宪谋逆株连,被软禁,忧郁而死。
天生丽质异常貌,举止超凡六岁文。
圣宠擅朝多陷废,幽宫抑郁病缠身。

咏恭怀梁皇后

恭怀梁皇后,62—83年,和帝生母。
童龄失母慈恩断,抚育禁宫公主贤。
祸降飞书晴霹雳,追封皇后慰黄泉。

咏梁竦

梁竦,23—83年,字叔敬,安定乌氏人。文学家,自负才高,郁郁不得志。班固称其文堪比孔子。章帝时,竦的两个女儿都被纳为贵人,小女生和帝。后为窦后所忌,两女被杀,竦入狱死。
豪族世贵幼聪慧,周易旨明著述勤。
班固誉崇犹孔子,负才抑郁少宽心。

咏张敏

张敏,生卒不详,河间鄚(今河北任丘)人。官至司空。
携仁明义品忠耿,订律襄国恒勉心。
力谏废除轻侮法,圣君嘉纳益黎民。

咏李育

李育,生卒不详,字元春,扶风漆县(今陕西永寿)人。东汉著名经学家,专攻《公羊春秋》,著有《难左氏义》。"白虎观会议"中运用《公羊春秋》义理与贾逵进行辩论。

一

驳古崇今推最力,公羊义辩贾逵难。
诸儒纵论响白虎,览故知新图共妍。
注:白虎,指白虎观。

二

遐迩闻名经满腹,主今旁古贯通明。
大师积累非一日,昭示后昆恒竟成。

咏王景

王景,约30—85年,字仲通,乐浪郡诌邯(今朝鲜平壤)人,原居琅琊郡不其县(今山东即墨)。著名水利工程专家。三迁侍御史,后为庐江太守。
周易晓明多技艺,墕流治水法高超。
荥阳泄海畅千里,教授牛耕代手刨。
注:墕流,水利治理方法之一。

咏耿秉

耿秉,?—91年,字伯初,扶风茂陵

（今陕西兴平）人。精通兵法,善用谋略。历度辽将军、执金吾、光禄勋。卒,匈奴举国号哭。
博通书记伟谋略,以战弭兵服众夷。
四路击匈唯斩获,中兴鼎柱泰山依。

咏任隗

任隗,?—92年,字仲和,南阳宛（今河南南阳）人。袭爵,历将作大匠、太仆、司空。卒于任。
少好经书黄老术,宗族常赈恤收孤。
躬勤将作持职稳,直指窦门屡谏书。

咏邓彪

邓彪,?—93年,字智伯,南阳新野人。初仕郡,五迁桂阳太守,后为太仆、奉车都尉、大司农、太尉、太傅,录尚书事,封关内侯。卒,帝亲临吊唁。
励志少龄修品性,五迁太守懿名垂。
让国异弟圣君许,和事称疴乞骨归。

咏张奋

张奋,生卒不详,字稚通。任司空。
好学行义尚节俭,租俸恤宗不断施。
儋耳附降援称旨,清白秉政誉当时。

咏韩棱

韩棱,?—98年,颍川舞阳（今河南漯河）人。东汉著名政治家,韩信后裔。历郡功曹、尚书令、南阳太守、太仆、司空。
悉散家财乡里敬,勇谋兼备政公明。
圣君赐剑御书榜,力铲窦奸皇殿清。

咏郅寿

郅寿,生卒不详,字伯孝,任冀州刺史,三迁尚书令,后为京兆尹、尚书仆射。善文章,以廉能称。
善文颖异多奇策,刺史三年肃冀清。
京尹威严诸相检,推诚下吏率廉能。

咏马严

马严,18—99年,字威卿,马援侄,明德马皇后堂兄。历扬州牧、将军长史、御史中丞、太中大夫。
幼孤好剑娴骑射,坟典通明览百家。
九五垂青宫禁掌,冤结审解俊贤达。

咏马敦

马敦,生卒不详,字孺卿,马严弟。
家难顿发形势峻,弟兄携手赴安陵。
耕读钜下广行义,闾里平头誉二卿。

咏邓训

邓训,40—92年,字平叔,南阳新野（今河南南阳）人,邓禹之子。女邓绥为和帝皇后。历张掖太守、护羌校尉。诸羌来者,待以恩信,归附者甚众。修城堡,兴水利,屯田黄河两岸。病卒任。百姓立祠堂祭,和帝追封平寿侯。
少年大志广结友,恩信诸羌众附归。
月氏健儿紧随扈,屯田筑堡固边陲。

咏马防

马防,？—98年,字江平,扶风茂陵(今陕西兴平)人,马援之子。历城门校尉、光禄勋。数言政事,多采纳。建初二年,金城、陕西保塞羌反,智胜,开以恩信。
智胜西羌绝利刃,汉戎互信广施恩。
侍医九五龙颜悦,佐政良谋忠尽心。

咏陈宠

陈宠,？—106年,字昭公,沛郡浚县(今安徽固镇)人。历郡吏、尚书、太山太守、广汉太守。
仁矜详密传家业,律令通明断案公。
宽政去苛除旧弊,佞奸侧目品高鸿。

咏鲁恭

鲁恭,32—113年,字仲康,扶风茂陵(今陕西兴平)人。历侍御史、司徒。在公爵之位,选拔、征召才学优良者众。
鲁诗博士明经召,慧眼识才荐相卿。
白虎观宏声辩朗,家门洞法秀平陵。

咏刘肇

刘肇,79—105年,即汉和帝,章帝第四子。击破北匈奴,诛灭窦氏集团,开创"永元之隆"。谥号孝和,庙号穆宗(后被董卓废去)。在位期间,科技、文化有很大发展,蔡伦改进了造纸法,班固、班昭撰写《汉书》,甘英出使大秦。刘肇死后外戚、宦官相继掌权,汉朝由稳转乱。
总角登基凭太后,北匈击灭窦门关。
汉书造纸双飞跃,亲政用贤西域安。

咏汉和帝阴皇后

汉和帝阴皇后,80—103年,南阳新野(今河南新野)人。初颇得和帝喜爱,后贵人邓绥进宫,失宠,便以祝诅之术诅咒邓绥。事发,迁桐宫(待罪),忧愤羞愧死。
花季入帷得上幸,争风吃醋胜乌鸡。
咒巫九五凌天妄,幽禁桐宫羞愧离。

咏邓康

邓康,生卒不详,新野(今河南新野)人,邓禹孙,袭父爵为夷安侯,为越骑校尉、侍中、太仆。
立身方正庙堂重,邓氏专横屡谏诤。
谢病罔朝闭门牖,国恩不忘志恒明。

咏张酺

张酺,？—104年,字孟侯,汝南细阳(今安徽太和)人。历魏郡太守、太仆、太尉、光禄勋、司徒。卒官,帝临丧礼。

祖授尚书恒进取，御前细解储君明。
归乡闭户复出仕，恩宠隆达慰暮情。

咏贾鲂

贾鲂，89—105年，任郎中，著名书法家。用隶字写"三仓"，隶法由此推广。
书法享名缘广隶，三仓万字笔凝情。
李扬高谕知天下，稚幼启蒙醇品行。

注：三仓，指合李斯《仓颉篇》、赵高《爰历篇》和胡毋敬《博学篇》为一书，是为"三仓"。扬雄《训纂篇》、贾鲂《滂喜篇》与前《苍颉篇》（包括《爰历》《博学》在内）亦合称"三仓"。李扬，指李斯、扬雄。

咏周纡

周纡，生卒不详，下邳徐县人，家贫。历渤海太守、洛阳令。为官铁面无私，刚正不阿，用刑严酷。卒于任。
耿品清廉名太守，夜锄奸暴诏书迟。
逆言廷尉下囹圄，晚景窘凉熬日凄。

咏徐防

徐防，生卒不详，字谒卿，后汉沛国铚（今安徽濉溪）人。历尚书郎、司隶校尉、魏郡太守、少府、大司农、司空。
少习父祖精通易，体貌矜严典密机。
诚奉二君皆畏慎，恭勤秉政恐朝迟。

咏郑众

郑众，生卒不详，字季产，南阳（今河南南阳）人。历太子给事、钩盾令、大长秋，封鄛乡侯。自此开始，宦官养子世袭爵位。
谨敏善谋殊异品，外戚侧目信攀龙。
扑诛窦宪蓖门羽，养子弄权心志雄。

咏郭璜

郭璜，39—105年，郭圣通侄，东汉驸马，阳安侯。
皇苑森森澜骤起，风光驸马亦难防。
亲家谋逆株囹圄，眷属落魂合浦荒。

咏梁慬

梁慬，？—110年，字伯威，北地弋居（今甘肃宁县）人。任军司马、西域副校尉。率兵解围任尚，平定龟兹、羌、南匈奴、乌桓，安抚三郡。因越权下狱，后赦免出征，病卒军中。
好学年少姁襟阔，司马数征三郡平。
任尚陷围挥戟救，一生驰骋古籍铭。

咏邓绥

邓绥，81—121年，南阳新野（今河南新野）人，邓禹孙女。东汉著名女政治家。和帝死，立殇帝、安帝，临朝执政近二十年。兼用外戚、宦官，尊理三公，十分恭谨，减税，省用，崇节俭，平理刑

狱,唯为国家大事。从此东汉王朝任由宦官、外戚交相崛起,把持朝政,渐使国运走向衰微。

临朝秉政二十载,兼用外戚并宦官。
勤勉自强忧解患,税轻省俭立国安。

咏刘隆

刘隆,105—106年,和帝刘肇次子,养于民间。登基时刚满百日,不久夭折(八个月)。东汉第五任皇帝。是中国历史上继位年龄最小、寿命最短的皇帝。

褓裸离宫民乳哺,登基百日寿方盈。
龙床横竖须人伺,岂懂庙堂凤雀鸣。

咏刘懿

刘懿,?—125年,刘寿之子,东汉前少帝,在位七个月,病卒。继位时年幼无知,阎氏执政,专权。

荫承大位匆七月,年少罔知阎掌权。
前帝信臣遮网灭,染疴跨鹤断童年。

咏刘祜

刘祜,94—125年,东汉第六任皇帝,在位十九年。刘庆之子,母左小娥。殇帝死后继位,时内忧外患。南下巡游,病死途中。

太后秉国多外患,河西频燧叛纷纷。
旱蝗地震并雹水,南下巡游成故人。

咏左小娥

左小娥,生卒不详,字小娥,又称左姬,犍为郡人。入掖庭,成年有姿色。善史书,喜辞赋。清河孝王刘庆的姬妾,汉安帝刘祜的生母。

丽质秀成天下母,攻读黉夜史书明。
凝思妙笔擅辞赋,款款佳仪镇后庭。

咏阎姬

阎姬,?—126年,汉安帝皇后,河南荥阳人。曾临朝听政,后被软禁,在权力之争中死去。

一

杰才丽质掖庭选,专宠龙床妒火生。
皇苑纵横防左右,不敌高手顿销形。

二

结发入宫邀上宠,溺权欲旺短临朝。
风云骤变旋跌落,囚室孤凄任妄嚎。

咏杜根

杜根,生卒不详,字伯坚,颍川定陵人。历尚书郎、济阴太守。

质纯忠耿方实性,力荐圣君亲政权。
诈毙遁生投酒保,诏归郡守济阴贤。

咏何熙

何熙,生卒不详,字孟孙,陈郡阳夏人。历谒者、御史中丞、司隶校尉、大司农、车骑将军。殁于征战军中。

壮志少年音响亮，师伐南鲜共乌桓。
暴疴临殁言薄殓，义动三军泪凯旋。

注：南鲜，指南匈奴与鲜卑。

咏张伯路

张伯路，生卒不详，东汉农民起义领袖。109年，率青州（今山东青州）沿海人民起义，占领九郡，杀长吏。

啸聚山林诛长吏，旋得九郡抚贫民。
平原渤海动联袂，退岛拒降犹苦拼。

咏法雄

法雄，？—117年，字文强，右扶风郿县（今陕西眉县）人。历郡功曹、平氏长、宛陵令、青州刺史、南郡太守。病卒任。

累世簪缨多睿智，力推胡广目深明。
宽泽恩信殊强悍，南郡吏民享太平。

注：胡广，时朝中大臣。

咏邓骘

邓骘，？—121年，字昭伯，南阳新野县（今河南新野）人，邓禹之孙。因其妹为后，三迁虎贲中郎将。邓太后临朝，自任大将军，专断朝政。曾倡节俭，荐杨震。后遭诬，绝食自杀。

孝母动天人世少，襄扶二帝政专朝。
崇文倡俭荐杨震，战叛羌戎不畏遥。

咏耿夔

耿夔，生卒不详，字定公，扶风茂陵（今陕西兴平）人，大司农耿国之子。历假司马、骑都尉、大将左校尉、粟邑侯、长水校尉、五原太守、辽东太守、云中太守、度辽将军。

雄武少年疆场猛，精骑八百捣王庭。
御诛貊帅辽东靖，威镇云中务政清。

注：王庭，指北匈奴单于王庭。

咏刘恺

刘恺，？—约124年，字伯豫，沛郡丰（今江苏丰县）人，刘般少子。历郎、侍中、宗正、长水校尉、太常、司空、司徒、太尉。

避封让弟性高品，笃古推贤贵士亲。
朝政恭勤襄九五，疴求骸骨宿臣心。

咏李郃

李郃，生卒不详，字孟节，汉中南郑（今陕西南郑）人，李颉之子。安帝时为太常、司空，少帝时为司徒。参与拥立顺帝，封涉都侯，辞让，五迁尚书令。数陈得失，有忠臣节。坐请托事免，复为司徒。八十余岁卒于家中。

一

师拜京都经满腹，赁书自给飧千昆。
乌纱不恋心如水，故里茗香老幼亲。

二

拥襄功显谦辞让，闻窦纳妻谏勿通。
数禀得失匡社稷，五迁国相事君忠。

注：窦，指窦宪。

咏陈禅

陈禅，？—127年，字纪山，东汉巴郡安汉人。历郡功曹、司隶校尉、汉中太守、辽东太守、长史。卒官。

奖惩善恶政威立，感化蛮夷乐九边。
信镇汉中戎汉睦，沉浮应对恰清泉。

咏马续

马续，生卒不详，字季则，扶风茂陵（今陕西兴平）人。历张掖太守、度辽将军。擅《九章算术》，奉命续补写《汉书》之《天文志》。击败入侵之敌，平叛，招降。上书将田还羌族，保西河安定。

幼颖笃学知广睿，羌田恳谏复还耕。
续班补撰天文志，平叛挥师边界宁。

注：班，指班固。

咏司马钧

司马钧，？—115年，字叔平，河内温（今河南温县）人，安帝时为征西将军，司马懿高祖父。公元115年，讨羌族先零部落，后与同僚矛盾。同僚被围，赌气不救，致同僚战死。以此定罪入狱，狱中自杀。

挥戟战伐功屡显，先零衅乱率师征。
友军陷困坐观斗，负气毁局留骂名。

咏冯焕

冯焕，？—121年，字平侯，巴郡宕渠（今四川渠县）人。博览文武典籍，入朝掌文书奏章，任侍郎。随班固北伐匈奴，取得燕然山大捷。后任河南京令，豫州、幽州刺史。一生忠于汉室，骁勇多智。为统一和巩固东汉政权立下汗马功劳。不畏权贵，执法不阿，多次严办贪吏。征高句丽王叛，大胜。后遭诬，死于狱中。帝知实情后，痛惜，赐钱十万安抚其家属。

博览精兵怀睿智，燕然大胜战匈奴。
汉疆一统功勋著，严法不阿绝特殊。

咏成翊世

成翊世，生卒不详，平原（今山东德州）人。历尚书郎、尚书。

素忠汉室持高品，书谏邓门大政还。
申辩济阳丢太子，柱国梁栋野朝贤。

注：申辩句，指成翊世上书替太子刘保被废为济阳王申辩。

咏陈忠

陈忠，？—125年，字伯始，沛国浚县（今安徽固镇）人。历廷尉属官、尚书、仆射、尚书令。

才华横溢美声誉，律令通明案务宽。
屡荐隐直咸纳用，数书圣上广开言。

咏刘珍

刘珍，？—126年，一名宝，字秋孙（或秘孙），南阳蔡阳人。为谒者仆射，奉诏校书东观，著丰，作《建武以来名臣录》。历侍中、越骑校尉、宗正、卫尉，卒官。

诗书满腹攻读苦，思敏笔勤著等身。
东观用心辑累代，推崇高品撰良臣。

咏刘安

刘安，生卒不详，宗室，任城王，性贪佞。

性狂纨绔卑贪吝，出入微服妄恣玩。
豪取宫车民吏米，岁租赎罪罔羞颜。

咏贺纯

贺纯，生卒不详，字仲真，会稽山阴人。少为诸生，博极群艺，拜议郎。上数百事，多见省纳，后迁江夏太守。获安帝赏识，为安帝近臣，助安帝削外戚邓氏。御笔赐姓贺，庆纯改为贺纯，贺氏鼻祖。

博极群艺名居里，屡辟皆辞帝赐名。
灾异策陈谋数百，智削邓氏顺国情。

咏刘保

刘保，115—144年，安帝长子，东汉第七任皇帝，即汉顺帝。性格温和软弱。在位期间，宦戚勾结，开始了长达二十多年的梁氏专权，政治更腐败，阶级矛盾日益尖锐，民不聊生。

温和软弱难堪位，戚宦勾连分霸权。
腐败丛生民吏苦，阶级矛盾似刀悬。

咏梁妠

梁妠，106—150年，安定乌氏（今甘肃平凉）人，汉顺帝皇后。少善女红，好史书，擅权术。无子，以太后临朝，称制冲、质、桓三朝。兼用外戚、宦官，均衡势力，便操纵。招太学生三万多，表扬儒学。死后，氏没，抄家产三十亿钱。

少善女红宫擅术，宦戚并用掌三朝。
彰儒幸宠士归顺，身后资财国媲饶。

咏吴恭

吴恭，生卒不详，河南原武人，汉司徒吴雄之孙，廷尉吴诉之子。曾任廷尉，明法，为法律大家。

世宦高门情性耿，恭勤廷尉秉公平。
熟谙法律久闻誉，民吏推崇似镜明。

咏梁商

梁商，约70—141年，字伯夏。历郎中、黄门侍郎、大将军。其女为皇后，妹

为贵人,子梁冀。为人谦柔,虚己进贤,赈饥不宣己惠。死后嘱子薄葬。

国丈海胸装社稷,谦柔虚己力推贤。
治邦良辅秉权正,广赈饥贫谨不宣。

咏王堂

王堂,生卒不详,字敬伯,广汉人。历谷城令、巴郡太守、右扶风、鲁相、汝南太守。治有名迹,政存简一,搜才礼士,不苟自专。八十六岁卒,嘱薄葬。

拒寇西羌巴郡靖,吏民叩首建生祠。
政清鲁相无辞讼,礼士搜才罔苟私。

咏阎显

阎显,?—125年,顺帝朝车骑将军。宦擅持身跻校卿,深宫胞妹宠君情。
密谋皇嗣命旋丧,授柄朝堂断壮丁。

咏李闰

李闰,生卒不详,东汉宦官。尊立废太子刘保为汉顺帝,因陷害邓氏有罪,后又因迎立有功,不赏不罚。

宦戚擅政藏龙虎,狗苟蝇营能破天。
废立抟旋功过半,诡谲云雨固身全。

注:宦戚,指宦官、外戚两大势力。

咏郭镇

郭镇,?—129年,字桓钟,颍川阳翟人。公元126年,率禁军羽林士击杀卫

尉阎景,扫除了顺帝反对者。功封定颖侯,任尚书、尚书令,死后追封昭武侯。

少习杜律雄肝胆,阎景剑除清道尘。
拥立大功封定颖,尚书秉政报君恩。

咏孙程

孙程,?—132年,字稚卿,涿郡新城(今河北徐水)人,宦官。因共立顺帝,诛灭外戚阎氏显族。封浮阳侯,为骑都尉、奉车都尉。

襄拥阳济勋功显,共灭阎门复帝威。
伏起不惊闲信步,宜城归位弄青梅。

注:阳济,顺帝刘保即位前为阳济王。

咏王康

王康,生卒不详,京兆人,宦官。十九名宦官共铲外戚,立顺帝刘保,结束外戚乱政局面。封华容侯。

外戚乱政由来久,民苦国衰状日西。
十九宦臣同戮力,翻新局面换龙衣。

咏庞参

庞参,?—136年,字仲达,河南缑氏人。文武昭备,智略恢弘。历辽东太守、度辽将军、太尉。

少重品行名闾里,文韬武略广博兼。
先零衅叛击一鹗,辽左安平若细涓。

咏桓焉

桓焉，？—143年，字叔元，沛郡龙亢（今安徽怀远）人。为太子少傅、太傅，参录尚书事，后任光禄大夫、大鸿胪、太尉，封阳平侯。

储君太傅诲恭勉，孝母忧辞守满期。
用锢为官殊犯禁，日食责免故乡依。

注：锢，党锢者。

咏马勉

马勉，？—145年，阴陵（今安徽定远）人，东汉中期起事领袖。公元144年，和同乡徐凤在当涂山中起义。勉戴皮冠，穿黄衣，持玉印，称皇帝，筑营，进攻合肥。次年被朝廷围剿，被杀。

水深火热催雄起，举义当涂冠戴皮。
玉印方方皇帝讳，苦农领袖短黄衣。

咏滕抚

滕抚，生卒不详，字叔辅，北海剧人。顺帝时，历涿县令、九江都尉，进中郎将，拜左冯翊。著有《慎子注》十卷。有文武才，风正修明，流爱于人，不交权势。所得赏赐，尽分麾下。

修明勤政兼文武，平定江淮品正直。
权势罔交名太守，尽分赏赐吏民怡。

咏虞诩

虞诩，？—137年，字升卿，小字安定。陈国武平县（今河南鹿邑）人。历郎中、朝歌县长、怀县令、武都太守、尚书令。一生文韬武略，战功卓著，为官清正廉明，刚正不阿。

少孤得志孝恩祖，清正廉明刚不谀。
增灶败羌奇武略，乌纱来去淡沉浮。

咏张衡

张衡，78—139年，字平子，南阳西鄂（今河南南阳）人。东汉时伟大的天文学家、数学家、地理学家、制图学家、发明家、文学家。后世称其为"科圣"。官郎中、太史令、侍中、河间相、尚书。联合国天文组织将太阳系中1802号小行星命名为"张衡星"，将月球背面的一个环形山命名为"张衡环形山"。开我国天文、地理研究之先河。代表作《灵宪》《四愁诗》。

科圣立说东汉显，苍穹闪烁冠名星。
探究天地趟先路，性雅淡容无傲情。

咏杜度

杜度，生卒不详，字伯度，一说原名操，东汉京兆杜陵人，杜延年曾孙。曾任齐相，以善章草著名。崔瑗、崔寔父子学杜度书，后人并称"崔杜"。

庙堂鼎柱品忠耿，秉政兴齐素勉勤。
墨宝怡心尤善草，崔瑗父子拜虚心。

咏崔瑗

崔瑗，77—142年，字子玉，安平（今河北安平）人，早孤。历郡吏、济北相。汉代著名书法家。

早孤锐志向学笃，提讯尤谦问礼学。
好士爱宾食日淡，创铭座右悟新觉。

咏袁京

袁京，69—142年，字仲誉，祖籍河南汝阳县，后隐居袁州郡（今江西宜春）。历郎中、侍中、蜀郡太守。东汉时研究《易经》有成就的名士之一。著有《难记》一书。

高士潜心研孟氏，易经掘义秉真传。
子陵大隐春江畔，川郡媲名并世贤。

咏许慎

许慎，约58—149年，字叔重，汝南召陵（今河南漯河）人。著名经学家、文字学家、语言学家。著《说文解字》《五经异义》等，创中国首部按部首编排的汉语字典，总结"六书"汉字造字法，闻名于世界。

淳笃性情学界圣，说文解字义明纯。
六书天法超形象，世典国民永布恩。

咏杜乔

杜乔，？—147年，字叔荣，河内林虑（今河南林州）人。历太子太傅、大司农。后因遭诬陷，卒于狱中。

诸生博览年方少，州举孝廉性品高。
表奏首绩推李固，无功赏辍谏惊朝。

咏华孟

华孟，生卒不详，历阳（今安徽和县）人。公元145年在历阳起义，自称黑帝，率农民数千人攻九江，杀死九江太守。后被围，被杀。

历阳起事称黑帝，跃马扬戈破九江。
雪恨佞臣诛太守，苦饥无路义旗张。

咏李固

李固，97—147年，字子坚，汉中南郑人。东汉著名忠正耿直大臣。历刺史、太守（政称天下第一）、大司农、将作大匠。与梁冀斗，要求"权去外戚，政归国家"，最终为冀所诬杀。

博览广知怀大志，寻师千里四方交。
洁身自守恤民政，忠正耿直斗佞豪。

咏荀淑

荀淑，83—149年，字季和，颍川颍阴（今河南许昌）人。以品行高洁著称，仁信笃诚，使人不欺。为朗陵侯相，莅事明理，有"神君"之称。

仁信笃诚人不惘，博学求本却章泥。
耿直方正刺权贵，八子八龙人世奇。

咏樊英

樊英,生卒不详,字季齐,南阳鲁阳(今河南鲁山)人。汉安、顺帝时期易学家,术数名家。隐居壶山,著《易章句》,世称樊氏学说。在三辅地区受业,通晓《五经》。

博儒研易五经晓,大隐壶山勤著书。
樊氏创说扬社稷,鲁阳故旧喜于途。

咏杨厚

杨厚,72—153年,字仲桓,四川广汉新都人。少学父业精图谶学。顺帝时为议郎、侍中。每有灾异,上消救之法。后因与梁冀意见相左。归故里,授三千多门徒。

少承父业精图谶,献策攘灾痛枉然。
拒佞称疾归故里,三千弟子授经娴。

咏赵戒

赵戒,?—154年,字志伯,蜀郡人。历仕汉安、顺、冲、质、桓五帝,屡居公辅,免忧患于无妄之世。博学明经讲授,弹权纠豪。以迎立桓帝有功封厨亭侯。

一

历仕五朝居辅要,免忧无妄助国安。
弹权纠佞肃风气,讲授明经大殿前。

二

五朝元老三公位,公辅襄国忧患除。
恤吏抚民声望重,博学讲授悦生徒。

咏袁汤

袁汤,97—153年,字仲河,河南汝阳(今河南洛阳)人。历司空、司徒、太尉。

少受家学书广览,庙堂垂信降隆恩。
常居显位屡明策,灾异免归怡故人。

咏钟皓

钟皓,88—157年,字季明,颍川长社(今河南长葛)人。郡著姓,世善刑律。公府连辟,因二兄未仕,避隐密山,以诗律教授门徒千余,荐陈寔。名士李膺尝言:"钟君至德可师。"

郡州大姓善刑律,府辟让兄躲密山。
业授门徒趋若鹜,至德可敬惠人贤。

咏张陵

张陵,34—156年,字辅汉,即张道陵,沛郡丰(今江苏丰县)人。道家正一盟威道(亦称五斗米道、天师道)创始人。汉顺帝时,在四川鹤鸣山学道,造作符书,以惑百姓。

鹤鸣山麓得天道,治病收徒娴著符。
老子元尊粮五斗,祖师悲壮众迷途。

咏袁彭

袁彭,生卒不详,字伯楚,历广汉太守、南阳太守、光禄勋、议郎。

广南秀水濯身净,太守为官品自清。

粝饭粗袍持本色，吏民叩首世馨名。
注：广南，指广汉、南阳二地。

咏韩韶

韩韶，生卒不详，字仲黄，颍川舞阳（今河南漯河）人。历郡吏、嬴长（嬴县行政长官）。为官公正廉明，尽心民事，爱民如子，政绩卓著。"嘶马河"典出处。
笃信罔欺人厚待，赈贫惠政义停兵。
仔驹嬴娩离归主，嘶马河铭廉吏情。

咏梁冀

梁冀，88—159年，字伯卓，安定乌氏（今甘肃泾川）人，其妹为汉顺帝皇后。因质帝面称其为跋扈的将军，次年即被他毒杀，另立十五岁的桓帝，从此更加专横。结党营私，大封梁氏一门为侯为官。后被桓帝赐死。
世族跋扈专国政，一载三皇任捏搓。
纨绔张狂奸佞隐，升天鸡犬共弹冠。

咏梁不疑

梁不疑，90—156年，安定（今甘肃泾川）人。喜读书，善待士人。历光禄勋、河南尹，封颍阳侯。与兄梁冀关系不好。晚年居乡，不预外事。
读破五经诚待士，同胞侧目反专权。
颍阳清政自恭俭，晚岁怡乡惜少年。

咏孙寿

孙寿，？—159年，东汉权臣梁冀妻。色美而善为妖态，梁冀爱而惧，其贪暴程度过于梁冀。桓帝诛梁氏时，夫妻共自杀。
折腰艳色媚妖态，梁冀诺唯爱惧颜。
夫妇竞奢裙带重，自戕谢世淡黄泉。

咏刘炳

刘炳，143—145年，汉冲帝，字明，汉顺帝刘保之子，母为虞贵人。在位半年，东汉第八任皇帝，即位后，由梁氏把权。
婴幼耍玩昼嫌短，半年享位日绵长。
柄国梁氏多奸诈，暴乱兴师起九江。

咏刘缵

刘缵，138—146年，即汉质帝，渤海孝王刘鸿之子，东汉第九任皇帝。在位不到一年，被梁冀毒死。因看冀不顺眼，说"此跋扈将军也"，遂遭毒杀。
祖规瞬破偶登位，自恃殊功梁冀责。
早慧忿言旋吐口，剧毒煮饼命悄革。

咏刘志

刘志，132—167年，字意，汉桓帝，东汉第十任皇帝。生于蠡吾（今河北博野），蠡吾侯刘翼之子。外戚反宦，志下诏捕李膺等二百余人，处死或禁锢终身，形成第一次"党锢之祸"。一生崇佛、道,沉湎女色,信任宦官,察举非人。时讥:"举秀才,不知书;举孝廉,父别居。"自此,汉江河日下,濒于灭亡。
太后临朝梁冀狠,一生佛道湎榴裙。
信谗党锢人心乱,尸位素餐辱祖思。

咏梁女莹

梁女莹,?—160年,梁商之女,桓帝后。其无德无才,生活奢侈。后被汉桓帝冷落,愤愤而死。死后夺封号,贬为贵人。
依父赖兄登帝后,内宫专扈目无国。
起居奢侈尽天养,冷落西归封号夺。

咏邓猛女

邓猛女,?—165年,河南南阳新野人。宦官世家,自幼聪明伶俐,知书达理。后被打入暴室,忧愤死。
世家伶俐知书理,秀色绝伦帝宠身。
九五荒淫朝废久,羞颜暴室断香魂。

咏边韶

边韶,字孝先,陈留浚仪人。以文学知名,教授弟子数百人。
周公同梦孔同志,口辩雄才海内馨。
腹笥堂兴躬教授,门徒传圣业精勤。
注:周公,指周公旦。孔,指孔子。

咏黄浮

黄浮,生卒不详,汝南人,桓帝时任东海相。
不畏贵权贼正法,今诛明死目双瞑。
昭冤天下相东海,岂惧锁枷彻夜鸣。

咏种暠

种暠,103—163年,字景伯,河南洛阳人。历县门下吏、侍御史、益州刺史、凉州刺史、汉阳太守、南郡太守、尚书、度辽将军、大司农。
家财尽散三千万,恤赈宗族乡里贫。
慷慨好功廉郡守,竭诚怀抚九陲亲。

咏单超

单超,?—160年,河南(今河南洛阳)人,桓帝口常侍。因共诛外戚梁氏,封新丰侯。后拜车骑将军,"五侯"之一,东汉重要宦官之一。

一

立朝名宦中常侍,共铲外戚梁氏无。
互替掌国福扣祸,皇皇巨史恐难书。

二

一日五侯同擅政,庙堂恣肆卅余年。
中国有史另时代,尤比外戚更讨嫌。

咏王符

王符,85—163年,字节信,安定临泾(今甘肃镇原)人。著名政论家、文

学家、思想家。著《潜夫论》，抨击东汉前期各种社会病端，议论剀切。为人明理，温柔敦厚。

剀明切理潜夫论，入木三分掘病根。
汉室沉疴积日久，讳疾忌救草蓬门。

咏徐璜

徐璜，？—164年，下邳良城人，桓帝中常侍。协助桓帝诛梁冀，"五侯"之一。从此，宦官专权开始。世称"徐卧虎"。

睿谋雄胆中常侍，梁冀协诛朝靖平。
手辣心毒徐卧虎，宦官擅政霸都京。

咏左悺

左悺，？—165年，河南平阳（今河南孟津）人。桓帝时为小黄门，合诛梁氏，升任中常侍。

黄门小吏临天运，并立五侯殊暴贪。
兄弟远亲皆位显，奏劾末路下黄泉。

咏唐衡

唐衡，？—164年，颍川郾县（今河南郾城）人，宦官。合诛梁氏。为人贪暴。

联袂擅朝身手辣，合诛梁氏自逍遥。
暴贪欲壑深无底，显贵一门频换袍。

咏具瑗

具瑗，生卒不详，魏郡元城（今河北大名东）人。桓帝时任中常侍，后贬都乡侯。

同灭梁门临大运，暴贪骄横目无人。
侵夺民吏膏腴厚，耻贬都乡卷落尘。

咏成瑨

成瑨，？—166年，字幼平，南阳太守。

好学崇信张仁义，岑晊委曹肃郡严。
乳母外戚狂纵恶，狱诛除害赧龙颜。

咏侯览

侯览，？—172年，山阳防东（今山东单县）人。为关内侯、长乐太仆。

小宦恃功贪恣纵，吏民财物尽囊收。
专横庙堂鹿为马，众怒难消命罔留。

咏周勰

周勰，？—159年，字巨胜，周防之孙，周举之子。一生不肯做官。

玄虚笃信一生守，羞耻乌纱远庙堂。
深巷拒朋棘草满，独生六世共名扬。

咏曹腾

曹腾，生卒不详，字季兴，沛国谯（今安徽亳州）人，祖籍江苏沛县。因策划迎立桓帝有功，历任小黄门、中常侍，后封费亭侯，升大长秋。在宫中三十多年，无明显过失。心胸宽广，知荐名士。卒后，养子曹嵩嗣侯。曹操是其孙子，曹叡追尊其为高皇帝。

策立殊勋桓帝宠，胸犹天海不难仇。
三十冬夏无疵罅，吴氏对食大长秋。

注：东观，指国史馆。

咏虞放

虞放，生卒不详，字子仲，陈留东昏（今河南兰考）人。少为太尉杨震门徒，震被谮自杀。后顺帝即位，放讼震冤，由此知名。桓帝时任尚书，议诛大将军梁冀，封都亭侯，任司空。疾恶宦官，被陷害，以党争被腰斩，并将一百二十人下狱处死，此为汉第二次党锢之祸。

饱读仗义耿天性，报主讼冤终雪昭。
梁冀霸朝同谏戮，陷身党锢赴阴曹。

咏袁逢

袁逢，生卒不详，字周阳，汝南汝阳人。袁绍、袁术生父。历太仆、司空、执金吾，谥宣父侯。

望族大姓秉鸿志，鼎柱朝堂建树深。
宽厚笃诚人广颂，枝繁叶茂沃扎根。

咏朱穆

朱穆，100—163年，字公叔，一字文元，南阳宛（今河南南阳）人。历冀州刺史、尚书、侍御史、尚书侍郎、议郎。著《崇厚论》，入东观修《汉纪》《儒林传》。

一心卷破兼文武，东观撰修汉纪精。
崇厚尚德天下望，儒林奇士远播名。

咏朱晖

朱晖，生卒不详，字文季，南阳宛（今河南南阳）人。家世衣冠，早孤，有气魄决心。历临淮太守、尚书令、骑都尉。成语"情同朱张"（张堪）典出处。

早孤节概刚为吏，一语留衣贼遁村。
散尽家资乡赈馑，以妻托友挚情纯。

咏黄琼

黄琼，86—164年，字世英，江夏郡安陆县（今湖北安陆）人，尚书令黄香之子。历尚书令、太常、司空、太尉。因忤梁冀被免。后复为太尉、邟乡侯。在职时屡上书方政，荐举人才。首定孝廉四科（儒学、文史、孝悌、能从政）。冀请托之人，一概不用。后冀诛，居三公之首。免贪官处死，流徙十余人，天下称颂一时。后宦官"五侯"擅权，遂称疾。卒，六七千人赴丧。赠车骑将军，谥号忠。

洁身自守斗梁冀，首定四科衡品行。
数献锦囊鼎国柱，人心自在美官声。

咏吴雄

吴雄，生卒不详，字季高，河南原武人。以明法律，断狱平，起自孤宦，致位司徒。子孙三代皆廷尉，为法名家。

母亡家窘易仵葬，断狱公平得众心。

廷尉子孙连代继，大家民法建国勤。

咏杨秉

杨秉，92—165年，字叔节，弘农郡华阴县（今陕西华阴）人，太尉杨震之子。历豫、荆、徐、兖州刺史，后为任城国相、太中大夫、左中郎将、侍中、尚书、光禄大夫、太仆、太常、太尉。

幼承父业家门幸，铁腕佞奸砭弊时。
躬授生徒卅余载，杜收余俸贯蔬食。

咏尹勋

尹勋，生卒不详，字伯元，巩县人。三迁邯郸令，五迁尚书令，封都乡侯，任汝南太守、将作大匠、大司农。入狱，自杀。

世冠望宗多显贵，独持清品著仁德。
八迁高位绩优异，梁冀衔仇举剑戈。

咏马融

马融，79—166年，字季长，扶风茂陵（今陕西兴平）人，马援从孙。历校书郎、郡功曹、议郎、大将军从事中郎、武都太守、南郡太守、大司农。遍注群经，博采众长，汉经学集大成者，思想家，经学家。设帐授徒，传播儒术。唐时配享孔子，宋时受追封。

苦耕父祖幼殊奋，不尚虚荣性务实。
遍注群经汇博采，郑学奠创汉时奇。

咏李云

李云，生卒不详，字行祖，甘陵人。任白马令。忧国将危，心不能忍，乃露布上书，直谏桓帝。下狱，处死。

好学尤善阴阳术，忧虑国危寝不眠。
露布达君下囹圄，捐躯显志刻石宣。

注：刻石宣，后冀州刺史贾琮刻石表之。

咏冯绲

冯绲，？—167年，字皇卿，一作鸿卿，巴郡宕渠（今四川渠县）人。历仕顺、冲、质、桓四朝，历任郎中、御史中丞、陇西太守、辽东太守、京兆尹、司隶校尉、廷尉、太常、将作大匠、河南尹、屯骑校尉。任职期间，击败扬州盗贼，招纳鲜卑，破武陵蛮夷，定荆州。后被诬归家。

督镇徐扬直御史，辽东勤政尽忠心。
担纲京兆耿廷尉，柱鼎襄国悦万民。

咏张婴

张婴，生卒不详，广陵郡（今江苏扬州）人。聚数万农民，在扬州、徐州间抗击官府，杀刺史和二千石爵禄的官吏，前后达十余年。

朝纲麻乱民汤沸，举义扬徐诛佞奸。
数万苦农生断路，破州下府过十年。

咏赵娆

赵娆,生卒不详,汉桓帝乳母。旦夕在太后侧,谄事太后。

恩慈乳母哺皇上,旦暮窥觊太后旁。
联袂要臣心叵测,红颜祸水甚刀枪。

咏刘悝

刘悝,生卒不详,河间王宗室,官至光禄大夫。扶立灵帝之功臣。后被宦官设计调往泰山郡,于途中被杀。

宗血绵延居要位,襄扶九五大功臣。
离京远赴泰山郡,奸宦密谋陷阱深。

咏刘郃

刘郃,?—179年,字季承,河间(今河北沧州)人,刘悝弟。历司徒、大鸿胪。为兄报仇,诛杀王甫等宦官。此举成为一转折点,灵帝开始亲政,但未吸取教训,几年后宦官再崛起。

为兄雪恨诛奸宦,新帝转机亲政为。
前鉴云消伤痛忘,旧疾复起善良悲。

咏程璜

程璜,?—178年,宦官,任中常侍。

构陷忠良狂贿赂,威福恣纵赖资年。
蔡邕侧目远流放,恶向乘龙利刃悬。

注:乘龙,指刘郃。

咏管霸

管霸,生卒不详,东汉宦官,甚奢侈,颇有才略。后为窦武所诛。

经书广览具才略,谏帝停诛数要臣。
强取良田攫美业,难敌高手断皇恩。

咏陈蕃

陈蕃,?—168年,字仲举,汝南平舆(今河南平舆)人。历郎中、议郎、豫州别驾从事、乐安太守。官至尚书、太傅。桓帝朝,因屡犯龙颜直谏多次左迁。后和大将军窦武共谋剪除阉宦,事败而死。心怀天下,奏谏退宫女五百多。

耿直硬项犯颜谏,鞭笞使徒气不湍。
禀退后宫含怨女,三空揭秘述国艰。

注:三空,指田野空、朝廷空、仓库空。

咏黄龙

黄龙,生卒不详,河南人。农民起义领袖。联络张角以传教作掩护,宣传组织群众,替人治病,率几十万农民起义,头裹黄巾,故称为黄巾军。为保存实力,将部队化整为零,时分时合,与敌周旋,一直坚持到东汉灭亡。

布教攘疴悄聚众,黄巾裹首智周旋。
时零时整数十万,掘墓王朝汉祚完。

咏周景

周景,?—168年,字仲飨,扬州庐

江郡舒县（今安徽庐江）人，周兴之子。历河内太守、豫州刺史、将作大匠、尚书令、司空、太尉。因联名上奏免贪官五十余人，为天下所称颂。
好贤爱士才拔荐，笑对沉浮胸海天。
联奏免贪官过百，九州称颂治朝严。

咏魏朗

魏朗，？—169年，字少英，一作叔英，会稽上虞人。博学多才，公忠亮直。历县吏、司徒、彭城令、议郎、尚书。因党锢事件受牵连，进京途中自尽。
博览善文曾县吏，春秋图谶旨通明。
彭城公亮豪强忌，平叛凯旋奸佞惊。

咏刘宠

刘宠，生卒不详，字祖荣，东莱牟平（今山东烟台）人。在任县令、太守时，简除繁苛政令，禁察官吏非法行为，政绩卓著。历大鸿胪、司空、将作大匠、司徒、太尉。清廉简朴，奉为楷模。"一钱太守"典出处。
县令恤民仁惠政，简除繁赋税从轻。
清廉素朴品忠耿，太守一钱扬远名。

咏朱禹

朱禹，？—168年，长乐五官史，公元168年宫廷政变的组织者。
禁宫邀宠妄情恣，浑水乱局谋划深。

自恃显功诚保驾，上容益纵目无人。

咏范滂

范滂，137—169年，字孟博，汝南征羌（今河南漯河）人。历清诏使、光禄勋主事、功曹。
少举孝廉清诏使，权豪污吏必严察。
满朝腐败弃官去，党锢屡兴生断涯。

咏陈翔

陈翔，生卒不详，字仲麟，汝南邵陵人。历太守、议郎、刺史、御史中丞。
贵秽谏揭名大振，庙堂州郡践权廉。
坐诬囹圄释无验，归里叙亲茗草轩。

咏岑晊

岑晊，生卒不详，字公孝，棘阳人，"江夏八俊"之一。任郡功曹。
鸿志高才娴六艺，豪强权势惧三分。
干能国器吏民敬，社稷匡扶忠耿臣。

咏李膺

李膺，110—169年，字元礼，颍川襄城（今河南襄城）人。历青州刺史、渔阳太守、蜀郡太守、护乌桓校尉、河南尹、司隶校尉、度辽将军。屡破鲜卑，声名远播。东汉著名学者、政治家，于第二次"党锢之祸"受害而死。
盈腹诗书备文武，恩威并举守职勤。

陷身党锢缘忠耿，天下楷模社稷心。

咏郭泰

郭泰，128—169年，字林宗，太原郡介休县（今山西晋中）人。东汉著名学者、思想家、教育家，"介休三贤"之一。与宦官斗，泰是士人代表和太学生的主要领袖之一。

少孤勤奋博坟典，为首士生斗宦奸。
有道先生无类教，淡泊拒仕世人贤。

咏符融

符融，生卒不详，字伟明，陈留浚仪县（今河南开封）人。少为都官属吏，深感耻辱，辞职而去，游太学。师李膺，与郭泰至交。公府连征，不就。

耻为都吏胸奇志，师拜李膺恭太学。
谈吐如云郭挚友，誉服海内宦衣绝。

注：郭，指郭泰。

咏窦妙

窦妙，？—172年，扶风平陵人。生性嫉妒，残忍。临朝称制，后幽居南宫。

高门显赫欠姿色，奇妒酷残慑后宫。
帝柩灵前诛丽女，临朝称制瞬时红。

咏堂溪典

堂溪典，又作唐溪典，生卒不详，字伯并，复姓堂溪，堂溪协之子，颍川鄢陵（今河南鄢陵）人，经学家。与蔡邕等正定六经文字，在嵩山启母阙书写《请雨铭》。历侍中、五官中郎将。

广学博览名郎将，厘定六经立刻石。
启母阙中铭请雨，曹腾力荐著勋积。

咏王甫

王甫，？—179年，东汉大宦官，前十常侍之一。

巨宦朝堂临宠幸，义弛党锢揽人心。
弄权劫弑久积孽，囹圄昏灯难照身。

咏段颎

段颎，？—179年，字纪明，武威姑臧人。戍边十年，未尝一日褥寝。屡破羌军，交战一百八十余次，杀敌近四万，汉军仅亡四百多人。官至太尉。

折节尚义贯文武，仁爱士卒同苦甘。
边戍十冬无褥寝，御师百阵万敌歼。

咏阳球

阳球，？—179年，字方正，渔阳泉州人。历郡吏、司隶校尉、卫尉。酷吏。后遭诬告，死于狱中，妻儿被流放。

世族冠盖娴弓马，笃好申韩性厉严。
杀吏灭门除母辱，精明治政务清廉。

注：申韩，指申不害、韩非二人。

咏曹节

曹节，？—181年，字汉丰，南阳新野（今河南新野）人，东汉大宦官。历西园骑、小黄门、中常侍、奉车都尉、安乡侯、长乐卫尉、育阳侯、车骑将军、大长秋、尚书令。死后追赠车骑将军。
叱咤庙堂藏豹胆，襄拥新帝获高封。
劫持矫诏诛陈窦，子弟父兄连宴逢。

咏刘陶

刘陶，？—约185年，一名伟，字子奇，颍川颍阴人。通《尚书》《春秋》，三迁尚书令，拜侍中。屡切谏，权臣畏。被诬通张角，为表忠贞，不食而死。
大谋沉勇超凡志，切谏得失慌宦官。
丰著等身揭世弊，忠贞殉命荫侯娴。

咏孙羌

孙羌，生卒不详，字圣台，吴郡富春（今浙江杭州）人，孙坚胞兄。历陇西太守，讨滇那羌，破之。羌与妻皆早亡。
将族娴武贯沙场，威镇陇西疆境安。
远讨滇羌平叛乱，一门忠烈裹尸还。

咏刘瑜

刘瑜，生卒不详，字季节，广陵人。历议郎、侍中。与窦武谋诛宦官，被诛。
少好经学尤善谶，郡州礼请婉辞推。
言灾对诏八千语，奸宦焚书顿泪垂。

咏李文侯

李文侯，？—187年，汉末羌人领袖。
勇率羌兵沙场猛，困围西陕震长安。
侵逼三辅帝陵恐，剑指洛阳湿马鞍。

咏胡广

胡广，91—172年，字伯始，南郡华容（今湖北监利）人。历仕东汉安、顺、冲、质、桓、灵帝朝，任尚书郎、尚书仆射、汝南太守、大司农、司徒、太尉、录尚书事、太傅，封安乐乡侯，谥号文恭。
六朝元宿五十载，两岁失亲明是非。
七相五卿奸侧目，百官箴典峻峨巍。

咏张奂

张奂，104—181年，字然明，敦煌渊泉（今甘肃安西）人，"凉州三明"之一。历议郎、度辽将军、大司农、武威郡太守。征定屠各、乌桓之乱，平定东羌、先零羌，智降匈奴，和平诱降乌桓。革除民间生育陋习。
删节章句去冗语，对策贤良筹首居。
平乱降匈边境睦，政仁革陋广门徒。
注：章句，指《尚书章句》。

咏皇甫规

皇甫规，104—174年，字威明，安定朝那（今甘肃灵台）人。武官世家出身，有见识，熟悉兵法。历郡功曹、上计掾、郎中、

泰山太守。屡破羌乱，缓和汉羌矛盾。

一

尚武世家多历练，娴熟弓马屡先锋。
知时晓世鸿鹄志，陲乱剑平锐气蓬。

二

将门识睿娴兵法，初试牛刀羌叛平。
擅政恤民威信著，耿忠刚正素廉清。

咏法真

法真，100—188年，字高卿，扶风郿县（今陕西眉县）人。名士，儒学家，关西大儒。世称"玄德先生"。
清高声著广名士，通览无常关右闻。
弟子远方遥奔赴，性怡寡欲耄耋辰。

咏尹奉

尹奉，生卒不详，字次曾，任敦煌太守。推行汉以来屯田戍守政策，护商，使敦煌郡成为汉胡交往的城市。
策马西凉名太守，欲伐马叛灭家门。
屯田严戍九陲固，扈贾敦煌胡汉亲。

注：马，指马超。

咏刘熹

刘熹，生卒不详，亦称刘熙，字成国，北海（今山东昌乐）人，东汉经学家、训诂学家。官至南安太守。著《释名》，对后代训诂学因声求义的影响很大。
好学宏志夜读苦，训诂五经滋众人。

廉政南安民吏喜，释名大著却凡尘。

咏张温

张温，?—191年，字伯慎，荆州穰县（今河南邓县）人。官至卫尉，封互乡侯。凉州叛，率军战，初不利，后大胜。布衣张玄游说温除宦官、董卓，均不从。三公在外，始于温。后受诬，被杀。
荆穰衅叛率师镇，正统压邪终凯旋。
拒说张玄身在外，政坛谲诡御诬难。

咏蔡邕

蔡邕，133—192年，字伯喈，陈留圉（今河南圮封）人。历司徒掾属、河平长、郎中、议郎、左中郎将，封高阳乡侯。东汉著名文学家、书法家，蔡琰（蔡文姬）之父，创造"飞白书"，汉代最后一位辞赋大家。代表作有《述行赋》。
博学胡广善辞赋，书创飞白骨气达。
勘字鸿都心笃孝，救琴高义世奇葩。

注：鸿都，指《鸿都石经》。

咏张芝

张芝，?—约192年，字伯英，瓜州县（今甘肃酒泉）人，书法家。将古代当时字字区别、笔画分离的草书，改为上下牵连富于变化的新写法，富有创造性，影响了整个中国书法的发展。
好古勤学疏进仕，临池日久酿奇思。

贯连着意新天地，草圣神州百世依。

咏许劭

许劭，150—195年，字子将，汝南平舆（今河南平舆）人。东汉末著名人物评论家。据说他每月都要品评当时人物，人称"月旦评"。

神目洞明观世界，品人月旦共扬名。
曹公难拒奸雄论，罔辟杨彪鄙视轻。

咏张俭

张俭，115—198年，字元节，山阳郡高平（今山东邹城）人。山阳郡东部督邮，"江夏八俊"之一。因弹劾宦官侯览，遭陷，被迫流亡。望门投止，许多人为收留他而家破人亡，直到党锢解除后才回到家乡。

江城八俊名遐迩，弹宦靖朝彰耿忠。
党锢骤兴延祸惨，望门投止扈贤公。

咏淳于琼

淳于琼，？—200年，字仲简，颍川（今河南禹州）人。原为西园右校尉，后为袁绍部将。曾劝阻迎汉献帝，使袁绍失去机会。官渡时镇守乌巢，遭曹操偷袭而惨败，被操斩。

西园校尉义同举，鼠目乏谋茧束身。
劝绍休迎亲九五，乌巢粮草罄仓焚。

注：绍，指袁绍。

咏袁绍

袁绍，？—202年，字本初，汝南汝阳（今河南商水）人。历大将军、太尉，封邺侯。公元190年，推为反董卓盟主（十八路诸侯），占冀州，夺青、并二州，击败公孙瓒，统一河北，成为汉末最强的诸侯，势力达到顶点。公元200年，在官渡败于曹操。在平定冀州叛乱后，病卒。

四世三公贤下士，西园领袖技双全。
诸侯盟主霸河北，官渡丧师难尽言。